T0015198

A plena luz

NEFELIBATA

J.R. MOEHRINGER

A plena luz

Traducción de Juanjo Estrella

Duomo ediciones

Barcelona, 2019

Título original: *Sutton*

© 2012, J.R. Moehringer
© 2019 de la traducción: Juanjo Estrella González

Todos los derechos reservados

Primera edición: octubre de 2019

Duomo ediciones es un sello de Antonio Vallardi Editore S.u.r.l.
Av. Riera de Cassoles, 20. 3.º B. Barcelona, 08012
www.duomoediciones.com

Gruppo Editoriale Mauri Spagnol S.p.A.
www.maurispagnol.it

ISBN: 9788416261390
Código IBIC: FA
DL B 14.442-2019

Diseño de interiores:
Agustí Estruga

Composición:
Grafime. Mallorca, 1. Barcelona 08014 (España)
www.grafime.com

Impresión:
Grafica Veneta S.p.A. di Trebaseleghe (PD)

Este libro está impreso con el sol. La energía que ha hecho posible
su impresión procede exclusivamente de paneles solares.
Grafica Veneta es la primera imprenta en el mundo
que no utiliza carbón.

Impreso en Italia

A Roger y Sloan Barnett, con amor y gratitud

Nota del autor

Tras pasar la mitad de su vida entrando y saliendo de la cárcel, Willie Sutton fue puesto definitivamente en libertad el día de Nochebuena de 1969. Su súbita salida del Correccional de Attica desencadenó la histeria de los medios de comunicación. Periódicos, revistas, cadenas de televisión, programas de debate... Todo el mundo quería conseguir una entrevista con el ladrón de bancos más escurridizo y activo de la historia de Estados Unidos.

Sutton concedió solo una. Pasó el día siguiente, de la mañana a la noche, con un periodista y un fotógrafo, paseándose en coche por todo Nueva York, visitando los escenarios de sus golpes más célebres y otros puntos de interés de su extraordinaria vida.

A pesar de ello, y curiosamente, el artículo resultante fue bastante somero y, más allá de contener varios errores (o mentiras), aportaba pocas revelaciones.

Por desgracia, Sutton, el periodista y el fotógrafo ya no están aquí, así que lo que ocurrió entre ellos aquel día de Navidad, y lo que le ocurrió a Sutton durante los sesenta y ocho años anteriores, son solo conjeturas.

Este libro es mi conjetura.

Pero también es mi deseo.

«Lo digo por tercera vez; lo que digo tres veces es verdad.»
LEWIS CARROLL, *La caza del Snark*

Primera parte

«Así, al principio, todo el mundo era América [...] pues en ninguna parte se conocía cosa parecida al dinero.»

JOHN LOCKE, *Segundo tratado sobre el gobierno civil*

1

Cuando entran a buscarlo, está escribiendo.

Sentado a su escritorio metálico, inclinado sobre un cuaderno de hojas amarillas, habla solo, y con ella –con ella, como siempre–, así que no se da cuenta de que están de pie, junto a la puerta. Hasta que pasan la porra por los barrotes.

Alza la vista, se coloca bien las gafas grandes, que tienen los cristales rayados y el puente pegado con cinta adhesiva. Dos guardias, uno al lado del otro, el de la izquierda gordo y fofo y pálido, como si fuera de mantequilla, el de la derecha alto y chupado, con una marca de nacimiento en una mejilla, en forma de centavo.

Guardia Izquierdo se sube el cinturón.

De pie, Sutton. Los de Administración quieren verte.

Sutton se pone de pie.

Guardia Derecho lo apunta con la porra.

¿Qué coño...? ¿Estás llorando, Sutton?

No, señor.

No me mientas, Sutton. Se nota que has llorado.

Sutton se toca la cara. Se le mojan los dedos.

No me había dado cuenta, señor.

Guardia Derecho señala el cuaderno con la porra.

¿Qué es eso?

Nada, señor.

Te ha preguntado qué es eso, dice Guardia Izquierdo.

Sutton nota que la pierna mala empieza a fallarle. Aprieta los dientes de dolor.

Mi novela, señor.

Ellos observan su celda, llena de libros. Él les sigue la mirada con la suya. Nunca es buena señal que los guardias se fijen en las celdas. Si quieren, siempre encuentran algo. Ponen mala cara al ver los libros en el suelo, y otros que se apilan en el lavabo. La de Sutton es la única celda de Attica atestada de volúmenes de Dante, Platón, Shakespeare, Freud. No, los de Freud se los confiscaron. A los presos no les permiten leer libros de psicología. El alcaide cree que intentarán hipnotizarse unos a otros.

Guardia Derecho sonríe. Le da un codazo a Guardia Izquierdo. Prepárate.

Una novela, ¿eh? ¿De qué va?

Bueno, nada, ya sabe. De la vida, señor.

¿Y qué coño sabe un presidiario viejo sobre la vida?

Sutton se encoge de hombros.

Eso es cierto, señor. Pero ¿acaso alguien sabe?

Se está corriendo la voz. Hacia el mediodía, más de diez reporteros de medios escritos ya han llegado y esperan muy juntos delante de la puerta principal, pateando el suelo, soplándose las manos. Uno de ellos dice que acaba de oírlo... Va a nevar. Dos palmos, al menos.

Todos refunfuñan.

Hace demasiado frío para que nieve, dice el veterano del grupo, un periodista de agencia muy curtido que lleva tirantes y zapatos ortopédicos negros. Trabaja para la agencia de noticias UPI desde el juicio de Scopes. Escupe al suelo helado y mira al cielo torciendo el gesto, y después a la torre principal de vigilancia, que a algunos les recuerda al Castillo de la Bella Durmiente de Disneylandia.

Hace demasiado frío para estar aquí de pie, dice el periodista de *New York Post*. Murmura algo ofensivo sobre el alcaide, que se ha negado tres veces a dejar entrar en la cárcel a los medios de comunicación. En ese mismo momento, los reporteros podrían estar tomándose un café caliente. Podrían estar llamando por teléfono, ultimando los planes para la Navidad. Pero no. El alcaide quiere demostrar algo. Por qué, preguntan todos. Por qué.

Pues porque el alcaide es un capullo, dice el periodista de *Time*. Por eso.

El de *Look* junta mucho el pulgar y el índice. Le das a un funcionario este poquito de poder, dice, y mucho cuidado. Apártate.

No solo a un funcionario, dice el de *The New York Times*. Todos los jefes, tarde o temprano, acaban convertidos en fascistas. Está en la naturaleza humana.

Los periodistas intercambian cuentos de terror sobre sus jefes, sus editores, los imbéciles desgraciados que les han asignado ese encargo asqueroso. Hay un término periodístico recién acuñado, traído ese mismo año de la guerra en Asia, que se aplica a menudo a encargos como ese, encargos en los que te toca esperar con el rebaño, por lo general al aire libre, expuesto a los elementos, totalmente consciente de que no vas a sacar nada bueno, y mucho menos algo que las otras ovejas del rebaño no vayan a conseguir también. El término es «bomba de mierda». Todo periodista se ve salpicado por alguna bomba de mierda de vez en cuando, es algo que va con el sueldo, pero ¿una bomba de mierda en Nochebuena? ¿En el exterior del Correccional de Attica? Nada bueno, dice el de *The Village Voice*. Nada bueno.

Los periodistas sienten una antipatía especial hacia el jefe de todos los jefes, el gobernador Nelson Rockefeller. El de las gafas de pasta y la indecisión crónica. El gobernador Hamlet, comenta el periodista de la UPI sonriendo con la vista clavada en los muros. ¿Va a hacerlo o no va a hacerlo?

Le grita al Castillo de la Bella Durmiente.

¡Caga o deja libre el váter, Nelson! ¡Defeca o abdica!

Los periodistas asienten, mascullan algo, asienten. Como los presos que hay al otro lado de ese muro de doce metros de altura, se impacientan. Los presos quieren salir, los reporteros quieren entrar, y los dos grupos le echan la culpa al Hombre. Con frío, enfadados, apartados por la sociedad, a los dos grupos les falta poco para amotinarse. Ni los unos ni los otros se fijan en la preciosa luna que se eleva despacio sobre la cárcel.

Es luna llena.

Los guardias sacan a Sutton de su celda de la Galería D, franquean la puerta de barrotes y recorren el túnel que conduce hasta el punto central de control de Attica –los internos lo llaman «Times Square»–, desde donde se accede a todas las galerías y a las oficinas. Desde Times Square, los guardias llevan a Sutton hasta el despacho del vicealcaide. Es la segunda vez que lo convocan en lo que va del mes. La semana anterior fue para informarle de que le habían denegado la petición de libertad vigilada, un golpe durísimo. Sutton y sus abogados eran muy optimistas: habían obtenido el apoyo de destacados jueces, habían descubierto lagunas en sus condenas, habían reunido cartas de médicos que certificaban que a Sutton le quedaba poco tiempo de vida. Pero la junta encargada de conceder la libertad vigilada había dicho que no, sin más.

El vicealcaide está sentado a su escritorio. Ni se molesta en alzar la vista.

Hola, Willie.

Hola, señor.

Parece que estamos a punto de despegar.

¿Señor?

El vicealcaide agita la mano sobre los papeles que tiene esparcidos sobre la mesa.

Estos son los papeles de tu libertad. Te han soltado.

Sutton parpadea, se frota la pierna.

¿Me... sueltan? ¿Quién, señor?

El vicealcaide alza la vista, suspira.

El director de Correccionales. O Rockefeller. O los dos. En Albany no han decidido cómo venderlo. El gobernador, siendo como es un exbanquero, no sabe si le conviene que conste su nombre. Pero el director de Correccionales no quiere desautorizar a la junta de libertad vigilada. En cualquier caso, parece que te sueltan.

¿Me sueltan, señor? ¿Por qué, señor?

No tengo ni puta idea. Y no me importa una mierda.

¿Cuándo, señor?

Esta noche. Si el teléfono deja de sonar y los periodistas dejan de seguirme para que les deje convertir esta cárcel en su sala de redacción particular. Si consigo rellenar estos malditos formularios.

Sutton mira fijamente al vicealcaide. Después a los guardias. ¿Están de broma? Parecen serios.

El vicealcaide regresa a sus papeles. Buen viaje, Willie.

Los guardias acompañan a Sutton hasta la sastrería de la cárcel. Los presos liberados de las cárceles del estado de Nueva York tienen derecho a un traje de civil, una tradición que se inició hace al menos un siglo. La última vez que se le tomaron medidas a Sutton para hacerle un traje antes de su puesta en libertad, el presidente del país era Calvin Coolidge.

Sutton está delante del espejo del sastre, de tres cuerpos. Todo un impacto. En los últimos años no se ha puesto frente a muchos espejos, y no da crédito a lo que ve. Esa cara redonda es suya, ese pelo gris ralo, esa es su nariz, que tanto odia –demasiado grande, demasiado, con las fosas de distintos tamaños–, y ese es el mismo bulto rojo del párpado que se menciona en todos los informes policiales, en todos los carteles del FBI, desde poco después del fin de la Primera Guerra Mundial. Pero ese no es él, no puede ser él. Sutton siempre se ha vanagloriado de proyectar cierta gracia al andar, incluso estando esposado. Siempre se las ha apañado para parecer elegante, afable, aun con la ropa de presidiario. Ahora, a los sesenta y ocho años, ve en el espejo de tres cuerpos que no queda ni rastro de aquella gracia, de aquella elegancia. Es un monigote con ojeras. Se parece a Félix el Gato. Incluso el bigotillo fino, como pintado a lápiz, del que tan orgulloso se sentía, parece el del personaje de dibujos animados.

El sastre está de pie junto a Sutton con una cinta métrica de color verde colgada al cuello. Italiano viejo del Bronx, con dos palas como dedales asomando a su boca, agita mientras habla un puñado de botones y de monedas que lleva en el bolsillo.

Así que van a soltarte, Willie.

Eso parece.

¿Cuánto tiempo llevas aquí?

Diecisiete años.

¿Y cuánto tiempo hace que no te haces un traje nuevo?

Ah... Veinte años. En los viejos tiempos, cuando estaba forrado. Me hacía todos los trajes a medida. Y camisas de seda. En los Hermanos D'Andrea.

Aún recuerda la dirección: Quinta Avenida, 587. Y el número de teléfono. Murray Hill, 5-5332.

Ah, sí, dice Sastre. D'Andrea. Trabajaban muy bien. Yo aún tengo un esmoquin suyo. Súbete al taburete.

Sutton se sube, refunfuña. Un traje, dice. Dios mío, ya creía que la próxima vez que me tomaran las medidas sería para hacerme el sudario.

Yo no hago sudarios, dice Sastre. Nadie te valora el trabajo.

Sutton frunce el ceño mirando el reflejo de tres sastres.

¿Y no basta con hacerlo bien? ¿Tienen que apreciarlo los demás?

Sastre le mide los hombros con la cinta, un brazo.

Nombra a un artista que no busque elogios, dice.

Sutton asiente.

A mí me pasaba lo mismo con mis trabajos en los bancos.

Sastre mira el tríptico de Suttons reflejados y le guiña el ojo al de en medio. Le pasa la cinta métrica por la pierna tullida. Costura interior, treinta, anuncia. Talla de chaqueta corta, noventa y seis.

Pasaba de los cien cuando llegué a este antro. Debería denunciarlos.

Sastre se ríe en voz baja, tose. ¿De qué color lo quieres, Willie?

Cualquiera menos gris.

Pues negro, entonces. Me alegro de que te suelten, Willie. Ya has pagado tu deuda.

Perdónanos nuestras deudas, dice Willie, así como nosotros perdonamos a nuestros deudores.

Sastre se santigua.

¿Eso es de tu novela?, pregunta Guardia Derecho.

Sastre y Sutton se miran.

Sastre señala a Sutton con el dedo, como si le apuntara con una pistola.

Feliz Navidad, Willie.

Lo mismo te digo, amigo.

Sutton también apunta a Sastre con el dedo. Aprieta el gatillo. Bang.

Los periodistas hablan de sexo, de dinero, de actualidad. Altamont, ese concierto de gente rara en el que murieron cuatro hippies drogados... ¿Quién tuvo la culpa? ¿Mick Jagger? ¿Los Ángeles del Infierno? Después chismorrean sobre sus colegas de más éxito, empezando por Norman Mailer. No es solo que Mailer vaya a presentar su candidatura a la alcaldía de Nueva York, es que acaban de pagarle un millón de dólares para que escriba un libro sobre la llegada del hombre a la Luna. Mailer...; el tipo escribe sobre historia como si fuera ficción, y ficción como si fuera historia, y él aparece siempre en lo que escribe. No sigue más reglas que las suyas, y a sus colegas, que sí las siguen, los envían a Attica a que se les congelen los huevos. Me cago en Mailer. Todos coinciden.

Y me cago en la Luna.

Se echan el aliento en las manos, se levantan los cuellos de los abrigos, hacen apuestas sobre si alguna vez saldrá a la luz que el alcaide se traviste. También apuestan a qué ocurrirá primero: Sutton hablará o Sutton la palmará. El periodista de *New York Post* dice que ha oído que Sutton no solo está a las puertas de la muerte sino que ya está llamando al timbre y se está limpiando las suelas de los zapatos en el felpudo. El de *Newsday* dice que Sutton tiene una arteria de la pierna tan obstruida que ya no le pueden hacer nada; un médico que juega a ráquetbol con el cuñado del periodista se lo ha contado. El de *Look* dice que un policía del Bronx amigo suyo le ha dicho que Sutton aún tiene parte de su botín repartido por toda la ciudad. Los responsables de la cárcel van a soltar a Sutton y después la policía lo va a seguir para que los lleve hasta el dinero.

Pues es una manera de solucionar la crisis presupuestaria, dice el reportero del *The Times Union*, de Albany.

Los periodistas comparten lo que saben sobre Sutton, intercambian datos y anécdotas como si fueran las provisiones frías que hubieran de ayudarles a pasar la noche. Lo que no han leído, o visto en televisión, lo han oído de sus padres, de sus abuelos o de sus bisabuelos. Sutton es el primer atracador de bancos multigeneracional de la historia, el primero en construirse una carrera de larga distancia que se prolonga a lo largo de cuatro décadas. En sus buenos tiempos, Sutton era el rostro del crimen americano, uno de los pocos que dio el salto y pasó de enemigo público a héroe popular. Más listo que Machine Gun Kelly, más sano que Pretty Boy Floyd, más querido que Legs Diamond, más pacífico que Dutch Schultz, más romántico que Bonnie y Clyde, Sutton veía el atraco a bancos como un arte elevado, y se entregaba a él con celo de artista. Creía en el estudio, la planificación, el trabajo duro. Y a la vez era creativo, innovador, y como el mayor de los artistas demostró ser un superviviente tenaz. Se fugó de tres cárceles de máxima seguridad, y pasó años eludiendo a policías y agentes del FBI. Llegó a ser un Henry Ford pasado por John Dillinger, con toques de Houdini, Picasso y Rasputín. Los periodistas lo saben todo de la ropa elegante que usaba Sutton, de su sonrisa pícara, de su amor por los buenos libros, del destello maligno de sus ojos azules, resplandecientes, que en una ocasión el FBI, en sus informes, describió como «celestes». Muy pocos asaltantes de bancos llevan al FBI a semejantes cotas de lirismo.

Lo que los periodistas no saben, lo que los estadounidenses, en su mayoría, siempre han querido saber, es si Sutton, célebre por no recurrir a la violencia, tuvo algo que ver con el brutal asesinato de Arnold Schuster a manos de bandas mafiosas. Schuster, de veinticuatro años y aspecto jovial, natural de Brooklyn, aficionado al béisbol y veterano del Coast Guard, se montó en un vagón de metro en el que no debería haberse montado una tarde, y se encontró cara a cara con Sutton, el hombre más buscado de Estados Unidos en aquel momento. Tres semanas después, Schuster estaba muerto, y su asesinato sin resolver bien podría ser uno de los casos más fascinantes de la historia de Nueva York. De todas formas es sin duda la parte más deslumbrante de la leyenda de Sutton.

Los guardias escoltan a Sutton de nuevo hasta las oficinas. Un administrativo le entrega dos cheques. Uno de 146 dólares, su salario por los trabajos realizados en distintas cárceles durante diecisiete años, descontados los impuestos. Otro de 40 dólares, el coste de un billete de autobús a Manhattan. Todos los presos liberados tienen derecho a un viaje en autobús hasta Manhattan. Sutton recoge los cheques. Sí, está ocurriendo. Empieza a palpitarle con fuerza el corazón. Las piernas también le palpitan. Se llaman el uno a las otras, como las primeras voces masculina y femenina en una ópera italiana.

Los guardias lo llevan hasta su celda.

Tienes quince minutos, le dicen, y le entregan una bolsa.

Está de pie en el centro de la celda, dos metros y medio por dos metros; ese ha sido su hogar durante los últimos diecisiete años. ¿Es posible que esa noche ya no vaya a dormir ahí? ¿Que vaya a dormir en una cama mullida con sábanas limpias y una almohada de verdad, sin personas desquiciadas por encima y por debajo de él aullando, maldiciendo, suplicando, llenas de impotencia y rabia? Nada en el mundo se parece al ruido de los hombres enjaulados. Deja la bolsa sobre el escritorio y recoge con cuidado el manuscrito de su novela. A continuación, los cuadernos con espiral de sus clases de escritura. Después, los ejemplares de Dante, Shakespeare, Platón. Y Kerouac. «La cárcel es donde te prometes a ti mismo el derecho a vivir.» Una frase que ha salvado a Sutton en muchas noches interminables. También el diccionario de citas, que contiene la frase más célebre pronunciada por el atracador de bancos más famoso de Estados Unidos, Willie Sutton, también conocido como Slick Willie, también conocido como Willie el Actor.

Con cuidado, con ternura, mete en la bolsa a Ezra Pound. «Vas a salir ahora del tumulto del mundo.» Y después a Tennyson. «Sal al jardín, Maud, yo estoy aquí solo, junto a la verja.» Pronuncia las frases en voz muy baja. Se le empañan los ojos. Siempre le ocurre. Por último, recoge el cuaderno de hojas amarillas en el que estaba escribiendo cuando los guardias han venido a buscarlo. No la novela, que ha terminado hace poco, sino una nota de suicidio que empezó a redactar una hora después de que le denegaran la petición de libertad vigilada. Pasa tantas veces..., piensa. La muerte se planta ante tu puerta, se levanta los faldones, te señala con su vara, y entonces te concede el perdón.

Una vez que lo tiene todo recogido, la Administración le deja hacer varias llamadas telefónicas. Primero marca el número de su abogada, Katherine. Ella está tan contenta que casi no le salen las palabras.

Lo hemos conseguido, Willie. ¡Lo hemos conseguido!

¿Y cómo lo hemos hecho, Katherine?

Se han cansado de pelearse con nosotros. Es Navidad, Willie, y están cansados, eso es todo. Era más fácil rendirse.

Sé cómo se han sentido, Katherine.

Y los periódicos también nos han ayudado, Willie. Los periódicos estaban de tu parte.

Por eso Katherine ha llegado a un acuerdo con uno de los rotativos más importantes. Le dice cuál, pero a Sutton la mente le va a mil por hora y no lo registra. El periódico lo va a llevar en su avión privado hasta Manhattan, lo va a instalar en un hotel y, a cambio, él les contará su historia en exclusiva.

Por desgracia, añade Katherine, ello supone que tendrás que pasar el día de Navidad con un periodista y no con la familia. ¿Hay algún problema?

Sutton piensa en su familia. Lleva años sin hablar con ellos. Piensa en los periodistas. Nunca ha hablado con ellos. De hecho no le caen bien. Aun así, ese no es momento para poner reparos.

No, está bien, Katherine.

Bien, ¿conoces a alguien que pueda llevarte en coche desde la salida de la cárcel hasta el aeropuerto?

Ya encontraré a alguien.

Cuelga; llama a Donald, que responde al décimo tono.

¿Donald? Soy Willie.

¿Quién?

Willie. ¿Qué haces?

Ah, hola. Estoy tomándome una cerveza y preparándome para ver *La novicia voladora*.

Escúchame. Me sueltan esta noche.

¿Te sueltan o te sueltas tú solo?

Es legal, Donald. Me abren la puerta.

¿Cómo puede ser?

No lo sé. Pero es. ¿Puedes venir a recogerme a la puerta?

¿Al lado de la cosa esa de la Bella Durmiente?

Sí.

Claro.

Sutton le pide a Donald que le traiga unas cosas.

Lo que quieras, dice Donald. Tú pide y te lo traigo.

La furgoneta de un canal televisivo se acerca rugiendo hasta la verja. Se baja de ella un reportero que se pelea un rato con su micrófono. Lleva un traje de doscientos dólares, un abrigo de pelo de camello, guantes grises de piel, gemelos de plata. Los periodistas de la prensa escrita se dan codazos. Gemelos... ¿Has visto alguna vez...?

El enviado de la tele se acerca a los de la prensa escrita y les desea a todos una feliz Navidad. Igualmente, murmuran ellos. Después, silencio.

Noche de Paz, dice el de la tele.

Nadie se ríe.

El periodista de *Newsweek* le pregunta al de la tele si ha leído el artículo de Pete Hamill en el *Post* de esa mañana. La elocuente apología que ha lanzado Hamill sobre Sutton, su petición para que lo pongan en libertad, escrita en forma de carta dirigida al gobernador, podría ser la razón de que estén todos ahí. Hamill instaba a Rockefeller a ser justo. «Si Willie Sutton hubiera sido miembro de la junta directiva de General Electric, o exmando de una compañía de aguas en lugar del hijo de un herrero irlandés, ya estaría en la calle.»

El periodista de la tele está tenso. Sabe que los de la prensa escrita creen que no lee, que no sabe leer.

Sí, dice. Me ha parecido que Hamill daba en el clavo. Sobre todo en su referencia a los bancos. «Actualmente algunos de nosotros, al informarnos sobre los tipos de interés de las hipotecas, tenemos la sensación de que son los bancos los que nos roban.»

Y se me ha formado un nudo en la garganta cuando he leído eso de que Sutton podría reencontrarse con un amor perdido. «Willie Sutton debería poder sentarse en Prospect Park a mirar los patos una vez más, o acercarse a Nathan a comerse un perrito caliente, o invitar a tomar una copa a alguna vieja amiga.»

Ello desencadena un debate. ¿Merece Sutton realmente quedar en libertad?

Es un matón, dice el periodista de *Newsday*. ¿A qué viene tanta adulación?

Porque en algunas zonas de Brooklyn es Dios, responde el periodista del *Post*. No hay más que fijarse en la cantidad de gente que ha venido.

Ya son más de veinticinco reporteros, y casi los mismos civiles: aficionados al mundo del delito, radioaficionados interesados en las comunicaciones policiales, curiosos. Chalados. Morbosos.

Insisto, dice el periodista de *Newsday*, os pregunto: ¿por qué?

Porque Sutton atracaba bancos, responde el reportero televisivo, ¿y quién coño tiene una palabra amable que decir sobre los bancos? No solo deberían soltarlo, sino que tendrían que hacerle entrega de las llaves de la ciudad.

Lo que no acabo de entender, interviene el de *Look*, es por qué Rockefeller, que ha sido banquero, suelta a un atracador de bancos.

Rockefeller necesita el voto irlandés, dice el de *Times Union*. En Nueva York no sales reelegido sin el voto irlandés, y Sutton es como Jimmy Walker y Michael Collins y un par de Kennedys juntos.

Pero si es un matón, joder, insiste el periodista de *Newsday*, que podría estar borracho.

El reportero televisivo hace un gesto de burla. Lleva bajo el brazo el último número de la revista *Life*, que tiene en la cubierta la imagen de Charles Manson. Levanta la revista: Manson los observa.

Comparado con este tío, dice el de la tele, y con los Ángeles del Infierno, y con los soldados que se han cargado a toda esa gente inocente en My Lai..., Willie Sutton es un corderito.

Sí, sí, dice el reportero de *Newsday*, es todo un pacifista. Es el Gandhi de los gánsteres.

Con todos esos bancos, dice el de la tele, con todas esas cárceles, y el tipo no ha disparado un tiro en toda su vida. No le ha hecho daño a una mosca.

El de *Newsday* mira al de la tele a la cara.

¿Y qué me dices de Arnold Schuster?, le pregunta.

Ah, dice el de la tele, Sutton no tuvo nada que ver con Schuster.

¿Eso quién lo dice?

Lo digo yo.

¿Y quién coño eres tú?

Te diré quién no soy. No soy un gacetillero quemado.

El periodista del *Times* se interpone entre los dos.

¿Qué es eso de darse de hostias por defender si alguien es pacifista o no? Y en Nochebuena. Eso no puede ser.

¿Por qué no?

Porque si lo hacéis, tendré que escribir sobre ello.

La conversación vuelve a centrarse en el alcaide. ¿Es que no se da cuenta de que la temperatura ya es bajo cero? Sí, seguro que se da cuenta. Se lo está pasando bomba. Se las da de amo. Hoy en día, todo el mundo se las da de amo. Mailer, Nixon, Manson, el Asesino del Zodíaco, la policía... Estamos en 1969, el año de los que se las dan de amos. Seguramente el alcaide los está mirando en ese mismo momento desde su circuito cerrado de televisión mientras le da sorbos a un coñac y se ríe de ellos en su cara. No tiene bastante con exponerlos a esa bomba de mierda, sino que además tienen que ser los pardillos de un macho alfa criptofascista.

Venid todos a mi furgoneta, si queréis, dice el de la tele. Se está calentito. Tenemos tele. Dan *La novicia voladora*.

Gruñidos.

Sutton está tumbado en el camastro, esperando. A las siete en punto, Guardia Derecho aparece junto a la puerta.

Lo siento, Sutton. No va a ser.

¿Señor?

Guardia Izquierdo se coloca detrás de Guardia Derecho. Acaban de llegar nuevas órdenes del vicealcaide... Dice que no..., que no te vas.

¿Que no me voy? ¿Por qué?

¿Por qué qué?

¿Por qué, señor?

Guardia Derecho se encoge de hombros.

Alguna pelea entre Rockefeller y la junta de libertad vigilada. No se ponen de acuerdo sobre quién debe asumir la responsabilidad, ni sobre cómo ha de redactarse el comunicado de prensa.

O sea, que no me...

No.

Sutton contempla las paredes, los barrotes. Se mira las muñecas. Las venas moradas, hinchadas, retorcidas. Debió hacerlo cuando tuvo ocasión.

Guardia Derecho empieza a reírse. Guardia Izquierdo también.

Es broma, Sutton. Ponte de pie.

Abren la puerta, lo llevan a la sastrería. Se quita el uniforme de presidiario y se viste con una camisa blanca, nueva, una corbata azul también nueva, un traje negro sin estrenar con chaqueta de dos botones. Se pone unos calcetines negros, nuevos, y unos zapatos negros de puntera calada. Se vuelve para mirarse en el espejo. Ahora sí se ve con el porte de antes.

Mira a Sastre. ¿Cómo estoy?

Sastre agita de nuevo las monedas y botones que lleva en el bolsillo y levanta el pulgar.

Sutton se vuelve hacia los guardias.

Nada.

Guardia Derecho, solo, conduce a Sutton hasta su Times Square, y desde allí, pasando por delante de la Administración, hacia la entrada principal. Qué frío hace, Dios. Sutton se abraza a la bolsa de plástico con sus pertenencias y no hace caso del dolor de pierna, que se le agarrota, le quema, lo destroza. Un tubo de plástico le mantiene abierta la arteria, y en ese momento nota que está a punto de doblarse como una pajita de papel.

Tienes que operarte, le dijo el médico hace dos años, después de insertarle el tubo.

Si tardo en operarme, ¿perderé la pierna, doctor?

No, Willie, no perderás la pierna; morirás.

Pero Sutton ha tardado. No quería que lo abriera ningún médico de la cárcel. No se fiaría de un médico penitenciario ni para abrir una cuenta corriente. Ahora le parece que hizo bien. Tal vez pueda operarse en un hospital de verdad, y pagarse la intervención con las ganancias de su novela. Siempre y cuando alguien la publique. Siempre y cuando aún esté a tiempo. Siempre y cuando sobreviva a esa noche, a ese momento. Mañana.

Guardia Derecho conduce a Sutton a través del detector de metales, lo pasa por delante de la mesa de ingresos y lo lleva frente a una puerta negra, metálica. Guardia Derecho la abre. Sutton da un paso al frente. Se vuelve a mirar a Guardia Derecho, que lo ha ninguneado y golpeado durante los últimos diecisiete años. Guardia Derecho le ha censurado las cartas, le ha confiscado los libros, le ha negado sus peticiones de jabón, de plumas y de papel higiénico, le ha pegado por no terminar las frases con un «señor». Guardia Derecho se prepara; ese es el momento en el que a los presos les gusta sacar lo que llevan dentro. Pero Sutton sonríe. Se diría que algo en su interior se está abriendo como una flor. Feliz Navidad, niño.

Guadia Derecho echa hacia atrás la cabeza. Espera un segundo. Dos. Sí, feliz Navidad, Willie. Y buena suerte.

Son casi las ocho.

Guardia Derecho empuja la puerta para abrirla, y Willie Sutton sale.

Un fotógrafo de *Life* grita: «¡Ahí está!». Más de treinta reporteros convergen en el mismo punto. Los chiflados, los morbosos también empujan. Las cámaras de televisión se acercan al rostro de Sutton. Unas luces más potentes que los focos de la cárcel impactan en sus ojos celestes.

¿Qué se siente al estar libre, Willie?

¿Crees que volverás a atracar más bancos, Willie?

¿Quieres decir algo a los familiares de Arnold Schuster?

Sutton señala la luna llena.

Mirad, dice.

Treinta y cinco periodistas, veinticinco civiles y un delincuente archifamoso contemplan el cielo nocturno. Es la primera vez en diecisiete años que Sutton ve la luna así, cara a cara, y se queda sin aliento.

Mirad, vuelve a decir. Mirad esta noche tan bonita y tan clara que Dios ha creado para Willie.

Ahora, más allá del corro de periodistas, Sutton ve a un hombre con el pelo panocha y unas pecas tercas, anaranjadas, apoyado en un Pontiac GTO rojo de 1967. Sutton le hace una señal y Donald se acerca deprisa. Se dan la mano. Donald aparta a codazos a varios reporteros, lleva a Sutton hasta el Pontiac. Cuando ya está sentado en el asiento del copiloto, Donald cierra de golpe la puerta y le da un codazo a otro periodista, porque sí. Rodea el coche, se pone al volante y pisa a fondo el acelerador. Se alejan levantando tras ellos una ola de barro, nieve y sal que salpica al reportero de *Newsday*. En la cara, el pecho, la camisa, el abrigo. Él se mira la ropa y levanta la vista.

Ya os lo he dicho. Un matón.

Sutton no habla. Donald deja que no hable. Donald sabe. Donald salió de Attica hace nueve meses. Los dos contemplan la carretera helada, los bosques gélidos, y Sutton intenta ordenar sus pensamientos. Tras unos kilómetros, le pregunta a Donald si ha conseguido lo que le ha pedido por teléfono.

Sí, Willie.

¿Está viva?

No lo sé. Pero he encontrado su último domicilio conocido.

Donald le entrega un sobre blanco. Sutton lo sostiene como un cáliz. Su mente se pone en marcha. Regresa a Brooklyn. A Coney Island. A 1919.

Todavía no, se dice. Todavía no. Cierra su mente, algo que ha aprendido a hacer con los años. Se le da demasiado bien, como le dijo un loquero de la cárcel.

Se guarda el sobre en el bolsillo interior de su traje nuevo. Llevaba veinte años sin bolsillo en la pechera. Siempre ha sido su favorito: ahí guardaba las cosas buenas. Anillos de compromiso, pitilleras esmaltadas, billeteras de piel de Abercrombie. Armas.

Donald le pregunta quién es ella, y por qué quiere su dirección.

No debería decírtelo, Donald.

No hay secretos entre nosotros, Willie.

Entre nosotros no hay más que secretos, Donald.

Sí, eso es verdad, Willie.

Sutton mira a Donald y recuerda por qué ha estado en la cárcel. Un mes después de perder el empleo en un barco pesquero, dos semanas después de que lo abandonara su mujer, un hombre en un bar le dijo a Donald que parecía cansado.* Donald, pensando que el hombre estaba insultándolo, le dio un puñetazo y el hombre cometió el error de devolvérselo. Donald, que había sido luchador en la universidad, lo tumbó, lo agarró hasta dejarlo sin respiración y le partió el cuello.

---

* «Beat» en inglés. La palabra, en la época, podía significar «beatnik», en referencia al movimiento contracultural. (N. del T.)

Sutton enciende la radio. Busca noticias, no las encuentra. Deja puesta una emisora de música. La música es algo depresiva pero enérgica. Distinta.

¿Qué es, Donald?

Los Beatles.

Ah, así que estos son los Beatles.

Recorren varios kilómetros sin decir nada. Escuchando a Lennon. A Sutton, las letras le recuerdan a Ezra Pound. Le da una palmadita a la bolsa de plástico que tiene apoyada sobre las piernas.

Donald frena un poco y mira a Willie.

¿El nombre escrito en ese sobre tiene algo que ver con..., ya sabes?

Sutton mira a Donald.

¿Con quién?

Ya sabes. Con Schuster.

No. Claro que no. Dios mío, Donald, ¿por qué me preguntas eso?

No lo sé. Nada. Solo una intuición.

Pues no, Donald. No.

Sutton se lleva la mano al bolsillo de la pechera. Piensa.

Bueno, supongo que sí..., de una manera indirecta. Todos los caminos, tarde o temprano, llevan a Schuster, ¿verdad, Donald?

Donald asiente. Conduce.

Tienes buen aspecto, Willie Boy.

Dicen que me estoy muriendo.

Chorradas. Tú no morirás nunca, joder.

Sí. Claro.

Ni queriendo morirías.

Humm. No tienes ni idea de lo cierto que es lo que acabas de decir.

Donald enciende dos cigarrillos y le ofrece uno a Sutton.

¿Tomamos algo? ¿Tienes tiempo antes del vuelo?

Qué idea tan interesante. Una copa de Jameson, como decía mi abuelo.

Donald deja la autopista y aparca junto a un tugurio. Ramos de acebo y luces de Navidad cuelgan del techo del bar. Sutton no ha visto iluminación navideña desde que sus queridos Dodgers aún estaban afincados en Brooklyn. No ha visto otras luces que esos fluorescentes de la cárcel que te quemaban los ojos, y que la bombilla de sesenta vatios de su celda.

Mira, Donald. Luces. Sabes que has estado en el infierno cuando una ristra de bombillas de colores en un antro cualquiera te parece más bonito que el Luna Park.

Donald le hace un gesto con la cabeza a la camarera, una joven rubia que lleva una blusa ajustada con un estampado de cachemira y una minifalda.

Hablando de cosas bonitas, dice Donald.

Sutton la mira.

No había minifaldas cuando entré en la cárcel, comenta en voz baja, respetuosamente.

Has regresado a un mundo distinto, Willie.

Donald pide una Schlitz. Sutton, un Jameson. El primer sorbo es una delicia. El segundo, un directo de derecha. Sutton se bebe de un trago el resto, golpea la barra y pide otro.

En la tele que hay sobre la barra dan las noticias.

«Esta noche, la noticia destacada... Willie Sutton el Actor, el atracador de bancos más activo de la historia de Estados Unidos, ha sido puesto en libertad y ha salido del centro penitenciario de Attica. En una decisión sorprendente del gobernador Nelson Rockefeller...».

Sutton clava la mirada en la encimera de la barra y piensa: Nelson Rockefeller, hijo de John D. Rockefeller, nieto de John D. Rockefeller sénior, amigo íntimo de... No, todavía no, se dice a sí mismo.

Se lleva la mano al bolsillo de la pechera, toca el sobre.

Ahora, en la pantalla del televisor aparece el rostro de Sutton. Su cara de antes. Una foto vieja de ficha policial. Nadie en el bar lo reconoce. Sutton le dedica una sonrisa pícara a Donald y le guiña un ojo.

No me conocen, Donald. Ya ni me acuerdo de la última vez que estuve en una sala llena de gente y no me conocía nadie. Me gusta.

Donald pide otra ronda. Y después, otra.

Espero que tengas dinero, dice Sutton. Yo solo llevo los dos cheques del gobernador Rockefeller.

Que seguro que son sin fondos, joder, susurra Donald.

Una cosa, Donald. ¿Quieres ver un truco?

Siempre.

Sutton camina cojeando hasta la otra punta del bar. Y vuelve cojeando. Tachán.

Donald parpadea. Creo que no lo pillo.

He caminado desde aquí hasta allá sin que me molestara un gacetillero. Sin que un listo se metiera conmigo. Veinte metros, seis más de los que tenía mi asquerosa celda, Donald. Y no he tenido que llamar «señor» a nadie ni antes ni después. ¿Has visto alguna vez algo tan maravilloso?

Donald se ríe.

Ah, Donald, ser libre... Libre de verdad. Es algo que no se puede explicar a alguien que no haya estado en chirona.

Todo el mundo tendría que cumplir condena, dice Donald, ahogando una risotada, y así lo entenderían.

Es la hora, Willie mira el reloj que hay al otro lado de la barra.

Mierda, Donald, será mejor que nos vayamos.

Donald conduce dando tumbos por carreteras secundarias heladas. En dos ocasiones derrapan y acaban en el arcén. Una tercera vez están a punto de chocar contra un montículo de nieve.

¿Estás bien para conducir, Donald?

Pues la verdad es que no, Willie. Joder, ¿cómo te has dado cuenta?

Sutton se agarra al salpicadero. Mira a lo lejos las luces de Búfalo. Recuerda que había lanchas rápidas que iban desde allí hasta Canadá.

Toda esa zona, dice, en los años veinte, la controlaban bandas polacas.

Donald se ríe.

¿Gánsteres polacos? ¿Y qué hacían? ¿Paraban a la gente a punta de pistola y les devolvían las billeteras?

Te habrían cortado la lengua por decir algo así. Los polacos hacían que los irlandeses pareciéramos niños de coro. Y los polis polacos eran los más crueles de todos.

Asombroso, comenta Donald con sarcasmo exagerado.

¿Sabías que el presidente Grover Cleveland fue verdugo aquí?

¿En serio?

Su misión consistía en poner la soga al cuello de los condenados, apretar el nudo y empujarlos en el patíbulo.

El trabajo es el trabajo, dice Donald.

Lo llamaban el Verdugo de Búfalo. Y al final su cara acabó en los billetes de mil dólares.

Veo que sigues leyendo *Historia de América*, Willie.

Llegan al aeródromo privado. Los recibe un joven de cabeza cuadrada y hoyuelo marcado en la barbilla, también cuadrada. Supuestamente es el reportero. Estrecha la mano de Sutton y dice su nombre, pero Sutton está más borracho que Donald y no lo pilla.

Encantado de conocerte, chico.

Igualmente, señor Sutton.

Reportero tiene el pelo castaño, muy espeso, ojos negros, profundos, y una sonrisa Profident, resplandeciente. Bajo cada mejilla rasurada brilla una mancha roja como un ascua, tal vez del frío, aunque más probablemente de la buena salud. Más envidiable aún es la nariz de Reportero: fina y recta como un chuzo.

Es un vuelo muy corto, le dice a Sutton. ¿Estamos listos?

Sutton se fija en las nubes bajas, en el avión. Mira a Reportero. Después a Donald.

¿Señor Sutton?

Bueno, chico, verás. Esta es la primera vez en mi vida que me subo a un avión.

Ah, oh. Bueno, es totalmente seguro. Pero si prefiere salir por la mañana...

No. Cuanto antes llegue a Nueva York, mejor. Adiós, Donald. Feliz Navidad, Willie.

El avión dispone de cuatro asientos. Dos delante y dos detrás. Reportero sienta a Sutton en uno de los traseros y le abrocha el cinturón, y él se sienta delante, junto al piloto. Caen copos de nieve mientras avanzan por la pista de despegue. Se detienen del todo y el piloto se comunica por radio, y la radio crepita y a través de ella se oyen unos números y unos códigos y de pronto Sutton recuerda la primera vez que se subió a un coche. Que era robado. Bueno, comprado con dinero robado. Que había robado Sutton. Tenía casi dieciocho años y conducir un coche por una carretera era como volar. Ahora, cincuenta años después, va a volar por el aire. Nota una presión dolorosa creciente, debajo del corazón. No, eso no es seguro. Lee todos los días en el periódico que otro avión se ha estrellado y se ha hecho pedazos en alguna montaña, en algún campo, en algún lago. La gravedad no es cosa de broma. La gravedad es una de las pocas leyes que no se ha saltado nunca. Preferiría estar en el Pontiac de Donald en ese mismo momento, derrapando sobre carreteras heladas. Tal vez podría pagar a Donald para que lo llevara hasta Nueva York. Tal vez podría ir en autocar. Mierda, incluso andando. Pero antes tiene que salir de ese avión. Se agarra al cinturón.

El motor emite un quejido agudo, penetrante, y el avión acelera como un caballo y avanza relinchando por la pista. Sutton piensa en los astronautas. Piensa en Lindbergh. Piensa en el hombre bala de Coney Island, aquel señor calvo de los calzoncillos largos rojos que salía disparado de un cañón. Cierra los ojos y reza una oración y se aferra a su bolsa de plástico. Cuando vuelve a abrirlos, la luna llena está justo al otro lado de la ventanilla, rutilante.

Cuarenta minutos después se distinguen las luces de Manhattan. Luego, la Estatua de la Libertad resplandece de verde y oro en el puerto. Sutton pega la cara a la ventanilla. Diosa de un brazo. Lo saluda a él, lo guía. Lo llama para que vuelva a casa.

El avión se inclina hacia un lado e inicia el descenso hacia La Guardia. El aterrizaje es suave. Cuando reducen la velocidad y ruedan ya por la pista camino de la terminal, Reportero se vuelve para ver cómo está Sutton.

¿Está bien, señor Sutton?

Despeguemos otra vez, chico.

Reportero sonríe.

Caminan juntos sobre el asfalto húmedo, neblinoso, hasta un coche que los espera. Sutton piensa en Bogart y Claude Rains. Alguna vez le han dicho que se parece un poco a Bogart. Reportero está hablando. ¿Señor Sutton? ¿Me ha oído? Supongo que su abogada le ha contado todo lo que ocurrirá mañana...

Sí, chico.

Reportero consulta la hora.

En realidad debería decir hoy. Ya es la una de la madrugada.

Sí, dice Sutton. El tiempo ha perdido todo el sentido. Aunque no es que lo haya tenido alguna vez.

Usted sabe que su abogada ha acordado cedernos los derechos en exclusiva de su historia. Y sabe que esperamos visitar los lugares que frecuentaba, las escenas de sus... delitos.

¿Dónde dormimos esta noche?

En el Plaza.

Me despierto en Attica y me acuesto en el Plaza. Joder... Esto es América.

Pero, señor Sutton, tengo que pedirle algo. Cuando nos hayamos registrado, pida lo que quiera en el servicio de habitaciones, lo que quiera, pero no salga del hotel.

Sutton mira a Reportero. El chico no debe de tener ni veinticinco años, supone, pero va vestido como un viejo. Gabardina con cuello de pelo, traje marrón oscuro, bufanda de cachemira, zapatos calados de cordones. A Sutton se le ocurre que en realidad va vestido como un maldito banquero.

Mis editores, señor Sutton. Quieren que lo tengamos para nosotros solos el primer día. Eso significa que nadie puede citar sus palabras ni tomarle fotos. Así que no podemos permitir que se sepa dónde está.

En otras palabras, chico, que soy su prisionero.

Reportero suelta una risotada nerviosa.

Oh, no, yo no diría eso.

Pero estoy bajo su custodia.

Solo por un día, señor Sutton.

2

La luz de la mañana inunda la *suite*.

Sutton está sentado en un sillón orejero, contemplando el otro sillón orejero y la cama *king-size*. No ha dormido nada. Hace cinco horas que Reportero y él se registraron, y se ha quedado amodorrado varias veces en la butaca, pero nada más. Enciende un cigarrillo, el último del paquete. Por suerte ha pedido dos más al servicio de habitaciones. Por suerte tenían la marca que él fuma. Solo puede fumar Chesterfield. Siempre, siempre tenía la taquilla llena de Chesterfield. Baja el humo del tabaco dándole un sorbo al champán que también ha pedido. Se lleva el cigarrillo a la boca y expone al sol el sobre blanco. No lo ha abierto. No se lo permitirá a sí mismo hasta que esté listo, hasta que llegue el momento, aunque ello signifique que tal vez no viva para abrirlo.

Su cuerpo está reaccionando tal como el médico le dijo que reaccionaría en las etapas finales. La sensación de agarrotamiento en los riñones. Los dedos de los pies y las piernas adormecidos. El médico lo llamó «claudicación». Al principio te costará caminar, Willie. Después, simplemente pararás.

¿Pararé de qué, doctor?

Pararás de todo, Willie. Pararás tú.

Así que va a morir hoy. Dentro de unas horas, tal vez antes del mediodía, sin duda antes de que anochezca. Lo sabe con la misma certeza con la que en los viejos tiempos sabía otras cosas, como sabía cuando un tipo era legal o era un cabrón. Le ha dado esquinazo a la muerte más de cien veces, pero hoy no. Con aquella nota de suicidio invitó a la muerte a su casa. Una vez que la dejas entrar, no siempre se va.

Hace girar despacio el sobre, lo agita un poco, como si fuera una cerilla que quisiera apagar. Entrevé en su interior una hoja suelta en la que se distingue la letra de Donald. Ve el nombre de Bess, o cree verlo. No sería la primera vez que ve a Bess sin que ella esté ahí. ¿Sabrá ella ya que lo han soltado? Se la imagina de pie, frente a él. La invoca. Es más fácil invocarla vestido con un traje, y desde el Plaza, que desde una celda de Attica.

Ah, Bess, susurra. No puedo morir antes de verte, amor de mi corazón. No puedo.

Llaman muy flojo con los nudillos a la puerta, y se sobresalta. Se guarda el sobre blanco en el bolsillo y se dirige, tambaleante, hacia la puerta.

Es Reportero. Lleva húmedo el pelo castaño oscuro, con la raya muy bien marcada, va recién afeitado y tiene la cara rosada y blanca. De cuello para arriba es del color de un helado de tres gustos. Lleva otro traje de banquero, y la misma gabardina con cuello de pelo. En una mano sostiene un maletín grande, como de abogado, y en la otra una caja de cartón con *bagels* y café.

Buenos días, señor Sutton.

Feliz Navidad, chico.

¿Hablaba por teléfono?

No.

Me ha parecido oír voces.

No.

Reportero sonríe. Sus dientes parecen el doble de blancos.

Bien, dice.

Sutton sigue sin recordar cómo se llama, ni para qué periódico trabaja, y le parece que ya es demasiado tarde para preguntar. Además, no le importa. Se aparta un poco. Reportero se dirige al escritorio, junto a la ventana, y deja ahí la caja.

41

He traído leche, azúcar. No sé cómo lo toma.

Sutton cierra la puerta y sigue a Reportero.

¿No bajamos al restaurante, chico?

Lo siento, señor Sutton, el restaurante es un lugar demasiado público. Y usted es un hombre muy famoso esta mañana.

Yo he sido famoso toda mi vida, chico.

Pero es que hoy, señor Sutton, es usted el hombre más famoso de Nueva York. Productores, directores, guionistas, negros, editores, todos merodean alrededor de mi periódico. Se ha corrido la voz de que lo tenemos nosotros. Merv Griffin ha telefoneado dos veces a la redacción esta mañana. La gente de Johnny Carson ha dejado cuatro mensajes en el contestador de mi casa. No podemos arriesgarnos a que alguien lo vea en el restaurante. Ya me imagino a algún camarero llamando al *The Times* y diciendo: por cincuenta pavos les digo dónde está desayunando Willie Sutton. Mi editor me arrancaría la piel a tiras.

Al menos Sutton acaba de enterarse de que Reportero no trabaja para el *The Times*.

Reportero abre el maletín y saca de él un montón de periódicos. Levanta uno y se lo muestra a Sutton. En la portada aparece su cara. Encima, un titular inmenso: SANTA CLAUS SUELTA A WILLIE SUTTON.

Sutton sostiene el periódico, lo despliega, frunce el ceño. Santa Claus, dice. Dios mío, nunca he entendido por qué ese tipo tiene tan buena prensa. Un gordito con un papel secundario. ¿Qué pasa? ¿Que el allanamiento de morada no es un delito si llevas un traje de terciopelo rojo?

Mira a Reportero en busca de su aprobación, pero este se encoge de hombros.

Yo soy judío, señor Sutton.

Ah.

Sutton lo nota en su tono de voz, el chico espera a que él le diga: «Llámame Willie». Y él lo tiene en la punta de la lengua, está a punto de decirlo, pero no puede. Le gusta la deferencia. Se siente bien. Ya no recuerda la última vez que alguien, descontando a los jueces, lo llamó señor Sutton. Regresa al sillón orejero. Reportero, con un café servido en un vaso de cartón, se sienta en el otro, extrae la tapa de plástico, da un sorbo. Ahora se echa hacia delante con gran interés.

Y bien, señor Sutton, ¿qué se siente al ser famoso?

Creo que no me has oído bien, chico. Yo he sido famoso toda mi vida.

Sí, pero podría decirse que por lo que no debía.

Esos son matices sin importancia.

Lo que intento decirle es que es usted una leyenda viva.

Por favor, joven.

Es usted un ídolo.

No.

Sí lo es, señor Sutton. Por eso mis editores están tan interesados en esta historia. En la reunión de ayer para decidir la portada, un jefe de redacción dijo que ha alcanzado usted una especie de estatus mítico.

Sutton abre mucho los ojos.

Chico, a vosotros, los periodistas, os encantan los mitos, ¿verdad?

¿Cómo?

Vender mitos, eso es lo que hacéis. En la portada, en la sección de deportes, en las páginas de economía... Todos son mitos.

Bueno, yo no creo que...

Yo también me lo creía. Cuando era niño. Yo me lo tragaba todo. Y no solo los periódicos. También los cómics, Horatio Alger, la Biblia, todo el Sueño Americano. Malditos mitos.

Creo que aún no he tomado suficiente café.

Prueba con el champán.

No, gracias, señor Sutton. Lo que digo es que a América le encantan los atracadores de bancos.

¿En serio? Pues América tiene una manera muy curiosa de demostrarlo. Me he pasado media vida encerrado.

Piense en su célebre frase. Si esa frase se ha convertido en parte de nuestra cultura, tiene que ser por algo.

Sutton aplasta el cigarrillo en el cenicero y suelta el humo por la nariz. Como sus dos fosas nasales son de distinto tamaño, el humo sale por ellas con distintas formas. Eso es algo que siempre ha molestado a Sutton.

¿Y qué frase es esa, chico?

Ya la sabe.

Sutton pone cara de póquer. No puede evitar tomarle el pelo al chico.

Señor Sutton, seguro que se acuerda. Cuando le preguntaron por qué atracaba bancos. Y usted dijo: «Porque ahí es donde está el dinero».

Ah, sí, ahora me acuerdo. Aunque yo no dije nunca eso.

Reportero se queda boquiabierto.

Uno de tus colegas se inventó esa frase, chico. Y dijo que era mía.

Oh, no.

Es lo que digo. Mitos. Durante toda mi vida, los periodistas, cuando no se dedicaban a pintarme peor de lo que soy, se dedicaban a pintarme mejor de lo que soy.

Vaya. Me avergüenzo de mi profesión.

Todos pagamos por los pecados de nuestros colegas.

Bueno, señor Sutton, no le quepa duda de que hoy no pondré ninguna palabra en su boca.

Sutton ladea la cabeza.

¿Cuántos años tienes, chico?

¿Yo? Cumplo veintitrés en febrero.

Joven.

Supongo que sí. Relativamente.

Si Willie es tan famoso como tú dices, ¿cómo es que tus jefes envían a un cachorro para que me haga de escolta?

Eh...

¿Te ha tocado este encargo por ser judío? ¿Nadie de la sección de local quería trabajar en Navidad?

Reportero coge aire y lo suelta despacio.

No voy a engañarlo. Podría ser por eso.

Sutton mira a Reportero de arriba abajo. Ha subestimado al chico. Se convence de que Reportero no es un *boy scout*. Es todo un cadete. Y un monaguillo. O lo que sea su equivalente judío.

Reportero consulta la hora.

Hablando del encargo, señor Sutton. Tal vez deberíamos ponernos en marcha.

Sutton se pone de pie, se lleva la mano al bolsillo de la pechera. Saca el sobre blanco, vuelve a guardarlo. Entonces abre un plano turístico de la ciudad de Nueva York; ha pedido a recepción que se lo envíen junto con los Chesterfield y el champán. Lo ha marcado con unos números rojos, con unas líneas y unas flechas rojas. Se lo entrega a Reportero.

¿Qué es eso, señor Sutton?

Has dicho que querías una visita guiada por mi vida. Pues aquí la tienes. Te lo he marcado todo en el mapa.

¿Todos esos sitios?

Sí. Y están numerados. Por orden cronológico.

¿Así que esos son los escenarios de todos sus crímenes?

Y de otros hechos clave. Todas las encrucijadas de mi vida.

Reportero pasa el dedo de número en número.

Encrucijadas, dice. Entiendo.

¿Algún problema?

No, no. Es solo que... Parece que adelantamos y retrocedemos varias veces. Tal vez haya alguna ruta más directa...

Tenemos que hacerlo en orden cronológico. Si no, la historia no tendrá sentido.

¿Para quién?

Para ti. Para quien sea. No puedo hablarte de Bess antes de hablarte de Eddie. No puedo contarte nada de la señora Adams antes de contarte algo de Bess.

¿De quién?

¿Lo ves?

De acuerdo. No. Pero, señor Sutton, no sé si tendremos tiempo para todo esto.

Pues, o es todo o nada.

Reportero se echa a reír, pero su risa parece un sollozo. El caso, señor Sutton, es que su abogada... Ha cerrado un trato con mi periódico.

Pues será su trato. Este es el trato de Willie.

Reportero le da un sorbo al café. Sutton lo ve enterrarse un poco más en su gabardina con cuello de pelo, pensando en cuál ha de ser su siguiente movimiento. Lleva el miedo y la inquietud escritos en grandes letras en su rostro blanco y rosado.

Tranquilízate, chico. No tenemos por qué bajarnos del coche y hacer un pícnic en cada parada. Pasaremos de largo en algunos casos. Para que Willie pueda echar un vistazo al lugar, tomarle un poco la medida.

Pero es que, señor Sutton, mis editores son los que fijan las reglas, y...

Sutton masculla algo.

A mí no, a mí no me las fijan ellos. Mira, chico, esto no es ninguna negociación. Si no te sirve mi mapa, ningún problema. Lo dejamos aquí y ya está. A mí me viene muy bien quedarme en esta habitación tan bonita, leyendo un libro, pedirme un Sándwich Club...

Hay que dejarla a las doce del mediodía.

Salí antes de hora de tres cárceles a prueba de fugas, así que supongo que si me da la gana encontraré la manera de salir más tarde de un hotel fino.

Pero...

Tal vez, incluso, haré alguna llamada telefónica. ¿Está en el listín el número de *The Times*?

Reportero le da otro sorbo a su café y empalidece, como si acabara de tomarse un *whisky* a palo seco.

Señor Sutton, es solo que este mapa suyo... parece contener más historias de las que a nosotros nos caben.

¿Y por qué no esperas a oír la historia antes de decirlo?

Además, si antes pudiéramos ir a ciertos lugares... Como por ejemplo al escenario del crimen de Arnold Schuster.

Sí, claro. Y una vez que me tengas en la escena del crimen de Schuster, ya no me necesitarás más, y ya no podré visitar los demás sitios. Ya sé cómo funciona la gente de la prensa.

Señor Sutton, yo no haría una cosa así, puede confiar en mí.

¿Confiar en ti? Chico, no me hagas reír, que cuando me río me duele la pierna. Schuster será lo último. Y punto. ¿Lo tomas o lo dejas?

Pero señor Sutton...

Lo tomas o lo dejas, chico.

De pronto, la voz de Sutton ha bajado una octava. Y el tono es incisivo. Este cambio desconcierta a Reportero, que acerca un dedo al hoyuelo de la barbilla y lo presiona varias veces, como si fuera un botón de emergencia.

Sutton da un paso decidido hacia Reportero. Se concentra en adoptar una postura relajada al tiempo que intenta transmitir la imagen de control total. Es lo mismo que hacía con los directores de banco. Sobre todo con los que aseguraban no recordar la combinación de la caja fuerte.

Pareces listo para ser un cachorro, chico, así que no me vaciles y yo no te vacilo. Pongamos las cartas sobre la mesa. Los dos sabemos que tú solo quieres una historia. Sí, claro, es una historia importante para ti, para tu carrera, para tu periódico, para lo que sea, pero no deja de ser solo una historia. Mañana te dedicarás a otra historia distinta, y el mes que viene ya ni te acordarás de

Willie. En cambio, en mi caso se trata de mi historia, de la única que cuenta conmigo. Piénsalo un poco. Soy libre. Libre... por primera vez en diecisiete años. Es natural que quiera regresar, reseguir mis pasos, ver dónde se torció todo, y necesito hacerlo a mi manera, que es la única manera en que sé hacer las cosas. Y necesito hacerlo ahora mismo, chico, porque no sé cuánto tiempo me queda. Mi pierna, que está jodida del todo, me dice que no mucho. Tú puedes ser mi piloto o no serlo. Eso es cosa tuya. Pero tienes que decidirte. Ahora.

No seré su piloto.

Muy bien. Sin resentimiento.

Hemos quedado con un gráfico. Conducirá él.

¿Con un qué?

Con un fotógrafo, perdone. De hecho debe de estar ya abajo.

¿O sea que aceptas?

No me deja más opción, señor Sutton.

Dilo.

¿Que diga qué?

Que aceptas.

¿Por qué?

En los viejos tiempos, antes de empezar a trabajar con alguien, tenía que oírle decir que aceptaba el encargo. Para que luego no hubiera ningún malentendido.

Reportero le da un buen sorbo al café. Señor Sutton, ¿es de verdad nece...?

Dilo.

Acepto, acepto.

Sutton se monta en el ascensor y maldice para sus adentros. ¿Por qué se habrá quedado despierto toda la noche? ¿Por qué bebió tanto *whisky* con Donald? ¿Y tanto champán esa mañana? ¿Y qué coño le pasa a este ascensor? Ya se mareaba un poco cuando se ponía de pie, pero ahora esta caída libre repentina hasta el vestíbulo, algo así como una cápsula espacial cayendo a la Tierra, le está dando vértigo. En los viejos tiempos, los ascensores eran lentos, cómodos, manejables. Como la gente.

Suena un timbre, el ascensor frena y se detiene. Las puertas se abren con un chasquido. Reportero, ajeno a la expresión de dolor de Sutton, mira a izquierda y derecha y se asegura de que no haya otros reporteros agazapados tras las palmeras del vestíbulo. Agarra a Sutton del codo y lo hace pasar por delante de la recepción y, dejando atrás al portero, atravesar la puerta giratoria. Ahí, delante mismo del Plaza, espera un Dodge Polara de 1968, color siena tostado, de cuyo tubo de escape sale el humo como si fuera agua saliendo de un grifo.

¿Este es tu coche, chico?

No, es uno de los coches de seguimiento del periódico.

Parece un coche de la policía.

De hecho es un coche patrulla adaptado.

Reportero abre la puerta del copiloto. Sutton y él observan el interior. Al volante va sentado un hombre corpulento. Es más o menos de la misma edad que Reportero, de veintitantos años, pero lleva una chaqueta de piel vuelta que le da un aspecto de niño de cinco años disfrazado para jugar a indios y vaqueros. No, con el pelo que le llega a los hombros y el bigotillo a lo Fu Manchú, se parece más a un adulto que se hace pasar por un niño de cinco años que juega a indios y vaqueros. Debajo de la chaqueta de piel vuelta lleva un jersey de esquiador, y al cuello una bufanda de punto con los colores de los postes de barbero, lo que, en conjunto, echa a perder del todo el tono de película del Oeste que pueda haber querido adoptar. Sonríe. Tiene los dientes destrozados. La sonrisa es bonita, pero tiene los dientes destrozados. También tiene los ojos grandes, de un rojo centelleante, como dos caramelos de cereza de esos que tienen un agujero en medio. En ese momento mataría por un caramelo de esos.

Señor Sutton, dice Reportero, quiero presentarle al mejor fotógrafo de prensa de nuestro periódico. Al mejor.

Reportero pronuncia el nombre del fotógrafo, pero Sutton no lo retiene. Feliz Navidad, dice Sutton, entrando en el coche y estrechándole la mano.

Igualmente, hermano.

Sutton se instala en el asiento trasero, que está lleno de cosas. Un monedero de tela. Un estuche de cuero para cámaras. Una caja de panadería de color rosa. Un montón de periódicos y revistas, entre ellas el número de *Life* de la semana anterior. Manson mira fijamente a Sutton, y Sutton le devuelve la mirada.

A lo mejor estaría más cómodo delante, dice Reportero.

No, dice Sutton, yo siempre viajo con el servicio.

Reportero sonríe.

De acuerdo, señor Sutton. Yo encantado de ir delante, de copiloto armado.

Sutton menea la cabeza. «De copiloto armado...» La gente corriente usa expresiones como esa tan despreocupadamente... Él ha ido tantas veces en el asiento de delante con armas, con gente armada... Y no tenía nada de despreocupado.

Fotógrafo observa a Sutton por el retrovisor.

Eh, Willie, hombre, quiero decirte que es todo un lujo conocerte, hermano. A Willie el Actor nada menos, me cago en..., es como conocer a Dillinger.

Bueno, Dillinger mataba a gente, no sé.

O a Jesse James.

También mataba.

O a Al Capone.

Sutton murmura: parece que no salimos de lo mismo.

He sido yo el que ha pedido que me ofrezcan este encargo, dice Fotógrafo.

¿En serio, chico?

Aunque es Navidad. Le he dicho a mi mujer: nena, le he dicho, es Willie el Actor. Ese tío lleva décadas luchando contra el poder.

Bueno, contra el poder no sé...

Has luchado contra la ley, hermano.

Está bien.

Ya eras un antihéroe antes de que se inventara la palabra.

¿Antihéroe?

Pues sí, tío. Esta es la Era de los Antihéroes. No voy a ser yo quien te lo cuente, Willie, los tiempos son difíciles, la gente está harta. Los precios están por las nubes, los impuestos cada vez más altos, millones de personas pasan hambre y están indignadas. Injusticia, desigualdad. La Guerra contra la Pobreza es un chiste, la guerra de Vietnam es ilegal, la Gran Sociedad, una fachada.

Todo sigue igual.

Sí y no, dice Fotógrafo. La misma mierda, sí, pero la gente ya no traga. La gente ha salido a la calle, hermano. Chicago, Newark, Detroit. Hace mucho tiempo que no se veían disturbios como estos. Así que la gente se vuelve loca con cualquiera que luche contra el poder... y gane. Y ese eres tú, Willie. ¿Has visto las portadas de hoy, hermano?

No vayas por ahí, le susurra Reportero a Fotógrafo. Yo ya lo he intentado.

Pero Fotógrafo no se inmuta.

La otra noche, sin ir más lejos, dice, le estaba contando a mi mujer todo sobre ti...

¿Lo sabes todo sobre Willie?

Sí, claro. ¿Y sabes lo que me dijo? Me dijo: ese tipo parece un Robin Hood de carne y hueso.

Bueno, Robin Hood también era de carne y hueso, pero bueno. Parece una chica encantadora.

Sí, tengo mucha suerte. Mi mujer es maestra en el Bronx. Estudia para ser masajista. Me ha cambiado la vida. Me ha concienciado. Ya sabes, la mujer adecuada es capaz de esas cosas.

¿Concienciado?

Sí. Ella lo sabe todo sobre los puntos de activación que hay en el cuerpo. La verdad es que me ha abierto en todos los sentidos. Artísticamente. Emocionalmente. Sexualmente.

A Fotógrafo se le escapa una risita. Sutton se fija en los ojos de caramelo enmarcados por el retrovisor... Fotógrafo está colocado. Reportero también lo mira, y es evidente que piensa lo mismo que él.

Puntos de activación, repite Sutton.

Sí. Está estudiando las mismas técnicas que usaron con Kennedy. Para su espalda. A mí me dolía la espalda... Esta zona de aquí. Gajes del oficio. Así que cada noche me trabaja los nudos. Tiene unas manos mágicas. Yo estoy un poco obsesionado con ella, no sé si lo habéis notado. Sus manos. Su pelo. Su cara. Su culo. Dios, qué culo. Aunque no debería decir eso. Ella es feminista. Me está enseñando a no cosificar a las mujeres.

¿Han tenido que enseñarte a no objetivar a las mujeres?

Cosificar.

Ah.

Reportero carraspea. Ostensiblemente.

Muy bien, pues, dice, cerrando la puerta y extendiendo el mapa de Sutton sobre el salpicadero del Polara. El señor Sutton, muy amablemente, nos ha dibujado un mapa de los lugares que quiere mostrarnos hoy. Insiste en que los visitemos todos. Por orden cronológico.

Fotógrafo se fija en todos los números rojos. Trece, cator... ¿En serio?

En serio.

Fotógrafo baja la voz. ¿Y cuándo llegamos a..., ya sabes..., a Schuster?

Es el último.

Fotógrafo baja aún más la voz.

¿Qué ha pasado?

Lo quiere así, susurra Reportero. Si no, nada.

Sutton inclina la cabeza, intenta no sonreír.

Fotógrafo levanta las dos manos como si Reportero estuviera atracándolo.

Eh, tío, pues muy bien. Estamos con Willie el Actor... Él es el amo, ¿no? Willie el Actor no recibe órdenes de nadie.

Reportero pone la radio.

¿Sección de local? Adelante, sección de local.

La radio suelta un chasquido.

¿Ya estáis..., ininteligible..., saliendo..., ruido estático..., del Plaza?

Diez cuatro.

Fotógrafo arranca y se dirigen hacia la Quinta Avenida, y pasan despacio por delante de dos locales ocupados en otro tiempo por dos bancos que Sutton atracó en 1931.

Hay poco tráfico. Son las siete de la mañana del día de Navidad, están a diez grados bajo cero, y no hay casi gente por la calle. Doblan al llegar a la Quinta Avenida con la calle Siete. Sutton ve a tres jóvenes que caminan debatiendo algo con gran vehemencia. Dos de ellos llevan chaquetas de tela vaquera; el tercero, un chaquetón de piel. Los tres tienen el pelo largo, enredado.

¿Cuándo fue exactamente, pregunta Sutton, el momento en que la gente se reunió y decidió dejar de cortarse el pelo?

Reportero y Fotógrafo se miran y se echan a reír.

Sutton ve a un anciano que rebusca en un contenedor de basura. Ve a otro que empuja un carro de la compra lleno de escobas. Ve a una mujer, bastante joven, bonita, que discute acaloradamente... con el maniquí de un escaparate.

Reportero se vuelve a mirarlo.

¿Era tan grave el problema de los sintecho antes de que usted entrara en la cárcel, señor Sutton?

No, porque no los llamábamos sintecho. Los llamábamos mendigos. Y vagabundos. Qué te voy a contar. Cuando tenía tu edad, yo era uno de ellos.

Eh, Willie, dice Fotógrafo. Por si tienes hambre, he comprado dónuts. Están en la caja esa del asiento.

Sutton abre la caja de color rosa. Un surtido. Glaseados, azucarados, con mermelada, fritos...

Gracias, chico.

Coge los que quieras. He comprado para todos.

Tal vez más tarde.

Los dónuts son mi debilidad.

Te habría encantado Al Capone.

¿Y eso por qué?

Durante la Depresión, Al regalaba dónuts a los pobres. Fue el primer gánster con mentalidad de relaciones públicas.

¿Eso es cierto?

O eso se decía, en todo caso. Que lo hacía todo de cara a la galería. Yo me encontré con él una vez en un club nocturno y se lo pregunté. Me dijo que le importaban una mierda las relaciones públicas. Que no le gustaba ver a la gente pasando hambre.

Sutton siente una punzada de dolor en la pierna. Le sube por un costado y le llega hasta los ojos. Echa la cabeza hacia atrás. Tarde o temprano tendrá que pedirles a los chicos que paren en una farmacia. O en un hospital.

¿Y bien?, dice Fotógrafo. Willie, hermano, ¿qué se siente al estar libre?

Sutton levanta la cabeza.

Es como un sueño, dice.

Seguro.

Fotógrafo espera a que Sutton amplíe el tema un poco. Pero Sutton no lo amplía.

¿Y cómo has pasado tu primera noche de libertad?

Sutton suelta el aire.

Bueno, ya sabes, pensando.

Fotógrafo lanza una risotada. Mira a Reportero. Nada. Vuelve a mirar a Sutton por el retrovisor.

¿Pensando?

Sí.

¿Pensando?

Eso es.

¿En la cárcel no tuviste bastante tiempo para pensar?

En la cárcel, chico, si hay algo que no puedes permitirte hacer es pensar.

Fotógrafo enciende un cigarrillo. Sutton se fija: Newport mentolado. Claro.

Willie, si a mí me soltaran después de diecisiete años en la cárcel, lo último que haría sería pensar.

No me cuesta creerlo.

A Reportero se le escapa la risa y la disimula tosiendo. Fotógrafo mira fijamente a Sutton por el retrovisor, se pasa dos dedos por el bigote de Fu Manchú.

Sutton ve señales que anuncian el túnel. En cuestión de minutos estarán en Brooklyn. Dios...; Brooklyn otra vez. El corazón le late con más fuerza. Pasan por delante de un cine. Todos se fijan en el título de la marquesina. TELL THEM WILLIE BOY IS HERE.*

Reportero y Fotógrafo menean la cabeza.

Qué casualidad, dice Fotógrafo.

De todas las películas que se han estrenado esta semana..., dice Reportero. Tendré que incluirlo en mi reportaje.

Sutton mantiene la vista fija en la marquesina hasta que se pierde de vista.

¿Quién hace de Willie Boy?, pregunta.

Robert Blake, responde Fotógrafo. Lo vi en un tráiler. Es una

---

* Película estrenada en España con el título *El valle del fugitivo*. En inglés, el título significa «Diles que Willie el Niño está aquí». (*N. del T.*)

película del Oeste. Va de un indio que mata al padre de su novia en defensa propia y huye. Se monta una gran caza al hombre, la mayor en la historia del Oeste americano... Está basada en una historia real. En teoría.

Llegan a la esquina de Broadway con Battery Place.

El Cañón de los Héroes, dice Reportero en voz alta volviendo un poco la cabeza hacia atrás. Creo que este año hemos tenido un desfile por aquí semana sí y semana no. Los Jets, claro. Los Mets. Los astronautas.

Es revelador, dice Sutton, que cuando alguien es un héroe lo bañen en trocitos pequeños de teletipos de la bolsa.

Fotógrafo se ríe.

Estamos en sintonía, Willie. Totalmente.

Sutton ve restos de teletipos en las alcantarillas. Ve a otro vagabundo, acurrucado en posición fetal.

Vagabundos acurrucados sobre teletipos de la bolsa, dice. Deberían hacer sellos con esa imagen.

He fotografiado a todos los protagonistas de esos desfiles, dice Fotógrafo. Me salieron muchas fotos de Neil Armstrong. Un tipo muy llano. Dirías que si acaba de volver de dar un paseo por la Luna tendría que ser estirado. Pero no. De verdad, es muy..., bueno, eso.

Con los pies en la tierra, dice.

Sí.

Sutton espera. Uno. Dos. Fotógrafo da una palmada al volante. No lo había pillado, dice. Muy bueno.

Todos elogian a Armstrong y a Aldrin, dice Sutton. Pero el verdadero héroe en esa luna fue el tercer tipo, Mike Collins, el irlandés que iba en el asiento de atrás.

De hecho, puntualiza Reportero, Collins nació en Roma.

Fotógrafo mira a Sutton con asombro.

¿Collins? Pero si ni siquiera puso un pie en la Luna.

Precisamente. Collins se quedó solo en la cápsula espacial.

Mientras sus compañeros bajaban a recoger piedras, Collins estaba al timón. Dio veintiséis vueltas a la Luna, él solo. ¿Os lo imagináis? Sin ningún contacto por radio. No podía hablar con sus compañeros. No podía hablar con la NASA. Sin el menor contacto con toda alma viviente en el universo. Si entraba en pánico, si la cagaba, si pulsaba el botón que no era, dejaría tirados a Armstrong y a Aldrin. O, si ellos se equivocaban, si su módulo lunar se estropeaba, si no conseguían volver a poner en marcha la cosa esa, si no conseguían despegar y acoplarse con Collins, que estaba unos setenta kilómetros por encima de la Luna, tendría que regresar a la Tierra solo. Dejar que sus compañeros murieran. Que lentamente se quedaran sin aire. Mientras contemplaban la Tierra a lo lejos. Era una posibilidad tan real, que Collins tuviera que volver a la Tierra solo, que Nixon llegó a escribir un mensaje a la nación. Collins... Eso sí es un piloto frío como el témpano. Pues ese es el hombre que hace falta al volante de un Ford con el depósito lleno mientras tú estás dentro de un banco.

Reportero mira al asiento de atrás.

Parece que ha pensado bastante en todo eso, señor Sutton.

En la cárcel leía todo lo que caía en mis manos sobre el viaje a la Luna. Los muy chapuceros hasta nos dejaron verlo por la tele... En pleno día. Un privilegio excepcional. Instalaron un televisor en el patio de la Galería D. Era la primera vez que no veía a blancos y a negros pelearse por la tele. Todo el mundo quería ver el alunizaje. Supongo que aquí fuera algunos de vosotros no le disteis mayor importancia. Pero en la cárcel nunca nos cansábamos del viaje a la Luna.

¿Y eso por qué?

Porque el viaje a la Luna es la fuga máxima de la humanidad. Y porque los astronautas viajaban con una sexta parte de nuestra gravedad. En la cárcel, la gravedad parece seis veces mayor.

Las ventanillas del coche se están empañando. Sutton pasa la mano por el cristal de la derecha y mira el cielo. Piensa en los astronautas regresando a la Tierra... A unos cuatrocientos mil kilómetros. Attica queda como mínimo igual de lejos. Enciende un Chesterfield. Hay que tener descaro para identificarse con los astronautas. Pero no puede evitarlo. Tal vez sea por la cápsula espacial, dos delante, uno detrás, como en todos los coches a la fuga en los que ha estado. Además, aunque no lo reconocería nunca, aunque lo colgaran de los pulgares, sí se ve a sí mismo como un héroe. Si no lo es, ¿por qué lo llevan esos chicos por el Cañón de los Héroes?

El Cañón de los Antihéroes.

¿Qué ocurre, señor Sutton?

Nada. ¿Sabíais, chicos, que después de que los astronautas regresaran a la Tierra Collins recibió una carta del único hombre que entendió lo completamente solo que había estado? Charles Lindbergh.

¿Es eso cierto?

Entran en el túnel, avanzan despacio bajo el río. El interior del Polara se oscurece, salvo por el salpicadero y el resplandor del cigarrillo de Sutton. Sutton cierra los ojos.

Este río. Tan lleno de recuerdos. Y de pruebas. Pistolas, cuchillos, trajes, matrículas de coches empleados en las fugas. Él destrozaba las matrículas hasta hacerlas pedazos del tamaño de cajas de cerillas antes de arrojarlas al agua. Y de exsocios... Ese río era lo último que veían. O notaban.

Ya hemos llegado, dice Reportero.

Sutton abre los ojos. ¿Se ha adormilado? Seguramente. Se le ha apagado el cigarrillo. Mira a través de las ventanillas empañadas. Una esquina sin vida. Ajena, lunar. No puede ser aquí. Se fija en el cartel con el nombre de la calle. Gold Street. Sí, es ahí.

¿Cometió un delito aquí, señor Sutton?

Algo así. Aquí nací.

Su abuelo siempre decía que él no nació: se escapó. Dos meses antes de tiempo, con el cordón umbilical envuelto alrededor del cuello. Tendría que haber muerto. Pero el 30 de junio de 1901, William Francis Sutton júnior salió a la luz. Ahora, al salir del Polara, se planta sobre la acera. El Actor ha tomado tierra, susurra para sus adentros.

Camina calle abajo, arrastrando la pierna mala. Reportero, bajándose del Polara y abriendo su cuaderno de notas, lo sigue.

Señor Sutton, ¿su familia..., eh..., aún?

No, todos son ya polvo. Espera, no, eso no es cierto. Tengo una hermana en Florida.

Sutton mira alrededor. Da una vuelta completa. Todo está distinto. Hasta la luz es distinta. ¿Quién habría dicho que algo tan básico, tan elemental como la luz, pudiera cambiar tanto? Pero Brooklyn, hace sesenta años, con sus vías elevadas, sus tendederos por todas partes, era un mundo de sombras densas y variadas, y la luz, por contraste, siempre resultaba cegadora.

Ahora ya no.

El aire, al menos, sí tiene un sabor familiar. Como a estropajo empapado en agua de río. Y también siente que la energía es la misma. Tal vez por eso Sutton, ahora, está oyendo voces. Había tantas voces antes, todas hablaban a la vez. Siempre te llamaba todo el mundo, te gritaban, te chillaban desde un terrado o una escalera de incendios, y todos parecían enfadados. Allí no existían las conversaciones. La vida era una larga discusión. Que nadie ganaba nunca.

Reportero y Fotógrafo se plantan delante de Sutton, con gesto de preocupación. Él ve que le hablan, pero no los oye. Los ahogan las voces. Voces viejas, voces estridentes, voces muertas. Ahora oye los trenes. Día y noche, esos traqueteos incesantes son lo que hacen de Brooklyn Brooklyn. Tomemos el tren de mercancías hasta Coney Island, decía siembre Eddie. Por supuesto, Eddie ya no está desde hace tiempo, y ya no se oyen los traqueteos, o sea que ¿qué es lo que oye Sutton? Se lleva una mano a la boca. ¿Qué ocurre? ¿Es el champán? ¿Es la pierna?

¿Un coágulo que asciende hacia su cerebro? ¿Por eso oye ahora a sus hermanos persiguiéndolo, a su madre llamándolo desde la ventana de arriba?

Señor Sutton, ¿está bien?

Sutton cierra los ojos, alza la cabeza hacia el cielo.

¿Señor Sutton?

Ya subo, madre.

¿Señor Sutton?

3

Gallinas, caballos, cerdos, cabras, todos bajan por el centro de Gold Street, que no es una calle, sino un camino de tierra. El ayuntamiento a veces rociaba la calle con aceite para que no se levante tanto polvo. Pero con eso solo consigue convertirla en un camino de tierra aceitoso.

Los niños del barrio se alegran de que la calle sea de tierra: Gold Street se llama así porque hace mucho tiempo los piratas enterraban sus tesoros ahí abajo, y en los días de verano a los chicos les gusta excavar por si encuentran doblones de oro.

Ahí. Una casa estrecha, de madera, de tres plantas, como todas las demás en Gold Street, salvo por la chimenea, que está torcida. Willie vive ahí con Padre, Madre, dos hermanos mayores, una hermana mayor y su abuelo de pelo blanco, Daddo. La casa está pintada de un amarillo muy alegre, pero es un color que llama a engaño: el sitio no es nada alegre. Siempre hace demasiado calor, demasiado frío, es demasiado pequeño. No hay agua corriente, no hay baño, y flota siempre un aire de tristeza en las habitaciones diminutas y en los pasillos estrechos, desde la muerte de su hermana recién nacida, Agnes. Meningitis. O eso creen los Sutton. No lo saben. No hubo médico, ni hospital. Los hospitales son para los Rockefeller.

Sutton tiene siete años y está sentado en la cocina mirando a su madre, muerta de tristeza delante del fregadero. Mujer menuda, ancha de caderas, pelirroja y de ojos soñolientos, frota una prenda de ropa que fue blanca y que ya no volverá a serlo nunca. Usa un detergente en polvo que a Willie le huele a peras maduras y a vainilla.

El nombre del detergente, Fels, está por todas partes, en los periódicos, en los carteles, en los anuncios que llevan los tranvías. Los niños, cuando saltan a la cuerda, cantan el anuncio de Fels para no perder comba. «¡Fels elimina ese gris acusador!» Lo que traducido significa que, sin Fels, ese cuello y esa ropa interior grisáceos te delatarán. La ropa de Judas. La idea aterroriza al pequeño Willie. Sin embargo, el constante frotar de su madre no tiene sentido. Un noble empeño, sí, pero una pérdida de tiempo, porque en cuanto pones el pie en la calle, chof. Las calles están llenas de barro y mierda, de alquitrán y hollín, de polvo y aceite.

Y de caballos muertos. Se desploman por el calor, se caen de frío, se desmoronan por enfermedad o abandono. Todas las semanas hay alguno tirado junto a las alcantarillas. Si el caballo es de un gitano o de un trapero, lo dejan ahí mismo, donde ha caído. Con el tiempo se hincha como un globo, hasta que explota. Con un sonido como de cañón. Después desprende un hedor que nubla la vista, atrae a las moscas, a las ratas. A veces, el Departamento de Limpieza callejera del Ayuntamiento de Nueva York envía una brigada. Muchas otras veces, el ayuntamiento no se molesta. La ciudad trata ese pedazo del norte de Brooklyn, esa tierra baldía entre dos puentes, como si fuera una ciudad aparte, una nación aparte, que es lo que es. Hay quien la llama Vinegar Hill. Casi todos la llaman Irish Town.

En Irish Town todos son irlandeses. Todos. La mayoría son irlandeses recién llegados. Sus botas con tachuelas y sus boinas de cuadros ladeadas aún están sucias del barro de Limerick, de Dublín o de Cork. Madre y Padre nacieron en Irlanda, lo mismo que Daddo, pero todos llegaron a Irish Town hace mucho tiempo, lo que les da cierto estatus en el barrio.

La otra cosa que les da estatus es el trabajo de su padre. La mayoría de padres de Irish Town no trabajan, y quienes sí lo hacen se gastan el sueldo en alcohol, pero Padre es herrero, un artesano con mucha experiencia, y todos los sábados, puntualmente y lleno de orgullo, deposita los doce dólares de su paga semanal en el delantal de Madre. Doce dólares. Nunca más, pero nunca menos.

Willie ve a su padre como una fantástica colección de nuncas. Nunca se salta un día de trabajo, nunca toca el alcohol, nunca maldice ni le levanta la mano a su mujer ni a sus hijos cuando se enfada. Tampoco les muestra nunca afecto, y nunca habla. Una palabra aquí, otra allá. Como máximo. Su silencio, que le proporciona un aura de misterio, parece algo relacionado con su trabajo. Después de doce horas martillando, golpeando, aplastando las cosas más duras del mundo, ¿qué vas a decir?

Willie va a menudo con Padre a la herrería, un cobertizo de madera que ocupa parte de un solar inmenso y huele a estiércol y a fuego. Willie observa a Padre, empapado en sudor, golpear un círculo anaranjado y resplandeciente con su martillo, una y otra vez. Con cada golpe, con cada chasquido metálico, su padre parece no contento, pero sí más despejado de mente. A Willie también se le aclara la mente. Otros padres son borrachos, o están sin trabajo, pero el suyo no. Su padre no es Dios, pero es como un dios. El primer héroe de Willie, el primer misterio; su padre es también su primer amor.

Willie piensa que, cuando crezca, le gustaría ser herrero. Aprende que cuando alargas una pieza de metal, la estiras, y que cuando la haces más corta, la recalcas. Aprende a bombear los fuelles, a avivar las llamas en la fragua. Padre levanta una mano, indicando «Cuidado, no demasiado». Semana sí, semana no, una forja arde hasta los cimientos. Entonces el herrero se queda sin trabajo y su familia, en la calle. Ese es el miedo, lo que hace que Padre siga martilleando. Y Madre frotando. Un mal trance –un incendio, una enfermedad, una herida, el pánico en la banca–, y la acera se convierte en tu almohada.

Si Padre nunca habla, Daddo nunca se calla. Se sienta en una mecedora junto a la ventana de la sala, la que tiene unas cortinas hechas con sacos de patatas, y pronuncia su monólogo eterno. No le importa que Willie sea el único que lo escuche. O no lo sabe. Unos años antes de que Willie naciera, Daddo trabajaba en un almacén y le cayó un chorro de ácido en los ojos. El mundo se volvió borroso. Siempre dice que lo más difícil fue que perdió el trabajo. Ahora, lo único que hace, lo único que puede hacer, es estar sentado y parlotear.

Casi siempre habla de política, de cosas que Willie no entiende. Pero a veces cuenta anécdotas graciosas para que su nieto menor se ría. Cuentos de sirenas y brujas, y duendecillos. Según cuenta, Irlanda está llena de ellos.

¿Y qué hacen esos hombrecillos, Daddo?

Roban, Willie.

¿Qué roban?

Ovejas, cerdos, oro, todo aquello sobre lo que ponen sus diminutas y sucias manos. Están llenos de malicia. Son unos actorcillos muy malos.

¿Recuerda el lugar exacto en el que nació, señor Sutton?

Sutton señala un edificio de ladrillo oscuro, una especie de centro cívico.

Dígales que Willie Boy estuvo aquí.

¿Fue una infancia feliz, señor Sutton?

Sí. Claro.

Fotógrafo le toma un primer plano a Sutton con la autopista Brooklyn-Queens detrás. Esa vía rápida se construyó cuando Sutton estaba en la cárcel.

Dios mío, qué monstruosidad, dice Sutton. No creía que fueran capaces de afear aún más Brooklyn. Los había subestimado.

Genial, dice Fotógrafo. Sí, hermano, aquí, aquí mismo. Esta va a ser la portada de mañana.

Los dos hermanos mayores de Willie lo detestan. Eso ha sido así desde que tiene uso de razón, un hecho vital inmutable. El sol sale por Williamsburg, se pone por Fulton Ferry, y sus hermanos querrían verlo muerto.

¿Es porque es el pequeño? ¿Es porque él es William júnior? ¿Es porque se pasa tanto tiempo con Padre en la herrería? Willie no lo sabe. Sea por lo que sea —rivalidad, celos, maldad—, los hermanos están tan unidos en su contra, representan para él tal amenaza bicéfala, inextricable, que Willie no los distingue. O no se molesta en hacerlo. Para él son, simplemente, Mayor y Más Mayor.

Willie, de ocho años, está jugando a las tabas en la acera. Hermano Mayor y Hermano Más Mayor aparecen de la nada. Willie levanta la mirada. Los dos llevan unos batidos de leche y huevo en la mano. El sol queda enmarcado entre sus dos cabezas gigantescas.

Maldito enano, dice Hermano Mayor bajando la mirada.

Sí, dice Hermano Más Mayor, maldito mequetrefe.

Los amigos de Willie salen corriendo. Willie clava la mirada en las tabas y en la bolita roja. Sus hermanos dan un paso al frente, acechándolo como árboles. Árboles llenos de odio.

Me da vergüenza, dice Hermano Más Mayor, que la gente sepa que soy tu hermano.

Engorda un poco, dice Hermano Mayor. Y deja de ser tan nenaza.

Está bien, dice Willie. Lo haré.

Los hermanos se echan a reír.

¿Qué les ha pasado a tus amigos, Willie Boy?

Los habéis asustado.

Los hermanos le echan los batidos a Willie en la cabeza y se van.

Los habéis asustado, repiten, imitando la voz aguda de Willie.

En otra ocasión se burlan de la nariz grande de Willie. Otra vez, del bultito rojo que tiene en un párpado. Y siempre se aseguran de burlarse de él en la calle, cuando no hay adultos cerca. Son tan astutos como despiadados. A Willie le recuerdan a los lobos de los cuentos infantiles.

Cuando Willie ya ha cumplido los nueve años, sus hermanos lo pillan cuando vuelve a casa del colegio. Se interponen en su camino, con los brazos cruzados sobre el pecho. Hay algo en su gesto, en su lenguaje corporal, que le dice a Willie que esta vez será distinto. Sabe que recordará siempre el azul intenso del cielo, las malas hierbas moradas del solar que queda a la izquierda, el dibujo de las grietas de la acera en el momento en que Hermano Más Mayor lo empuja y lo echa al suelo.

Willie se retuerce en la acera y mira hacia arriba. Hermano Mayor sonríe mirando a Hermano Más Mayor.

¿Qué vamos a hacer con él?

¿Qué vamos a hacer? Nos lo tenemos que quedar.

¿No te dijimos que dejaras de ser una nenaza?, le pregunta Hermano Mayor. Willie se tumba boca arriba, con los ojos llenos de lágrimas.

No soy una nenaza.

¿Nos estás llamando mentirosos?

No.

¿Es que no quieres que te digamos cuándo haces algo mal?

Sí.

Para eso están los hermanos mayores, ¿no?

No. Quiero decir, sí.

¿Entonces?

Yo no estaba siendo ninguna nenaza. Os prometo que no.

Nos está llamando mentirosos, le dice Hermano Mayor a Hermano Más Mayor.

Sujétalo.

Hermano Mayor salta sobre Willie y le sujeta los brazos.

Eh, dice Willie. Venga. Vamos. Parad.

Hermano Mayor levanta a Willie de la acera. Aprieta una rodilla contra su espalda, lo obliga a ponerse recto. Entonces Hermano Más Mayor le da un puñetazo en la boca.

Está bien, se dice Willie a sí mismo, ha sido malo, ha sido horrible, pero al menos ya se ha terminado.

Entonces Hermano Más Mayor le da un puñetazo en la nariz.

Willie se desploma. Le ha roto la nariz.

Queda boca abajo en la acera. Ve la sangre mezclarse con la tierra y convertirse en una pasta marrón. Cuando está seguro de que sus hermanos se han ido, se pone de pie, tambaleante. La acera da vueltas como un tiovivo mientras regresa a casa a trompicones.

Madre, volviéndose en el fregadero, se lleva las manos a la cara.

¿Qué ha ocurrido?

Nada, dice él. Unos niños en el parque.

Ha nacido sabiendo la regla de oro de Irish Town. Nunca te chives.

Madre lo lleva hasta una silla, le pone un paño caliente sobre la boca y aprieta un poco. Él aúlla. Lo lleva hasta el sofá, se inclina sobre él.

Qué camisa. No le van a salir nunca las manchas. Ve a sus hermanos detrás de él, asomados, observándolo fijamente. No les impresiona que no los haya delatado. Les indigna: los ha privado de un motivo más para odiarlo.

La acera da vueltas como un tiovivo. Sutton se tambalea. Se lleva la mano al bolsillo de la pechera y busca el sobre blanco. Dile a Bess que no he..., que no he podido...

¿Qué ocurre, señor Sutton?

Dile a Bess...

Unos peldaños. A dos metros de allí. Sutton se dirige hacia ellos. La pierna se le agarrota. Cuando ya es demasiado tarde se da cuenta de que no podrá subirlos.

Willie, dice Fotógrafo, ¿va todo bien, hermano?
Sutton cae hacia delante.
Oh, mierda. ¡Señor Sutton!

Varía mucho, sin motivo aparente. A veces, los hermanos se limitan a tirarle al suelo los libros que sostiene y a insultarle. En otras ocasiones, lo meten de cabeza en un barril lleno de cenizas. En otras lo arañan, le pegan, le hacen sangre.

Hacen ver que los ha ofendido. Que ha delinquido. Organizan pequeños simulacros de juicios. Un hermano sostiene a Willie mientras el otro le lee los cargos. Por mostrar falta de respeto. Por ser débil. Por adular a Padre. Después, deliberan. ¿Debemos castigarle? ¿Debemos soltarle? Hacen que Willie plantee su defensa. Un día, Willie les dice que se decidan de una vez. La verdadera tortura es la espera. Hermano Mayor se encoge de hombros, clava los pies en el suelo, hace girar las caderas para darse un impulso máximo. Un derechazo directo a la barriga de Willie que impacta con un ruido sordo más que audible. Willie nota que se le escapa todo el aire de los pulmones, como los fuelles de la herrería de su padre. Cae de rodillas.

Cuando Willie tiene diez años, intenta plantarles cara. Mala idea. Las palizas aumentan. Los hermanos dejan a Willie en el suelo, lo patean con sus duros zapatos en los riñones, en las costillas, en la entrepierna. En una ocasión le dan tantas patadas en la nuca que luego se pasa una semana sangrando por la nariz. Otra vez le retuercen tanto la cabeza que pierde el conocimiento.

Sus padres no saben nada. No lo quieren saber. Padre, tras una jornada de doce horas, no puede pensar en nada que no sea la cena y la cama. Pero incluso si lo supiera no diría nada. Los niños son niños. Antes, Willie admiraba el silencio de su padre. Ahora le ofende. Ya no lo ve como un héroe. Va por última vez a la herrería y lo ve todo distinto. Con cada martillazo inconsciente, con cada chasquido metálico, Willie jura no ser nunca como

Padre, aunque teme que de alguna manera, ineludiblemente, siempre lo será. Sospecha que él también tiene la misma capacidad para el silencio ilimitado.

¿Y Madre? Ella solo ve su propio dolor. Tres años después de la muerte de Agnes aún viste de negro, aún se pasa el día con la Biblia, la lee en voz alta, interroga a Jesús. Si no, se queda sentada con el libro abierto en el regazo, la mirada perdida, murmurando cosas. Es una casa de tristeza, mutismo y ceguera, y aun así es el único refugio de Willie, el único lugar en el que sus hermanos no lo atacan porque hay testigos. Así que Willie se aferra a la mesa de la cocina, hace allí los deberes, usa al resto de la familia como guardaespaldas ignorantes de serlo, mientras sus hermanos se pasean de habitación en habitación, observando, esperando.

La ocasión se presenta cuando Padre se ha ido a trabajar. Madre está pagándole al hombre del hielo. Hermana Mayor ha ido a estudiar con una amiga. Hermano Mayor inicia el asalto. Le quita el libro escolar, le arranca las páginas. Hermano Más Mayor le mete esas páginas en la boca a Willie. Parad, intenta decirles, parad, por favor, parad. Pero tiene la boca llena de papel.

A diez pasos de allí, Daddo mira por encima de sus cabezas.

¿Qué ocurre?

Reportero sujeta a Sutton justo antes de que se caiga al suelo. Fotógrafo llega corriendo y se pone al otro lado. Juntos lo conducen hasta los peldaños.

¿Willie?, dice Fotógrafo. ¿Qué tienes, hombre?

Señor Sutton, dice Reportero. Está temblando.

Sientan a Sutton en un peldaño. Reportero se quita la gabardina, se la pasa por los hombros.

Gracias, chico. Gracias.

Fotógrafo le ofrece su bufanda de poste de barbería. Sutton niega con la cabeza, se cubre el cuello con el de la gabardina de

Reportero, que es de pelo. Se queda sentado, en silencio, intentando recobrar el aliento, aclararse la mente. ¿Tienes hermanos?

No, soy hijo único.

Sutton asiente. Mira a Fotógrafo.

¿Y tú?

Tengo tres hermanos mayores que yo.

¿Y se metían contigo?

Constantemente, hermano. Me hacían la vida imposible.

Sutton observa con la mirada perdida en la distancia.

¿Y usted, señor Sutton?

Yo tenía una hermana y dos hermanos mayores.

¿Y se metían con usted?

No. Yo era un mocoso muy duro.

Pero en el colegio le va muy bien. Saca sobresalientes en todo, un notable. No quiere enseñarle a nadie el boletín de calificaciones, pero en la escuela exigen la firma de los padres. No le gusta nada que Madre lo abrace, que Padre, orgulloso, mueva la cabeza en señal de asentimiento delante de toda la familia. Ve que sus hermanos se indignan, que conspiran. Sabe lo que le espera.

Tres días después lo pillan cuando vuelve de la tienda de las golosinas. Consigue huir, llega corriendo a casa, pero en casa no hay nadie. Sus hermanos irrumpen en la casa justo detrás de él, se plantan delante, lo echan al suelo, lo arrastran hasta el recibidor. Se da cuenta de lo que pretenden. No, suplica. Por favor. Eso no.

Lo meten en el armario. Está muy oscuro. No, por favor, eso no. Lo encierran ahí dentro. No puedo respirar, dice. ¡Dejadme salir! Mueve una y otra vez el tirador, suplicante. Golpea la puerta hasta que le sangran los nudillos. Esto no. Hacedme lo que queráis, pero esto no. Araña la puerta hasta quedarse sin uñas.

Llora. Se atraganta. Entierra la cara en los abrigos y las bufandas sucias que huelen a su familia, que llevan impregnado el olor a detergente Fels y a la col con patatas del Clan Sutton, y le pide a Dios la muerte. Tiene diez años y le pide a Dios que se lo lleve.

Horas después se abre la puerta. Madre.

Jesús, María y José. Pero ¿qué cosas de hacer son esas?

Señor Sutton, ¿cree que puede seguir?

Sí. Creo que sí.

Reportero ayuda a Sutton a ponerse de pie, lo conduce hasta el Polara. Fotógrafo va unos pasos por detrás. Sutton se acomoda en su asiento y, después, se ayuda con las manos para meter en el coche la pierna mala. Reportero cierra la puerta muy despacio. Fotógrafo se pone de nuevo al volante, mira a Sutton por el retrovisor. ¿Te apetece un dónut, Willie?

No, no, chico, no me apetece nada.

Pues a mí, sí. ¿Puedes pasármelos?

Sutton le alarga la caja de color rosa.

Fotógrafo escoge uno relleno de crema bávara y le devuelve la caja. Reportero se sube al coche. Enciende la calefacción. Lo único que se oye es el rumor de la calefacción, los chasquidos de la radio y a Fotógrafo relamiéndose.

Ahora Reportero despliega el plano de Sutton, se inclina hacia Fotógrafo. Susurran algo. Sutton no los oye porque el rumor de la calefacción y de la radio se lo impide, pero supone lo que se están diciendo.

¿Qué vamos a hacer con él?

¿Qué vamos a hacer? Nos lo tenemos que quedar.

4

Willie vuelve a casa y encuentra a Madre en la sala, leyéndole la Biblia a Daddo. Sus hermanos no están. Por el momento son el problema de otros. Suspirando de alivio, Willie acerca una silla a Madre, apoya la cabeza en su hombro. Ese olor a Fels. Le hace sentirse seguro y a la vez triste.

Finales de otoño de 1911.

Madre pasa del Antiguo Testamento al Nuevo y viceversa, dando golpecitos a las hojas arrugadas, murmurando, exigiendo una respuesta. La respuesta. Sus pausas brindan a Daddo la ocasión de darle una palmada a su bastón y comentar sobre la sabiduría sublime de Dios. Ella, ahora, se cruza con el Génesis, con la historia de José y sus hermanos. La mente de Willie flota sobre la cantinela de su voz, el vaivén de las cortinas hechas con sacos de patatas. «Cuando ellos lo vieron de lejos, antes de que llegara cerca de ellos, conspiraron contra él para matarlo. Y dijeron el uno al otro: he aquí que viene el soñador. Ahora, pues, venid, y matémoslo y echémoslo en una cisterna, y diremos: alguna mala bestia lo devoró; y veremos qué será de sus sueños.»

Willie levanta la cabeza del hombro de su madre.

«Sucedió, pues, que cuando José llegó hasta sus hermanos, ellos le quitaron hasta la túnica, la túnica de colores que tenía sobre sí; y lo tomaron y lo echaron en la cisterna; pero la cisterna estaba vacía, no había en ella agua.»

Willie se cubre la cara con las manos y estalla en sollozos. Madre deja de leer. Daddo ladea la cabeza.

El niño, dice, ha sido tocado por el Espíritu Santo.

Quizá será sacerdote, dice Madre.

Un día después lo saca de la Escuela Pública 5 y lo matricula en el colegio Santa Ana.

Fotógrafo mira fugazmente por el retrovisor, conduce deprisa. Cada vez los vistazos al retrovisor son más fugaces, cada vez conduce más deprisa.

¿Por qué conduces como si nos persiguieran?

Será porque nos persiguen.

Reportero se vuelve y mira por la ventanilla de atrás, ve la furgoneta de un canal de televisión pegado al guardabarros.

¿Cómo coño nos han encontrado?

No hemos sido precisamente discretos. Tal vez alguien haya visto a cierto atracador de bancos desmayándose en la calle...

Fotógrafo pisa a fondo el acelerador, se pasa un semáforo en rojo. Dobla a la izquierda, da un volantazo para esquivar un camión aparcado en doble fila. Sutton, que va dando tumbos en el asiento de atrás como un calcetín en una secadora, vuelve a saborear el champán de esa mañana, el whisky *de ayer por la noche. Cae en la cuenta de que no ha ingerido nada sólido desde su último almuerzo en Attica, durante el mediodía de ayer; un estofado de ternera. Ahora también regresa ese sabor. Se lleva una mano al estómago. Sabe lo que está a punto de ocurrir. Intenta bajar la ventanilla. Está encallada. O bloqueada. Este es un coche patrulla adaptado. Mira a su alrededor. En el asiento trasero, junto a él, está el estuche de las cámaras de Fotógrafo, y una bolsa de tela. Abre el estuche de las cámaras. Lentes caras. Abre la bolsa. Cuadernos, libros de bolsillo. La autobiografía de* Malcolm X. Los ejércitos de la noche, *de Norman Mailer, una bolsa de plástico llena de porros, y una billetera. Sutton toca la billetera.*

Ve la caja de los dónuts. Levanta la tapa, siente que el conte-

nido de su estómago inicia el despegue. Cierra los ojos, traga, intenta reprimir la arcada.

Fotógrafo gira bruscamente a la derecha, se acerca a la acera. El Polara derrapa. Chirrido de frenos, ruedas que gritan. Se detienen en seco. El olor a neumático quemado inunda el coche. Reportero se arrodilla en el asiento delantero y se vuelve a mirar.

Les has dado esquinazo, le dice a Fotógrafo. Muy bien hecho.

Supongo que de algo tenía que servirme ver Patrulla Juvenil, *dice Fotógrafo.*

Se quedan un rato ahí sentados, recobrando el aliento. Hasta el Polara jadea. Enseguida Fotógrafo vuelve a incorporarse al tráfico.

Refréscame la memoria, ¿cuál es nuestra siguiente parada?

Sands esquina con Gold. ¿No es así, señor Sutton?

Sutton rezonga.

¿Sands esquina con Gold? Joder, pero si eso está a una calle de donde estábamos.

Lo siento. El plano del señor Sutton cuesta un poco de leer.

Mientras lo dibujaba le estaba dando bastante al champán, dice Sutton.

El Polara se mete en un bache. Sutton se da con la cabeza en el techo y el culo le rebota en el asiento.

Ya no hace falta que conduzcas como un loco, dice Reportero.

No soy yo, dice Fotógrafo. Son estas calles. Y creo que este Polara está jodido.

Willie también está jodido, balbucea Sutton.

El Polara se mete en otro bache.

Una sexta parte de gravedad, murmura Sutton.

Ya casi estamos, señor Sutton. ¿Está bien?

Acabo de darme cuenta de una cosa, chico.

¿De qué, señor Sutton?

De que estoy en el asiento trasero de un coche patrulla sin las esposas puestas. Creo que por eso, en parte, esta mañana no me tenía en pie. Por eso no soy yo mismo. Me siento... desnudo.

¿Esposas?

Nosotros las llamábamos pulseras. Los vecinos decían: ¿sabes que al pobre Eddie se lo han llevado con las pulseras puestas?

Sutton levanta las muñecas, se las mira desde distintos ángulos. Las venas granates, hinchadas, retorcidas.

Fotógrafo sonríe a Sutton por el retrovisor.

Si quieres esposas, hermano, podemos conseguirte unas.

Se hace amigo de dos compañeros de clase del Santa Ana. William Happy Johnston y Edward Buster Wilson. Así es como casi siempre se referirán a ellos en los periódicos. En Irish Town todo el mundo lo sabe, Willie es el listo, Happy es el guapo y Eddie, el peligroso. En Irish Town todo el mundo lo sabe, es mejor no tropezarse con Eddie Wilson.

La gente de Irish Town dice que era un niño muy bueno. Pero entonces sus tíos enfermaron. La enfermedad de los pulmones. Tuvieron que mudarse con la familia de Eddie, porque la alternativa era ir al sanatorio. En poco tiempo, los gastos de médicos acabaron con el dinero de la familia de Eddie. Ocurrió poco después del Pánico de 1907, cuando el país iba cayendo en picado hacia la Depresión. Irish Town pasó el sombrero, impidió que la familia de Eddie se quedara en la calle, pero Eddie se sintió más avergonzado que aliviado. Después, el padre de Eddie se quedó sin su trabajo de perforador. El barrio hizo otra colecta, y Eddie volvió a sentir vergüenza. Al final, su madre se contagió de la enfermedad de los pulmones y ya no quedaba dinero para médicos. Eddie y ella estaban muy unidos, susurraban los vecinos durante el funeral.

Todos coinciden en que de la noche a la mañana Eddie cambió. Sus ojos azul ultramar se volvieron vidriosos. Sus cejas se arquearon, y dibujaban una V permanente. Parecía constantemente herido, preparado para la lucha. Cuando los italianos empezaron a ocupar Irish Town, Eddie decidió que su misión consistiría en echarlos. Se pasaba el día hablando mal de ellos. Italianos de mierda, me cago en los espaguetis de mierda. Semana sí y semana también se enzarzaba con ellos en unas peleas espantosas.

Cuando se conocen, Willie ve solo la valentía de Eddie, no su dolor. Algo en él le recuerda al acero bruñido, marcial. Es más, parece ser tan fiel como mortífero. Y Eddie ve a Willie a través del mismo cristal halagador. Dando por sentado que los muchos moratones de Willie son de peleas callejeras, y no de sus hermanos, Eddie le demuestra un profundo respeto. Willie, necesitado de un amigo, no le aclara las cosas.

Happy no ha tenido que ganarse nunca el respeto de Eddie. Son amigos desde que nacieron. Sus familias viven en la misma calle, una frente a la otra, sus padres son íntimos. Por eso Happy siempre se burla del mal humor de Eddie, porque se acuerda de cómo era antes. Para Willie, reírse de Eddie equivale a meterse en líos, como esos domadores de leones en los circos callejeros que meten la cabeza entre esas inmensas fauces babosas y rosadas. Pero Eddie nunca se enfada con Happy. Happy es tan feliz, tan rematadamente guapo que cuesta enfadarse con él.

Hay quien dice que Happy nació alegre. Otros dicen que lo que le alegra es su buen aspecto físico. Es tan guapo que es injusto. La gente, en su mayoría, coincide en que un porcentaje importante de su alegría constante se debe al dinero que tiene la familia. Los Johnston no son ricos, pero se cuentan entre los pocos habitantes de Irish Town que no viven al borde del precipicio. Al padre de Happy lo atropelló un tranvía hace años, y a la familia le correspondió una indemnización. Es más, fueron listos y no metieron el dinero en ninguno de los cientos de bancos que han quebrado.

Daddo le pregunta a Willie por sus nuevos amigos. Ha oído la voz de Happy desde la calle. Dice que suena guapo.

Lo es, dice Willie. Es moreno de pelo, tiene los ojos negros, y todas las niñas del colegio están enamoradas de él.

Daddo suelta una risita. Mejor para él. Qué no daría yo... ¿Y el niño Wilson?

Rubio. Ojos azules. Se mete en muchas peleas. A veces roba.

Cuidado, Willie Boy. Parece que lleva dentro algo de Pedro Botero.

¿De quién?

Del demonio.

Willie no entiende a qué se refiere Daddo. Hasta que a un chico mayor de la calle, Billy Doyle, lo detienen. Por allanamiento de morada, hurto, delitos menores. Lo que hace que el caso sea más grave, lo que lo convierte en la comidilla de todo Irish Town, es que Billy ha revelado los nombres de sus compinches. La policía le ha sacado los nombres a palos, pero aun así no es excusa. No en Irish Town.

Hace poco que lo han soltado y está sentado en la acera, con la mandíbula rota, el ojo izquierdo amoratado y lleno de pus. Es una visión lamentable, pero durante todo el día la gente pasa de largo como si no estuviera ahí. Incluso las madres que empujan cochecitos le pagan como se paga a los chivatos en Irish Town. Con el silencio.

A Eddie le cae bien, y se ha criado con los hermanos de Billy. Lo observa durante horas desde su ventana. Al cabo de un rato ya no lo soporta más. Cruza la calle, se acerca a Billy y le pregunta cómo se encuentra.

No muy bien, Eddie.

Eddie se acerca más, le pasa un brazo por el hombro, le dice que se apoye en él.

Billy alza la vista, sonríe.

Eddie le escupe en el ojo.

Unas semanas después, Billy Doyle se bebe una botella de yodo entera. No hay funeral.

Sutton ve a una familia caminando por la calle, todos sus miembros acicalados para asistir a misa. Papá, mamá, dos niños. Los padres y los hijos llevan unos trajes idénticos.

En los viejos tiempos, dice Sutton con voz débil, lo peor que podías ser era un Judas.

Reportero se vuelve a mirar al asiento trasero. ¿Se refiere usted, por casualidad, a Arnold Schuster?

No.

Todo eso del odio al chivato, todo eso del Código de Brooklyn... ¿De dónde viene?

Sutton se da una palmada en el pecho.

De aquí dentro, chico. De lo más hondo. Cuando yo tenía diez años, la poli encontró a un hombre tendido en medio de la calle, con un gancho de carga clavado en el pecho. Era estibador, se peleó con alguno de los chicos del puerto. Cuando los agentes se lo llevaron al hospital, le preguntaron quién se lo había hecho. Él les dijo que se fueran a la mierda. Aquellas fueron sus últimas palabras. ¿Te lo imaginas? Tres días después, todo el barrio asistió a su funeral, incluidos los tipos que se lo cargaron. Se habló de pedir al ayuntamiento que le pusiera su nombre a una calle.

¿Y todo porque no dio el nombre de los que lo habían asesinado?

La gente es de clanes, dice Sutton. No nos convertimos en humanos, hace un millón de años, hasta que nos bajamos de los árboles y nos dividimos en clanes. Si traicionas a alguien de tu clan, abres la puerta al fin del mundo.

Pero ¿la gente que lo mató no era de su clan? ¿No lo traicionaron ellos a él?

Chivarse es mil veces peor que asesinar.

Todo eso me suena bastante... bárbaro, dice Reportero. Me parece que es gente que hace que la vida sea más difícil de lo que ya es.

Nadie hace nada, chico. Son los seres humanos, que están he-

chos así. Dos mil años después, ¿por qué sabemos cómo se llamaba Judas y no el soldado que clavó a Cristo en la cruz?

En 1913, los hermanos de Willie se van de casa. Uno consigue un empleo en una fábrica de Virginia Occidental. El otro se alista en el ejército. Le dan a Willie una brutal paliza de despedida a la sombra del Santa Ana, pero Willie ya no nota nada. Saber que van a irse en unos días, que van a desaparecer de su mundo, hace que los golpes le reboten. «Pero Jehová estaba con José y le extendió su misericordia, y le concedió la gracia ante los ojos del guardián de la prisión.» Al ver que Hermano Mayor y Hermano Más Mayor se alejan, Willie recoge su sombrero, se lame la sangre de la comisura de los labios y se ríe.

Sutton se arrodilla sobre el empedrado, delante de Sands y Gold. Parece a punto de pedir matrimonio a Fotógrafo y Reportero.

Señor Sutton, ¿qué hace?

Santa Ana, mi colegio, estaba exactamente aquí.

Una racha de viento levanta unas hojas de periódico, que revolotean como pájaros. Sutton le da unas palmadas al suelo.

Son las mismas piedras sobre las que yo anduve de niño, dice medio susurrando. El tiempo..., ladrón sutil de la juventud.

¿Qué? ¿Quién es un ladrón?

El tiempo. Es algo que dijo uno de esos malditos poetas muertos. El padre Flynn lo decía siempre. Nos hacía aprendérnoslo de memoria. Seguramente estaba ahí mismo, donde ahora estáis vosotros dos, y pronunciaba ese verso que es una mierda pinchada en un palo. El tiempo es un ladrón, sí, pero de sutil no tiene nada. Es un matón. Y la juventud es una damisela vieja que camina por el parque con un bolso lleno de dinero. ¿Queréis evitar ser como la juventud? ¿No queréis que el tiempo os robe? Aferraos a la vida, chicos. Cuando el tiempo intente robaros algo, apretadlo con más fuerza. No lo soltéis. Eso es la memoria. No soltar. Decirle al tiempo que se joda.

El Fotógrafo se coloca un Newport entre los labios.

Esto... Willie.

Sutton alza la vista.

¿Sí, chico?

Willie, la verdad es que esto a mí no me funciona mucho. Creativamente. ¿Tú en el sitio donde estaba tu colegio? Me resulta muy estático, hermano.

Estático.

Sí. Además, estás asustándonos un poco.

¿Por qué, chico?

Bueno, para empezar hablas contigo mismo. Y las cosas que dices no tienen sentido. Comparados contigo, los colgados que conocí en Woodstock decían cosas más sensatas.

Lo siento, chico. Estoy... recordando. Nada más.

Reportero da un paso al frente.

Señor Sutton, tal vez podría contarnos algo de lo que va recordando... Compartir con nosotros algo de sus primeros años de vida. De su infancia.

No recuerdo gran cosa.

Pero acaba de decir...

Está bien, dice Sutton. Vámonos. Parada número tres: Hudson Street.

Fotógrafo ayuda a Sutton a levantarse.

Willie, al menos podrías contarnos el sentido de la parada número dos.

La juventud.

¿La juventud?

Sí, la juventud.

¿Qué pasa con la juventud?

Que está pidiéndolo a gritos, joder.

No hay canchas de fútbol en Irish Town. Ni campos de juego, ni gimnasios, ni centros recreativos. Así que los chicos del barrio se reúnen delante del matadero de Hudson Street. Con sus pantalones cortos, sus chalecos, sus camisas de cuello redondo, sus zapatos destrozados se pasan el día en los muelles de carga y descarga, recogiendo pezuñas y patas, azuzando a los animales que van camino de la muerte.

Ningún niño respeta el matadero más que Eddie. Ninguno siente tanta admiración por los matarifes. Si hubiera cromos de matarifes, él haría la colección. Vitorea cuando los matarifes degüellan a un cerdo, se ríe cuando le clavan el cuchillo en el ojo a una vaca o decapitan a una oveja. Observa con gran veneración a los que hunden una taza en la sangre fresca que cubre sus pies y se la beben de un trago para alimentarse.

En 1914, sin embargo, Eddie ve algo que lo perturba: un carnero negro, castrado, conduce a todas las demás ovejas por la rampa del matadero. En el último momento, el carnero negro se echa un poco a un lado y se salva.

¿Qué le ocurre a esa oveja de ahí?, pregunta Eddie. Esa es la Judas de las ovejas, le responde un matarife. En realidad es una cabra que parece una oveja.

Sutty, fíjate bien en esa oveja, joder. Mira cómo engaña a sus colegas.

Es solo una oveja, Ed. O una cabra.

Eddie se da un puñetazo en la palma de la otra mano.

Que no, que no, que esa chivata sabe lo que hace.

Unas noches después, Eddie saca de la cama a Willie y a Happy y los arrastra hasta el matadero. Fuerza la cerradura de la puerta del muelle y los lleva hasta los establos apestosos a los que llegan los animales en unas barcazas, por el río. En un rincón alejado encuentran a Judas, la oveja negra, tumbada de costado. Duerme el sueño de los inocentes, dice Eddie, agarrando un tablón y estampándoselo con gran fuerza en la cabeza. Sale sangre por todas partes. A Willie se le mete en los ojos, y salpica toda la camisa blanca de Happy. La oveja se pone de pie e intenta huir. Eddie la persigue. Tú, ven aquí. Agita el tablón como si fuera un bate de béisbol, le da con él en el trasero. ¿Dónde te crees que vas? Otro tablonazo. Otro más. Cuando la oveja ya está en el suelo, Eddie le salta encima y le hace un torniquete en el cuello suave y lanudo. Happy, con las dos manos, impide el pataleo del animal, mientras Eddie aprieta más y más.

Sutty, agarra el tablón y dale uno bien dado.

No.

Willie no ha podido nunca hacerle daño a un animal indefenso. Ni siquiera a un animal que traiciona a otros animales. Además, la visión de Eddie y Happy agarrando a la oveja Judas le recuerda a sus hermanos. «Busco a mis hermanos; te ruego que me muestres dónde están apacentando.» Willie se mantiene a distancia, pero no aparta la mirada. No puede. Ve a Eddie y a Happy atormentar a la oveja, ve a Eddie sacar un cuchillo y clavárselo una y otra vez hasta que el balido frenético se convierte en un patético gemido. Eddie y Happy son sus mejores amigos, pero tal vez hasta ese momento no los conocía de verdad. Ve que se ríen al contemplar que los ojos negros, lacados, de la oveja, se ponen primero blancos, después de un gris perla. Él cierra los suyos. Un gris acusador.

Sutton camina por Hudson Street, arriba y abajo. Aspira hondo por la nariz. Huele a pelo mojado de ganado, a vísceras, a sangre. ¿Lo oléis, chicos? No sé por qué, pero cuando éramos pequeños ese olor no nos molestaba.

A mí no me huele a nada, le dice Fotógrafo a Reportero.

Sutton se señala los pies.

Daddo decía que Eddie tenía el demonio dentro. Y yo descubrí aquí mismo a qué se refería. El primer asesinato de Eddie.

Ahora te escucho, dice Fotógrafo, y aparta a Reportero para tomarle una foto a Sutton mientras este señala el suelo.

Reportero suelta el maletín, lo abre y saca un montón de archivos.

¿Qué es eso?, pregunta Sutton.

Los archivos de Sutton que conserva el periódico. Bueno, no todos. Hay un cajón entero dedicado a usted, señor Sutton. Ha mencionado a su abuelo. Lo he visto en uno de estos archivos. ¿Era actor?

No. El actor era el padre de mi padre. En Irlanda. Dice que se sabía de memoria casi todo Shakespeare. Yo hablo del padre de mi madre.

Fotógrafo sigue disparando con la cámara.

¿A quién mataron aquí, hermano?

A una oveja, responde Sutton.

Fotógrafo, para, baja la cámara.

¿Una qué?

Aquí estaba el matadero. Yo venía con mis mejores amigos, Eddie y Happy. Una noche mataron a una oveja. O a una cabra que se hacía pasar por oveja.

¿Por qué?

Había delatado a otras ovejas.

Fotógrafo se apoya la cámara en la cadera.

La oveja delatora, le dice a Reportero. ¿Lo has oído?

Señor Sutton, ha hablado usted de Eddie. ¿Se refiere a Edward Buster Wilson? ¿Junto al que fue detenido en 1923?

Sí.

En este recorte, el juez comenta que eran ustedes como forajidos del antiguo Oeste.

No, eso el juez lo dijo de mí y de otro. Pero, vaya, también era cierto en el caso de Eddie y de mí.

Reportero abre otra carpeta.

Está bien. Aquí está... Sutton y Wilson. Allanamiento y atraco a mano armada.

Sí, puede ser, dice Sutton.

Y Happy, señor Sutton, ¿es William Happy Johnston?, ¿con quien lo detuvieron en 1919?

El mismo.

Allanamiento, hurto.

El bueno de Happy.

Secuestro... Un momento... ¿Secuestro?

Tendrías que haber estado ahí, dice Sutton. Tendrías que haber conocido a Happy. Aunque en realidad no lo conocía nadie. Aunque en realidad nadie conoce a nadie, joder.

¿A quién secuestraron Happy y usted?

Por orden cronológico, chico.

5

Mientras Willie escucha desde el recibidor, Padre y Madre se pasan despiertos toda la noche, con una lámpara de gas encendida entre los dos, repasando el libro de cuentas de la familia. ¿Qué vamos a hacer?, pregunta Madre. Padre no dice nada. Pero sin decir nada lo dice todo.

Primero fueron esas bicicletas modernas por todas partes, ahora esos malditos automóviles. Hace poco, la gente decía que los automóviles esos eran una moda pasajera. Pero ahora todos coinciden en que han llegado para quedarse. Los periódicos están llenos de anuncios de los últimos modelos. Se están construyendo carreteras por toda la ciudad. Los bomberos ya se han pasado a unos camiones con mangueras que no van tirados por caballos. Todo eso se traduce en tiempos muy difíciles para los herreros.

Verano de 1914. A pesar de sus problemas en casa, a pesar de recorrer las calles con Eddie y Happy, Willie consigue graduarse en la escuela de primaria y ser el primero de su clase. Aun así, a nadie se le ocurre que pueda seguir estudiando. Un día después de recibir el diploma, le entregan su permiso de trabajo. El sueño de su madre de verlo vestido con sotana se desvanece. De los sueños que pueda tener el propio Willie ni se habla. Tiene que encontrar trabajo, tiene que ayudar a su familia a mantenerse a flote.

Pero los tiempos son difíciles no solo para los herreros. América vive sumida en la Depresión, la segunda en la corta vida de

Willie. Solicita trabajo en las fábricas del río, en las oficinas del centro, en los almacenes de productos no perecederos, en las tiendas de ropa, en las casas de comidas. Es inteligente, tiene buena presencia, mucha gente conoce y admira a Padre. Pero Willie no tiene experiencia, ni aptitudes especiales, y para cada empleo en oferta debe competir con cientos de aspirantes. Lee en los periódicos que hay muchedumbres de hombres desempleados por todo Manhattan, en busca de trabajo. Y lo mismo ocurre en otras ciudades. En Chicago, los grupos son tan indisciplinados que la policía abre fuego.

Daddo le pide a Willie que le lea los periódicos. Huelgas, disturbios, inestabilidad... Al cabo de media hora, Daddo le pide que pare. Susurra algo con la cara vuelta hacia las cortinas de sacos de patatas.

Es el fin de este maldito mundo.

Para ahorrar dinero, los Sutton dejan Irish Town y se trasladan a un apartamento más pequeño cerca de Prospect Park. Tienen tan pocas cosas que para la mudanza les basta con un viaje en un carro tirado por un caballo. Después, Padre despide a su aprendiz. A pesar de que hay menos trabajo, a pesar de la artritis en la espalda, del dolor de hombros, ahora Padre trabaja más horas, lo que agrava sus problemas de salud. Madre habla con Daddo de lo que harán cuando Padre ya no pueda levantarse de la cama por la mañana. Se quedarán en la calle.

Padre le pide a Willie que lo ayude en la herrería. Hermano mayor, que ha sido expulsado del ejército, también echa una mano. Creo que no estoy hecho para ser herrero, dice Willie. Padre lo mira fijamente, no enfadado sino desconcertado. Como si fuera un desconocido. Sé cómo te sientes, querría decirle Willie.

Tras un día entero de negativas, entrevistas, entrega de solicitudes que nadie leerá, Willie regresa a su viejo barrio. Eddie y Happy tampoco encuentran trabajo. Los chicos buscan alivio a las altas temperaturas y a sus cada vez menores expectativas de futuro en el East River. Para poder dar unas pocas brazadas deben apartar neumáticos, hojas de lechuga, mondas de naranja, colchones... También tienen que esquivar barcazas de basura, cargueros, gabarras, cadáveres... El río se cobra una nueva víctima cada semana. Pero a ellos no les importa. Por más sucio que esté, por más turbio, por más mortífero, el río es sagrado. El único lugar en el que se sienten bien acogidos, en el que están en su elemento.

Los chicos se retan muchas veces a llegar hasta el fondo embarrado. Más de una vez están a punto de ahogarse en el intento. Es un juego imprudente, como pescar perlas sin que haya perlas, pero a los tres les da miedo admitir que tienen miedo. Entonces Eddie sube la apuesta, sugiere una carrera hasta la otra orilla. Apostados como gaviotas sobre los postes retorcidos de un muelle abandonado, miran a lo lejos a través de la calina estival.

¿Y si nos da un calambre?, pregunta Happy.

¿Y?, dice Eddie con una sonrisa maligna.

Las sirenas nos salvarán, murmura Willie.

¿Las sirenas?, dice Happy.

Mi Daddo dice que todos los cuerpos de agua tienen una o dos sirenas.

Son nuestra única esperanza de acostarnos con alguien, dice Eddie.

Habla por ti, suelta Happy.

Willie se encoge de hombros.

¿Qué diablos podemos perder?

¿La vida?, susurra Happy

Eso digo yo.

Se echan al agua. Resiguiendo la sombra del puente de Brooklyn, llegan a Manhattan en veintiséis minutos. Eddie es el primero, seguido de Happy, y de Willie. Willie tendría que haber sido el primero, pero ha quedado rezagado hacia la mitad y se ha medio planteado la posibilidad de abandonar, de hundirse para siempre en el fondo. Están de pie en el muelle, empapados, jadeantes, orgullosos. Se ríen.

Ahora el problema es volver. Eddie quiere hacerlo a nado. Willie y Happy lo dejan por imposible. Nosotros vamos a pie, Ed.

Es la primera vez que Willie camina por el puente de Brooklyn. Esos cables, esos arcos góticos de ladrillo... Qué bonito. Daddo dice que murieron muchos hombres construyendo ese puente. Los arcos son sus lápidas. Willie cree que murieron por una buena causa. Daddo dice que ese puente, cuando se inauguró, aterraba a la gente. Era demasiado grande, nadie creía que fuera a aguantar. Barnum, el empresario circense, tuvo que hacer pasar una manada de elefantes por él para demostrar que era seguro. Una parte de Willie sigue aterrada. No por el tamaño, sino por la altura. No le gustan las alturas. No es tanto el miedo a caer como un cierto vértigo al ver el mundo desde arriba. Sobre todo Manhattan. La gran ciudad ya intimida desde el otro lado del río, pero desde ahí arriba es demasiado. Demasiado mágica, demasiado deseable, demasiado mítica y hermosa, como las mujeres de *Photoplay*. La desea. La odia. Anhela conquistarla, capturarla, quedársela toda para él. Le gustaría quemarla hasta los cimientos.

La vista a vuelo de pájaro de Irish Town le perturba aún más. Desde el punto más elevado del puente se ve más degradada, más pobre. Willie contempla las chimeneas, los alféizares, las ventanas sucias, las calles embarradas. Aunque te vayas de allí, nunca escapas.

Tendríamos que ir por la autopista Brooklyn-Queens, dice Fotógrafo.

No, dice Reportero, vayamos por calles pequeñas.

¿Por qué?

Porque hay edificios, tiendas, estatuas que tal vez le activen los recuerdos al señor Sutton.

Mientras Reportero y Fotógrafo debaten la mejor manera de llegar a la siguiente parada, la calle Trece, Sutton da descanso a sus ojos. Nota que el coche para en seco. Los abre. Semáforo rojo. Vuelve la cabeza a la derecha. Tiendas decrépitas, nuevas para él, desconocidas. ¿Esto es Brooklyn? Bien podría ser Bangkok. Donde antes había un bar y un restaurante, ahora hay una tienda de discos. Donde antes había una tienda de discos, ahora hay una de ropa. ¡Cuántas veces, cuando estaba echado en su celda, había caminado mentalmente por el viejo Brooklyn! Y ahora ya no queda nada. Nada. Los viejos barrios eran decorados de papel y de cartón que alguien, sin más, arrinconó y se llevó. Pero de todos modos hay algo que no cambia nunca. Todos esos locales parecen cerrados.

¿Qué ocurre, señor Sutton?

Nada.

Sutton ve una tienda de electrónica. Montones de televisores en el escaparate.

Para el coche, para.

Fotógrafo mira a su izquierda, a su derecha.

Pero si estamos parados. En un semáforo en rojo, Willie.

Sutton abre la puerta. La acera está cubierta de capas de nieve helada. Se dirige con cuidado a la tienda de electrónica. En todos los televisores aparece... Willie Sutton. Ayer noche. Saliendo de Attica. Pero al mismo tiempo no es él. Es Padre. Y Madre. No se había dado cuenta de hasta qué punto su cara había acabado pareciéndose a la de los dos.

Sutton pega la nariz al cristal. En algunos aparatos más cercanos al escaparate sale Nixon. Una rueda de prensa reciente.

Se acerca Reportero.

¿Te has dado cuenta, chico, de cuánto se parecen los presidentes a los alcaides de las cárceles?

La verdad es que no, señor Sutton.

Pues créeme, se parecen.

¿Ha votado usted alguna vez, señor Sutton?

Cada vez que atracaba un banco, estaba votando.

Reportero anota esa frase en su cuaderno.

Te voy a contar una cosa, dice Sutton. A mí me encantaría haber votado contra este presidente falso, que no mira a los ojos. Es un delincuente de mierda.

Reportero se echa a reír.

Yo no soy muy partidario de Nixon, señor Sutton. Pero ¿delincuente?

¿No te recuerda a alguien, chico?

No. ¿Tendría que recordarme a alguien?

Los ojos. Fíjate en los ojos.

Reportero se acerca al escaparate, se fija en Nixon y vuelve a mirar a Sutton. Se concentra en Nixon de nuevo.

Ahora que lo dice..., señala.

Yo no me fiaría ni de él ni de mí por nada del mundo, dice Sutton. ¿Sabías que Nixon, cuando trabajaba en Wall Street, vivía en el mismo edificio de apartamentos que el gobernador Rockefeller?

La verdad es que no soy muy partidario de Rockefeller.

Ya somos dos.

Personalmente, me caía bien Romney. Después, cuando abandonó, me decanté por Reagan. Esperaba que obtuviera la nominación.

¿Reagan? Que Dios nos coja confesados.

¿Qué tiene de malo Ronald Reagan?

¿Un actor dirigiendo el mundo? Prepárate.

Cuando el agua del río está demasiado fría para bañarse, los niños se van a pescar a Red Hook. Compran sándwiches de tomate envueltos en papel aceitado a dos centavos la pieza. Y se sientan en las rocas, frente al estrecho de Narrows, donde tiran la caña en sus aguas grasientas. Aunque no tienen trabajo, al menos contribuyen con algo de comida cuando pescan uno o dos peces.

Un día, llevan ahí un rato y no pican. Eddie se pasea entre las rocas.

Está todo amañado, joder.

¿El qué, Ed?

Todo.

Detrás de él, un remolcador surca el agua verde, plateada, una barcaza se desliza hacia Manhattan. Una goleta de tres palos se dirige a Staten Island. El cielo es una maraña caótica de cables y chimeneas, de agujas y edificios de oficinas. Eddie lo mira todo con odio. Y le hace la peineta.

Eddie siempre ha estado enfadado, pero últimamente su enfado es más profundo, más acusado. Willie se echa la culpa de eso. Ha llevado a Eddie a la biblioteca, lo ha convencido para que se saque el carnet. Ahora Eddie cuenta con libros que le confirman sus peores sospechas. Jack London, Upton Sinclair, Peter Kropotkin, Karl Marx, todos le dicen a Eddie que no es ningún paranoico, que realmente el mundo está en su contra.

Es algo del sistema, joder, dice. Cada diez o quince años, revienta. No hay sistema, ese es el problema. Los hombres van a la suya. ¿El crac del 93? Mi viejo veía a gente en medio de la calle llorando a lágrima viva, como recién nacidos. Acabados. Arruinados. ¿Y se cargaron a esos banqueros? No, se hicieron más ricos. Sí, sí, el gobierno prometió que no volvería a pasar. Pues volvió a pasar, ¿verdad, chicos? En 1907. Y en el 11. Y cuando los bancos quebraron, cuando el mercado se hundió, ¿no se fueron de rositas los banqueros una vez más?

Willie y Happy asienten.

No estoy diciendo que el hombre que mató a McKinley estuviera bien de la cabeza, solo digo que entiendo qué lo llevó a hacerlo.

Hablando así vas a acabar mal, Ed.

Eddie lanza una piedra al agua.

Plop.... Un sonido como de hombre gordo tragando.

Nosotros estamos en el equipo perdedor, chicos. Somos irlandeses, plop, y estamos sin blanca, plop, y por eso estamos el doble de jodidos. Tal como quieren los ricos. No puedes estar arriba del todo, plop, si no hay nadie debajo del todo.

¿Y cómo puede ser que tú seas el único que habla de esas cosas?, pregunta Happy.

Yo no soy el único, Happy. Lee algún libro, ¿quieres?

Happy tuerce el gesto. Si lee, ya no será feliz.

De todos los ricos malvados, Eddie cree que los peores de todos son con diferencia los Rockefeller. Escruta el horizonte, como si en él pudiera encontrar alguno al que alcanzar de una pedrada. Está obsesionado con Ludlow. Un año antes, J. D. Rockefeller júnior envió a un equipo de matones para que sofocaran allí una huelga en la mina, y aquellos matones masacraron a setenta y cinco hombres, mujeres y niños desarmados. Si lo hubiera hecho cualquier otro, lo hubieran condenado a la silla eléctrica.

Lo que a mí me gustaría hacer, murmura Eddie lanzando una piedra a una gaviota, es irme ahora mismo a la parte alta de la ciudad y buscar la mansión del viejo Rockefeller.

¿Y qué harías, Ed?

Ja, ja, ja. ¿Os acordáis de la oveja Judas?

Fotógrafo bordea la plaza Grand Army y se mete por la calle Trece. Se detiene, aparca en doble fila.

Ya no está, dice Sutton, acercando la mano a la ventanilla. Joder, sabía que habría cosas que ya no existirían, pero ¿todo?

¿Qué es lo que ya no está, Willie?

El edificio de apartamentos al que nos mudamos en 1915. Al menos el de al lado sigue en pie. Ese de ahí. Da una idea de cómo era el nuestro.

Señala un edificio de cinco plantas, de ladrillo oscuro, cubierto de hollín y cagadas de pájaro.

Ahí es donde vi a mis padres envejecer antes de tiempo, siempre preocupados por el dinero. Ahí es donde vi salirles las arrugas, donde los vi encanecer. Ahí es donde aprendí que en esta vida todo tiene que ver con el dinero. Y con el amor. Y con su carencia.

¿Y eso es todo, señor Sutton?

Quien os cuente otra cosa es un mentiroso y un cabrón. Dinero. Amor. No hay problema que no esté causado por el uno o por el otro. Y no hay problema que no pueda solucionar el uno o el otro.

Eso parece algo reduccionista, señor Sutton.

Dinero y amor, chico. No importa nada más. Porque esas son la únicas dos cosas que nos hacen olvidar la muerte. Al menos durante unos minutos.

Los árboles flanquean la acera. Asienten y se inclinan como si se acordaran de Sutton. Como si le rogaran que se bajara del coche.

Mis mejores amigos eran Eddie Wilson y Happy Johnston, dice Sutton en voz baja.

Fotógrafo se arranca un hilo suelto de su chaqueta de piel vuelta.

Eso ya lo has comentado.

¿Cómo era Happy?, le pregunta Reportero.

Las tías lo adoraban.

De ahí su nombre, comenta Fotógrafo, que pone en marcha el coche y arranca. ¿Adónde vamos ahora?

Remsen Street, dice Reportero.

Happy tenía el pelo más negro que hayáis visto jamás. Como si lo hubieran bañado en carbón. Y una de esas barbillas con hoyuelo, como la tuya, chico. Y una sonrisa como la tuya también. Unos dientes blancos, grandes. Como una estrella de cine. Antes de que hubiera estrellas de cine.

¿Y Eddie?

Un caso raro. Rubio, auténtico. Cara de americano total, pero nunca se sintió americano. Sentía que América no lo quería. Y tenía razón, qué coño. América no lo quería. América no nos quería *a ninguno, y uno no se ha sentido poco querido hasta que América no te quiere. A mí me encantaba Eddie, pero era un verdadero hijoputa. Mejor no tenerlo de enemigo. Yo creía que sería boxeador profesional. Cuando le prohibieron la entrada al matadero empezó a frecuentar los gimnasios. Pero también le prohibieron la entrada en los gimnasios. Seguía peleando aunque hubiera sonado la campana. Y si te cruzabas con él en la calle, si no le demostrabas el debido respeto, que Dios te ayudara. Antes de que te dieras cuenta ya te había dado el corte de pelo irlandés.*

¿El qué?

Te golpeaba la nuca con una tubería de plomo envuelta en papel de periódico.

Su suerte cambia en otoño de 1916. Eddie encuentra trabajo construyendo uno de los edificios de oficinas que no paran de crecer, y el tío de Happy les busca trabajo a Happy y a Willie como recaderos en un banco: el Title Guaranty.

Para el nuevo empleo hace falta ropa nueva. Willie y Happy encuentran una camisería en Court Street dispuesta a venderles algo a plazos. Se compran dos trajes cada uno, dos americanas, dos pantalones, dos chalecos a juego, dos pañuelos de cuello de seda, gemelos, polainas. Cuando va camino del trabajo el primer día, Willie se detiene frente a un escaparate. No se reconoce. Y está encantado de no reconocerse. Espera no reconocerse nunca más.

Mejor aún: sus compañeros no lo reconocen. Parecen no saber que es irlandés. Lo tratan con cortesía y amabilidad.

Las semanas le pasan volando. Willie se zambulle de lleno en su trabajo. Le entusiasma el funcionamiento del banco en su conjunto. Después del crac de 1893, del Pánico de 1907, del pánico menor de 1911 y de la Depresión de 1914, Nueva York se está reconstruyendo. Se erigen rascacielos de oficinas, se levantan puentes sobre los ríos, se excavan túneles por debajo de ellos, y el dinero que permite ese crecimiento descomunal viene de los bancos, lo que implica que Willie es partícipe de una gran empresa. Forma parte de la sociedad, vive comprometido con su misión, implicado en sus propósitos... Al fin. Duerme mejor, despierta más descansado. Al ponerse las polainas todas las mañanas experimenta una embriagadora sensación de alivio que le dice que Eddie se equivocaba: no todo está amañado.

Detienen el coche frente a la antigua sede de Title Guaranty. Un edificio neorrománico de Remsen Street. Sutton contempla las ventanas de medio punto de la tercera planta, donde trabajaba con Happy y los demás recaderos. Alguien ha pegado un cartel a una ventana: NIXON/AGNEW.

Aquí tuve mi primer empleo, dice Sutton. Un atracador de bancos tuvo su primer empleo en un banco. ¿Os lo imagináis?

Fotógrafo toma una foto del edificio. Vuelve la cámara hacia el otro lado, cambia el enfoque. Por aquí. Por allá. Sutton deja de mirar el edificio y se fija en Fotógrafo.

A ti te gusta tu trabajo, dice, ¿verdad, chico?

Fotógrafo se detiene, y da un cuarto de vuelta.

Sí, dice por encima del hombro. Me gusta, Willie, me chifla. ¿Cómo lo sabes?

Siempre noto cuándo a alguien le gusta su trabajo. ¿En qué año naciste, chico?

En 1943.

Humm. Ese año me pasaron muchas cosas. Mierda, siempre me pasaban muchas cosas. ¿Y dónde naciste?

En Roslyn, Long Island.

¿Has ido a la universidad?

Sí.

¿A cuál?

Fui a Princeton, dice Fotógrafo, avergonzado.

¿En serio? Esa es de las buenas. Una mañana me di una vuelta por el campus. ¿Qué estudiaste?

Historia. Iba a ser profesor, académico, pero en segundo mis padres cometieron el error de comprarme una cámara por Navidad. Y ya no hubo nada que hacer. A partir de entonces, lo único que me interesaba era hacer fotografías. Quería capturar la historia, no leer sobre ella.

Seguro que a tus padres les encantó la idea.

Sí, claro. Mi madre se pasó tres meses sin dirigirme la palabra.

¿Y qué es lo que te gusta tanto de tomar fotos?

¿Tú dices que en la vida todo tiene que ver con el Dinero y el Amor? Pues yo digo que todo son experiencias.

¿Ah, sí?

Y esta cámara me ayuda a tener toda clase de experiencias. Esta Leica me abre puertas cerradas, me deja pasar más allá de los precintos policiales, me hace saltar muros, alambradas, barricadas. Me muestra el mundo, hermano. Me ayuda a dar testimonio.

Testimonio. ¿Ah, sí?

Además, Willie, me encanta decir la verdad. Las palabras pueden retorcerse, pero una foto nunca miente.

Sutton se echa a reír.

¿De qué te ríes?, le pregunta Fotógrafo.

De nada. Es solo que todo eso son... chorradas, chico. No se me ocurre nada que mienta más que una foto. De hecho, todas las fotos son mentiras apestosas porque son momentos detenidos.... Y el tiempo no puede detenerse. Algunas de las mayores mentiras que he visto en mi vida han sido fotos. Y en algunas salía yo.

Fotógrafo mira fijamente hacia delante, medio ofendido.

Willie, dice, yo solo sé que esta cámara me ha llevado hasta el baño de sangre de Hue. A la ofensiva del Tet. Para mí esas cosas no son solo palabras escritas en un libro. Me ha llevado a Ciudad de México a ver a Tommie Smith y a John Carlos alzando los puños. Me ha llevado a Memphis a ver el caos y el intento de tapar la verdad tras el asesinato de King. De otra manera no habría podido ver todas esas cosas. Esta cámara me permite ver, hermano.

Sutton mira a Reportero.

¿Y tú, chico?

¿Yo, qué?

¿Siempre quisiste ser reportero?

Sí.

¿Y eso por qué?

Yo estudié en la yeshivá *del Bronx. ¿Qué otro trabajo me habría permitido pasar todo un día con el mejor atracador de bancos de Estados Unidos?*

El de agente del FBI.

No me gustan las armas.

A mí tampoco.

Admito, señor Sutton, que algunos días mi trabajo no me entusiasma. La gente ya no lee.

Pues yo no hago otra cosa.

Usted es la excepción. La televisión va a extinguirnos a todos. Además, una sala de redacción no es precisamente el lugar más alegre de la Tierra. Es una especie de nido de víboras. Politiqueo, puñaladas por la espalda, envidias...

Eso es lo bueno de los chorizos. Que no hay envidias. Un chorizo lee que otro se ha largado con varios millones y se alegra por él. Los chorizos se apoyan los unos a los otros.

Salvo cuando se matan los unos a los otros.

Eso es cierto.

Háblale de los jefes de sección, le dice Fotógrafo a Reportero.

¿Qué pasa con ellos?, pregunta Sutton.

Pueden dar mucho por el culo, dice Reportero bajando la mirada.

Sutton enciende un Chesterfield.

¿Y qué tal el tuyo? ¿De qué manera te da por el culo?

Me dice que mi cara está pidiendo a gritos que la gente me mienta.

Vaya... ¿Y qué te dijo cuando te envió a pasar el día con Willie?

Fotógrafo se echa a reír, mira por la ventanilla. Reportero mira por la suya.

Vamos, chico. Puedes decírmelo.

Mi jefe de sección me dijo que hoy iba a tener tres trabajos, señor Sutton: conseguir que usted hablara sobre Arnold Schuster. No permitir que otros periodistas se le acercaran. Y no perderlo.

Sutton suelta el humo sobre la cabeza de Reportero.

Pues estás jodido, chico.

¿Por qué?

Porque ya me has perdido. Vuelvo a estar en 1917.

Willie de pie en la cámara acorazada. Es más grande que su dormitorio de la calle Trece, y está llena de dinero desde el suelo hasta el techo. Contempla los billetes ordenados en fajos prietos, en las cajas fuertes llenas de monedas de oro, en los estantes de plata refulgente. Aspira hondo… Eso es mejor que una tienda de golosinas. Hasta ese momento no se había dado cuenta de lo mucho que le gusta el dinero. No podía permitirse el lujo de darse cuenta.

Carga una carretilla con billetes y monedas, la empuja lentamente entre las cabinas, llenando los arcones de los cajeros. Se siente todopoderoso, un rey Salomón de Brooklyn que dispensa los regalos salidos de sus minas. Antes de devolver la carretilla acaricia un fajo de billetes de cincuenta dólares. Con ese único fajo podría comprar un automóvil nuevo, reluciente y una casa para sus padres. Podría reservar pasaje en el siguiente transatlántico que fuera a Francia. Extrae un billete del fajo y lo mira al trasluz: ese elegante retrato de Ulysses Grant, esas florituras de las esquinas, esas letras en azul plateado: «Páguese al portador». ¿Quién iba a decir que el billete de cincuenta era semejante obra de arte? Deberían exponer uno en un museo. Pone el billete en su sitio y deja el fajo en su estante correspondiente.

Por las tardes, al salir del trabajo, Willie va a sentarse a un banco del parque y lee novelas de Horatio Alger, las devora una tras otra.

Son todas iguales: el héroe surge de la nada y se hace rico, amado, respetado. Eso es exactamente lo que a Willie le gusta tanto de ellas: lo previsible de la trama, lo inevitable de la ascensión del héroe... Lo reconfortan de algún modo. Reafirman a Willie en su fe.

A veces, el héroe de Alger empieza trabajando de recadero en un banco.

Pedófilo, dice Sutton.

Fotógrafo intenta pillar la emisora de local en la radio.

Sí, dice, sí..., exacto... Estamos saliendo de Remsen Street y vamos hacia Sands Street, cerca de Navy Yard.

Maldito pervertido, dice Sutton.

Fotógrafo baja el volumen y se vuelve.

¿Dices algo, Willie?

Sutton se echa hacia delante, se apoya en el respaldo del asiento.

Horatio Alger.

¿Qué pasa con él?

Que se paseaba por ahí en busca de niños de la calle. En aquella época los había por todas partes, dormían debajo de las escaleras de incendios, debajo de los puentes. Los llamaban Árabes Callejeros. Alger se los llevaba a casa, los entrevistaba para sacarlos después en sus libros, y abusaba de ellos. Y ahora encarna el Sueño Americano. ¿Qué te parece?

Malcolm X dice que el Sueño Americano no existe, Willie. Solo existe la Pesadilla Americana.

No, eso no es así. El Sueño Americano existe. El secreto está en no despertarse.

Después de seis meses en Title Guaranty, convocan a Willie a la oficina del director.

Sutton, tu trabajo es ejemplar. Eres diligente, concienzudo, puntual, y no te pones nunca enfermo. En el banco, todos dicen que eres un joven muy capaz, y estoy de acuerdo. Sigue así, chico, sigue por ese camino y seguro que llegarás lejos.

Un mes después lo despiden. A Happy también. El director, avergonzado, le echa la culpa a la guerra de Europa. El comercio se ha hundido, la economía mundial se tambalea..., todo el mundo reduce costes. Sobre todo los bancos. En una maleta sombrerera, Willie mete sus americanas y los pantalones a juego, los chalecos, los pañuelos de cuello, los gemelos, las polainas, y lo guarda todo en el armario de Madre.

Se compra cinco periódicos y un lápiz de cera y se sienta en el parque. En el mismo banco en el que leía las novelas de Alger, ahora rastrea las ofertas de trabajo. Después recorre Brooklyn de punta a punta, rellena formularios, entrega solicitudes. Pide empleo en bancos, o de administrativo, o de vendedor. Para los de vendedor tiene que taparse la nariz: le repugna la idea de engañar a alguien para que compre algo que no necesita y no puede permitirse.

Por las mañanas, todos los días, Willie se encuentra con Happy y con Eddie en el Awful Coffee de Pete. A Eddie también lo han despedido. Los constructores del rascacielos se han quedado sin dinero. Todo está amañado, murmura Eddie con la boca pegada a la taza de café. En la barra, nadie le lleva la contraria. Nadie se atreve.

Pero entonces, a principios de la temporada de béisbol de 1917, cuando iba a encontrarse con Eddie y Happy, Willie ve a un chico que vende periódicos al otro lado de la calle. Agita un ejemplar y grita: «¡Extra, extra!». Una sola palabra, en letras grandes y tan brillantes como la chapa que lleva el muchacho en la camisa: GUERRA. Willie le da un penique y se va corriendo al café. Sin aliento, extiende el periódico sobre la barra y les dice a Eddie y a Happy que ya está; esa es su gran oportunidad. Tienen que alistarse los tres. Solo tienen dieciséis años, pero, qué coño, a lo mejor consiguen unos certificados de nacimiento falsificados.

A lo mejor pueden irse a Canadá y alistarse allí. Es la guerra, y es jodida, pero, joder, al menos es algo.

Conmigo no contéis, dice Eddie, apartando la taza. Esta es la guerra de Rockefeller. Y de su lameculos J. P. Morgan. Yo no voy a dejarme disparar por esos ladrones de guante blanco. ¿Es que no te das cuenta de que ya estamos en una guerra, Sutty? Son ellos contra nosotros.

Me sorprende, en serio, Ed, me sorprende. Creía que te apuntarías enseguida a matar a unos cuantos espaguetis. A menos que tengas miedo de que esos espaguetis acaben contigo.

Happy se echa a reír. Eddie agarra a Willie por la camisa y cierra el puño, pero entonces menea la cabeza y vuelve a sentarse.

Sutty el Patriota, dice Happy. No te preocupes, Sutty. ¿Te sientes lleno de patriotismo? Habrá muchas ocasiones para demostrarlo. Mi viejo dice que todas las guerras traen prosperidad. Tú espera un poco y verás que pronto nos forramos.

Y su predicción se cumple a las pocas semanas. Nueva York bulle de actividad, y los chicos encuentran trabajo en una fábrica de ametralladoras. Les pagan treinta y cinco dólares a la semana, casi cuatro veces más de lo que Willie y Happy ganaban en el Title Guaranty.

Willie puede pagarles a sus padres casa y comida, y les da algo más. Los ve contar el dinero una y otra vez, contempla cómo se diluye la angustia de los últimos años.

Y aún le queda algo de dinero para divertirse un poco. Casi cada noche se va con Eddie y Happy a Coney Island. ¿Cómo ha podido vivir tanto tiempo sin conocer ese lugar encantado? La música, las luces..., las risas. Es en Coney Island donde Willie se da cuenta por primera vez de que los Sutton no se ríen nunca.

Lo que más le gusta es la comida. A él lo han criado a base de repollo y guisos aguados, y ahora tiene a su disposición banquetes de *Las mil y una noches*. Apenas se baja del tranvía ya le llega el olor de los cerdos asados, las almejas cubiertas de mantequilla, los pollos picantones, los filetes *chateaubriand*, las nueces encurtidas, los ponches romanos, y se da cuenta de que lleva dieciséis años pasando hambre.

No hay en Coney Island nada tan exótico, tan adictivo, como el recién inventado Nathan's Famous. También lo llaman «perrito caliente». Cubierto de mostaza, metido en un panecillo blanco, abierto, tiernísimo, a Willie se le hace la boca agua. Happy puede comerse cinco de un tirón. Eddie se come siete. Para Willie no hay límite.

Después de atiborrarse de comida y de bajarla con varias jarras de cerveza, los chicos se van a pasear por el Boardwalk, intentando llamar la atención de las chicas bonitas. Pero las chicas bonitas son la única exquisitez fuera de su alcance. En 1917 y 1918, las chicas bonitas quieren soldados. Ni siquiera Happy puede competir con esos elegantes uniformes, con esas gorras de marinero tan blancas.

Antes de tomar el tranvía de vuelta a casa, Eddie insiste en que se pasen por el Amazing Incubator, el nuevo horno calentador que se usa para los recién nacidos que nacen a medio cocer. A Eddie le gusta mirar a través de la puerta de cristal y saludar a los siete u ocho bebés que hay al otro lado. Mira, Sutty, son diminutos. Como perritos calientes.

Pues no te comas uno por error, dice Happy.

Eddie les grita a través de la puerta.

Bienvenidos a la Tierra, mamones. Por aquí todo está amañado.

6

Hay centenares repartidos por toda la ciudad, pero Happy dice que solo dos merecen la pena. Uno está debajo del puente de Brooklyn, y el otro en Sands Street, delante de Navy Yard. Happy prefiere el de Sands. No es que las chicas sean más guapas, dice. Pero sí más complacientes. Trabajan en turnos de diez horas, y más cuando la flota está en tierra. Todo eso lo cuenta con la admiración y el asombro de un capitalista convencido describiendo la nueva cadena de montaje de Henry Ford.

Mientras se libra la batalla de Passchendaele y se producen los disturbios por los reclutamientos en Oklahoma, y las huelgas de los mineros por todo el Oeste del país, los chicos visitan por primera vez, juntos, la casa de Sands Street. La sala de espera es la cocina. Seis hombres aguardan su turno alrededor de la mesa, o pegados a la pared, leyendo periódicos, como si estuvieran en una barbería. Los chicos también cogen periódicos, se sientan cerca de la estufa. Se soplan las manos. Es una noche fría.

Willie observa atentamente a los demás hombres. Cada vez que llaman a uno se repite la misma mecánica: el hombre sube pateando las escaleras. Poco después, a través del techo, fuertes pisadas. Entonces una voz de mujer. Risas amortiguadas. Y el chirrido de los muelles de una cama. Después, un gruñido grave, un grito agudo, unos instantes de silencio exhausto. Finalmente el portazo, pasos que descienden escalera abajo y el hombre que pasa junto a la puerta de la cocina, con las mejillas encendidas y una flor en el ojal. La flor es un regalo de la casa.

Cuando les llega el turno a ellos, Willie siente un pánico que roza la apoplejía. Al llegar al rellano, duda. Tal vez otro día, Happy. No me encuentro muy bien. Me duele la barriga.

Dile dónde te duele, Willie, y ella te dará un beso y te sentirás mejor.

Happy empuja a Willie en dirección a una puerta azul celeste que queda al fondo del pasillo. Willie llama muy flojo con los nudillos.

Entra.

Empuja despacio la puerta.

Cierra, cariño..., que hay corriente en el pasillo.

Willie obedece. La habitación está en penumbra, iluminada solo por la luz de una vela. Al borde de una cama cubierta de volantes hay sentada una chica que lleva un salto de cama rosa. Piel fina, pelo largo. Ojos bonitos de pestañas oscuras. Pero le falta el brazo derecho.

Lo perdí a los seis años, dice cuando Willie le pregunta por él. Me caí y me pasó un tranvía por encima. Por eso me llaman «Alita».

También debe de ser por eso por lo que trabaja en Sands Street. No hay muchas otras salidas para una joven manca en Brooklyn.

Willy deja una moneda de cincuenta centavos en el tocador. Alita se pone de pie, deja caer el salto de cama rosa. Sonríe, se acerca a Willie, lo ayuda a desnudarse. Sabe que es su primera vez.

¿Cómo lo sabes, Alita?

Lo sé, cielo.

Willie calcula. Ella ya lo habrá hecho más de cien veces. Ese mes. Mientras está de pie con los pantalones bajados hasta los tobillos, ella le besa la barbilla, los labios, su nariz grande. Él tiembla, como si tiritara de frío, aunque en la habitación hace un calor sofocante. Las ventanas están cerradas a cal y canto, empañadas. Alita lo conduce hasta la cama. Se coloca encima de él. Le da unos besos más profundos, le separa los labios con sus labios.

Él se retira. Le faltan la mitad de los dientes de abajo.

Un marino mercante me los arrancó de un manotazo. Y ahora, cielito, nada de preguntas, tú túmbate y deja que Alita haga lo que sabe hacer.

¿Y qué sabe hacer Alita?

He dicho que nada de preguntas.

Lo acaricia con una suavidad increíble, es habilidosa, y Willie se excita enseguida. Le arrastra por el pecho la cabellera castaña, se la pasa por la cara como si fuera un abanico de plumas. A él le gusta lo que siente, lo que huele. El olor a jabón de su pelo, de aceite de oliva, tal vez, enmascara los demás olores de la habitación: a sudor, a semen viejo... ¿Y a Fels?

Al llegar lo ha notado, pero de manera inconsciente. Ahora se da cuenta. Quien sea que lave las sábanas de Alita lo hace con el mismo detergente que Madre. Se trata de un jabón muy común, no debería extrañarse, pero es algo que perturba y confunde a Willie en un momento de su maduración.

Más confusiones. Willie creía que Eddie decía muchas palabrotas, pero al lado de Alita es un mero aficionado. ¿Por qué suelta tantos tacos? ¿Es que Willie está haciendo algo mal? Eso es imposible, porque no está haciendo nada. Está tumbado boca arriba, indefenso. En todo caso, si alguien tuviera que insultar a alguien, sería él. El abundante vello púbico de Alita es áspero, casi metálico, y roza y araña la piel tierna del pene recién estrenado de Willie. Dentro y fuera, arriba y abajo, Alita hace todo lo que puede por complacer a Willie, y Willie agradece el empeño, pero no consigue cubrir la brecha que separa la realidad de sus expectativas. ¿Es esto lo que mueve el mundo? ¿Esto es lo que tiene a todo el mundo tan alterado? ¿Esto? Si experimenta algún placer con la experiencia, es el alivio que siente cuando se acaba.

Alita se acurruca a su lado, lo halaga por el ímpetu demostrado. Él le da las gracias por todo, recoge su ropa y le da una propina de diez centavos. Se va rápido, antes de recibir la flor de regalo.

Fotógrafo dobla al llegar a Sands Street. Hay obras en la calle. Avanza esquivando conos naranjas, vallas.

Por aquí, en cualquier sitio.

Fotógrafo se detiene y pone punto muerto.

Novena planta, dice con voz nasal. Bolsos de señora, calcetines de caballero.

¿Qué ocurrió en esta esquina, señor Sutton?

Aquí es donde Willie perdió la inocencia. En una casa de mala reputación. Así llamaban a las casas de putas en aquel entonces.

¿Era guapa?, pregunta Fotógrafo.

Sí, lo era. Aunque solo tenía un brazo. La llamaban Alita.

¿Qué brazo?

El izquierdo.

¿Y por qué no la llamaban «Zurdita»?

Eso habría sido cruel.

Reportero y Fotógrafo se miran un momento y apartan la mirada.

¿Quiere bajarse, señor Sutton?

No.

Willie, dice Fotógrafo, ¿por qué hemos venido hasta aquí exactamente?

Quería visitar a Alita.

¿Visitar?

La siento aquí, ahora, sonriéndonos. Al oír tus preguntas. No le gustaban las preguntas.

El fantasma de una prostituta manca. Genial. Con eso seguro que me sale una buena foto.

Está bien, chicos. Próxima parada. Ya hemos visto dónde perdió Willie la inocencia. Ahora vamos a Red Hook y veamos dónde perdió el corazón.

Con el Armisticio, en noviembre de 1918, todo Nueva York se convierte en Coney Island. La gente llena las calles, baila en los coches, besa a desconocidos. Las oficinas cierran, los bares abren las veinticuatro horas. Willie, Eddie y Happy se unen a las multitudes, pero con sentimientos encontrados. La guerra ha sido lo mejor que les ha pasado en la vida. Con la paz no hará falta fabricar más ametralladoras. Y ellos tampoco harán falta.

Despedidos de nuevo, los chicos se dispersan. Buscan trabajo en las ofertas de los periódicos, rellenan formularios, preguntan aquí y allá. Pero la ciudad está llena de soldados que también buscan trabajo. En los periódicos se anuncia una nueva Depresión. La tercera en la vida de Willie, que según parece será la más severa. Las cosas se ponen tan feas tan rápido que la gente se pregunta en voz alta si el capitalismo habrá llegado a su fin.

Los chicos pasan el rato en el muelle rocoso de Red Hook, pescando mientras Eddie lee en voz alta noticias de los periódicos que rescata de la basura. Huelgas, disturbios, altercados... Y casi en cada página aparece el triste obituario de otro joven que no regresará al país.

Uno de cada cuarenta soldados que partieron a luchar no volverá.

Dios mío, dice Happy.

Al menos ellos han hecho algo con su vida, comenta Willie.

Eddie se pone de pie. Camina de un lado a otro. Tira piedras al río. Nada ha cambiado. Plop. Estamos..., plop..., en el mismo sitio..., plop..., de donde salimos... Plop.

Se detiene, suelta la piedra que tiene en la mano, la deja caer al suelo. Se queda inmóvil como una estatua y mira a lo lejos. Willie y Happy se vuelven, siguen el curso de su mirada. Y ahora se ponen de pie ellos también, despacio, y miran.

Happy avanza hacia ella, se quita la boina de cuadros, le dedica una reverencia. Ella retrocede teatralmente, porque en realidad no está asustada. Ni una cobra asustaría a esa chica, eso se nota.

Además, el que la aborda es Happy. Ella iba con prisa hacia alguna parte, caminaba decidida, pero ahora, al tropezarse con un espécimen como Happy, de repente tiene todo el tiempo del mundo.

Hay que dejársela a Happy, dice Eddie.

Se sienta, se pone bien la boina, comprueba las cañas. Willie coincide con él, se sienta a su lado. Cada pocos minutos se vuelven y miran con envidia a su amigo.

Happy la trae donde están ellos.

Vamos a ver, vagabundos, espabilad, vamos, en pie. Bess, aquí está el Club de Pesca de Beard Street. Y estos son sus presidentes, el señor Edward Wilson y el señor William Sutton. Chicos, saludad a Bess Endner.

Es rubia ceniza, o así es como la describirán con el tiempo en los informes policiales, pero a la luz de finales de otoño sus cabellos ofrecen toda la gama de amarillos. Mantequilla, miel, limón, ámbar, oro..., se distinguen incluso unas motas doradas en sus ojos azules, radiantes, como si a quien la hubiera pintado le hubiera sobrado algo de amarillo y no quisiera desperdiciarlo. Es menuda, no llega al metro sesenta y cinco, pero camina con el paso gracioso de una chica más alta. Tiene quince años, o eso supone Willie. Dieciséis, tal vez.

Lleva una cesta hecha de láminas de madera. Se la cambia de mano y estrecha las de Eddie y Willie.

¿Qué llevas en esa cesta?, le pregunta Happy.

Le traigo la comida a mi padre. Ese de ahí es su astillero.

Pues es un astillero bastante grande.

El más grande de Brooklyn. Lo fundó mi abuelo. Llegó a este país en la bodega de un barco, y ahora los construye.

Willie la mira. Nunca ha visto a nadie con semejante confianza en sí mismo. Y no volverá a encontrar a nadie igual hasta que conozca a hombres armados. Eddie también la mira. Sus miradas no parecen incomodarla. Seguramente ni recuerda una época en la que la gente no la mirara.

Señala las cañas de pescar.

¿Pican?

No, dice Eddie.

¿Qué usáis como cebo?

Chapas, dice Eddie. Clavos. Tabaco de mascar.

El agua está más bien asquerosa, ¿no?

Duchamos y afeitamos bien a los peces antes de cocinarlos, dice Willie.

Ella se ríe. Un sonido delicioso.

Hablando de comida, será mejor que me dé prisa. Mi padre se enfada cuando tiene hambre.

Se despide moviendo un poco los dedos. ¿Son imaginaciones de Willie, o le sostiene la mirada medio segundo?

Los chicos están de pie, hombro con hombro, la ven alejarse por Beard Street. No dicen nada hasta que ella entra en el astillero de su padre. Después siguen en silencio. Se tumban sobre las rocas, con la cara al sol. Willie, con los ojos cerrados, contempla las manchas de sol dorado que flotan bajo sus párpados. Le recuerdan a las motas de los ojos de Bess Endner. Tiene más posibilidades de besar el sol que de besarla a ella.

Un gato, o una rata, pasa por delante del coche. Fotógrafo gira en seco.

¿Qué coñ...? Una travesía más allá, otro gato, u otra rata.

Así que esto es Red Hook, dice Fotógrafo. ¿Y aquí vive alguien?

Vive y muere, dice Sutton. En los viejos tiempos se oían conversaciones en las barras de los bares. Un tipo le decía a otro: he dejado el paquete en Red Hook. El paquete era el cadáver.

Reportero señala un bache del tamaño de un cráter lunar. Cuidado.

Fotógrafo pasa por en medio. El Polara cruje, se tambalea como un tranvía viejo.

Te has cargado el cigüeñal, dice Sutton.

Brooklyn está lleno de baches, dice Fotógrafo.

Brooklyn es un bache, le corrige Sutton. Y siempre lo ha sido.

Reportero señala una placa con el nombre de la calle.

Ya estamos. Beard Street.

Fotógrafo gira al llegar a Beard, aproxima el Polara a la acera, la roza con el tapacubos. Sutton se baja del coche, se acerca cojeando hasta un paseo elevado, con barandilla, que bordea el agua. Se acerca, se agarra a la barandilla y se queda ahí como un dictador a punto de arengar a la muchedumbre congregada en una plaza pública. Se vuelve hacia Reportero y Fotógrafo, que siguen montados en el coche. Los llama. ¿Cuántos son? ¿Tres mil millones de personas en el mundo? ¿Cuatro mil? ¿Sabéis cuáles son las probabilidades de encontrar a la persona que está hecha para ti? Pues yo la encontré. Aquí mismo. Exactamente aquí.

Reportero y Fotógrafo cruzan la calle. Uno toma notas, el otro dispara con su cámara.

Chicos, uno solo está vivo del todo, en el sentido pleno de la palabra, cuando está enamorado. Por eso casi toda la gente que conocemos parece medio muerta.

¿Cómo se llamaba, Sutton?

Bess.

7

Sin trabajo, casi sin dinero, los chicos siguen pasando algunas noches en Coney Island, pero ya no comen perritos calientes ni se montan en las atracciones. Solo se pasean por el Boardwalk de un lado a otro, miran las luces navideñas. Y a las chicas. Happy tiene un viejo ukelele. Cada vez que una chica guapa pasa por su lado del brazo de un soldado, toca a propósito un acorde desafinado.

Y entonces se obra un milagro: la chica más guapa de la muchedumbre no va con un soldado. Va con dos amigas. Y reconoce a Happy. Y a Eddie. Y luego a Willie.

Pero si son los Pescadores de Beard Street, grita.

Se acerca, arrastra a sus dos amigas. Se las presenta. La primera es pelirroja, de ojos verde claro, ligeramente separados, con las cejas anchas. Muy anchas.

Fíjate en esa, susurra Eddie. Cuando repartieron las cejas, ella se puso dos veces a la cola.

Pero Amiga Primera y Eddie descubren que tienen conocidos comunes, y se emparejan.

Amiga Segunda, de pelo largo, castaño, y nariz chata, no habla, no mira, no parece querer estar ahí. Ni en ninguna parte. Su frialdad provoca a Happy. La sujeta por el codo, se vuelve y le guiña un ojo a Willie, lo que significa: Bess es tuya.

Ella lleva un sombrero azul de ala baja que le oculta los ojos. Cuando Willie le elogia el gusto por el sombrero, y por el vestido a juego, ella levanta la mirada hacia él muy despacio. Ahora él ve las motas doradas. Lo atrapan, lo paralizan. Intenta apartar los ojos de ellas. Pero no puede, no puede.

Ella, por su parte, lo elogia a él por su atuendo. Por suerte no empeñó los trajes de Title Guaranty. Por suerte lleva puesto uno de ellos esa noche.

Siguen a sus amigos por el Boardwalk. Willie le pregunta a Bess dónde vive. Cerca de Prospect Park, dice ella. Yo también. En President Street, dice ella. Ah, vale, entonces vives en la zona buena de la calle. En la casa más grande de la manzana, dice ella. No tiene pérdida. La casa más grande. El astillero más grande. Para mí eso no significa nada, dice ella. No es mi astillero. No es mi casa.

Hablan de la guerra. Bess lo lee todo. Se sienta con su padre todas las noches, repasan el *Times*, y ella nunca se pierde un número del *Leslie's Illustrated*. Dice que es un crimen que los banqueros se opongan al plan del presidente Wilson de conceder a Alemania una paz benévola. Un crimen.

Es evidente que tienes las ideas claras, dice Willie.

¿Y no crees que es una vergüenza que no pueda expresarlas en una urna?

Bueno, seguro que las mujeres podrán votar muy pronto.

Aunque fuera mañana ya sería tarde, señor Sutton.

Sí, es cierto. Mis disculpas.

Willie intenta alejar la conversación de la política. Comenta que el clima es delicioso. Un inverno extrañamente cálido, ¿verdad?

Eso parece.

Le pregunta si Bess es su nombre de verdad.

Me pusieron Sarah Elizabeth Endner, pero mis amigos me llaman de muchas maneras. Betsy, Bessie, Bizzy, Binnie. Yo prefiero Bess.

Pues entonces te llamaré Bess.

Se quedan callados. Sus pasos sobre el Boardwalk resuenan con demasiada fuerza. Willie piensa en la imposibilidad de conocer a nadie, de llegar a conocer a nadie nunca.

Esto..., eh..., Bess. ¿Sabías que el nombre de Coney Island lo puso un irlandés?

¿Ah, sí?

«Coney» significa «conejo» en irlandés. Supongo que en otro tiempo habría muchos conejos por aquí.

Ella mira alrededor, como si quisiera ver alguno.

Grandes, dice Willie.

Ella sonríe tímidamente.

Salvajes, dice él.

Ella no replica.

Willie se estruja el cerebro, intentando recordar de qué hablaron Alita y él. Intenta recordar lo que el héroe le dice a la heroína de todas las novelas de Alger. Pero no le viene nada a la mente. Llama a Eddie y a Happy. Eh, chicos, ¿qué hacemos?

¿Y si nos montamos en el Látigo?, sugiere Eddie.

A las chicas les parece una idea genial.

Las tres bajan correteando hasta el Luna Park. Por suerte hay poca cola. Los chicos hacen un fondo común y compran seis entradas.

El Látigo consiste en doce coches abiertos que recorren unas vías en un recorrido ovalado. Unos cables hacen mover los coches despacio, muy despacio, hasta que los sacuden en curvas cerradas. En cada coche caben dos personas. Eddie y Amiga Primera se montan en uno. Happy y Amiga Segunda, en otro. Solo quedan Willie y Bess. Al subirse al coche, Willie nota que el antebrazo de ella roza el suyo. Un roce breve. Se sorprende de lo que llega a sentir.

¿Irá deprisa?, pregunta ella.

Puede ser. Es la mejor atracción. ¿Tienes miedo?

Oh, no. Me encanta ir deprisa. Se inicia el viaje, el coche se pone en marcha de un tirón. Willie y Bess se juntan más a medida que va ganando velocidad. La emoción del viaje es que empieza muy muy despacio, dice Bess. Se agarran con fuerza a los lados, se ríen. Ella grita con la sacudida de la primera curva. Willie también grita. Eddie y Amiga Primera, que van delante, miran hacia atrás apasionados, como si Willie y Bess los persiguieran. Eddie señala con un dedo y dispara. Willy y Bess contraatacan con sus pistolas. Eddie recibe una bala. Y muere, porque eso le da una excusa para desplomarse encima de Amiga Primera.

De pronto el coche se encalla, frena y se detiene. Bess protesta.

Montemos otra vez, dice.

Willie y los chicos no tienen dinero para más viajes. Por suerte, Willie se da cuenta de que se ha formado una cola muy larga.

Mirad, dice.

Oh, dice ella.

Las tres parejas regresan al Boardwalk.

Anochece. Las luces de Coney Island parpadean y se encienden. Willie le cuenta a Bess que en total hay un cuarto de millón de bombillas. No es de extrañar que Coney Island sea lo primero que ven los barcos desde el mar. Imagínatelo, esto de aquí es lo primero de América que ven los inmigrantes.

También es lo último que ves cuando te vas, dice Bess.

¿Cómo lo sabes?

Lo he visto. Varias veces.

Ah.

Bess señala la luna.

¿A que está preciosa esta noche?

Como si formara parte del parque. Luna Park.

Bess habla con voz impostada de actriz.

¿Por qué, señor Sutton, apuesto y sagaz?

Él le sigue el juego.

Y digo yo, señorita Endner, ¿le importaría repetir eso?

¿Acaso no me ha oído, señor Sutton?

Al contrario, señorita Endner, no doy crédito a mi buena suerte por recibir el cumplido de una joven tan hermosa, y albergaba la esperanza de memorizarlo.

Ella no sigue. Alza la vista y mira a Willie con una sonrisa en los labios que significa: a lo mejor aquí hay más de lo que se ve a simple vista. Tras un inicio lento, se la está ganando. Como con el Látigo.

Las tres parejas se encuentran junto a la barandilla y oyen el romper de las olas, un sonido que es como el eco de la guerra que atraviesa el mar. Arrecia el viento. Ondea los vestidos de las chicas, hace que las corbatas de los chicos se agiten como banderas. Bess se sujeta el sombrero con una mano. Happy le da el suyo a Eddie y se pone a tocar el ukelele.

I don't *wanna* play in your yard
I don't like you anymore
You'll be sorry when you see me
Sliding down our cellar door

Todos se saben la letra. Bess tiene una voz bonita, pero le tiembla un poco porque tiene frío. Willie se saca el abrigo y se lo pasa por los hombros.

You can't holler down our rain barrel
You can't climb our apple tree

La gente se acerca a ellos, se suma al canto. Nadie se resiste a esta canción.

I don't *wanna* play in your yard
If you won't be good to me.*

* No quiero jugar en tu patio / Ya no me gustas / Lamentarás verme / entrar por la puerta de tu sótano... / Ya no puedes montarte en nuestro barril de agua de lluvia / Ya no puedes subirte a nuestro manzano / No quiero jugar en tu patio / si no eres buena conmigo. (Canción popular estadounidense compuesta en 1894 por Henry W. Petrie.) *(N. del T.)*

Con los últimos acordes, Happy consigue que su ukelele viejo suene como una orquesta de ukeleles. Todo el mundo aplaude y Bess le estruja el bíceps a Willie. Él lo dobla más para hacer músculo. Ella se lo estruja más.

Dios mío, dice Amiga Primera consultando la hora en su reloj de pulsera. Es tarde.

Bess protesta. Amiga Primera y Amiga Segunda la convencen. Las tres parejas siguen a la multitud que se dirige hacia los tranvías y el metropolitano. Willie y Bess empiezan a despedirse. Pero entonces ven que están solos. Willie mira a su alrededor. A la sombra de unas casetas de baño, Eddie y Amiga Primera están entrelazados. Detrás de la cabina de una pitonisa, Happy le roba unos besos a Amiga Segunda. Willie mira a Bess. Sus ojos..., pozos de azul y oro. Siente que la Tierra se acerca más a la Luna. Se acerca más a ella, le roza los labios con sus labios, delicadamente. Se estremece y le arde la sangre. Sabe que en ese instante, en ese regalo imprevisto de un momento, su futuro está cambiando de forma. Se suponía que eso no tenía que ocurrir. Pero está ocurriendo. Ocurre.

Finalmente, en la calle, las chicas se plantan delante de ellos.

Gracias por esta noche. Lo hemos pasado muy bien. Encantadas de conoceros. Igualmente. Feliz Navidad. Buenas noches. Chao. Feliz Año Nuevo.

Pero Bess volverá a ver a Willie al cabo de muy pocos días. Han quedado. Las chicas se alejan, Amiga Primera y Amiga Segunda en los lados, Bess en medio. Willie las mira fundirse con la multitud. En el último momento, se da la vuelta.

¡Ya no puedes montarte en nuestro barril de agua de lluvia!, grita.

¡Ya no puedes subirte a nuestro manzano!, le responde Willie.

Ella canta: ¡No quiero jugar en tu patio!

Y él piensa: ¡Si no eres buena conmigo!

Sutton contempla su reflejo en el agua. Se da cuenta de que no es
su reflejo, sino una nube.

¿Sabíais que Sócrates dijo que amamos todo aquello que nos
falta? ¿O que creemos que nos falta?

¿Sócrates?

Si te sientes tonto, te enamorarás de alguien listo. Si te sientes
feo, perderás la cabeza por alguien que te alegre la vista.

¿Ha leído a Sócrates?

Yo lo he leído todo, chico. No habría podido sobrevivir a la
cárcel sin leer. Cuando el FBI me buscaba, ponía a agentes a con-
trolar las salidas de las librerías. Eso tiene que ponerlo en alguno
de esos archivos tuyos.

Pero ¿a Sócrates también? ¿En serio?

Era un tío legal. Y detestaba a la pasma.

¿La pasma? ¿En la Antigua Grecia?

Pues sí. Por no confesar, se quitó la vida. ¿O no?

Unas noches después quedan para tomar algo en una heladería
que está cerca del parque. Bess lleva un vestido verde con una
especie de falda de tubo, un sombrero alto con una única pluma
larga. Willie lleva el otro traje que tenía en Title Guaranty. El gris.

Le alivia descubrir que ella se muestra parlanchina, porque él
es incapaz de articular palabra. Ni saliendo con Theda Bara estaría más nervioso. Además, desea conocerla. Desesperadamente.

Ella le habla mucho de su familia.

A mí seguro que me recogieron en la calle, dice, porque no
me parezco a ninguno de ellos. Papá es un tirano. Y aburridísi-
mo. Mamá es una gallina protestona. Y mi hermana mayor, una
boba.

Willie está a punto de decirle que sabe cómo es eso de no llevarse bien con los hermanos mayores, pero no quiere pensar en
los suyos. Esa noche no. Se toma su copa de helado a cucharadas
lentas, comedidas, y asalta a Bess a preguntas.

¿Cuál es tu comida favorita?

Esa es fácil. El helado.

La mía también. ¿Y cuál es tu libro favorito?

Esa es más fácil aún. *Cumbres borrascosas*. Estoy de acuerdo con el señor Emerson: la humanidad entera apoya a una pareja de amantes. Nada llama tanto nuestra atención ni suscita tanto nuestro apoyo como una Cathy y un Heathcliff.

Sí. *Cumbres borrascosas*. También es mi libro favorito.

Estás mintiendo.

Sí.

Te prestaré mi libro.

¿Tienes alguna mascota?

Un terrier que se llama *Tennyson*. Es mi poeta favorito.

¿Cuál es tu sitio favorito del mundo?

Hay un empate a tres. París, Roma y Hamburgo. ¿Y el tuyo?

No tengo un sitio favorito.

¿Cuál es entonces el que menos te gusta del mundo?

Mi casa.

Vaya.

¿Cuál es tu mejor cualidad?

La memoria. Leo un poema una sola vez y ya me lo sé de memoria. ¿Tú tienes buena memoria?

Nunca olvidaré este día, piensa.

Me cuesta recordar los nombres, dice.

En su mayoría, no son dignos de recordarse.

¿Cuál es tu mayor defecto?

No sé estar sentada. ¿Y el tuyo?

Soy de Irish Town.

Le habla del negocio de su padre, en horas bajas, de la tristeza sin fin de su madre, de su incapacidad para encontrar trabajo. La sorprende, y se sorprende a sí mismo, revelando tantas cosas de sí mismo con voz serena. Esa es la vez que va a estar más cerca en su vida de hacer una confesión en toda regla.

La acompaña a casa, pasando por el parque. En un lugar discreto, oscuro, ella se apoya en un árbol y le tira de la corbata para atraerlo. Él apoya una mano en el árbol y con la otra le acaricia la mejilla. La aspereza dura del tronco, la suavidad cremosa de su piel... Eso tampoco lo olvidará nunca. Se besan.

Ella le cuenta que aún no ha perdido la inocencia, por si él se lo está preguntando.

Yo nunca me preguntaría algo así, le susurra él.

¡Vaya! ¿Ni siquiera has sentido curiosidad? No debo de ser tan atractiva como me dice la gente. Le da un codazo en las costillas para que él sepa que lo ha dicho en broma. Pero no lo dice en broma.

En su segunda cita, en el mismo rincón discreto, ella le agarra la mano a Willie y se la mete debajo del vestido. La guía hasta el pecho, más abajo. Él nota el latido de su joven corazón, que palpita como un reloj recién estrenado. Que funcionará siempre.

Él retira la mano, se controla. La controla.

No, Bess. No.

¿Por qué no?

No está bien.

¿Quién decide lo que está bien?

Él no tiene respuesta para eso. Pero incluso así se mantiene firme.

Todas sus citas acaban en el mismo punto muerto, hasta que su cortejo se convierte en una especie de parodia. Después de una o dos horas en Coney Island, o en la heladería, pasean y pasean y no tardan en llegar a algún rincón discreto del parque. Bess se desabrocha un botón, o dos, y guía la mano de Willie, o bien es ella la que baja la mano y lo toca entre las piernas. Willie la detiene, le dice que no estaría bien. Ella se muestra desconcertada, pero Willie cree que secretamente ella admira su ejercicio de control. Después se despiden, ambos encendidos, confusos, anhelantes.

Eddie y Happy están escandalizados. Eddie cree que Willie ha perdido la cabeza, o la hombría. Happy lo llama ingrato. Happy se la cedió a Willie... Ese es el mito que comparten. Y le dice en broma que, si Bess va a quedar desaprovechada, a lo mejor va y la recupera.

Pero Willie cree que si alguien le ha dado a Bess, ha sido Dios. A través de la gracia divina –no se le ocurre ninguna otra explicación–, Bess Endner es su enamorada, y no quiere que Dios lo considere un ingrato. De modo que se comporta como Dios querría que se comportara. Como se habría comportado un héroe de las novelas de Alger.

Aunque va en contra de su naturaleza, aunque asombra a sus mejores amigos, su estrategia de inquebrantable caballerosidad da resultado. Al cabo de unas semanas de cortejo, Bess detiene a Willie junto a su árbol favorito y le apoya la cabeza en el pecho.

Muy bien, Willie Sutton, espero que estés contento. Me he enamorado de ti.

¿De verdad?

Pues sí.

¿En serio?

En serio. Locamente. Eres el amor de mi corazón.

¿Por qué, Bess?

Willie..., menuda pregunta.

No, te lo digo en serio. Soy duro, sí, pero no soy Eddie. No soy feo, pero no soy Happy. ¿Por qué yo?

Está bien, dice ella, te lo diré, Willie. Te quiero porque miras como todas las chicas creen que deben ser miradas, aunque sospecho que muy pocas chicas podrían soportar tanta intensidad. Tanto escrutinio. Tú me miras como si quisieras devorarme, como si quisieras llevarme de aquí, hacerme prisionera en una isla desierta, dedicarme estatuas.

Willie se ríe, culpable.

Tú me miras como si quisieras hacerme feliz, como si no pudieras ser feliz a menos que lo fuera yo. Es emocionante. Y da miedo. Es lo que quiero para el resto de mi vida. Lo único que quiero.

¿Y ya está?

La vida es complicada, Willie. El amor, no. Mis amigas se mueren por chicos que visten bien, bailan bien o vienen de buenas familias. Ya se lo encontrarán. Solo importa una cosa. Cómo te mira un chico. ¿Ves en su mirada que siempre estará ahí? Así es como me miraste en el Látigo. Tenías la palabra «siempre» escrita en los ojos. Así me estás mirando ahora. Oigo hablar a mi madre y a mi hermana..., ellas sueñan con lo que yo tengo aquí delante, debajo de este árbol. Oh, Willie, te quiero y ya está. Oh.

Todas las declaraciones de Bess, todas sus dulces naderías, empiezan y terminan con esa interjección. Es el preludio y la conclusión de todo afecto. ¡Oh!, dice antes de besarlo. ¡Oh!, dice mientras le da la espalda, como si la visión de Willie fuera demasiado maravillosa para soportarla.

Oh, Willie. Oh.

Sutton suelta la barandilla.

Está bien, chicos. Vamos. Siguiente parada.

Se habría dicho que estaba a un millón de kilómetros de aquí, señor Sutton.

Como mínimo a doscientos cincuenta mil.

¿Y en qué pensaba?

Pensaba en que no me vendría mal tomarme una copa. Willie necesita un Jameson.

Oh, señor Sutton. No me parece que sea muy buena idea.

Chico, ¿es que no te has dado cuenta aún? Nada de todo esto es una buena idea.

8

Willie ha visto la casa de los Endner muchas veces por fuera: vidrieras en las ventanas, elegantes balaustradas, unas verjas de hierro forjado rematadas en lanza... Y siempre se ha sentido empequeñecido al pasar frente a ella. A principios de 1919, con su traje negro de Title Guaranty, entra en ella por primera vez.

Un mayordomo le recoge el abrigo. Willie parpadea, intentando acostumbrarse a la escasez de luz. Si Coney Island es el lugar más iluminado de la Tierra, el Castillo Endner es el más oscuro.

Tenemos la casa en penumbras por mamá, susurra Bess. Sufre de migrañas.

Bess toma a Willie de la mano y lo lleva por un largo pasillo hasta una biblioteca. Sus paredes están recubiertas de enormes librerías con puertas acristaladas. Willie se fija en los títulos: casi todo son ejemplares únicos de la Biblia y diversos textos religiosos. En el suelo, una inmensa alfombra de lana que, según dice Bess en voz muy baja, es china.

El señor y la señora Endner están de pie al final de esa alfombra, calentándose delante de una chimenea tan grande que en ella se podría asar un ciervo. El crepitar de la madera es lo único que se oye en la sala, y las llamas proporcionan la única luz.

Mamá, papá, este es Willie.

Willie se adelanta. Cruzar la alfombra cuesta más que atravesar el East River a nado. Les estrecha la mano a los dos. Durante unos instantes, todos se mantienen en silencio. Aparece una doncella junto a Willie y le ofrece una copa de jerez.

Gracias, dice, con la voz tan quebrada como la leña.

Una segunda doncella anuncia que la cena está servida.

Willie y Bess siguen a los señores Endner por otro pasillo larguísimo hasta un comedor de techos altos. Es la sala más oscura de todas las que ha visto, iluminada solo por dos candelabros. Willie inspecciona la mesa con la mirada. Ocupa la mitad de su casa. El señor Endner se sienta en la cabecera, y su esposa en el otro extremo. Willie y Bess ocupan el centro, en lados opuestos. Una tercera doncella acerca a Willie una bandeja con chuletas de cordero a la parrilla y salsa de menta acompañadas de unas patatas al gratén.

La señora Endner bendice la mesa. Amén, dice Willie en un tono algo más alto de la cuenta.

El señor Endner no prueba bocado. Se dedica a mordisquearse los bigotes mientras observa a Willie. Bess ya se lo ha advertido: su padre se toca mucho el bigote cuando está disgustado.

¿Dónde trabajas, Willie?

Bueno, señor. En este momento estoy buscando empleo. Recientemente me han despedido de una fábrica de munición. Y antes trabajé en Title Guaranty.

¿Y qué ocurrió con ese puesto?

También me despidieron.

El señor Endner se retuerce con fuerza el bigote.

¿Qué fe profesas, hijo?

He sido educado como católico, señor.

El señor Endner se mete el bigote derecho en la fosa nasal correspondiente.

Los Endner son baptistas, dice. De hecho, el señor John D. Rockefeller es un amigo íntimo, ha comido en esta misma mesa. Y su hijo se plantea la posibilidad de construir una iglesia baptista nueva. Va a ser gloriosa. Más impresionante que cualquiera de las que existen en Europa.

Lo último que Willie había oído del viejo Rockefeller se lo comentó Eddie, que dijo que su padre estafaba a gente enferma en el sur, que les vendía jarabes milagrosos, ungüentos, aceites. Lo que no deja de resultar irónico, añadió Eddie, porque Rockefeller fundó la Standard Oil. Willie se llena la boca de comida, asiente.

Sí, señor, creo que he leído algo sobre eso.

La señora Endner mira primero a Willie y después a Bess.

William, dice, ¿de dónde procede tu familia?

De Brooklyn, señora.

Sí, ya lo sabemos. Me refiero a tus antepasados.

Willie mastica despacio el cordero y hace una pausa, lo que añade más suspense del que ya se ha apoderado de la mesa.

De Irlanda, señora.

Willie no oye más que el latido de su propio corazón y la combinación de intereses en las cuentas corrientes de los Endner. Todos, alrededor de la mesa, incluidas las criadas que se mantienen en la penumbra, parecen imaginar la misma recreación selectiva de la historia irlandesa: druidas oficiando sacrificios humanos sobre altares de roble; guerreros celtas corriendo desnudos hacia las legiones del césar; viejas desdentadas lanzando bombas desde detrás del trono dorado del papa.

Los Endner provienen de Alemania, dice la señora Endner, con cara de estar a punto de sufrir la mayor migraña de su vida. De Hamburgo, añade.

A Willie le intimida el orgullo de su voz. Ser un huno es aún mejor que ser un cabeza cuadrada. Clava la mirada en las patatas y se pregunta si debería dejarlas en el plato, desafiar así al menos un tópico cultural. Solo la mirada confiada, insistente, de Bess, le impide escapar de ese comedor, de esa casa, de Brooklyn.

La noche siguiente, Willie se encuentra con Bess en una fuente de soda de Coney Island. Está muy pálida. No la ha visto nunca sin color en las mejillas. Sabe lo que está a punto de pasar, pero aun así es un golpe duro oírle pronunciar las palabras.

Willie Boy, mi padre me ha prohibido volver a verte.

Baja la vista y la posa en su copa de helado. Willie hace lo mismo. Es curioso, pero nota que se le agudizan los sentidos. Siente derretirse el helado. Sabe lo que Bess quiere que diga, lo que debe decir. Y hacer. Cuando levanta la mirada, ella está esperando.

Está bien, Bess. Iré a hablar con él.

Vuelven a subirse al Polara.

Los acontecimientos se habían puesto en marcha, dice Sutton en voz baja.

¿Qué, señor Sutton?

Bess y yo tuvimos una charla. En enero de 1919. Y todo partió de aquella charla, de aquel momento. Todo. Retrocede en tu vida y mira si eres capaz de señalar el momento en el que todo cambió. Si no puedes, eso significa que aún no ha llegado tu momento, y en ese caso será mejor que te prepares, porque va a llegar.

¿Y dónde tuvo lugar esa charla?

En Coney Island, en Mermaid Avenue. He estado a punto de incluirlo en el plano. No sé por qué no lo he hecho. Tal vez no habría sido capaz de enfrentarme a eso. ¿Hay algo más doloroso que recordar? Y además es un dolor que nos causamos a nosotros mismos. Ah, Dios, tal vez eso puede decirse de todo dolor.

Pero antes ha dicho que debíamos recordar. Que recordar es la manera que tenemos de decirle al tiempo que se joda.

¿Yo he dicho eso?

Willie, con su traje gris de Title Guaranty, llama a la puerta de la casa de President Street. Una doncella lo conduce a un despacho que da al vestíbulo. Tal como han planeado, Bess ha salido con una amiga.

El suelo del despacho está cubierto por una piel de oso entera, y la boca del animal parece a punto de tragarse los tablones de madera. La nariz, redonda, resplandeciente, es negra como la bola ocho del billar. Sobre la chimenea de ladrillo cuelga una cabeza de lobo gris disecada, con las fauces muy abiertas.

Willie permanece de pie frente a un escritorio de caoba lleno de libros de asiento perfectamente ordenados, maquetas de barcos, abrecartas que podrían abrir a un hombre en canal. Sujeta el sombrero por el ala, da un paso atrás, casi tropieza con una pezuña del oso. No sabe si debe sentarse. Ojalá pudiera fumar. El señor Endner entra entonces por otra puerta, situada al otro extremo del despacho.

Willie, dice.

Señor Endner. Gracias por recibirme.

El señor Endner se sienta a su escritorio. Lleva un traje azul de sarga con pajarita gris. Tiene la mirada vidriosa, como si acabaran de despertarlo de una siesta. Lo invita a sentarse en la silla que tiene delante. Willie obedece. Se observan mutuamente como dos boxeadores cuando suena la campana y da inicio el primer asalto.

Tú dirás, Willie.

Bien, señor, he venido a pedirle que, por favor, reconsidere su decisión. Creo que si me diera media oportunidad, vería que soy una persona buena y decente, que su hija me importa mucho. Y creo que a su hija le importo yo.

El señor Endner hace girar una pluma en el cartapacio del escritorio. Cambia de sitio algunos sobres, coloca sobre ellos un abrecartas, levanta un dólar de plata y da unos golpecitos con él en la mesa de caoba.

¿Qué es lo más valioso que tienes, Willie?

Willie reflexiona. Eso ha de ser una trampa, dice, porque todas las respuestas que se le ocurren le parecen inadecuadas. Clava la vista en el dólar de plata.

Señor, yo no tengo nada de valor.

El señor Endner se mece en su silla, que chirría.

Bien, pues eso es parte del problema, ¿no crees? Pero supongamos que sí. Supongamos que poseyeras un diamante tan grande como este dólar de plata.

Sí, señor.

¿Qué harías con él?

¿Hacer, señor?

¿Cómo lo tratarías? ¿Lo cambiarías por una zarzaparrilla?

No, señor.

¿Por un cucurucho de diez centavos?

No, señor.

Pues no, por supuesto que no. ¿Lo entregarías a cambio de nada?

No, señor.

Bien, entonces entenderás mi posición. El mismísimo Dios colocó a Bess en nuestras manos, y ella vale más que cualquier diamante. Es nuestra misión ser absolutamente cuidadosos a la hora de escoger quién se la lleva. No es una labor fácil. Nos mantiene despiertos muchas noches a la señora Endner y a mí. Y Bess, por más que la queramos tanto, no nos lo pone nada fácil. Es una jovencita caprichosa con tendencia a buscarse problemas. Como sabes muy bien. Por eso te ha tomado cariño, supongo.

Ella dice que me ama, señor.

Yo eso me lo tomaría *cum grano salis,* hijo.

Pero señor...

Mira, no es nada personal, pero seamos sinceros. Supongo que en tu fuero interno ni tú mismo crees ser un buen partido para Bess.

A Willie, de pronto, le cuesta respirar. Tira del cuello de la camisa.

Señor Endner, señor... He pasado por situaciones difíciles, es cierto. He perdido dos trabajos. He tropezado en la línea de salida de la vida, supongo. Pero, aun así, mi suerte tiene que cambiar.

¿Y cómo lo sabes, hijo? ¿Cómo puedes estar seguro? Nadie sabe qué es la mala suerte. Ni de dónde viene. Tal vez sea algo temporal, como una enfermedad, o permanente, como una marca de nacimiento. Tal vez sea indomable y gratuita, como el viento. Tal vez sea la muestra del desagrado de Dios. Sea como fuere, digamos que solamente a causa de la mala suerte te has quedado sin trabajo, sin blanca... ¿Crees que eso ha de tranquilizarme? Este es el país de los afortunados. ¿Crees que puedo querer que mi niña esté con alguien proclive a la mala fortuna?

Respecto al punto anterior, señor, ya sé que Bess es un diamante, señor, eso no hace falta que me lo diga nadie. Pero pareciera que usted dice que ella debería estar con alguien que pueda permitirse diamantes, ¿y acaso no sería más probable que un tipo así no le diera importancia a los diamantes, que los diera por sentados? ¿No cree que sería más probable que alguien que ni siquiera hubiera visto un diamante hasta hace pocos meses pudiera apreciarlo y custodiarlo mejor? Y, señor, ojalá se me hubiera ocurrido cuando lo ha preguntado, pero estoy muy nervioso y solo ahora caigo en la cuenta de que si tuviera un diamante no me costaría nada decidir qué hacer con él: se lo ofrecería de inmediato a Bess.

Está bien, Willie. Lo entiendo.

Gracias, señor.

¿Cuánto va a hacer falta?

¿Señor?

¡Para que desaparezcas!

No ent... ¿Qué?

Le pediré a mi abogado que redacte un documento esta misma tarde. Legalmente vinculante. Tú lo firmas, te comprometes a mantenerte alejado de mi hija, y yo te extenderé un cheque con más ceros de los que quedan en el marcador cuando lanza Walter Johnson. Podrás vivir holgadamente hasta que te asegures otra posición. Podrás vivir bien aunque tardes años en encontrar otro trabajo.

Willie se pone de pie, hace girar el sombrero con las dos manos, le da una vuelta completa.

Señor Endner. No quiero su dinero. Puede redactar un documento que diga que nunca podré ver ni un centavo de todo lo que tiene. Ese documento sí lo firmaré.

O sea, que eres una persona íntegra.

Sí, señor.

Tienes carácter.

Lo tengo, señor. Si consintiera en conocerme, me...

En ese caso no harás nada para dañar la relación de una joven con sus padres. Sin duda, tu ética, tu carácter, impedirán que te inmiscuyas en una cuestión familiar privada.

Willie parpadea.

Le he prohibido a Bess que vuelva a verte, Willie. Estés o no de acuerdo con mi decisión, si violas mis deseos, si transgredes las reglas de esta casa, confirmarás mis peores temores sobre ti. Si quieres demostrarme quién eres en realidad, mantente al margen.

Willie oye las risas burlonas del lobo y del oso.

Adiós, Willie. Y buena suerte.

Sutton: Chicos, ¿sabíais que cuando los astronautas regresaron y estuvieron en cuarentena alguien entró en el edificio donde se alojaban y robó una caja fuerte llena de piedras lunares?

Reportero: Sí, vi algo en el periódico.

Sutton: Robarle a la Luna. Eso es lo que yo llamo dar un golpe.

Reportero: ¿Y eso se le ha ocurrido ahora por algo en concreto, Sutton?

Sutton: No.

Reportero: Su letra es..., bueno... Este plano... Por lo que creo entender, nuestra parada está en medio de... ¿Meadowlark's Ass?

Sutton: Meadowport Arch.

Reportero: Ah, sí, claro. Tiene más sentido.

Bess les dice a sus padres que ha quedado con sus amigas, pero se encuentra con Willie en Meadowport Arch. Erigido en un extremo de Long Meadow, el arco da acceso a un túnel de treinta metros con techo abovedado y muros de fragante madera de cedro. Nuestro túnel del amor, lo llama Willie. Nuestro páramo, dice Bess. Se pasan allí horas y horas, cogidos de la mano en un banco, haciendo planes, oyéndolos reverberar.

Si cuando llegan ya hay alguna otra pareja en el arco, o algún mapache, se retiran y se refugian en otro, el que se alza en la plaza Grand Army. Se abrazan entre las estatuas de Ulysses Grant, Abraham Lincoln y... ¿Alexander Skene?

¿Quién diablos es ese?

Willie lee la inscripción. Aquí pone que Alexander Skene fue un prestigioso... ¿ginecólogo?

No pueden parar de reír.

Hablan obsesivamente de cómo sería la vida si tuvieran privacidad absoluta, si pudieran estar solos cuando y donde quisieran.

Te dejaría que la metieras en mí.

Bess.

Lo haría, Willie. Si estuviéramos solos, te dejaría hacerme lo que quisieras.

Lo que quisieras. Esta frase se repite noche y día en la mente de Willie.

Si llueve o nieva se encuentran con Eddie y Happy en Finn McCool, un local que tiene sobre la barra un cubo de sangre y una foto del Ben Bulben. El camarero sabe que no tienen la edad mínima pero no le importa. Es un viejo que lleva una gorra gris de fieltro y tirantes amarillo canario que cree que, si tienes dinero para pagarte la bebida, puedes beber. También cree que abrir un paraguas en un sitio cerrado trae años de mala suerte. Cada vez que un cliente abre uno, el camarero da tres vueltas en círculo y escupe para conjurar el mal fario. Bess abre su paraguas varias veces todas las noches solo para ver cómo lo hace. Eddie y Happy se carcajean. Willie piensa que, cuando pasen cien años, aún recordarán la imagen de Bess en el bar haciendo girar el paraguas abierto, desafiando al camarero. Y al destino.

A finales de enero de 1919, Eddie y Happy están sentados en el bar mientras Willie y Bess están frente a ellos, lamentando su situación. Happy sonríe. Sois los Romeo y Julieta de Brooklyn.

Nosotros no somos Romeo y Julieta, dice Bess. La familia de Willie no está contra mí.

Solo está contra él, dice Happy.

Dejad ya de hablar de Romeo y Julieta. Al final mueren.

Al menos sus familias les dedican estatuas, dice Bess. Como la de Alexander Skene.

Se echa a reír. Willie sigue muy serio.

Eddie insiste en que hay soluciones.

Vosotros dos tendríais que fugaros, dice.

Bess ahoga un grito.

Mira a Willie, entusiasmada, expectante. Él le ve el doble de motas doradas en sus ojos azules. Menea la cabeza.

Bess, cielo, ¿adónde iríamos? ¿De qué viviríamos?

Ella no tiene respuesta. Malhumorada, deja el tema.

Pero vuelve a sacarlo de nuevo la noche siguiente, en Meadowport. Ha tenido una idea, dice. El astillero de su padre. Pueden forzar la caja fuerte y después huir a donde quieran, y les quedará bastante dinero para vivir muchos años.

Willie no sabe si lo está poniendo a prueba. Tal vez incluso a instancias de su padre. «Fíjate en cómo reacciona. Mira si tiene el corazón puro o si tiene el corazón irlandés.» Willie le dice que no está dispuesto a cometer un robo a gran escala. Ella dice que eso no es ningún robo a gran escala. Y que ese dinero es su dote.

Él rechaza la idea.

De ninguna manera, dice.

Bess vuelve a sacar el tema al día siguiente, y al otro. Le dice que no tienen alternativa. Su padre sospecha que siguen viéndose, ha empezado a amenazarla con enviarla a Alemania a vivir con su familia hasta que se le pase el enamoramiento. La idea horroriza a Willie, pero ni así acepta cometer un delito tan descarado.

Pero ¿por qué no?, le pregunta ella.

No, no podría. No.

Finalmente, en febrero de 1919, Bess pierde la paciencia.

Está bien, le dice, si significo tan poco para ti como para que no estés dispuesto a plantarle cara a mi padre...

Tú no quieres que le plante cara a tu padre. Tú quieres que le robe.

Ella empalidece. Él retrocede, pero se disculpa enseguida. Ella se apoya en el muro de Meadowport.

Mira qué nos está pasando por culpa de todo esto, dice ella. Oh, Willie.

Él la toma en sus brazos.

Ah, Bess.

Ella le pone la mano en la mejilla, en los labios.

Willie, no sé qué será de mí si me envía al extranjero. Por favor, no dejes que me aleje de ti.

Esa misma noche, más tarde, Willie convoca una cumbre. En una de las mesas del McCool, plantea el caso ante Eddie y Happy.

Para mí la cosa está clara, dice Happy.

Para mí también, dice Eddie. O vacías esa caja fuerte, o la pierdes.

¿Estás dispuesto a perderla?, le pregunta Happy.

Me muero, Happy. Te juro que me muero.

El viejo se lo ha buscado, dice Eddie. Podría haberte acogido en su familia. Podría haberte dado trabajo. ¿Qué se puede esperar de un amigo de Rockefeller? Jódelo vivo. Esa es mi opinión.

¿Me ayudaréis? No puedo hacerlo solo. Os daré vuestra parte, merecerá la pena. Solo tendréis que alejaros unos días de la ciudad. Una semana como máximo.

A Eddie le encantaría ayudarle, pero acaba de encontrar un trabajo de media jornada. Como perforador en unos astilleros.

Veinte a la semana... No puedo renunciar a esa pasta. Willie lo comprende. Se vuelve hacia Happy, que le da un buen trago a la cerveza y levanta la mano.

Cuenta conmigo, Willie.

Tenemos que actuar deprisa, dice Willie.

¿Cómo de deprisa?

Mañana. Es la víspera de los pagos. Bess dice que la caja estará llena.

Sutton entra en Meadowport, seguido de Reportero y Fotógrafo. Las paredes de madera de cedro están cubiertas de grafitis. Fotógrafo enciende un Zippo y lo mantiene levantado.

Sutton lee: Muerte a la policía. Nixon igual a Stalin.

Poder para el pueblo, susurra Fotógrafo.

Reportero lee: Sergio chupa pelotas. Muerte al sudaca.

Hay tanta ira en el mundo, dice Sutton.

Una ira justificada, suelta Fotógrafo. La ira de los oprimidos.

Reportero sigue leyendo: Aryell y Jose.

Sutton sonríe.

Parece que hacen buena pareja. ¿Creéis que lo habrán conseguido?

4 de febrero de 1919. Las doce en punto. Medianoche. Bess se escapa de casa y se reúne con Willie y Happy en Meadowport. Willie lleva una bolsa a cuadros con unas tenazas que ha cogido en el taller de su padre. Happy tiene una palanca. Paran un coche de caballos, le piden al cochero que vaya rápido.

En el astillero, Willie fuerza el candado de la reja. Happy fuerza la puerta del despacho del señor Endner. La caja es de madera. Los tres se plantan frente a ella, la observan y se miran unos a otros durante un largo instante.

La caja se parte con dos hachazos. Cuando la puerta cae, Happy suelta un silbido.

Mira esto, Willie. Es como la cámara acorazada de Title Guaranty.

Dieciséis fajos de billetes, envueltos en papel marrón. En cada uno hay escrito: 1.000. Cuatro veces más de lo que Bess le dijo que encontrarían. Los meten en la bolsa a cuadros, suben corriendo por Beard y paran otro coche de caballos.

Había una vez..., dice Sutton, Happy y yo nos encontramos aquí con Bess. Después bajamos hasta el viejo astillero de su padre y le desvalijamos la caja fuerte.

¿Cuánto os llevasteis?

Dieciséis de los grandes. Hoy en día ya es una suma considerable, pero en aquella época el hombre medio ganaba quince dólares a la semana. Así que, ya ves. Éramos ricos.

¿Y qué hicisteis entonces?

Nos fuimos cagando leches a Grand Central.

¿Y luego?

A Poughkeepsie. Mi primer viaje fuera de la ciudad.

¿Por qué Poughkeepsie?

Porque ahí se dirigía el próximo tren.

El tren llega al amanecer. Le piden a un taxista que los lleve al mejor hotel de la ciudad. Los lleva al Nelson House, una fortaleza de ladrillo.

Willie intenta que no le tiemble la mano mientras sostiene la pesada pluma estilográfica de la recepción del hotel, firma sus nombres en el registro: señor Joseph Lamb y señora. Happy firma como señor Leo Holland. El nombre es el de un vecino suyo de Irish Town. La acusación llamará a ese registro del hotel Prueba A.

Como Willie y Bess piensan casarse esa misma mañana, Bess dice que ya no tiene demasiado sentido esperar. Cierra la puerta de su *suite*, se desabrocha los dos primeros botones de su vestido. Después, los dos de abajo. Willie le ve fugazmente el corsé. Parece más difícil de abrir que la caja fuerte de su padre. Ella inicia el procedimiento, desatando una cinta de seda tras otra.

Él se tumba boca arriba. Ya no logra resistirse más a ella. Se recuerda a sí mismo, se confirma a sí mismo, que ya no hace falta. Ella entra en el baño. Él cuenta hacia atrás, intentando sosegarse.

¿Estás listo o no? grita ella.

No, piensa él.

Ella sale desnuda, con las manos sobre los muslos, fingiendo timidez, aunque no hay timidez en Bess. Tiene poder, el inmenso poder de la belleza y la juventud, y quiere hacer uso de él. Es como el dinero quemando un agujero en su bolsillo. Willie contempla sus ángulos, sus curvas, sus rosas y sus marfiles, el rubor en torno a las clavículas. Contempla las puntas de los pezones, la redondez cremosa de las caderas, la llanura suave del vientre. Amar a Bess ya le ha causado las agonías del dolor y la angustia, pero ahora ve que lo que viene a continuación será una prueba mucho mayor. Bess, su poder, es una ola gigante. Y la barca de Willie es pequeña.

Estás mirando, Willie Boy.

¿Ah, sí?

No son gran cosa, lo sé.

¿El qué?

Mis pechos. Soy plana como una tabla de planchar.

No. Eres perfecta.

Bess avanza hasta la cama, apoya una rodilla en el colchón. Finge que duda. Él se desabrocha la hebilla del cinturón y ella le quita los pantalones.

¿Vas a poseerme, Willie?

Si me dejas.

No quiero ser yo la que te deje. Quiero que me tomes tú.

Está bien. Te tomaré.

¿Me va a doler?

Puede ser, Bess.

Espero que me duela.

No.

Dicen que con el dolor sabes que eres una mujer.

Entonces te haré daño.

En los años que vendrán, en las celdas, en las habitaciones solitarias, cada vez que Willie revive esa noche, se esfuerza por recordar sus pensamientos. Tendrá que recordarse a sí mismo que no había pensamientos, sino solo impulsos y destellos de imágenes y oleadas que inundaban su corazón. Tal vez por eso todo suceda tan rápido. El tiempo es una invención de la mente, y cuando está con Bess, la mente no le funciona. De ahí, en parte, la alegría. Y el peligro.

Con un movimiento conjunto acaban y se sumergen en el sueño como si cayeran en un pozo. Él despierta tres horas después y descubre que Bess le está acariciando el pelo. Creía que todo había sido un sueño, le dice. Ella sonríe. Vuelve a despertar dos horas más tarde y descubre que Bess le apoya la cabeza en el pecho. Él suspira. Ella le besa los dedos. Despierta una hora más tarde y se encuentra a Happy sentado a los pies de la cama.

Happy..., ¿qué hora es?

Happy sonríe al ver las sábanas manchadas de sangre.

Hora de salir pitando.

Bess mira las sábanas y se cubre la boca con la mano.

No podemos dejar esto así. Creerán que ha habido un asesinato.

Deshacen la cama, meten las sábanas como pueden en la bolsa a cuadros.

Este dinero está manchado de sangre, bromea Happy.

Mientras desayunan en el comedor del hotel, hacen un repaso mental de la situación: seguro que ya habrán descubierto la caja fuerte. Seguro que el padre de Bess ya habrá llamado a la policía. A los trenes, mejor que ni se acerquen. Van a tener que comprarse un automóvil.

¿Podemos permitírnoslo?, pregunta Bess.

Willie y Happy se echan a reír.

Podemos permitirnos ocho, dice Happy.

A las afueras de la ciudad encuentran un lugar de compraventa. Francis Motors. Se deciden por un Nash nuevo, sin capota, verde pino, de faros niquelados, relucientes, y rueda de recambio con protector de cuero blanco. El vendedor ahoga una carcajada cuando Willie le dice que se lo quedan. Pero deja de reírse cuando Willie cuenta dos mil dólares sobre el capó.

Hijo, no lo sé... Ni lo quiero saber.

Se acercan al pueblo siguiente, se compran ropa. Cuatro trajes nuevos para Willie y Happy, ocho vestidos para Bess. Pasan por delante de una tienda. En el escaparate hay expuesto un abrigo tres cuartos de pelo de ardilla. Bess pega la cara al cristal. Novecientos, dice. Está rebajado, porque marcaba mil quinientos. Más barato que robado.

Robado ya lo es, dice Willie.

El abrigo es de un gris apagado, del color de los nubarrones y el agua sucia, del color del mostacho del señor Endner. Pero Bess ya ha entrado en la tienda y ha enterrado la cara en ese cuello tan suave, tan mullido.

Delante del asombrado dependiente, Willie cuenta novecientos dólares sobre el mostrador.

No se moleste en envolverlo, le dice mientras el dependiente le entrega un recibo que la acusación llamará Prueba B. Se lo lleva puesto.

Se dirigen hacia el nordeste, hacia Massachusetts, donde la edad de consentimiento es más baja. Las carreteras son malas. De hecho no son carreteras, sino caminos de tierra. El Nash pincha. Happy forcejea con el gato y la rueda de recambio. Bess forcejea con Willie. Él le agarra las manos y le pide que sea buena. Mis días de ser buena ya pasaron, dice.

Al atardecer paran en una posada de cuatro habitaciones. Todavía queda una hora de luz. Bess quiere que vayan enseguida al juzgado más cercano. Happy dice que cambiar la rueda lo ha dejado exhausto.

Pues nos vamos sin ti, dice Bess.

Happy se muestra ofendido.

¿Cómo os vais a casar sin padrino?

Willie la abraza. A primera hora de la mañana, Bess. Así podremos comprarte un vestido de novia como Dios manda.

Oh, Willie. Sí.

Entonces, piensa él, a las cataratas del Niágara, y después a Canadá, lejos, muy lejos del alcance de su padre. Willie no está seguro de lo que harán con Happy llegados a ese punto.

Los tres se acuestan temprano. Mañana es un gran día, dicen en el rellano. Willie se queda dormido al momento. Horas después se despierta. Bess lo está zarandeando.

Willie Boy, no puedo dormir.

Vaya. Yo tampoco.

Ella se echa a reír. Él recoge la chaqueta del suelo, busca los cigarrillos. Enciende uno, se tumba boca arriba, da una calada muy profunda. Bess le confisca el cigarrillo, fuma y se lo pasa. Hace un frío gélido en la habitación. Ella extiende el abrigo de ardilla sobre los dos, a modo de manta, y se tiende de lado, mirándolo.

Somos dos fugitivos, dice.

Sí, supongo que sí.

Nunca imaginé que sería una delincuente.

No, tampoco estaba entre mis planes.

Ella lo apunta con un dedo entre dos costillas.

Manos arriba.

Bess.

Ya me has oído.

Él sostiene el cigarrillo con los labios y levanta las manos.

El dinero en la bolsa, dice.

Veo que lo haces muy bien.

¿La bolsa o la vida?

¿Esas son mis únicas opciones?

Pues sí.

La vida.

Ella se apoya en un codo.

¿Has cometido algún delito en tu vida, Willie?

Él suspira.

Hace tiempo que no.

¿Y qué es lo que hiciste?

Eddie robaba en tiendas, en comercios. Happy y yo nos quedábamos fuera a veces y montábamos guardia.

Ella le retuerce el vello del pecho.

¿Has estado alguna vez con otra, Willie Boy?

Él dibuja un aro de humo que rodea la cara de Bess como un camafeo.

No lo sé.

¿Con quién? ¿Quién era ella, Willie?

Eh... Nadie, Bess. No era... nadie.

¿Quién, Willie?

Puesto que quieres saberlo, con una prostituta. En Sands Street.

¿En Sands Street?

Happy. Él nos llevó a Eddie y a mí.

Precio.

Casi nada.

¿Cómo era?

Déjalo.

Dímelo.

No se parecía en nada a ti.

¿Y cómo lo hizo?

Venga, vamos.

Dímelo.

¿Qué importa eso?

¿Cómo?

Bess.

Willie.

Qué testaruda eres. Tu viejo dijo que eras obstinada.

No lo sabes tú bien. ¿Cómo lo hizo?

Casi todo el rato estuvo encima. Ya está. ¿Satisfecha?

Bess le quita el cigarrillo de la mano, lo deja en el cenicero de la mesilla de noche. Se le sube encima con el abrigo de ardilla sobre los hombros. Lo toma, lo guía. Él no dura mucho. Ella se derrumba sobre él, entierra la cara en su cuello; está temblando, y él la abraza con fuerza. Tiene el pelo húmedo, sudoroso.

Esto es lo que todo el mundo anda buscando, dice él sin aliento.

Sí, dice ella.

Esto es lo que hace que todo el mundo intente ganar a los demás, Bess. Por esto la gente está dispuesta a mentir, a engañar, a matar. Por esto, Bess. Esto es lo que mueve el mundo. Esto, Bess. Esto.

Sutton se coloca bien las gafas, retira el polvo de la pared de madera de cedro.

Ah, sabía que aún estaría aquí.

Reportero se acerca más.

¿Qué?

Las iniciales de Bess. Las grabé yo.

Fotógrafo se acerca más.

Yo no veo nada, hermano.

Ahí, ahí mismo. S-E-E. Sarah Elizabeth Endner.

Fotógrafo le alarga su Zippo a Reportero y se saca una navaja del bolsillo trasero del pantalón. Rasca un poco la pared para quitar la mugre.

Aquí no hay nada, dice.

Tú estás ciego, dice Sutton.

Fotógrafo cierra la navaja. Activa el flash *de su cámara e ilumina la pared.*

Nada, dice.
Ve a que te revisen la vista, chico.

A la mañana siguiente dan un paseo por el pueblo, vestidos con la ropa nueva. Bess no ha estado nunca tan deslumbrante: sombrero negro cloché, falda negra de seda, blusa blanca con volante de tafetán. Lleva el abrigo de ardilla a modo de capa. Compran los periódicos, los leen en un banco de la plaza. Los titulares son deprimentes: medio país busca trabajo, la otra mitad hace huelga. Cerca de allí, la policía de Boston está indignada con su salario. Y amenaza con desatender sus puestos.

Willie dobla el periódico, alisa el papel. Dice que allí el policía medio cobra mil dólares al año.

Happy le da unas palmaditas a la bolsa a cuadros.

Podríamos comprarnos trece policías.

Bess señala una fotografía de Calvin Coolidge, el gobernador de Massachusetts.

Menudo pesado, dice.

Willie no encuentra una sola línea en ningún periódico dedicada al robo de Brooklyn. Le parece sospechoso. ¿Cómo no va a salir en los periódicos?

No me cabe duda, dice Bess, de que mi padre está haciendo todo lo posible por mantener la discreción.

¿Tanta influencia tiene?

Ella frunce el ceño.

Se fijan en la plaza, como si su padre pudiera salir en cualquier momento de detrás de un árbol o del cañón de la guerra de Secesión.

Se pasan la mañana eligiendo el vestido de novia. Bess no ve nada que le guste. Patea en el suelo. Las tiendas de Poughkeepsie eran mucho mejores, dice.

Entonces volvamos. Lo que quiera mi Bess.

Conduce Willie. Bess va a su lado, y Happy en el asiento

trasero. Pasan por un bosque virgen cubierto por la nieve que ha caído esa misma noche. Los árboles, viejísimos, parecen salpicados de pintura blanca. Y sin embargo el aire es cálido. El deshielo de febrero, dice el joven empleado de la gasolinera Esso cuando paran a repostar.

Bess enciende uno de los cigarrillos de Willie. El chico de la gasolinera la mira como si acabara de quitarse la blusa. Las mujeres no fuman en público en 1919. Y menos en un bosque perdido de Massachusetts. Cuando se alejan de la gasolinera Esso, Bess proporciona al chico un dato más para su recuerdo: se pone de pie en el automóvil, echa la espalda hacia atrás y mueve la cabeza, describiendo un círculo con el pelo.

Parece la mascota del capó, dice Happy.

El viento en el pelo es di-vi-no, exclama ella.

Willie grita para hacerse oír por encima del rugido del motor.

Lo que es divino es tu pelo al viento.

Ella acerca la cabeza, besa a Willie.

Qué asco dais vosotros dos, dice Happy.

Ella se echa sobre el asiento y besa a Happy.

Bess, dice Willie, ¿por qué no conduces tú?

Por fin, dice ella.

Se detienen en el arcén, y Willie y ella se intercambian los puestos. Él intenta explicarle qué es el embrague, pero ella dice que ya lo sabe, que ya lo sabe. Desde el primer momento cambia de marcha con gran suavidad, aunque sigue agarrando el volante con demasiada fuerza. Tranquila, le dice Happy, tranquila. Ella se relaja un poco a medida que va ganando confianza, y cada vez conduce más deprisa. Hasta que está a punto de empotrarlos a todos contra un camión que transporta troncos, y que viaja en dirección contraria.

Paran a comer en un restaurante de carretera. Huevos con salsa picante, sopa de tomate, sándwiches de queso a la parrilla. De postre, tarta de pacanas. La cuenta sube a tres dólares.

Willie deja un billete de cinco. La acusación lo considerará la Prueba C.

En Poughkeepsie compran el vestido de novia de Bess. Con encaje bordado y corpiño de seda y tafetán. Entran en el juzgado y preguntan por las leyes matrimoniales vigentes. El empleado le informa de que la edad de consentimiento es la misma en el estado de Nueva York que en el de Massachusetts: catorce años para los hombres y doce para las mujeres. Así que no hace falta regresar a Massachusetts. Pero el juez Symonds ya se ha ido y no regresará hasta mañana. Por enfermedad de un familiar. Vuelven a pedir habitaciones en el Nelson House, cenan en el comedor formal. Conversan sobre la ley seca mientras se toman dos botellas de vino. Dentro de un año, por esas mismas fechas, el alcohol será ilegal.

Menuda estafa, dice Bess, ahora que empezaba a gustarme.

No te preocupes, dice Willie. Para entonces ya estaremos en Canadá y podrás emborracharte todas las noches.

Toman el café en el salón del hotel. Happy quiere tocar el ukelele, pero hay personas mayores alrededor de la chimenea, leyendo, jugando a damas. Entretiene a Willie y a Bess contándoles chistes, anécdotas que les hacen reír tanto que a Bess le da hipo. Cuando por fin los mayores se van, Happy afina el ukelele. Bess le pide que toque su canción favorita, y entonces se pone de pie, dando la espalda a la chimenea, y mientras Happy toca, ella le canta a Willie.

> You can't holler down our rain barrel
> You can't climb our apple tree
> I don't wanna play in your yard
> If you won't be good to me.

Lleva puesto otro de sus vestidos nuevos, de *tweed* gris verdoso, y la falda, muy larga, susurra cuando ella se mueve al ritmo de la música. Willie querría seguir contemplándola siempre, escuchándola siempre, pero ella lo obliga a levantarse y a bailar. Happy toca deprisa y ella le enseña a Willie los pasos de baile más nuevos, entre ellos algo que se llama «el abrazo del conejo», una especie de tango que se han inventado en París. Willie la lleva de un lado a otro del salón. La cabeza le da vueltas. Happy toca, el botones se ríe. Le piden que eche más leña al fuego. Le piden ponche caliente. Y más ponche caliente. Bess ya no puede seguir bailando. No se sostiene en pie. Oh, oh, dice. Alguien ha bebido demasiado ponche caliente. Happy deja de tocar. Ayuda a Willie a subir a Bess por la escalera alfombrada hasta la *suite*. Huele a ron dulce, a lana y a juventud. Happy y Willie la dejan caer sobre la cama. Willie se acerca el dedo índice a los labios, y conduce a Happy hasta el pasillo. Este se apoya en el quicio de la puerta.

¿Y no crees que ahora me toca a mí?

Willie lo mira.

¿Qué?

Ya sabes. A ver si dejas que el viejo Happy se divierta un poco.

Happy, pero ¿qué coñ...?

Ni siquiera se dará cuenta de la diferencia.

Me voy a casar con ella mañana por la mañana.

Pero eso será mañana. Hoy es hoy.

No, Happy. Esto no es solo una... La quiero.

Claro que la quieres. Todos la queremos. Hasta el botones la quiere. Mírala, por Dios.

Happy...

Yo te la cedí. ¿O no, Willie?

Sí, sí, claro. Pero...

Happy dedica a Willie una mirada fija, a medio camino entre la sonrisa y el rugido. Nunca lo había visto así.

Happy, ¿quién eres?, le susurra.

Soy el tipo que te ha ayudado en toda esta fuga, ese soy yo.

Sí, pero es que...

Somos como hermanos, ¿no?

Sí, claro.

Lo compartimos todo. Las chicas de Sands Street...

Esto es distinto.

Happy da un paso al frente. Willie le impide el paso, se prepara. Happy le acerca una mano al pecho, lo empuja para apartarlo de la puerta, con fuerza, pero entonces, tambaleante, se aleja por el pasillo hasta su habitación.

Tumbado en la cama, junto a una Bess durmiente, Willie le acaricia el pelo y repasa mentalmente la escena que acaba de vivir con Happy, una y otra vez. Apenas empieza a amanecer y llaman a la puerta. Es Happy, que quiere disculparse. Entonces Willie se acuerda. No es Happy el que llama. Es el sheriff. Con dos detectives privados de Brooklyn que se han pasado la noche conduciendo. Esposan a Bess. Los llevan en coches separados hasta el mismo juzgado en el que se informaron sobre su boda.

Esposado, de pie delante del juez, Willie oye que se abre con estruendo una puerta lateral. Dos policías traen a rastras a Happy, que no parece asustado, no parece preocupado. Lo plantan junto a Willie.

Joven, dice el juez dirigiéndose a Happy, hágase usted mismo un favor y bórrese esa sonrisa de la cara.

Nos pillaron al cabo de una semana, dice Sutton.

¿Cómo?

Dejamos bastantes migas de pan por el camino.

¿Y qué os hicieron?

Nos arrastraron otra vez hasta Brooklyn, nos encerraron en la cárcel de Raymond Street. En aquella época la llamaban La Bastilla de Brooklyn.

Ya la han derribado. No hace mucho.

De acuerdo, pero vayamos igualmente a echar un vistazo.

Fotógrafo protesta.

Willie. ¿Por qué? Si ya no existe, ¿qué sentido tiene?

Sutton, metro ochenta, se pone de pie y mira fijamente a Fotógrafo.

Sabes, chico, hace un par de años conocí a un indio bastante mayor. Cumplía una condena de veinte años por poner bombas para protestar contra la guerra. Me contó que siempre que un indio se pierde, o está triste o se acerca a la muerte, se va a buscar el sitio en que nació y se tiende allí. Los indios creen que eso cura al hombre en cierto modo. Con eso cierra una especie de ciclo.

Ya hemos estado en el sitio en que naciste.

Todos nacemos en muchos sitios.

¿Eso también te lo dijo el indio?

Sutton mira fijamente a Fotógrafo.

No, eso se me acaba de ocurrir a mí, chico. Tú me recuerdas un poco a Happy.

9

Bess está besando a Willie. Él nota su pestaña revoloteándole contra el párpado. Sonríe. Para, Bess. Estoy durmiendo. Abre un ojo. Una cucaracha se le pasea por la cara. La aparta de un manotazo y se incorpora. Está en el suelo de una celda pequeña. La única luz proviene de una mirilla, pero basta para ver que el suelo está lleno de bichos.

Junto a la puerta hay una taza con agua. Se arrastra hasta ella. Tiene la garganta seca, rasposa, pero ni así consigue beberse esa agua. Huele a orines. Los policías se lo cuentan más tarde: se han meado dentro.

Los policías aparecen al otro lado de la mirilla una vez cada hora y lo atormentan. Le preguntan por su puta. Le cuentan lo que les gustaría hacer con su puta. Ella está en una celda al fondo del corredor, su puta. ¿Quiere que le envíen algún recado a su puta?

El señor Endner paga de inmediato la fianza de Bess. La familia de Willie no puede permitirse pagar la suya, y la de Happy tampoco. Al cabo de unos días, los policías llevan a Willie a una sala de visitas. Madre está sentada a una mesa de madera rayada, con su vestido de domingo. Lleva años sin dormir. Ha perdido a otro hijo. Primero a Agnes. Ahora a Willie. Le pregunta si tiene algo que decir en su defensa.

Nada, responde él. Nada.

El apellido que sale en los periódicos no es solo tuyo. También es nuestro. Han publicado nuestra dirección. Los vecinos, el sacerdote, el carnicero, todos nos miran distinto.

Willie baja la mirada. Se disculpa entre lágrimas. Pero también pide ayuda. Necesita un periódico, una revista, un libro, un cuaderno y un lápiz, algo. Se está volviendo loco ahí dentro sin hacer nada más que apartar las cucarachas y oír a los policías decir cosas espantosas sobre Bess.

¿Quieres hacer algo?, le dice su madre.

Sí.

Reza.

Se levanta y se va.

A Willie, Happy y Bess los acusan de allanamiento y robo. A Willie y a Happy los acusan además de secuestro. Se les asigna un abogado de oficio, que huele a aceite de ricino y a pastillas de bisacodilo. Tiene unos pelos duros que le salen de la punta de una nariz sonrosada. Willie no logra retener su nombre: está demasiado impaciente por saber si ha hablado con Bess.

No, le dice el abogado. Pero he hablado con el abogado de su familia, que dice que el señor Endner mantiene a su hija encerrada bajo siete llaves.

Abogado le entrega a Willie un montón de periódicos. Su historia aparece en todas las portadas, aunque en cada una el enfoque es distinto. Uno la convierte en la aventura de dos matones de Irish Town y su espectacular cómplice. Otro la cuenta como una escapada de dos matones de Irish Town que secuestran a una heredera. La constante que se repite en todas las noticias es que Willie y Happy son dos matones de Irish Town.

La noticia también llega a los periódicos de San Luis, Chicago, San Francisco. Incluso de Europa, vía telégrafo. Todos, en todas partes, pueden encontrar algo de interés en esa historia: delitos, clases sociales, dinero, sexo. Así que el juicio, que se celebra al cabo de un mes, causa sensación. Cuando Willie y Happy hacen su entrada en la sala se encuentran con centenares de espectadores muy animados que se ríen y comen.

Esto es como un partido de los Giants, joder, comenta Happy.

Willie y Happy, que llevan los trajes que se compraron con el dinero robado, se sientan a izquierda y derecha de Abogado. Willie se vuelve, escruta los rostros de los asistentes. Madre y Padre, la familia de Happy, todos sentados en la primera fila con los ceños fruncidos. Dos filas más atrás, con las cejas dibujando una uve pronunciada sobre sus ojos azul ultramar, se encuentra Eddie. Parece a punto de ofrecer a alguien, a todo el mundo, un «corte de pelo irlandés».

Se acallan las voces cuando entra en la sala el señor Endner. Conducido por una enfermera, avanza lentamente por el pasillo. Abogado se acerca más a Willie.

Me han contado que el hombre no está bien.

Pero está lo bastante bien para dedicarle una mirada asesina. Willie suspira, mira al frente, cuenta las estrellas de la bandera de Estados Unidos. Oye revuelo a sus espaldas. Se vuelve a tiempo de distinguir una imagen borrosa. Dos de los policías que llamaban «puta» a Bess sujetan al señor Endner justo antes de que este intente agarrar a Willie por el pescuezo.

Willie y Happy no subirán al estrado. Pero su abogado defensor, sí. Los magistrados que defienden a Bess han llegado a cierto acuerdo a cambio de su cooperación. Ella entra en la sala y se hace el silencio. Avanza hacia el estrado. Lleva un vestido gris con el cuello y los puños azules, zapatos de charol negros con remates blancos, y sostiene un monedero azul con las dos manos, lo agarra con fuerza, como agarraba el volante del Nash. Lleva el pelo ondulado, en tirabuzones que le rozan los hombros cuando se inclina hacia delante para posar sobre la Biblia una mano enguantada.

Willie no la ha visto desde la mañana de su detención. Sí, señor... Esas fueron las últimas palabras que él le oyó pronunciar cuando el sheriff de Poughkeepsie dijo póngase algo de ropa, jovencita. Ni una visita, ni una carta, ni una tarjeta postal. Willie quisiera saltar por encima de la mesa, correr hacia ella, regañarla. Quisiera acariciarla, besarla. Quisiera gritarle: ¡me has arruinado la vida! Quisiera susurrarle: eres mi vida. Le echa la culpa a ella por arrastrarlo hasta ese desastre. Lamenta no haberse casado con ella cuando pudo hacerlo.

¿Jura por Dios decir toda la verdad y nada más que la verdad?

Lo juro.

Willie la imagina dando el sí en otro juzgado, en otra ocasión. Ojalá. Baja la cabeza.

Con voz titubeante, conducida amable pero firmemente por el fiscal del distrito, Bess cuenta su historia. La sala entera presta mucha atención, aunque esa no es la historia que han venido a escuchar. Tal como la cuenta Bess, no se trata de una aventura lujuriosa, sino del casto relato de un primer amor. Es la historia humana original, la única historia. Con un giro capitalista. Chica rica, chico pobre. Quieren casarse pero el padre de ella se interpone en su camino. Así que ellos lo arriesgan todo para estar juntos. Pero no hacen nada indecente, señoría. El muchacho es todo un caballero. Además, todo ha sido idea de ella. Ella ha roto la caja fuerte. Ella lleva consigo el dinero en todo momento. Lo único que hace el joven es conducir.

¿Y ese amigo del muchacho?, pregunta el fiscal. ¿Por qué los acompaña?

Nos pareció que necesitábamos a un testigo, señoría. Creíamos que la ley así lo exigía.

Jura que si pudiera dar marcha atrás y deshacerlo todo, lo haría. El amor le nubló la mente. El amor la enfermó. El amor le hizo hacer lo que no sabía que era capaz de hacer.

Se interrumpe, pide un vaso de agua. Willie sabe que en realidad no tiene sed. Sabe que lo hace por puro efectismo, para ganarse la compasión de los presentes. Pero todo el que no conociera a Bess pensaría que está a punto de morir de deshidratación. Eso lleva a Willie a preguntarse si algo de todo eso, algo de ella, es real. Le hace pensar que tal vez Bess sea una auténtica criminal, que tal vez el amor sea un crimen. Tal vez cuando los amantes dicen me has robado el corazón no es solo una frase hecha, inofensiva. Tan cierto como que le robaron el dinero a su padre, Bess le ha robado el corazón a Willie. Y ahora ella no demuestra el menor remordimiento. Al menos, no del que Willie quisiera notar.

El juez mira por encima de sus lentes a la mesa de la defensa. Abogado se acaricia los pelos blancos de la nariz, se coloca una pastilla de bisacodilo debajo de la lengua. No hay preguntas, señoría.

Puede abandonar el estrado, señorita.

Bess se pone de pie. Mira a su padre, después a Willie. Es la primera vez que mira en su dirección en toda la mañana, la primera vez desde hace meses que sus ojos se encuentran. Él intenta leerle el rostro. No puede. Entonces ella cruza flotando el pasillo, abandona la sala y aparece en las portadas de los periódicos. En Brooklyn, en San Francisco, en Londres, la gente no tardará en leer sobre la histora encantadora e inocente de la joven alocada, su primer amor y su despreocupado delito. Compartirá portada con los banqueros y sus agentes peleando por los despojos de la guerra. Con todo, a causa de su conmovedor relato, en los periódicos se hablará poco de Willie y Happy. Los periodistas convertirán la historia de Bess, la historia de unos amantes desgraciados, en el debut de una hermosa estrella.

No importa que el juez crea o no a Bess. El propio juez no importa. El señor Endner y sus secuaces ya le han dicho al juez, entre cigarros de diez dólares, en su despacho, qué tiene que hacer. Tras algún testimonio sin objeto del sheriff de Poughkeepsie, tras cierta vacilación sobre las pruebas, el abrigo de ardilla, los recibos, el juez considera culpables a los chicos y los condena a tres años de libertad condicional. También dicta contra Willie y Happy una orden de alejamiento de Bess.

William F. Sutton es puesto en libertad de la cárcel de Raymond Street pocos días antes de la Navidad de 1919. Se planta en el peldaño más alto de la escalinata que conduce a la cárcel y contempla la ciudad. Libre al fin... ¿Y qué? Le aguarda la Depresión. Es lo único que le espera. Ni en las mejores circunstancias habría podido encontrar trabajo. Con antecedentes penales, mucho menos. Además, ha perdido a Bess. Casi está por darse la vuelta y pedir en Raymond Street que lo dejen ingresar de nuevo.

La realidad es ligeramente peor de lo que había imaginado. Echa tanto de menos a Bess que casi no hace nada. Quiere morir. Planea su propia muerte. Escribe cartas de despedida, una para ella, otra para su familia. En el último momento, cuando se dirige al río, se dice: si pudiera hablar con ella, aunque solo fuera un minuto... Se acerca a la casa de President Street. A la mierda la libertad condicional. Se planta en la acera. La vidriera de la ventana, la elegante balaustrada, la verja de hierro forjado. Le pide a Dios que pase por alguna ventana.

Todas están a oscuras.

Señor Sutton, ¿está llorando?
  No.
  El Polara está aparcado frente al Centro de Justicia Criminal de Kings County, que en el pasado fue la cárcel de Raymond Street.
  Reportero se vuelve.
  Señor Sutton. Está llorando.
  Sutton se toca la cara.
  No me había dado cuenta, señor.
  ¿Señor?
  Chico.
  Sutton busca algún pañuelo. Abre el estuche de las cámaras. Lentes caras. Abre la bolsa de tela. Una cartera. Una bolsita llena de porros. Ejércitos de la noche. Malcolm X. *Fotógrafo ha marcado el punto de lectura doblando la página 155. Y ha subrayado un párrafo. «Toda persona que asegure sentir algo profundo por*

otro ser humano debería pensarlo muy bien antes de votar a favor
de mantener a otro entre rejas..., enjaulado.»

Espera a las puertas de Coney Island, encuentra a las amigas de
Bess. Le dicen que el señor Endner la ha sacado del país hasta
que el escándalo remita.

La semana pasada zarpó para Hamburgo, le dice Amiga Primera.

Va a vivir con la familia del señor Endner, añade Amiga Segunda. Y cuéntame... ¿Cómo está Happy?

Los padres de Willie no le ofrecen consuelo, no le dan cuartel,
no se apiadan de él. Si alguna vez hablan en su presencia, no lo
hacen con él, sino de él. Dicen que les ha traído la desgracia, que
los ha traicionado. No lo van a echar de casa, pero no quieren
tener nada que ver con él.

Daddo lo entendería, pero ya no rige del todo. Muchas veces
cree que está en Irlanda entre brujas y sirenas. Los duendecillos
le han robado la mente.

Por suerte le queda Eddie. Aún trabaja en los astilleros, y allí
lo tienen en tan alta consideración que les consigue empleo a
Willie y a Happy. Todo un golpe de suerte, sí, pero también una
situación algo rara. El astillero le recuerda a Willie a Endner and
Sons, que a su vez le recuerda a Bess, y entonces le dan ganas de
llorar. Pero en todo caso está trabajando. Se dice a sí mismo que
eso, que eso es precisamente lo que le hace falta. Que eso es en
realidad lo que siempre ha querido.

El inicio de la nueva década lo pilla de pie sobre una plataforma cubierta, colgado frente a la punta de un carguero, con un
soplete de llama morada que sale a más de mil grados de temperatura. Se dedica a cortar la nave a trozos. Su trabajo es peligroso, sucio, agotador, y, por tanto, toda una bendición. Cuando termina la jornada no puede hacer otra cosa que dormir. Además,
a su estado mental del momento le resulta terapéutico destruir,
quemar y romper cosas.

Muchas mañanas, antes de entrar a trabajar, se encuentra con Eddie y con Happy en un local que queda cerca del astillero. Ellos le dan palmaditas en la espalda, le dicen que está muy bien, que se ha recuperado. Pero él no es tonto y se da cuenta: sabe que algo se ha roto en su interior, algo más que su corazón, y que es como un carguero desechado: sus piezas ya no pueden recomponerse.

Gana lo bastante como para permitirse una habitación amueblada. Sus padres no se molestan en fingir que sienten su marcha. Madre le desea buena suerte, pero su tono es: de buena nos hemos librado. Su padre lo mira con los ojos llenos de Decepción. En su día libre, Willie sale a pasear junto al río. Ahorra un poco para poder ir a algún partido de béisbol de vez en cuando con Eddie y con Happy. No es gran cosa, pero le basta. Nadie lo oirá nunca quejarse de nada.

Pero entonces lo despiden. Y también despiden a Eddie y a Happy.

Sin sitio adonde ir, los jóvenes se encuentran en la casa de comidas todas las mañanas. Hablan de la Depresión como si fuera un matón al que les gustaría dar una buena paliza. Eddie pontifica: las cosechas menguan, los precios caen y los bancos, cuando no se desploman, embargan todo lo que pillan. Los bancos…, suelta delante de todos los clientes que ocupan la barra. Me cago en los bancos.

Willie raciona sus ahorros. Le queda dinero para tres meses, supone, si come solo una vez al día, si no sale de las sardinas y las galletas saladas. En parte, le sirve de consuelo que sus amigos se encuentren en la misma situación que él, pero la cosa dura poco. Eddie y Happy caen en gracia a unos contrabandistas ambiciosos que conducen camiones de cerveza. La ley seca ya está totalmente en vigor, y aunque miles de camareros y fabricantes de cerveza se han quedado sin empleo, se crea toda clase de trabajos nuevos para la gente que no tenga demasiados reparos en saltarse la ley.

Eddie y Happy se transforman. Se hacen trajes en Saint George, llevan fajos de billetes grandes como bocadillos de jamón. Insisten a Willie para que se una a ellos. Pero no. Los periódicos están plagados de noticias sobre alcohol en mal estado. Lo preparan con matarratas, con líquido de embalsamar, con gasolina. Hace apenas un mes han muerto catorce personas por consumir bebidas adulteradas. Y esos tuvieron suerte. Hay quien al despertar descubre que se ha quedado ciego. Después de pasar la noche en la ciudad, chicos y chicas jóvenes encienden la lámpara de la mesilla de noche... y la habitación sigue a oscuras. Pienso en mi Daddo, dice Willie a Eddie y a Happy. No quiero ser el responsable de que alguien se pase el resto de su vida envuelto en tinieblas.

Eddie y Happy lo acosan, pero también se muestran comprensivos. Le dejan dinero, le pagan la comida. Cuando los tres quedan para comer en un tugurio de *chop suey* o en alguna parrilla de las que hay junto al puente, ni siquiera le dejan ver la cuenta.

Gracias, chicos, dice Willie muy serio. Os debo una.

Eddie y Happy siempre aparecen con corbatas de colores llamativos, con sombreros a la última, zapatos en punta. Los pantalones de Willie necesitan un buen zurcido en las posaderas; ya ha empeñado los trajes que se compró con Bess.

Sutton se sienta en la acera, delante del centro de justicia, entre Reportero y Fotógrafo.

Cuando salí de este tugurio, dice, estuve a punto de morirme de hambre. No había trabajo, chicos. Salvo el contrabando de cerveza.

La ley seca, dice Fotógrafo meciéndose hacia delante y hacia atrás, indignado. El Gran Hermano metiéndose en la vida privada de la gente. En aquella época era el alcohol, ahora son las drogas. Todo forma parte de la misma ideología fascista.

Sutton sonríe.

Tienes las ideas claras, chico.

¿Y sabes qué fue lo peor de la ley seca, Willie?

Sutton aplasta el Chesterfield en el suelo.

¿Qué, chico?

Los bancos. ¿Quién crees que blanqueaba el dinero de los traficantes? Los bancos siempre han sido malos, pero durante los años de la ley seca se volvieron locos. Las vacas gordas engordaron como nunca. ¿No tengo razón, Willie?

Sutton se encoge de hombros.

Una cosa sí sé, chico: nada ocurrió como se suponía que tenía que ocurrir. El gobierno prohibió el alcohol, pero la gente empezó a beber más que nunca. Las mujeres consiguieron el derecho al voto, pero no se aprovecharon de él. Se inventó la radio; de pronto podías oír cómo Dempsey le daba una paliza a un tipo a tres mil kilómetros de allí y nos prometieron que se había acabado la soledad. Pero solo consiguieron que la gente se sintiera más sola. La gente se sentaba en su habitación, escuchaba música de baile, obras de teatro, risas, y se sentía más sola que nunca. Nada salió según lo previsto, nada salió según nos decían. Fue entonces cuando la gente se volvió cínica.

Reportero se pone de pie, consulta la hora, comprueba algo en el mapa.

¿Nuestra siguiente parada es Manhattan, señor Sutton?

Sutton asiente.

Sí. En Brooklyn ya hemos hecho lo que teníamos que hacer.

Hasta que lleguemos a lo de Schuster. Humm.

Señor Sutton, hemos llegado a un acuerdo.

Un acuerdo. Sí.

Los lectores quieren saber qué tiene que decir usted sobre Schuster.

Era un buen chico que estaba donde no debía cuando no debía. Que es lo mismo que puede decirse de todos nosotros. ¿Qué más se puede decir?

¿Tiene alguna idea de quién pudo matarlo?

Sutton se levanta, mira fijamente a Reportero.

Orden cronológico, chico.

Pero señor Sutton...

¿Te has fijado que entre las palabras «óbito» y «orbito» solo hay una letra de diferencia?

Cuando solo le quedan dos dólares, Willie se acerca andando hasta la oficina de reclutamiento de Times Square. Un sargento adusto le ordena que se siente, le entrega unos formularios y le pregunta cuántas flexiones en barra puede hacer.

Muchas, dice Willie.

¿Y en suelo?

Apártese, dice Willie escupiéndose en las palmas de las manos y arrodillándose.

El sargento le pregunta a Willie, rutinariamente, si tiene antecedentes penales. Willie, que sigue arrodillado, mira por el cristal de la puerta y ve a la gente que cruza a toda prisa Times Square.

Lo siento, dice el sargento quitándole los formularios. A Tío Sam le gustan limpios y relucientes.

Eddie y Happy le aconsejan que espabile. Mañana a esa misma hora ya podría tener los bolsillos llenos de pasta.

Deja ya de ser tan bueno, joder, dice Eddie.

Antes de traficar con veneno prefiero morirme de hambre, responde Willie.

Pues, viéndote, no creo que tardes más de dos días.

Y entonces llega mayo de 1921. Un día caluroso, de bochorno. Willie está en su habitación, tumbado, leyendo las páginas de deportes del periódico. Debe dos meses de alquiler. La puerta se abre bruscamente y él busca un bate para defenderse del casero, que no es la primera vez que irrumpe así. Pero es Eddie, sin aliento. Sutty, coge el sombrero. Acaban de pillar a Happy.

Mierda. ¿Por el camión de cerveza?

El camión, sí. Y por un atraco.

¿A quién ha atracado?

A nadie. La policía dice que le ha robado a un tipo en un callejón, que le ha dado un golpe en la cabeza y le ha robado la billetera, pero es una sucia mentira.

En el taxi que los lleva a la comisaría, Eddie se lo explica. La policía ha visto la ocasión. Han pensado que podrían usar a Happy para solucionar un caso pendiente, y saben que lo suyo llegará a la prensa por lo del caso Endner.

¿Y qué podemos hacer?, dice Willie.

A veces, le contesta Eddie, si te presentas en la comisaría, los polis saben que el detenido tiene amigos. Que no es un don nadie. Y a lo mejor así no le pegan tanto.

Esta vez no es así. La policía casi mata a Happy de una paliza. Lo golpean una y otra vez hasta que confiesa ser el autor del atraco, y de otro, de propina. Semanas después, en el mismo juzgado en el que Willie y Happy fueron declarados culpables del secuestro de Bess, el juez lo condena a cinco años de cárcel. Willie y Eddie están sentados en la primera fila. Happy los saluda con un leve movimiento de mano cuando se lo llevan esposado de la sala de vistas.

Eddie le da una palmadita en el hombro a Willie.

Vámonos, Sutty.

Sí, dice Willie, pero no se mueve. Observa fijamente el banquillo de los testigos. Se siente muy mal por Happy y, en parte, responsable, pero no puede dejar de pensar en el vestido gris de cuello y puños azules. Y en el monedero azul a juego. Se agarraba a él como al volante.

Conducen casi un kilómetro, giran al llegar al puente de Brooklyn. A Sutton sigue sin gustarle la vista desde ese puente. Se coloca en el centro exacto del asiento para no ver el río que pasa por abajo, y porque desde ahí las cabezas de Reportero y Fotógrafo le tapan gran parte del perfil de la ciudad. Hace lo que hace muchas veces cuando está en algún sitio en el que no quiere estar: recitar un poema.

Salió hacia Bowery mientras el amanecer apagaba la Estatua de la Libertad, esa antorcha suya, ya sabes.

¿Qué es eso, señor Sutton?

Hart Crane. El puente.

¿Y qué significa?

A mí que me registren.

Fotógrafo mira a Willie por el retrovisor.

¿Conoces a alguno de la generación beat?

¿Qué te crees que soy? ¿Una gramola?

Los de la generación beat son lo más, hermano. Una vez le hice una foto a Ginsberg. Meditando.

Es en la cárcel donde te prometes a ti mismo el derecho de vivir. Eso es de Kerouac. ¿Es lo bastante beat para ti?

Fotógrafo asiente.

Kerouac está muy bien, sí, dice.

Sutton se echa un poco hacia delante, mira brevemente la ciudad y vuelve a su sitio. Refunfuña.

Nueva York, dice. Por muchas veces que la veas, nunca superas del todo hasta qué punto no te necesita, joder. Le importa una mierda si vives o mueres, si te quedas o te vas. Pero esa..., esa indiferencia..., supongo que podemos llamarla así..., es el cincuenta por ciento de lo que la hace tan rematadamente bonita.

Reportero se vuelve y mira a Sutton. Abre la boca. La cierra.

Sutton se ríe. ¿Hay algo que te inquieta, chico? Suéltalo.

Debo decir, señor Sutton, que no tiene nada que ver con lo que esperaba.

Fotógrafo ahoga una risa.

Coincido plenamente, hermano.

¿Y qué esperabais?

Es que no se parece en nada... a un atracador de bancos. Sin ánimo de ofender.

No me ofendo, dice Sutton.

No esperaba que fuera tan... romántico, señor Sutton. Quiero decir... ¿Poesía? ¿Sócrates? Y tan nostálgico. ¿Esas lágrimas? En serio, me cuesta imaginarlo con un arma en la mano, atracando bancos, aterrorizando a toda una ciudad.

Al llegar a la mitad del puente se encuentran con un embotellamiento. Fotógrafo se vuelve hacia Reportero.

A lo mejor, en Búfalo, te llevaste al hombre que no era, ayer por la noche. ¿Le pediste a este payaso del asiento de atrás que te enseñara algún documento de identidad?

Los dos se echan a reír.

Sutton ve una nube que avanza sobre el puente. Se pone las gafas, se las quita, juega con la cinta adhesiva que mantiene unidas sus dos mitades. Baja la vista. Abre la bolsa de tela de Fotógrafo. Malcolm X, Ejércitos, bolsita de plástico, billetera. Abre el estuche de la cámara. Saca de ella dos lentes de teleobjetivo. Son metálicas, largas, negras, modernas. Sostiene una en cada mano, las sopesa, y entonces pega una a la nuca de Fotógrafo y otra a la de Reportero.

MUY BIEN, HIJOS DE PUTA, HACED LO QUE OS DIGO Y NO OS PASARÁ NADA. ¡MANOS ARRIBA, ME CAGO EN TODO!

Reportero levanta las manos. Fotógrafo suelta el volante como si el volante quemara. El coche se escora a un lado. Los coches del otro carril hacen sonar sus bocinas.

Me cago en..., dice Reportero.

¡Mete el dinero en la bolsa, hostia!

¿Qué dinero?, pregunta Fotógrafo. ¿Qué bolsa?

Me cago en..., repite Reportero.

Sutton suelta una carcajada. Reportero y Fotógrafo se vuelven y ven las lentes. Reportero se tapa la boca con la mano. Fotógrafo sujeta de nuevo el volante.

Divertido, dice Fotógrafo. Divertidísimo.

Señor Sutton, ¿era realmente necesario?

Habéis dicho que no podíais imaginarme, dice Sutton guardando las lentes. Pues ahora ya podéis.

Horas después del juicio a Happy, Willie le dice a Eddie que necesita estar solo. Recorre Brooklyn de punta a punta, pasea por Prospect Park, camina toda la noche hasta que ya no se aguanta de pie, y luego camina un poco más. Cuando el sol ya flota sobre el río, se descubre a sí mismo bajando por Sands Street.

Jolines, dice Alita al abrir la puerta del dormitorio. Lo último que oí de ti es que te andaban buscando.

Pues oíste mal. A Willie no lo busca nadie. Nadie lo quiere.

Yo te enseñaré lo que es querer. ¿Me pagas una hora?

Te pago toda la mañana.

Eres todo un pez gordo.

El dinero es de Eddie.

Da igual. Pero no creo que pueda estar toda la mañana, terroncito mío.

No pasa nada. Solo necesito hablar con alguien. Necesito un amigo, Alita.

Apoya su única mano en la cadera y ladea la cabeza en un gesto comprensivo. Venga, suéltalo, Willie.

Se tienden en la cama. Alita apoya la espalda en el cabecero, y Willie en el pie.

Alita, ¿has deseado alguna vez poder empezar de nuevo?

Tú y tus preguntas. Veamos... Unas treinta veces al día.

Pues ese es mi sueño.

Ese es el sueño de todos, Willie.

¿Cómo lo sabes?

A mí la gente me cuenta sus sueños.

¿Y por qué nadie los hace realidad?

No es tan fácil. Si descubres la manera, ya me lo contarás.

Eddie dice que todo está amañado.

Eddie es un sabio.

Tendría que haber hecho caso.

¿A quién?

A él. A cualquiera. Excepto a mí mismo.

Tú siempre has sido un poco insensato.

¿Ah, sí?

Claro.

¿Te acuerdas de cuando trabajabas en el banco? Me decías que todo era maravilloso, que algún día serías el presidente. El presidente, por el amor de Dios. Eras un soñador, Willie. Eras como un irlandés recién bajado del barco.

Se pone de pie, se cubre con una sábana, adelanta el brazo. La tierraaaa de la li-ber-taaad, declama con voz de soprano. Dadme a vuestros rendidos, a vuestros desdichados, a vuestras hacinadas muchedumbres...

Willie se echa a reír. Se coloca de costado.

Siempre he querido entrar dentro de ella, dice.*

Alita suelta una carcajada, se tiende a su lado. El olor a Fels... Todavía. Él la toma del brazo, se envuelve con él. Los dos se quedan dormidos entre risas.

Por la mañana se va en tranvía hasta la calle Trece. Allí ya solo viven sus padres. Sus hermanos se han ido de la ciudad, se han ido al Oeste. Hermana Mayor se ha casado. Daddo ha muerto. Willie ve el bastón en una esquina, empuja un poco la mecedora. La casa se nota rara sin su parloteo, dice. Madre no responde. Está sentada a la mesa de la cocina, tomándose un té, y se resiste a mirarlo a los ojos. Padre está de pie, detrás, y su silencio es estridente. Los dos han leído lo de Happy en los periódicos. Dan por sentado que Willie también está metido en algo de eso.

---

* Versos de Emma Lazarus, «El Nuevo Coloso», dedicados a la Estatua de la Libertad. (*N. del T.*)

Yo no tuve nada que ver en lo de Happy, dice.

Ellos no dicen nada.

Ya me conocéis. Sabéis que nunca golpearía a nadie en la cabeza ni le robaría la billetera.

¿Conocerte?, dice Madre. ¿Conocerte? No tenemos la menor idea de quién eres.

Padre asiente, le rechinan los dientes.

¿Cuántas veces tendré que disculparme por lo de los Endner?, dice Willie.

Nunca serán suficientes, replica Madre. Y eso no es el problema.

Por favor, dice Padre. Si te importamos algo, Willie Boy, déjanos en paz.

Se acerca andando hasta Meadowport, se sienta en lo más profundo del túnel y revive los últimos tres años. Sale cuando ya anochece, pasea por el prado, cruza el parque, y no tarda en encontrarse frente a las puertas del Saint George, donde está Eddie. Eddie abre de par en par. Pantalones de pinzas, camiseta imperio blanca, tirantes blancos desabrochados. Ha estado haciendo flexiones. Sus brazos son tan anchos como las piernas de Willie.

¿Dónde has estado, Willie?

Un poco por todas partes. En ningún sitio. Alita te envía recuerdos.

Suben al terrado. Eddie lleva una cerveza de contrabando en el bolsillo del pantalón. Le da un trago, se la ofrece a Willie, que le dice que no. Pero sí acepta sus cigarrillos y los fuma con avidez. Lleva tiempo renunciando al tabaco para ahorrar.

El sol casi se ha puesto del todo. Ven encenderse las luces de Manhattan, los coches ir y venir por el puente. Un transatlántico, iluminado como un Manhattan en miniatura, sale a mar abierto. Willie imagina a los pasajeros: los caballeros de pie en las cubiertas, tomando el fresco, las damas abajo, dando sorbitos a licores ilegales. De este lado del puente, en Brooklyn, el vapor asciende en volutas de la fábrica Squibb, donde producen remedios para la indigestión. El aire está saturado de leche de magnesia.

Willie mira a Eddie.

No me quito de la cabeza la cara de Happy cuando se lo llevaron esposado.

Yo tampoco.

Sing Sing. Joder.

Esto es una guerra, Sutty. Son ellos contra nosotros. Cuántas veces tengo que decírtelo.

Ven hundirse en el río el sol ensangrentado.

Eddie dice: este jodido sol se marcha cada día por el mismo sitio. Una llamarada de gloria.

Humm.

Eh, Sutty.

¿Sí?

Mírame.

Eh...

Tengo que decirte una cosa.

Suéltalo.

Pareces un esqueleto.

Willie se echa a reír.

Paso un poco de hambre, sí.

Creo que si te comieras una uva tendrías un empacho. Tienes que meterte algo en ese estómago. Y rápido.

Imposible. Estoy sin blanca.

Pago yo.

En el restaurante de la esquina, Eddie pide cena para Willie: redondo de ternera, ostras, patatas a la crema, ensalada verde y una porción de tarta de manzana *à la mode*. Eddie tenía razón: la comida ayuda. Willie se siente vivo. Pero entonces llega la cuenta y vuelve a estar muerto. Tiene veinte años, está sin trabajo, sin esperanzas de encontrarlo, viviendo de su amigo.

Clava el cuchillo en la tarta. Ed, ¿qué voy a hacer?

Vente a vivir conmigo. Quédate el tiempo que quieras. Ya sabes que eres como un hermano para mí.

Gracias, Ed. Pero digo a largo plazo. ¿Qué vamos a hacer, todos nosotros?

Eddie se echa hacia atrás.

Tal vez yo tenga la solución. Para los dos.

Eddie le cuenta que va a dejar a los contrabandistas de alcohol. La detención de Happy le ha dado que pensar. La ley seca no es ninguna broma, el gobierno no está para juegos. Si vas a correr riesgos, mejor que la recompensa merezca la pena.

¿Y eso qué significa?

Uno de los otros conductores me ha presentado a un tipo. Se llama Horace Steadley, pero se hace llamar Doc. Es de Chicago y se dedica a las cajas fuertes. Todo un genio en lo suyo. Aunque empezó a ganarse el respeto con lo del tuerto, una cosa que hacía en Pittsburgh.

¿Lo del tuerto?

Sí, el timo del tuerto. Un hombre entra en unos grandes almacenes muy bien vestido, con un parche en el ojo, y dice que ha perdido su ojo de cristal. Le dice al dependiente que está dispuesto a pagar mil dólares a quien lo encuentre y se lo devuelva. Objetos Perdidos. Deja su tarjeta de visita. Elegante, impresa con dorados, con un número de teléfono. Al día siguiente, su cómplice entra y se acerca al dependiente con un ojo de cristal en la mano. ¿Ha venido alguien preguntando por esto? Consigue que el dependiente le pague trescientos dólares. ¿Por qué no? El dependiente sabe que vale tres veces más. Pero cuando marca el número de teléfono del tuerto, comunica. Doc perfeccionó ese timo hasta convertirlo en una ciencia. Pero después empezó a abrir cajas fuertes, a atracar en joyerías, y le gustó mucho más. Ahora dirige un equipo de primera que se dedica a dar golpes, y necesita a dos hombres más. Es el tipo adecuado, Sutty. Muy legal. Y sabe lo que hace, así que puede enseñarnos. Así, después, nosotros podremos formar nuestro propio equipo. Subir a primera.

¿A primera?

Dedicarnos a los bancos, Sutty. A los bancos.

Eddie, no sé.

Llega el camarero, retira los platos de la mesa. Eddie pide dos cafés. Cuando el camarero se va, Eddie sigue hablando en voz baja.

¿Qué es lo que no sabes?

¿No está... mal, Eddie? Es que, joder, ¿y lo del bien y el mal?

El mundo está mal, Sutty. Yo no sé por qué. No sé cuándo se jodió ni si siempre ha estado jodido. Pero sé que está mal, y de eso estoy tan seguro como de que tú eres tú y yo soy yo. A lo mejor es verdad, un error no arregla otro error. Pero ¿responder al mal con el bien? Con eso solo consigues ser pobre y pasar hambre. Y no hay nada peor que eso.

Los dos permanecen en silencio largo rato. Eddie enciende un cigarrillo, se pone el sombrero. Tú ven a conocerlo, nada más, dice.

Minutos después, Willie deja que Eddie lo meta en un taxi.

El apartamento de Doc está en Manhattan, cerca de la zona de los teatros. Cuando se acercan a Times Square, Willie mira por la ventanilla. Hombres vestidos con esmoquin, mujeres con trajes largos saliendo apresuradamente de automóviles para entrar en cafeterías, salas de fiesta, teatros. La expresión de sus rostros grita: ¿Depresión? ¿Qué Depresión? A Willie le encantaría ir a ver algún espectáculo. Nunca ha visto ninguno. Esa es una más de las muchas cosas que no ha hecho nunca. Debería sincerarse con Eddie, decirle que eso es una pérdida de tiempo. Robar joyas no es lo suyo. No sabe qué es lo suyo, pero eso seguro que no.

Demasiado tarde. Ya están en la puerta del edificio de Doc, bajo la marquesina entoldada. El portero llama al timbre para anunciar su llegada.

Sutton contempla los remates de los rascacielos del centro de la ciudad.

Atención, chicos, pregunta de concurso: ¿qué llevó a Jack Dillinger a atracar su primer banco?

Ni idea.

Que una chica lo dejó.

En el siguiente semáforo, a la izquierda, le dice Reportero a Fotógrafo. Y después recto hasta la calle Cincuenta y tres.

Está en la esquina, dice Sutton.

¿Qué importancia tiene la siguiente parada?, pregunta Fotógrafo.

Ahí es donde vivía Doc.

¿Doc?

Mi primer maestro.

Happy, Doc... Menudos nombres. Parecen de los siete enanitos. ¿Cuándo vamos a conocer a Mocoso y a Mudito?

Mocoso y Mudito sois vosotros.

Ja, ja, ja.

Willie y Eddie esperan muy tiesos, Willie se alisa la corbata, Eddie se sacude la caspa de los hombros. Se abre la puerta. Un mayordomo con librea le recoge el abrigo y el sombrero fedora a Eddie. Willie dice que se queda con el suyo. Siguen al mayordomo por un pasillo largo hasta un salón que queda a un nivel inferior. Willie contempla los muebles sin salir de su asombro: las mesas de centro, las auxiliares, las de café... Todas están hechas con cajas fuertes. Grandes, pequeñas, metálicas, de madera... Todas son cajas de caudales.

Un hombre entra por un pasillo que da al otro extremo del salón. Tiene la cabeza desproporcionadamente grande, el pelo abundante, color malvavisco, y una boca llena de dientes torcidos, que intenta ocultar tras un bigote igualmente espeso, igualmente blanco.

Entrad, dice con voz atronadora, entrad, chicos.

Es Doc, le susurra Eddie a Willie.

Doc agita el hielo de *whisky*, servido en vaso de cristal.

¿Qué queréis tomar?

Nada, dice Willie.

Lo mismo que tú tomas, pero doble, dice Eddie.

Doc le sirve a Eddie su copa en una barra dispuesta bajo un óleo salpicado de cazadores de zorros, tocados con sombreros negros. Les hace un gesto a los dos para que lo acompañen al centro del salón. Los ventanales dan a los teatros. Las bombillas parpadeantes de las marquesinas iluminan a ratos la estancia, a ratos la oscurecen. Willie escoge una silla de patas curvadas y tapicería de seda. Es como sentarse en el regazo de una mujer hermosa. Doc y Eddie se instalan en el sofá. Cuando Doc dobla la cintura e inicia el descenso, suspira como quien se mete en una bañera de agua caliente.

Un placer conocerte al fin, le dice a Willie. Eddie me ha contado que eres el tío más listo de Irish Town.

Y a mí me ha contado que usted es el mejor ladrón de Chicago.

Silencio.

Eso es una mentira podrida, dice Doc. Yo soy el mejor en cualquier parte.

Eddie sonríe. Doc sonríe. Una sonrisa perversa, que encaja a la perfección con sus dientes torcidos. Willie enciende un Chesterfield, busca un cenicero. Hay uno sobre la caja fuerte que tiene al lado.

Esto no está nada mal. ¿Quién es su decorador? ¿Wells Fargo?

Y además me resultan muy funcionales. Practico con ellas, dice Doc. Las desmonto, las vuelvo a montar. Me cronometro. Soy como un boxeador que vive en su gimnasio. Los mejores lo hacen, por cierto.

¿Y todos estos cuadros?

Ah, son de mi primer golpe. Una finca de Oak Park. Creo

que aportan un toque de distinción. Me proporcionan horas de placer. A veces me quedo aquí sentado toda la noche, libando, alentando a ese zorro.

Willie echa un vistazo a Doc. La verdad es que parece un buen tipo. Pero ¿qué es esta indumentaria? Parece el director de Title Guaranty. Chaqueta entallada, reloj de bolsillo con cadena de oro, pajarita a cuadros. ¿Y estos guantes blancos? Willie arquea una ceja, le pregunta por ellos. Doc levanta las manos y separa los dedos, como si Willie hubiera formulado una pregunta cuya respuesta fuera un enfático «diez».

Willie, dice, mis dedos son mi vida. Yo abro cajas fuertes, no pretendo dedicarme a otra cosa. Todo lo contrario, estoy orgulloso de mi arte, que se remonta a los tiempos del Antiguo Egipto. ¿Sabías que los faraones fueron los primeros en usar cerraduras con bombín? Supongo que fue el primer pueblo en disponer de objetos de valor. Ah, a los jóvenes de hoy no les interesa la historia. Solo quieren destrozar una caja, o abrirla a tiros, o echarle nitroglicerina a las juntas para que explote. Hace mucho ruido, es vulgar, y, francamente, lo más probable es que te pillen. Yo sigo pensando que los métodos antiguos son los mejores. Estetoscopio, dedos, dejar que te hablen las ruedas. Una caja fuerte es como una mujer. Ella misma te dice cómo tienes que abrirla, siempre y cuando tú sepas escuchar. Así que, si a estos dedos les pasa algo…, acabaré durmiendo debajo de un puente. Por eso los cuido, naturalmente. Me corto las uñas, me limo las puntas. Mantengo las manos calientes, bien protegidas. De ahí los guantes. Son de Hermanos D'Andrea, por cierto. ¿Conoces sus artículos? A mí me parece que son los mejores.

Willie no ha oído nunca a nadie que hable como Doc. O es un genio, como le ha dicho Eddie, o es un fanfarrón. Willie teme que se trate de lo segundo. Querría ponerse de pie, decirle a Doc gracias pero no, y está a punto de hacerlo cuando Doc dice:

Eddie me dice que estás triste por una pichoncita.

Willie frunce el ceño y mira a Eddie, que se encoge de hombros.

He vivido un par de años difíciles, dejémoslo así.

Eddie me cuenta que es una causa perdida. La pichoncita es la hija de un hombre rico.

Por favor, no la llame pichoncita.

Eddie me cuenta que se ha ido del país y que no hay manera de dar con ella.

Willie se acuerda de una frase en latín que aprendió en su colegio Santa Ana.

Mientras hay vida, dice, hay esperanza.

Sí, sí.

Doc clava la vista en una de sus cajas fuertes, ensimismado. Es como si hubiera metido la mente en ella y hubiera cerrado la puerta con llave. Se le ponen los ojos vidriosos, se le descuelga el labio inferior. Treinta segundos. Cuarenta.

Y regresa.

La cosa es esta, Willie. En mi equipo necesito hombres con dos dedos de frente.

Willie se pone de pie, apunta a Doc con el dedo.

Cuando trabajo para otros, tengo dos dedos de frente. Cuando estoy solo, lo que pienso es cosa mía.

La idea de que vuelvan a rechazarlo en otro puesto de trabajo lo ha puesto a la defensiva. La idea de añadir a ese presumido robacajas a la creciente lista de personas que lo rechazan, que lo consideran un inútil, se le hace insoportable.

Eddie dedica a Willie una mirada asesina.

Tranquilo, amigo.

Pero Doc ni se inmuta.

Willie, le dice sin perder la calma. Siéntate. No era mi intención ofenderte.

Willie vuelve a sentarse. Doc le da un trago al *whisky*, se fija en las bombillas parpadeantes de las marquesinas que se ven desde las ventanas. Luces. Sombras. Luces. Sombras.

Entonces dice:

¿Cuál es tu enfoque, chico?

¿Enfoque?

¿Por qué quieres trabajar para mí? ¿Eres como Eddie, que quiere aprender? ¿Te interesa la emoción? ¿O... solo quieres dinero?

Todos queremos dinero, ¿no? Pues sí, claro, me gustaría poder comer tres veces al día. Vivir en algún sitio que fuera mío y un poco más grande que un fregadero. No tener que dar esquinazo a mi casero. No tener que llevar esta ropa apestosa. Me gustaría ahorrar lo suficiente para ver, tal vez, algo de mundo.

Eddie se echa hacia delante en el sofá. Primera noticia.

¿Un viaje?

¿Dónde?, pregunta Doc.

Me gustaría llegar hasta el puerto un día y montarme en uno de esos grandes transatlánticos. Y zarpar.

¿Y a quién no le gustaría algo así?, dice Doc.

Yo siempre leo los anuncios de los periódicos, dice Willie. El *Aquitania* sale los segundos miércoles de cada mes a medianoche. Cuando lo veo, noto un cosquilleo. Y cuando llega el segundo miércoles de mes, me descubro mirando la hora en el reloj.

¿Algún sitio en concreto?

Europa, tal vez. Irlanda. No sé.

Eddie sonríe.

Hamburgo, susurra.

Doc deja su copa sobre una caja fuerte, se quita los guantes blancos, mueve los dedos, hace chasquear los nudillos.

Está bien, dice. Ya me hago una idea. Ya veo quién eres, Willie, percibo que eres un tipo legal. Me he dado cuenta cuando has entrado por la puerta. Solo estaba poniendo a prueba el motor de tu coche. Y tiene potencia de sobra. Eso suele ser algo bueno. Bienvenido a bordo.

¿Quiere decir que me acepta?

Sí. A ti y a Eddie. Solo aceptamos trabajos fuera de la ciudad, sin excepciones. Boston, Filadelfia, Washington. A veces en el mismo estado, pero al norte. Así despistamos a la pasma. Un policía es un pobre turista. El procedimiento es siempre el mismo: nos colamos en una joyería de madrugada, forzamos la caja fuerte, sacamos lo que vale la pena y cogemos el tren. Estamos en casa, en la cama, antes de que llegue el primer dependiente a sacar las piezas al escaparate. Nuestro siguiente trabajo será en Filadelfia. En una joyería que llevo meses controlando. ¿Habéis estado alguna vez ahí?

Yo no he estado nunca en ningún sitio. Solo en Poughkeepsie.

Cuando hayamos terminado, no tendrás la sensación de haber estado en Filadeldia. Será entrar y salir. Dos horas. Máximo.

Y así es como empieza.

Segunda parte

«Lo más triste del amor, Joe, es que no solo no dura eternamente sino que hasta el desamor se olvida pronto.»

WILLIAM FAULKNER, *La paga de los soldados*

10

Le gusta todo. Se dice que no debería gustarle, pero le gusta.

Le gusta registrarse en un buen hotel, pedir una de las mejores habitaciones, tumbarse sobre la colcha a leer el periódico y descansar como un boxeador antes del combate. Le gusta echar vistazos al despertador, ponerse el abrigo y salir a las dos de la madrugada, inspeccionar junto a Doc y el resto del equipo la puerta trasera de la joyería. Cuando Eddie fuerza la puerta, le gusta observar a Doc quitarse con delicadeza sus guantes y pasar los dedos por la rueda de la caja. Le gusta esa primera visión de las joyas, de tantas joyas. A la gente la vuelve loca los diamantes, pero no sabe ni la mitad. La belleza arrebatadora de unos diamantes robados en un estuche negro de seda a las dos de la madrugada...; es algo así como ser el primero en ver las estrellas.

Incluso le gusta la planificación y el estudio que requieren los trabajos. La caja fuerte, en tanto que tema intelectual, es un concepto abstracto, y fascina a Willie. En este mundo, piensa, todo es una caja fuerte. Sus padres, sus hermanos, el señor Endner. Ojalá hubiera conocido la combinación.

Sobre todo, le gusta tener trabajo. Aunque la mayoría de las veces no parece un trabajo. Doc tenía razón: es un arte.

En cuestión de semanas, Willie ya es un miembro indispensable del equipo de Doc. Es el primero en presentarse a las sesiones semanales de planificación, y el último en irse. Formula preguntas inteligentes, entiende al momento las respuestas, y a veces piensa en cosas que a Doc se le habían pasado por alto.

Eddie y los otros dos hombres que componen el equipo tienden a aburrirse. Pero Willie no. Puede pasarse toda la noche en un café consultando mapas, fotografías, folletos de fabricantes de cajas de caudales. Repasémoslo una vez más, dice siempre Doc, y Willie es el único que no protesta.

Sutton: Está exactamente igual que cuando Doc vivía aquí.
Reportero: ¿Cuál es?
Sutton: Ese, el del toldo blanco y el portero flaco. Doc siempre daba propinas generosas al portero, para asegurarse de que el chico siempre llamara al timbre y le avisara si alguna vez se pasaba por allí la policía. Esperad aquí.
Reportero: ¿Esperar? Señor Sutton, ¿dónde v...?
Y se va.

Willie se compra un Ford nuevo, reluciente, negro, con tapicería granate, y un reloj de pulsera de oro, y diez pares de zapatos hechos a mano, y diez o doce trajes hechos a medida, formales, de franela azul marino, o gris. Se compra un esmoquin y casi cada noche se va a ver algún estreno en Broadway. Alquila un apartamento de seis piezas en Park Avenue que le cuesta tres mil dólares al mes y llena uno de los vestidores con abrigos con ribete de seda y corbatas pintadas a mano, camisas en tonos pastel y pañuelos de cachemira. Y dos sombreros de cada clase: canotiers, fedoras, panamás, leghorns. Nunca había tenido más ropa que la que podía sujetar con una mano. Ahora sus armarios son como los grandes almacenes Gimbels.

Por las mañanas le gusta sentarse en su nueva butaca de cuero, junto a la ventana de su nuevo salón, y contemplar los tejados y las chimeneas, los tendederos y los cables de telégrafo y los rascacielos. Es la primera vez que Manhattan, desde arriba, no lo aplasta de deseo. Todo lo contrario: la vista le hace sentirse superior, toda esa gente ahí abajo luchando, esforzándose, trampeando, abriéndose paso a codazos para conseguir lo que Willie ya tiene. A montones. Enciende un cigarrillo, suelta el humo contra el cristal. Desgraciados.

Es feliz durante meses, o tan feliz como cree posible sin Bess. No da nada por sentado, ni el placer de vestir bien ni el de comer bien, ni el de dormir en sábanas de seda que valen más de lo que la mayoría de gente paga de alquiler. Nunca se ha sentido tan fuerte, tan vivo, y persigue el efecto que todo ello provoca en los demás: las miradas que le dedica la gente en la calle, las mujeres que le envían invitaciones indudables en forma de sonrisas con la cara vuelta, hombres que le clavan miradas llenas de temor o envidia. Los camareros le hacen caso, los porteros inclinan mucho la cabeza, las cigarreras se agachan un poco y le dejan ver el escote como si fuera un derecho de cuna que él tiene. Y sin embargo... Sin embargo... Una mañana, su vista aérea de Manhattan no le proporciona la misma emoción. Siente la mente inquieta, el corazón turbulento. ¿El rey de las alturas? ¿Y qué? Piensa en su viejo barrio. De pronto se levanta de la butaca y llama al portero para que le acerque el coche. Al cabo de una hora ya tiene a Alita boquiabierta, riéndose a carcajadas.

¡Qué bien se te ve!

Hola, nena

¡Y qué ropa! ¿Te ha tocado la lotería?

Se ha muerto un tío rico.

No me digas más. ¿Y quieres gastar parte de la herencia con tu amorcito Alita?

No. Solo me he pasado a saludar. Tenía la corazonada de que querías que viniera a verte.

Lanza el sombrero nuevo sobre la cama.

Estaba a punto de desayunar.

Me encantaría acompañarte.

Ella saca una botella de licor de contrabando de debajo del colchón, sirve dos vasos y le alarga uno a Willie, le dice que su corazonada ha sido de lo más oportuna, que esa mañana se siente triste. La calidad de su clientela empeora a pasos agigantados. La Depresión está terminando, los mercados suben como la espuma, y de pronto los hombres que la visitan son muy distintos.

¿Diferentes? ¿En qué sentido?

Los de Wall Street, Willie. Son malas personas.

Me sorprende que se aventuren a este lado del puente.

Vienen a Brooklyn en busca de... cosas distintas. A este lado del río, cuanto más sencilla es la chica, mejor va el negocio. Les parece que, con nosotras, las chicas normales y corrientes, pueden ser más descarados. Más ellos mismos, supongo.

No te incluyas en ese grupo. Tú no tienes nada de corriente, Alita.

Eres muy amable, Willie, pero sé muy bien quién soy. Lo que soy. Y, como tal, te digo que prefiero mil veces a un marinero que a un inversor de banca.

¿Y eso por qué?

Los banqueros no preguntan, Willie. Hacen lo que quieren.

Siento que tengas que tratar con tipos así.

No lo sientas. Así me siento menos culpable cuando les robo.

Willie se ríe.

Alita le pregunta si tiene cigarrillos. Él saca una cajetilla, le enciende uno y deja la cajetilla sobre la cama.

Ojalá todos fueran tan dulces como tú, dice. ¿Aquella primera vez? Todavía te recuerdo entrando por aquella puerta, educado, temblando..., agradecido. Sí, señorita, no, señorita. Como si fuera tu primer día de colegio. Como si yo fuera tu maestra.

Lo era. Y lo eras.

Willie se sienta en una silla. Alita, al borde de la cama. Se pasa su única mano por el pelo. Echo de menos a ese Willie Boy. Lo único raro que quería era llamarme Bess.

Willie aparta la mirada.

Ese Willie Boy está muerto, dice.

Como tu tío rico.

Eso, dice él. Exacto.

¿Hubo funeral?

Sí. No se presentó nadie.

Ahora ella se dirige al tocador. Al verla cruzar la habitación, Willie piensa que aparenta más edad de la que tiene, aunque en realidad no sabe cuántos años tiene. Se sienta, se empolva la nariz, le pregunta por Happy. Willie frunce el ceño. Le pregunta por Bess. Frunce más el ceño.

Le escribí una carta. Pero no tenía dirección para enviársela.

Tendrás noticias suyas, dice Alita. Si es tan lista como siempre me contabas, se pondrá en contacto contigo.

Él da unos golpecitos con el dedo a la esfera de su nuevo reloj de oro.

Tengo que irme.

Qué visita más corta.

Tengo una reunión.

Se pone de pie, se alisa la corbata y se mete la mano en el bolsillo de la pechera. Saca un fajo de billetes nuevos, y lo alarga con las dos manos. Alita se vuelve en su taburete. No se levanta. No coge el dinero.

Pero ¿qué es esto, Willie?

Regalo de Navidad. Con retraso.

¿Dónde está la gracia?

Me ha parecido que a lo mejor te gustaría ir a alguna parte. Como hablamos. Empezar de nuevo.

Da un paso al frente, le pone el dinero en el regazo. Ella lo toca, pasa los billetes como si fueran páginas de un libro. Levanta la vista.

No quiero tu compasión, Willie.

No es mi compasión, es mi dinero. Joder, en realidad no es ni siquiera mi dinero.

Ella se pone de pie y el dinero cae al suelo. De un solo paso llega junto a él y lo rodea con sus brazos. Sorprendido, Willie se agarrota un instante, antes de relajarse por completo. Le da un abrazo fraternal.

No está muerto, dice.

¿Quién?

Willie Boy.

Portero: Feliz Navidad, señor.

Sutton: Igualmente, chico, feliz Navidad. Una pregunta, ¿no estará libre el 8C por casualidad? Un amigo vivía ahí y me encantaría echar un vistazo rápido al apartamento. Por los viejos tiempos.

Portero: Espere un segundo. Un momento... ¿No es usted Willie el Actor?

Sutton: Sí.

Portero: ¿Willie el Actor, joder?

Sutton: Hay quien me llama así, sí.

Portero: ¿Willie el Actor en mi puerta, joder? Vale, vale, esto me supera. Mi viejo no se lo va a creer cuando se lo cuente, joder. Es su fan número uno, señor Sutton. «Huye, Willie, huye», es lo que dice mi viejo siempre que sale usted en los periódicos. Mi viejo siempre dice que en Nueva York hay tres grandes Willies: Willie Mays, Joe Willie Namath y Willie el Actor.

Sutton: Es usted muy amable.

Portero: Eh..., vaya, vaya. Bueno, quiero decir..., vaya... ¿Podría firmarme este periódico?

Sutton: Sí, claro.

Portero: Aquí, firme aquí mismo. Debajo de su foto. Así. Y ponga... A Michael Flynn. Ahí estaba el dinero. Michael Flynn, así se llama mi viejo. Yo soy Tom Flynn. ¿Y qué diablos está haciendo usted aquí, señor Sutton?

Sutton: Salí ayer.

Portero: ¿Hay alguien que no lo sepa? Pero... ¿aquí?

Sutton: Estoy recordando los viejos tiempos. Visitando sitios del pasado. Conocía a alguien que vivía en este edificio, y tenía ganas de verlo.

Portero: ¿8C? Es la residencia de los Monroe. Entre nosotros, los Monroe son unos clasistas estirados de primera división, unos cabrones.

Sutton: No me diga.

Portero: Si no estuvieran en casa, con mucho gusto le enseñaría el apartamento. Discretamente. Joder, hasta le dejaría usar el baño. Pero es que están en casa, estoy seguro. No han dejado de subir invitados durante toda la mañana.

Sutton: Quizá haya alguna otra forma de hacerlo. Llevas un uniforme precioso. ¿Qué talla usas?

Portero: La treinta y ocho.

Sutton: ¿Y si nos cambiamos de ropa? Este traje es nuevo.

Portero: ¿Lo dice en serio?

Sutton: Totalmente. Yo subo como nuevo portero, me invento algo para llamar a su puerta y salgo sin darles tiempo a que se enteren de nada.

Portero: Jod... No sé, señor Sutton. Podrían echarme del trabajo. ¿Y quién es usted?

Reportero: Yo escribo un artículo sobre el señor Sutton.

Fotógrafo: Y yo le hago fotos.

Sutton: Ah. Chicos, no sabía que me seguíais. Chico, te presento a los comandantes Armstrong y Aldrin.

Portero: Feliz Navidad.

Fotógrafo: Igualmente.

Sutton: Está bien, chico, lo entiendo. Me encantaría darte propina, pero solo llevo encima un par de cheques firmados por el gobernador Rockefeller.

Portero: Por favor, señor Sutton. No aceptaría su dinero.

Sutton: No digas eso, chico. Nunca digas eso. Nunca rechaces dinero.

Eddie tenía razón. Doc sabe lo que hace. Puede pasarse la noche entera hablando de cajas fuertes. Y Willie puede pasarse toda la noche escuchándolo. Después de la sesión de planificación habitual en el café de la esquina, Willie, muchas veces, acompaña a Doc a su apartamento para recibir clases particulares.

Además de cajas fuertes, Doc colecciona citas. Las usa para ilustrar todos y cada uno de los aspectos de sus enseñanzas. Tiene predilección por Gibran: «El trabajo es amor hecho visible». Y por Novalis: «Estamos a punto de despertar cuando soñamos que soñamos». Se sabe de memoria páginas y más páginas de Plutarco, Epicteto, Emerson. Cuando ha bebido más de la cuenta, repite una frase una y otra vez: «Comete un crimen y será como si un manto de nieve hubiera caído sobre la tierra, como el que revela en el bosque las huellas de las perdices y los zorros y las ardillas y los topos».

Una noche, Doc se sirve un *whisky*, enciende un purito y se acomoda en el sofá.

Todo es una especie de broma de mal gusto, Willie Boy. Los americanos son gente confiada, por lo que, en el peor de los casos, una caja fuerte no es más que un impedimento. No está pensada para impedirte tu propósito, solo para entorpecerlo. Si conoces las cajas fuertes, si las conoces en profundidad, todo este tira y afloja es un juego de niños. Todas las cajas tienen defectos «de serie». Incluso si no consigues abrirlas, siempre hay alguna alternativa, una puerta trasera instalada en la fábrica por si el propietario la palma o si las ruedas se estropean. Si no, las combinaciones son evidentes. Te asombraría ver la cantidad de veces que la combinación está ahí mismo, en la pared, encima de la caja. Con las cajas sirve una regla que es aplicable a todo, Willie. Siempre hay una manera de entrar.

Además de todo lo que hay que saber sobre las cajas de caudales, Doc enseña a Willie cosas sobre sistemas de alarma, cerraduras, candados, policías. Enseña a Willie qué abogados son mejores para esta o aquella acusación, cuáles conviene evitar. Lo lleva por la ciudad, le presenta a otros miembros de la hermandad: asesinos de mirada gélida, contrabandistas ostentosos, atracadores viejos. Tipos que abrían puertas, cajas fuertes, que daban golpes, que amañaban apuestas, que traficaban con alcohol, matones, soplones, capos. Presenta a Willie a los jefazos como ministro sin cartera. A Legs Diamond. A Owney Madden. A Dutch Schultz.

Finalmente, Doc educa a Willie concienzuda y pacientemente en la logística necesaria para colocar los bienes robados.

Tu herramienta más importante, le dice Doc, no es tu llave de tensión, ni tu estetoscopio, ni tu ganzúa. Es el hombre al que has de colocarle lo que robas. El que convierte tu botín en dinero contante y sonante sabe más de ti que todos los demás, incluida tu madre, y por eso hay que escoger a esa persona con el mismo cuidado con que escoges a tus socios: con la máxima prudencia.

El contacto de Doc, concretamente, es una señora. Una señora muy conocida, que sale en los ecos de sociedad de los periódicos porque reparte montañas de dinero a iglesias, ballets, bibliotecas... La prensa dice de ella que es toda una dama, una generosa viuda, un pilar de la sociedad. Doc dice que también es muy rara. Le excitan los diamantes de procedencia dudosa. Y tiene un fetichismo especial con las reliquias familiares de otras mujeres.

Un día, Willie acompaña a Doc a conocer a Dama a su casa, una magnífica residencia particular situada al este de la ciudad, cerca de la calle Sesenta. Durante casi una hora se instalan en su salón de estilo moderno, sentados en sus sillas Barcelona, de cuero blanco, tomando té y galletas de limón. La mitad de las paredes está revestida de espejos, y Willie encuentra a cincuenta Willies que lo miran desde todos los ángulos. Se siente sobrepasado. Superado.

Ve un libro boca abajo sobre la mesa de centro. Lo levanta. Dama le dice que es una antología de relatos y poemas que solo se encuentra en París. El nombre del escritor es Heming-algo.

Willie observa la fotografía del autor, deja el libro en su sitio. Parece un tipo duro, comenta.

Arrebatador, dice Dama. Todas y cada una de las frases son arrebatadoras.

Willie no está totalmente seguro de qué quiere decir con esa palabra, pero Dama la usa mucho. Clara Bow está arrebatadora en la gran pantalla. Esos nuevos rompecabezas a los que todo el mundo se ha aficionado, esos «crucigramas» son simplemente una manera arrebatadora de pasar el rato.

Uno de esos libros de rompecabezas también está puesto boca abajo junto al de los relatos. Ella lo coge. ¿Conoce alguno de vosotros un río europeo de cuatro letras que empiece por la «a»?

Arno, dice Doc.

Dama pone los ojos como platos. Mientras ella anota la palabra, Doc mira fijamente a Willie. Este se saca una bolsa de seda del bolsillo de la pechera y lo deja en la mesa de centro. Dama deja el libro de crucigramas y coge la bolsa. Se pasea con ella por el salón y vacía su contenido sobre un escritorio que parece robado en Versalles. Diamantes, zafiros, esmeraldas rebotan sobre la superficie de madera de la mesa. Ella los separa, los examina uno por uno con unos impertinentes. Se inicia el regateo entre la Dama y Doc.

No puedo, dice Doc. Viviría en un hospicio si aceptara estos precios.

Es un robo a mano armada, Doc.

Me temo que por menos no puedo.

Está bien, está bien.

Ella abre una caja fuerte instalada detrás de unos paneles de espejo. Saca de ella un fajo de billetes envuelto en papel de embalar. Willie se fija por última vez en las joyas esparcidas sobre la mesa. Un impulso se apodera de él. Alarga la mano, coge un anillo de diamantes de tres quilates y talla europea.

Por favor, señora. Este no.

Doc se vuelve hacia él. Posa la vista en el diamante y vuelve a mirar a Willie. A continuación observan a la vez a Dama. Doc esboza una sonrisa incómoda.

Esto..., veamos. Al parecer mi socio le ha cogido cariño a esta pieza.

Dama aprieta los labios. No le gusta perder ni un brillante. Dedica una mirada asesina a Doc. Y otra a Willie, que por un momento teme haber frustrado el acuerdo. Acaba de echar por tierra la imprescindible relación de Doc con su contacto.

Dama se sienta al escritorio.

¿Una chica?

Sí, señora. Es arrebatadora.

Sutton se acerca a la esquina. Ahí había un quiosco de prensa local, dice. Nos bajábamos del tren nocturno con nuestros abrigos largos, nuestros sombreros de ala anchísima, y nos íbamos directamente al quiosco.

¿Quiénes?

El equipo de Doc.

¿Por qué?

Nos interesaba leer las crónicas sobre nosotros. Nos gustaba ser famosos. La mayoría de gente sufre del temor a no existir realmente, a ser invisibles. Cuando eres famoso eso no pasa. Tienes que existir, lo dice el periódico.

Sutton vuelve a mirar hacia el punto en el que se encontraba el quiosco, como si a fuerza de mirarlo fuera a materializarse.

La gente se apartaba de nuestro camino cuando caminábamos por esta acera.

¿Por qué?

Teníamos mal aspecto. Y lo sabíamos. Hacíamos lo posible por tenerlo. Todo delincuente actúa como algún delincuente que ha visto en las películas. Ni sabéis cuántos de los tipos que conocía en la cárcel habían visto a Bogart o a Cagney a una edad impre-

*sionable. A mí Bogart me gusta más que a nadie, pero ese hombre
ha derramado más sangre que Mussolini.*

No acabo de entenderte bien, dice Fotógrafo. ¿Qué crónicas?

*Comprábamos el periódico de la ciudad a la que acabábamos
de llegar y leíamos los relatos de nuestros golpes. La policía asegura carecer de pistas... Siempre nos tronchábamos con esa frase.
Según la policía, el robo es obra de personas que trabajaban en
la empresa... Con esa ya nos tirábamos por el suelo. Pero cuando
las crónicas eran malas, nos afectaban de verdad. Si la policía de-
claraba que el robo era el trabajo de unos aficionados, nos pasábamos una semana hundidos. Aquí critica hasta el más pintado.*

Reportero repasa el mapa de Sutton.

*Señor Sutton, hablando de periódicos, parece que nuestra próxi-
ma parada es Times Square, ¿verdad? En la actualidad ahí está
la sede del* New York Times. *Y ese es el vientre de la bestia. Para
los periodistas, Times Square es lo que una estatua para las palomas. Así que, por favor, señor Sutton, no vayamos a Times Square.*

*Lo siento, chico. Willie tiene que ver Times Square. Willie ni
siquiera habrá salido oficialmente de la cárcel hasta que pase
por Times Square.*

Doc espera hasta que están en la calle, casi en Times Square, y
entonces explota.

Por el amor de Dios, Willie Boy, ¿en qué diablos estabas pensando?

Lo siento, Doc, pero ese anillo me llamaba a gritos.

Willie lo saca del bolsillo de la pechera y lo levanta al sol primaveral.

Guarda eso, le susurra Doc. Maldita sea, creía que tu pichoncita estaba fuera del país.

Por favor, no la llames pichoncita. Sí, está en el extranjero.
Pero espero encontrarla. Y cuando la encuentre quiero estar preparado. Quiero llevar un anillo encima.

Doc se encoge de hombros, le hunde el sombrero en la cabeza, parece querer infundirle a golpes algo de sentido común. Pero entonces suspira, se pasa los dedos por su pelo de color malvavisco.

Está bien, está bien, te lo descontaré de la siguiente operación.

Hace como que le da un derechazo en la mandíbula.

Pero a partir de ahora, añade, si algún brillante te habla a gritos, tú no contestes, Willie Boy. ¿Lo entiendes? Venga, vámonos a Silver Slipper. Te toca invitarme a una copa, joder.

No tendría que haber dejado a Doc, dice Sutton. Estaba en deuda con él. Nunca se me dio bien nada hasta que lo conocí. Si un hombre no es bueno en algo, no es un hombre, y yo, con Doc, descubrí que era bueno robando diamantes. No, bueno no. Genial.

¿Entonces? ¿Por qué lo dejó?

No nos iba mal, pero yo necesitaba un gran golpe. Una serie de grandes golpes, si quería encontrar a Bess y demostrarle que podía cuidar de ella. Eso estaba siempre en un rincón de mi mente. Ese era mi sueño. Además, si soy sincero, Doc empezaba a fallar.

Sucede en Boston. La caja fuerte es una Mosler vieja, un juego de niños, pero Doc no solo no encuentra los números; hace girar la rueda a izquierda y derecha y no consigue nada.

No sé qué me pasa esta noche, dice.

Hay algo distinto en su voz.

Tienen que usar la barrena. Empieza Eddie, que rápidamente perfora tres agujeros en la plancha, pero Willie señala la hora. Tienen que irse. Lo dejan todo tal como está y salen.

En el tren nocturno que los devuelve a Nueva York se sientan juntos y viajan en silencio. Willie se fija en un Ford A que circula a lo lejos por una carretera secundaria, oscura, con un faro estropeado. Se vuelve y observa a Doc, que se está quitan-

do los guantes blancos y da unos tragos a una petaca de plata.
La petaca tiembla.

Willie se da una semana. Se instala en su butaca de cuero,
contempla la ciudad, piensa. Finalmente se pone su mejor traje
y se va a ver a Doc. Se sientan entre cajas fuertes, toman café,
hablan del negocio. Doc le explica el siguiente trabajo. Willie
niega con la cabeza.

Para mí no habrá siguiente trabajo, Doc. Lo dejo.

Oh, Willie, no.

Doc. Tú ya sabías que quería probar por mi cuenta algún día.

Pero ¿por que ahora? ¿Por qué coño ahora? Nos va muy bien.

Hazme un favor, Doc. Levanta las manos.

Willie.

Hazlo, Doc.

Doc extiende los brazos, separa los dedos cubiertos por los
guantes.

Mira, dice Willie. Pero si parece que estás tocando un *ragtime.*

Joder, chico. Es la edad. Pasa en las mejores familias.

La otra noche la cagaste.

Era la primera vez que me pasaba.

Precisamente por eso.

Doc se pone de pie y se va hasta la barra. Se sirve un *whisky*,
clava la vista en los cazadores, en el zorro que salta un seto.

Tal vez tengas razón, Willie. Probablemente la tengas. Pero
no puedo dejarlo. Me gusta demasiado.

Willie asiente.

Buen viaje, Willie. Te seguiré en los periódicos.

Unos días después, Willie queda con Eddie para comer en un
asador de Times Square. Mientras dan cuenta de unos solomillos
encebollados, Willie le dice a Eddie que ha llegado el momento.
El momento de crear su propio equipo.

Eddie asiente.

¿Qué pasa, Ed? Esperaba algo más de entusiasmo. Ya hemos llegado, esto es lo que siempre habías querido. Hablamos en serio. Bancos.

Eddie le quita un Chesterfield de la cajetilla a Willie, lo enciende y le da una buena calada.

Tengo malas noticias, Sutty.

Dispara.

Esa vieja amiga tuya ha vuelto a la ciudad.

Ah.

Va a casarse.

Willie aparta el solomillo. Se mira las manos. *Ragtime*.

¿Dónde?

En la iglesia baptista.

¿Cuándo?

Hoy, chico. Por lo que me han contado, es un matrimonio concertado. El novio es de familia rica. Su familia tiene almacenes por todo el muelle.

Willie se pone de pie, sale tambaleante del local. Un camión de reparto se acerca a toda velocidad por la calle, levantando el agua de los charcos. Willie y Eddie nunca se pondrán de acuerdo sobre si Willie cambió de opinión en el último segundo o si fue Eddie el que salió del asador justo a tiempo.

Se pasean por Times Square. Eddie intenta convencer a Willie para que no se presente en la boda.

Si la ves, te vas a morir, Sutty. Y su viejo podría hacer que te detuvieran.

¿Por qué? Ya no estoy en libertad condicional.

Ese tipo es el dueño de Brooklyn. No le hacen falta motivos.

Eddie tiene razón. Willie se plantea ir disfrazado. Llega a entrar en una tienda de disfraces y se prueba un sombrero homburg y una barba postiza. Pero al final decide que prefiere que el viejo Endner lo vea. Quiere que Bess lo vea... en su máximo esplendor. Se regala un masaje de cuero cabelludo, va a una barbería a que lo afeiten y le corten el pelo. Se viste con su traje más nuevo, de raya diplomática y solapas exageradas. A las cuatro, cuando la señora menuda del sombrero de flores empieza a tocar las teclas del órgano, Willie está a cinco filas del altar y a dos de los Rockefeller. Lleva en el bolsillo la alianza con el brillante de corte europeo. Por si acaso.

El señor Endner, que conduce a Bess hasta el altar, es el primero en verlo. Se atusa el bigote. Va a interrumpir la boda, va a llamar a la policía. No. Entorna los ojos hasta convertirlos en ranuras líquidas, y el mostachón se mueve sobre su sonrisa amarillenta. Porque Willie llega demasiado tarde.

Ahora es Bess la que ve a Willie. Se detiene, baja el ramo de novia. Flores doradas que combinan con las motas doradas de sus ojos, que al momento se llenan de lágrimas. Mueve los labios para comunicarse con él, pero Willie no la entiende.

«No, Willie, no.»

«Oh, Willie, oh.»

«Vete, Willie, vete.»

Y sigue avanzando. Sigue adelante, deja atrás a Willie, a los Rockefeller, y a cada paso Willie siente que le arrancan otro año de vida. Bess se vuelve al llegar al altar, mira al novio. Willie se pone de pie, deja el banco, avanza por el pasillo y abandona la iglesia. No deja de correr hasta que llega a Meadowport. Se queda horas sentado, contemplando el anillo. Lo deja en el suelo y se va.

Pero entonces da media vuelta y lo recupera. Se lo guarda en el bolsillo y decide conservarlo. Por si acaso.

Fotógrafo: Está dormido.
Reportero: Estás de broma.
Fotógrafo: Y ronca.
Reportero: Increíble.
Fotógrafo: Willie el Actor.

Reportero: ¿Podemos, por favor, bajarle el volumen a esta radio? Tengo un dolor de cabeza que me está matando.

Fotógrafo: Son los Rolling Stones, hermano.

Mick Jagger: Oh, yeah.

Reportero: Pero ¿qué significa esta canción, además? ¿Por qué la violación y el asesinato están a solo un disparo?*

Fotógrafo: Ese es tu problema, que todo tiene que significar algo. Dime otra vez adónde vamos.

Reportero: A Times Square. En contra de nuestra voluntad.

Fotógrafo: Tal vez nos han secuestrado y no lo sabemos.

Reportero: Es más que posible.

Fotógrafo: Eh, ¿te fijaste el otro día en Laura con aquella falda roja?

Reportero: La siguiente a la derecha.

Fotógrafo: Es la tía que está más buena del periódico, por si te interesa.

Reportero: No.

Fotógrafo: ¿No qué?

Reportero: No me interesa. Gira a la derecha. Genial. Te has pasado la calle.

Fotógrafo: Hablando de tías, ¿qué tal la tuya?

Mick Jagger: ¡Oh!

Reportero: Tengo que bajar el volumen. ¿Dónde está el botón del volumen?

Fotógrafo: Se ha caído.

Reportero: Este Polara es una mierda.

Fotógrafo: Este encargo es una mierda.

Reportero: Te recuerdo que tú has pedido trabajar en él.

Fotógrafo: Yo pedí trabajar con Al Capone, no con Vic Damone.

---

* Letra de la canción *Gimme Shelter*, de los Rolling Stones: «Rape, murder, it's just a shot away» («Violación, asesinato, a solo un disparo»). *(N. del T.)*

Reportero: Muy bien.

Fotógrafo: Túneles vacíos, asesinatos de ovejas, historias de una chica moderna de hace mil años.

Reportero: La quería.

Fotógrafo: Sí.

Reportero: A mí no me lo está poniendo fácil. Ya es mediodía y casi no ha dicho nada que me sirva. Orden cronológico, chico. Al menos, tú tienes algunas buenas fotos. Yo no tengo nada.

Fotógrafo: Lo único que quiere mi editor es a la Bella Durmiente de pie en la escena del crimen de Schuster. Schuster, Schuster, Schuster. Eso es lo que me dijo mi editor cuando yo salía por la puerta.

Reportero: Sí, el mío lo mismo.

Fotógrafo: ¿Tú crees que Willie mató a Arnold Schuster?

Reportero: No parece un asesino.

Fotógrafo: Tampoco parece un atracador de bancos. Tú mismo lo dijiste.

Reportero: Tienes razón.

Fotógrafo: ¿Se puede girar por aquí para ir a Times Square?

Reportero: No, es de un solo sentido.

Fotógrafo: Hazme un favor. Sácame la billetera de la bolsa.

Reportero: ¿Por qué?

Fotógrafo: Quiero comprar una cosa en Times Square.

Reportero: ¿Qué?

Fotógrafo: Algo para el lotófago que llevamos aquí atrás.

Reportero: No puedo cogértela. Está usándola él como almohada.

Fotógrafo: Cómo duerme.

Reportero: Se ve tan tranquilo...

Fotógrafo: Seguramente estará soñando con... ¿Cómo se llamaba ella?

Reportero: Bess.

Fotógrafo: Creía que era Alita.

Reportero: Esa era la prostituta. ¿Tienes que venir colocado siempre que trabajamos juntos?

Fotógrafo: ¡Ya lo sé! ¿Por qué no despertamos a Willie el Dormilón y le decimos que ya hemos estado en Times Square? Le decimos que ya hemos estado en todos los puntos de su plano y que ahora ya ha llegado el momento de ocuparnos de Schuster. No se dará cuenta.

Sutton: Os oigo perfectamente.

11

Un Willie con traje, corbata y maletín se dirige al tren de cercanías de Long Island. Con todos los que van a coger el tren. La
diferencia es que todos los demás lo cogen para ir a trabajar y
él lo coge porque va a preparar un golpe. Es febrero de 1923.

De Doc ha aprendido la importancia de estudiar muy bien
los objetivos. También coincide con él en lo de trabajar fuera de
la ciudad. Sin embargo, a diferencia de Doc, prefiere evitar las
ciudades grandes. Cree que en los pueblos perdidos, los policías
son más lentos.

Sale de ronda con un plano, un cuaderno, en busca del rincón
perdido ideal. No tarda en dar con Ozone Park. Los fundadores
de la localidad optaron por ese nombre con la esperanza de que
atrajera a gentes de la ciudad deseosas de aire puro y prados
verdes. También atrae a Willie Sutton, porque le suena a pueblo
fundado por tontos.

Se pasea por la calle principal. Fuente de soda, estanco, cafetería. Pide un café y se sienta en un banco a admirar la vieja fábrica
de esmaltes con la torre del reloj construida con ladrillo. La campana suena cada media hora. Los residentes no parecen oírla. Parecen estar en otro sitio, con la mente en las nubes. En el ozono.

Llega al First National Bank de Ozone Park, espera turno.
Cuando está delante del cubículo del cajero, mete un dólar entre los barrotes y pide cambio. El cajero tiene los dientes salidos,
lleva el flequillo engominado y una corbata con un estampado
de banderas de Estados Unidos. Sobre la camisa, una chapa de

latón con su nombre: GUS. Mientras el cajero rebusca en el cajón, Willie se mete en el bolsillo la estilográfica del banco, mira a su alrededor. Le echa un vistazo a la caja de caudales situada detrás del cajero. Abrir una cajita de música plantearía más problemas.

Y lo mejor de todo es que el First National está puerta con puerta con un cine destartalado. Willie compra una entrada para la sesión matinal. Durante la escena de persecución se mete por la escalera de atrás. Como esperaba, el banco y el cine comparten sótano.

Ese mismo día, más tarde, Eddie y él exploran los bosques de Nueva Jersey. Compran una linterna potente, unas bombonas de oxígeno extragrandes y unos cascos.

Mientras se dedican a todas esas labores previas de exploración y avituallamiento, Eddie dice que necesitan dar el golpe rápido. Para disponer de efectivo. Para no perder la forma. Sugiere una joyería de Times Square, la que queda junto al hotel Astor.

Sutton se sitúa en una isla de peatones y mira hacia arriba. ¿Esto es Times Square? ¿Dónde están todos los anuncios, joder? ¿Dónde están las luces?

Han quitado muchas, dice Reportero. La economía.

Pues es una lástima, dice Sutton. Antes este era uno de los sitios más mágicos de la tierra. Ahí, ahí mismo estaba el cartel de la tienda de ropa BOND. Era un cartel conocido en todo el mundo. BOND, en grandes letras rojas. Cuando llegabas a Times Square desde otro barrio, o desde Tombuctú, sabías que te esperaban los tranvías, que parecían inmensas barras de pan, y el cartel de BOND. Y encima había dos estatuas inmensas. De cinco plantas de altura. Como dos Estatuas de la Libertad. Un hombre desnudo. Una mujer desnuda. Los mojigatos ponían el grito en el cielo con aquellas estatuas. Y entre las dos había unas cataratas gigantescas, inspiradas en las del Niágara. Y justo encima estaba el cartel luminoso de Wrigley. Peces distintos, de colores, verdes, azules, rosados, y encima una sirena preciosa. Se parecía a Bess.

Una Bess de neón. ¿Te lo imaginas, chico? Y ahí estaba el cartel de Camel. Un tipo que sacaba aros de humo de verdad por la boca. Si no había viento, los aros de humo viajaban sin perder la forma hasta Broadway. Dios mío. Times Square era mi todo. Yo venía aquí a pensar, a meditar, a orientarme. Cuando era joven venía aquí y veía las luces y me decía: yo tengo que formar parte de todo esto. Si no encuentro la manera de formar parte de todo esto, mi vida no tendrá ningún sentido. Cuando me hice mayor y me sentía más solo, venía aquí a bailar.

¿A bailar?

Sutton levanta los pies, mueve las caderas.

Era bastante bailongo. Cuando tenía las dos patas. Y muy cerca de aquí había cientos de sitios donde le dabas cinco centavos a una chica y la sacabas a bailar. Si le dabas diez, se dejaba magrear. Y por un dólar, bueno, pues eso. Las llamaban «taxi girls», porque las alquilabas.

Se vuelve en redondo, ve una marquesina en la que pone SEXO. Una mujer pasa por delante. Lleva pantalones rojos de plástico, zapatos de plataforma y una peluca morada.

Ah, dice, hay cosas que no cambian.

Se acerca a ella.

Eh, señor Sutton, creo que no deberíamos... Dios mío.

Hola, le dice la mujer a Sutton.

Hola.

¿Buscas una cita?

¿Trabajas en Navidad?

¿Es Navidad?

Eso pone en todos los periódicos.

Bueno, y qué. La gente también está cachonda el día de Navidad. De hecho, la Navidad es la fiesta más cachonda de todas.

¿En serio? Yo habría dicho que era el 4 de julio.

Un marido le dice a su mujer que se les ha terminado el ponche crema. Yo soy el ponche crema.

Yo soy Willie.

Extiende la mano. Ella se la mira.

¿Cuál es la tarifa vigente, Ponche Crema?

Ponche Crema da un paso atrás tan bruscamente que, con esos tacones tan altos, está a punto de caerse.

Espera... ¡Un momento! ¡Usted es Willie Sutton!

Así es.

¡Willie el Actor!

Sí, señorita.

Acabo de leer sobre usted. Lo soltaron ayer. ¿Y ahora qué? ¿Quiere un poco de ponche crema?

No, gracias, guapa. Es solo curiosidad. Cuando era joven tenía una amiga con su misma profesión. Pasaba ratos con algunas... chicas..., aquí, en Times Square.

Vaya, vaya, Willie Sutton. Era usted muy malo.

Aún lo soy.

¿Y qué está haciendo en Times Square?

Reportero da un paso al frente, carraspea. Sutton se vuelve a mirarlo y sonríe.

Pues estoy llevando a este chico a hacer un recorrido por mi vida. Los escenarios de mis momentos buenos y malos, de mis golpes.

¿Trabajo en la calle en la que trabajaba Willie el Actor? No es moco de pavo.

Sutton señala con el dedo.

De hecho hice un trabajito en esa esquina de ahí, dice.

Ponche Crema y Reportero miran.

¿En Stride Rite Shoes?, pregunta Ponche Crema.

No. Ahí antes estaba el hotel Astor. Y al lado había una joyería. Las mejores piezas las tenían en el escaparate.

Como yo, dice Ponche Crema.

Lo pedían a gritos.

Yo también, dice ella.

Nos cargamos la luna. Con unas barras de hierro. Nos lleva-
mos un saco lleno de relojes de diamantes. Fue fácil.

¿Los colocaste?, pregunta Ponche Crema.

Sutton asiente.

¿Cuánto te dieron?

Diez de los grandes. Lo tomas o lo dejas.

¿Sabe a cuántos tíos tengo que dar el gusto para ganarme diez
de los grandes?

Tiemblo solo de pensarlo.

¿Y quién se los compró?

Dutch Schultz.

Reportero tose.

¿El mismísimo Dutch Schultz?

Dutch tenía un local por aquí cerca, dice Sutton. Todo el mun-
do dice que era muy feo, pero no era como Monk Eastman. A mí
me parecía casi elegante. Como un lord inglés. Sí, es verdad, tenía
las manitas pequeñas, como garras. Y el corazón sí lo tenía feo.
Dutch inventó la cataplasma de gonorrea.

Ponche Crema abre mucho los ojos.

¿El qué?

Dutch cogía una venda infectada con gonorrea y se la aplica-
ba a un tipo sobre los ojos. Lo dejaba ciego. Era un hijoputa de
mucho cuidado, pero no sé por qué yo le caía bien.

Ponche Crema apunta con el dedo.

¿Quién es ese?

Fotógrafo, con una bolsa marrón, se acerca corriendo a ellos
desde la calle Cuarenta y tres. Cuando llega, sin aliento, le entre-
ga la bolsa a Sutton.

Un regalito para ti, Willie. Feliz Navidad.

Sutton abre la bolsa y saca de ella unas esposas forradas de pelo.

Pulseras, dice Sutton, riéndose.

Para que no te sientas tan desnudo, y te cito textualmente, dice
Fotógrafo. Pruébatelas.

Esperaré a estar en el coche.

Mientras me dejes sacarte una foto con ellas puestas...

Está bien, dice Sutton. Ningún problema.

Ponche Crema mira a Fotógrafo. Mira a Reportero, mira a Sutton, mira las esposas. Levanta el dedo índice.

Humm, dice, alejándose despacio. A Willie Sutton le va la marcha.

Willie y Eddie se encuentran frente a la puerta trasera del cine Loews, en Ozone Park, en una noche fría y lluviosa. Es tarde.

¿Estás listo?

Eddie asiente.

Willie mete primero la llave de tensión en la cerradura y después la ganzúa. Como le ha enseñado Doc. La cerradura emite un chasquido. Eddie empuja los sopletes escalera abajo, hacia el sótano, junto con las máscaras y las bombonas. Willie se encarga de bajar los caballetes.

Bajo el vestíbulo del banco montan una plataforma muy básica. Willie, encapuchado, se sube a ella, apunta la llama violeta hacia el techo. Al momento se da cuenta de que ha calculado mal. Un artículo de *Popular Mechanics* decía que el cemento se derrite como la mantequilla ante los acetilenos nuevos, pero este cemento no. Pasadas dos horas aún no ha llegado ni a la mitad, y tiene los brazos destrozados. Lo releva Eddie. Se van intercambiando hasta que finalmente logran abrir un boquete lo bastante grande como para pasar por él.

Cuando por fin se encuentran en el interior del banco, oyen que el reloj de la fábrica de esmaltes toca siete campanadas. El guardia llegará en media hora. No hay tiempo para abrir la caja. Willie apoya las manos en la puerta. Han llegado hasta ahí... Están tan cerca... Al otro lado de esa puerta hay cincuenta mil dólares, tal vez setenta y cinco mil.

Se ponen los abrigos, los sombreros, salen a la calle. Llueve a cántaros. Lo dejan todo: soplete, andamio, bombonas de oxígeno. No pueden llevar todo eso por la calle a plena luz del día. Pero no pasa nada. Se han puesto guantes. No han dejado huellas.

Actúan con discreción en las semanas siguientes, leen todo lo que sale en los periódicos. No encuentran nada sobre el intento de atraco al First National de Ozone Park.

Tal vez el banco no quiere que se sepa, dice Eddie. Quizá no quiere espantar a su clientela.

Tal vez, dice Willie. Tal vez.

Eddie sugiere que salgan un poco, que se despejen.

Necesitamos un cambio de aires, dice.

Vamos a ver un partido de béisbol.

Acaba de abrir un campo nuevo en el Bronx. Toda la ciudad habla de él.

Qué buena idea, dice Eddie. A ti siempre se te ocurren cosas, Sutty.

Es el 24 de abril de 1923.

Sutton alza la vista y ve el cartel del CANADIAN CLUB, *que parpadea por encima del de* COCA-COLA. *Contempla el cine en el que veía películas mudas. Ahora se anuncia una sesión doble:* Daniel Bone *y* Davy Cock It.*

Se fija en los titulares de prensa que se proyectan en el edificio que le queda a la izquierda. EL PAPA LLAMA A LA PAZ MUNDIAL EN NAVIDAD... *Pues que tenga buena suerte...* NIXON RECORTA FINANCIACIÓN PARA LA NASA... *Pues, claro, tiene lógica, ¿qué ha hecho la NASA por nosotros?...* JUICIO EN CHICAGO A LOS SIETE CAUSANTES DE DISTURBIOS EN CONVENCIÓN DEMÓCRATA: SUSPENDIDO HASTA EL LUNES... *Retrasando lo inevitable...*

---

* Título de película pornográfica que juega a deformar los nombres de dos conocidos pioneros y aventureros estadounidenses, Daniel Boone y David Crockett, con connotaciones sexuales. (*N. del T.*)

Señor Sutton, a riesgo de repetirme, ¿podemos dirigirnos ya a nuestra siguiente parada? El New York Times está aquí mismo. Es un milagro que no nos hayan visto aún. ATRACADOR DE BANCOS WILLIE SUTTON, ALIAS «EL ACTOR», PUESTO EN LIBERTAD TRAS 17 AÑOS...

¡Eh, eh! ¡Ese soy yo! ¡A ver quién supera eso! ¡Soy famoso!

Usted ha sido famoso toda su vida, señor Sutton.

Touché, chico.

Con un cigarrillo en la comisura de los labios, la bolsa con las esposas bajo el brazo, Sutton se levanta el cuello de pelo de la gabardina de Reportero y se aleja. La cojera se le acentúa cada vez más.

¿Adónde vamos?, pregunta Fotógrafo, que ha salido tras él.

Al Bronx, dice Sutton.

Ah, muy bien, dice Reportero. Ya estoy viendo el titular de mañana: PERIODISTAS ASESINADOS EN UN ASALTO EL DÍA DE NAVIDAD.

El Yankee Stadium está a rebosar. Se trata de una ocasión especial, y todo el mundo se ha vestido para ello: sus mejores trajes, sus corbatas más nuevas, sus canotiers. Willie ha escogido un traje de lino de tres piezas color crema con corbata lavanda. Eddie, uno de tweed gris y una corbata verde lima. Los dos van tocados con sombreros blancos de cinta negra, ancha. El de Eddie cuesta cuatrocientos dólares.

Se regalan los mejores asientos, junto a la tercera base. El tipo del aparcamiento les pide doscientos pavos. Un robo, pero qué remedio, dice Eddie. No podemos sentarnos con los desgraciados de la grada.

Los asientos están a tres filas de los del presidente Warren G. Harding, cuyo palco han forrado de tela roja, blanca y azul. Eddie le da la espalda: no le cae bien Harding. Es un hipócrita, un mujeriego y un bebedor, a pesar de estar casado, a pesar de la ley seca. Y tampoco le gustan sus vínculos con Rockefeller. A Willie tampoco. Antes de que empiece el partido, Harding intenta estrecharle la mano a la estrella neoyorquina Babe Ruth. Eddie pone cara de asco al ver que Harding mira a cámara mientras Ruth, claramente, le aparta la mirada.

¿Te has fijado en eso, Sutty? Ruth es más rico que Creso y sigue siendo demócrata. A partir de ahora considérame su fan.

Un niño con sombrero blanco de papel baja por la grada vendiendo palomitas dulces. Eddie lo llama, le compra dos cajas y le da una a Willie.

Esto es vida, Sutty. Lo único que podría mejorarlo serían dos cervezas bien frías. Me cago en la ley seca. Me parece que odio más a los abstemios que a los espaguetis.

En la quinta base, Ruth envía una pelota al cielo primaveral. Por un momento permanece ahí suspendida, como una segunda luna. Después desciende deprisa y aterriza en uno de los asientos del campo exterior, cerca del anuncio de Cemento Edison.

¡Menudo golpe!, dice Eddie, ¡menuda violencia!

Willie y Eddie siempre han sido de los Brooklyn Robins, pero no pueden negar que este Ruth es auténtico. Mientras se pasea por la tercera base, Willie y Eddie se ponen de pie y lo aplauden respetuosamente. Están tan cerca que le ven las costuras de los calcetines, las manchas en la camiseta de franela, los poros de la nariz. Willie no puede apartar los ojos de esa nariz. Es más ancha que la suya, que ya es decir, y por eso aún le cae mejor.

El público se calma, vuelve a tomar asiento. Wally Pipp se dirige al *home*. Willie nota que le dan una palmada fuerte en el hombro. Ve que se inclinan sobre él dos hombres del tamaño de Ruth.

¿Eres Sutton?

¿Qué Sutton?

¿Y este es Wilson?

¿Y quiénes son ustedes?

Acompañadnos.

¿Adónde?

Las preguntas las hacemos nosotros.

Mire, señor, hemos pagado bastante dinero por estas entradas.

Vosotros no tenéis ni idea de lo que es el dinero.

¿Quién es usted para decir...?

Los hombres agarran a Willie por las solapas y lo levantan del asiento. Con Eddie hacen lo mismo. Los aficionados observan asombrados. Los fotógrafos que siguen el partido arrodillados cerca del *home* se vuelven a ver qué es ese tumulto. Pipp pide tiempo y se fija en los hombres que se llevan a Willie y a Eddie por la grada. Sin soltar la caja de palomitas dulces, Willie mete la mano en el bolsillo, coge el anillo de brillantes de Bess y lo hunde entre las palomitas, como si quisiera comerse un último puñado.

Justo delante de la Puerta 4, antes de que los hombres los metan en el asiento trasero de un coche, Willie tira la caja a la basura.

Sutton está frente a la Puerta 4.

Se lo han cargado, dice.

Precisamente quería comentárselo, dice Reportero. Lo remodelaron durante su ausencia.

Tú dices que lo han remodelado, yo digo que se lo han cargado.

Era antiguo.

Yo tengo más años que él.

Fotógrafo capta la imagen de la fachada, de las banderas que ondean sobre la última grada.

Ya sabes que los Yankees no juegan hoy, ¿verdad, Willie?

Sutton le dedica una mirada gélida.

Solo me aseguraba, dice Fotógrafo en voz muy baja. Pero es que como todos los sitios que venimos a ver están totalmente cambiados, y como todo Nueva York está totalmente distinto a un nivel subatómico, ¿qué sentido tiene que vayamos de un lado a otro en coche?

Yo también estoy totalmente cambiado, dice Sutton. A un nivel subatómico. Pero sigo siendo yo.

Fotógrafo y Sutton se mantienen la mirada, como dos desco-
nocidos en el metro, y después miran a Reportero.

Todas las generaciones creen que el mundo, en su época, era
un lugar mejor, dice Reportero.

Y todas las generaciones tienen razón.

Reportero abre su cuaderno por una página en blanco.

¿Y bien, señor Sutton? ¿Qué ocurrió aquí, en el estadio?

Aquí fue donde nos pillaron a Eddie y a mí después de nuestro
primer robo a un banco. La vida estaba a punto de cambiar... De
terminar, en realidad. Pero cuando la pasma nos detuvo aquí y
nos llevó al centro, ¿sabes en qué iba pensando Eddie? En Ruth.
No dejaba de decirme lo que Ruth haría la próxima vez que le
tocara batear. Se había descubierto el pastel, y Eddie seguía pen-
sando en el partido de béisbol.

¿No te llamaba la policía el Babe Ruth de los atracadores de
bancos?

Eso fue más tarde. Cómo le jodió a Eddie perderse el final del
partido... No dejaba de decir que había pagado una pasta para
conseguir aquellas entradas. La poli, en el calabozo, oía el partido
por la radio, y cada vez que el público gritaba y animaba, Eddie
gemía de rabia. No se daba cuenta de lo que pasaba. Y supongo
que yo tampoco. Yo pensaba en el anillo.

¿Qué anillo?

Lo tiré a la basura allí mismo. Fue un milagro que los policías
no me pillaran.

Señor Sutton... ¿Qué anillo?

Un anillo de brillantes que iba a regalarle a Bess. Si tenía la
oportunidad.

¿Seguía en contacto con ella?

No. Ya se había casado.

¿Con quién?

Con un tipo muy rico. Pero, por si alguna vez podía volver a ca-
sarse, yo quería estar preparado. Con un anillo de brillantes muy

bonito. Pero ese anillo era de un trabajito que habíamos hecho con Doc, es decir, que era una prueba, y tuve que deshacerme de él.

Fotógrafo señala los cubos rebosantes de basura.

Con tantas huelgas de recogedores de basuras como ha habido desde entonces, lo mismo está aún ahí.

Sutton da la espalda a Reportero y a Fotógrafo y se mira el bolsillo de la pechera del traje. El sobre blanco. Cierra los ojos. Vuelve la cabeza y dice: conclusión, que no debería haber estado pensando en anillos, ni en Bess, ni en nada que no fuera mi situación legal. Está claro: pensaba con el culo. E iba de valiente.

Se vuelve de nuevo, mira a Reportero.

¿Tienes novia?

Sí.

¿La quieres?

Bueno...

Eso es un no.

Espere...

Demasiado tarde. Ya he apuntado que no.

No es tan fácil, señor Sutton.

Sí, lo es, chico. La vida es complicada. El amor, no. Si te hace falta pensarlo medio segundo, es que no estás enamorado.

Es que ella lo trata fatal, dice Fotógrafo. Llevo tiempo diciéndole que tiene que cortar. Él cree que no puede aspirar a más. No tiene confianza en sí mismo.

Pues, chico, la confianza lo es todo. No hay más. Hagas lo que hagas, ponle cojones. Así es como bateaba Ruth: con los cojones. Para conquistar a una chica, para robar un banco, para cepillarte los dientes, hazlo con esos cojones que Dios te ha dado, y si no, no lo hagas.

Fotógrafo acerca mucho el objetivo de la cámara a Sutton, y lo fotografía con la Puerta 4 de fondo. Audacia, audacia y más audacia, dice.

Sutton echa hacia atrás la cabeza.

¿Qué?

Lo dijo el Che Guevara.

Conque audacia, ¿eh? Me gusta.

Reportero frunce el ceño. Pero, señor Sutton, acaba de decir que, aquí, el día que lo detuvieron, era usted demasiado audaz. Que iba de valiente. ¿No es eso una contradicción?

¿Eso te parece?

A Willie y a Eddie los esposan juntos, los montan en un tren. Septiembre de 1923. Ninguno de los dos habla mientras el tren traquetea, resiguiendo el curso ascendente del Hudson. Miran por la ventanilla, los montes ocres, dorados, los árboles que tiemblan en el espejo de río. Las hojas de oro reverberan en las aguas azules de una manera... Willie piensa en Bess. Se pregunta si volverá a verla alguna vez. No pinta bien.

Y se pregunta si ella habrá leído lo del juicio. Ha salido en todos los periódicos, en parte porque Eddie y él han podido permitirse un buen abogado. Pero ni Clarence Darrow ha conseguido evitar la condena. La policía los tenía bien pillados. El First National Bank los hizo venir discretamente, y no les costó nada seguir la pista de las bombonas de oxígeno. Aunque Willie y Eddie habían usado alias al realizar la compra, los agentes mostraron al dependiente una serie de fotos de fichas policiales: jóvenes del lugar condenados por robo y allanamiento. El dependiente señaló a Willie, los agentes dieron con su apartamento y lo siguieron hasta el Yankee Stadium. Tras las detenciones, registraron el domicilio. Y el de Eddie. En una papelera de la casa de este encontraron el recibo de las bombonas. Caso cerrado.

Willie y Eddie no habían llegado a robar nada, pero habían entrado ilegalmente en un banco y sus intenciones estaban claras. Un robo frustrado a un banco no deja de ser un robo a un banco, según el juez. Entre cinco y diez años. Sing Sing.

Durante los setenta kilómetros de viaje, Eddie no deja de contemplar el río, y solo habla una vez.

Seguro que Sing Sing estará lleno de espaguetis de mierda.

Willie y Eddie se consuelan al menos con una esperanza: reencontrarse con Happy. Pero su abogado lo ha comprobado y les dice que a Happy lo soltaron hace seis meses. Y desde entonces nadie ha sabido nada de él.

Un camión lleva a Willie y a Eddie desde la estación hasta Sing Sing. Cuando Willie ve la verja, los imponentes muros, los uniformes negros de los guardias, que sostienen porras también negras y van armados con subfusiles Thompson, se le seca la boca. Esto no es Raymond Street. Esto es una jodida cárcel, de la vida real. Quién sabe si lo resistirá.

Cuando la verja se abre, en la cárcel tiene lugar el simulacro rutinario de lo que se conoce como el Big Ben, una sirena ensordecedora que suena cada vez que se produce un intento de fuga o un motín. El Big Ben se oye a muchos kilómetros a la redonda, más allá del río, y alerta a la gente de los pueblos cercanos para que se quede en su casa, porque andan sueltos delincuentes peligrosos. Entre los cuatro muros de la cárcel, obliga a los hombres a cubrirse las orejas con las manos, a suplicar silencio. Mientras el Big Ben rasga el aire, mientras los guardias desnudan y cachean a Willie y a Eddie, y los rapan, y les separan las nalgas, Willie se vuelve. Eddie, apoyado en una silla, lo mira fijamente largo rato, y le guiña un ojo.

Un solo guiño. El lento cerrarse de un ojo. Años después, a Willie le parecerá imposible que aquel gesto fuera tan determinante. Pero durante esos primeros días en Sing Sing, durante esos momentos básicos en los que todo hombre se adapta a su nueva realidad o pierde la cordura, Willie, echado en su celda de dos por uno, junto al cubo lleno de desinfectante que hace las veces de retrete y de lavabo, mientras escucha a los mil hombres que tiene arriba y abajo, que maldicen, que lloran, que le suplican a Dios, recuerda el guiño de Eddie, y el centro silencioso de su mente se sosiega.

Transcurrida una semana llevan a Willie y a Eddie a conocer a su alcaide, aunque en realidad ya saben qué aspecto tiene. El alcaide Lawes es un personaje famoso, tanto como puedan serlo Harding o Ruth.* Con ese nombre curiosamente perfecto, con sus ojos de ave rapaz, se ha convertido en el símbolo de la ley y el orden, sobre todo para los estadounidenses alarmados por la creciente población carcelaria. Algunos de sus artículos para revistas han tenido una gran repercusión, y ha escrito también un éxito de ventas sobre su misión de reforma de Sing Sing. Se dice que se está preparando una película.

Para el mundo exterior, Lawes es un santo. Tras haber acabado con algunos de los castigos más duros, más antiguos, del centro penitenciario, ahora se dedica a renovar la biblioteca y a organizar la liga de béisbol de Sing Sing. Pero desde dentro, los más veteranos advierten a Willie y a Eddie de que Lawes está loco. Para demostrar su hombría, para demostrar que no tiene miedo, se hace afeitar a navaja todas las mañanas por un condenado a cadena perpetua. Además, recientemente ha prohibido la masturbación, porque cree que conduce a la demencia y a la ceguera. A los presos pillados in fraganti se los encierra en celdas de confinamiento «solitario». Lawes no capta lo irónico de su medida.

Plantados delante del escritorio de Lawes, Willie y Eddie se hacen los tontos. Fingen no saber nada de él. Responden con un sí, señor, con un no, señor, y Lawes se lo traga, se siente halagado, o tal vez les sigue el juego. Les ofrece sendos trabajos que son dos caramelos: a Eddie lo asignan al comedor, donde podrá conseguir mejores raciones de comida. A Willie lo nombran ayudante de Charles Chapin, el interno más célebre de Sing Sing. Es posible que sea más famoso aún que el propio Lawes.

No hacía demasiado tiempo, Chapin era el mejor editor de

* Lawes, el apellido del alcaide presenta la misma fonética que *laws*, «leyes», de ahí el comentario que sigue sobre su nombre. (*N. del T.*)

periódicos del país. Como responsable del *Evening World*, propiedad de Pulitzer, se hizo un nombre por su falta de corazón y sus pocos escrúpulos. Se regodeaba en la desgracia humana, le encantaba explotar a las víctimas de las tragedias y los crímenes más espantosos, y estar presente en todas las grandes noticias de su tiempo. Había conseguido incluso, no se sabía bien cómo, llevar a uno de sus hombres a bordo del *Carpathia*, el barco que rescató del Atlántico a numerosos supervivientes del *Titanic*. Cuando el transatlántico regresaba a Nueva York a toda máquina, el periodista de Chapin realizó las primeras entrevistas con aquellos supervivientes. Y cuando el capitán del barco, que era muy estirado, no permitió que aquel hombre enviara por cable sus notas a tierra, Chapin pagó un remolcador para que fuera al encuentro del *Carpathia* cuando entraba en el puerto de Nueva York. Tras maniobrar para colocarse en paralelo con el barco, Chapin pidió a gritos a su hombre que le lanzara las notas desde la cubierta, y las pilló justo antes de que cayeran al mar. Así consiguió tener el número extra en circulación antes de que los supervivientes desembarcaran, cuando aún tenían la ropa húmeda.

Por inteligencia, carácter y energía, Chapin habría podido convertirse en otro Mencken. Sin embargo, su carrera se truncó abruptamente en 1918. Más o menos por la misma época en que Willie cortejaba a Bess, Chapin mató a su esposa. De un tiro en la cabeza, mientras dormía. Chapin le contó a la policía que, aunque nadie lo sabía, se había arruinado, y que no quería que su mujer sufriera el escándalo y la vergüenza de la pobreza. Para él, aquel asesinato era un acto de caridad. El juez no lo vio así. Y sentenció a Chapin a cadena perpetua.

Aun así, Lawes le pone las cosas fáciles a Chapin. Da permiso al viejo editor para que circule libremente por la cárcel, le deja hacer lo que quiere, ir a donde le parece, a condición de que le haga de negro y le escriba sus artículos y sus memorias. Hace poco tiempo, el alcaide le ha dado permiso incluso para convertir uno de los patios de Sing Sing en una rosaleda de estilo inglés. Y ahora nombra a Willie su ayudante jardinero.

La primera vez que Willie entra en la celda de Chapin, situada en el antiguo corredor de la muerte, descubre que no se trata de una, sino de dos, pero que han echado abajo la pared que las separaba. Además, está lujosamente amueblada: estantes, butacas de cuero, un escritorio de persiana. Hay *suites* en el hotel Waldorf con menos encanto. Willie llama flojito a la puerta con barrotes, que está abierta. Chapin, un hombre elegante, con gafas, de unos sesenta y cinco años, lleva unos pantalones grises de franela y un cárdigan beis, y tiene visitas. Todos son actores, entre ellos uno que va con gabardina y que salía en una película que a Willie no le gustó nada: *Danny Donovan, el ladrón caballero*, la historia de un hombre que se dedicaba a forzar cajas fuertes con estilo. En aquella película, todos los detalles estaban mal. Willie está a punto de presentarse, de poner en su sitio al actor, cuando Chapin lo interrumpe.

Tú eres Sutton.

Sí, señor.

En este momento estoy muy ocupado. Vuelve a las cuatro.

Como si Willie se hubiera colado en sus camarotes privados. Para ver cómo jugaban en cubierta. Willie tiene la tentación de decirle a Chapin que se meta la lengua en el culo, pero se calla. Chapin es el consentido del alcaide, así que enfadarse con él no es una buena idea.

Durante las semanas siguientes, Chapin ningunea a Willie una y otra vez, y este se limita a sonreír y a callar. Un pequeño precio que tengo que pagar, se dice, por estar a buenas con Lawes y por el privilegio de trabajar al aire libre.

Sin embargo, lentamente, Willie descubre que el desagrado inicial que siente por Chapin se transforma en una especie de fascinación perversa. Arrodillado junto a él, plantando una de esas plantas rodadoras del desierto que, según Chapin, son rosales, Willie mira de reojo y se fija discretamente en ese rostro tan conocido. Estudia la frente amplia de Chapin, sus ojos grises, despiertos, le asombra su aspecto impecable, inmaculado. La mayoría de presos no se molesta siquiera en peinarse, pero Chapin no sale nunca de su celda sin trazar una raya precisa entre sus rizos grises, que humedece con aceites fragantes. Así como se niega a representar el papel de presidiario, Chapin tampoco cede a hablar como los demás. Su voz es imperiosa, musical, de bajo profundo. Al oírlo, a Willie le viene a la mente ese invento nuevo que tiene a todo el mundo alterado: la radio. Aunque Chapin es mejor que la radio, porque con él no hay electricidad estática. A veces Willie le pregunta a Chapin algo trivial, aunque conozca de sobras la respuesta, solo para oírlo vocalizar. Le gusta sobre todo su manera de recitar los nombres de las distintas rosas.

¿Qué ha dicho que van a ser estos arbustos, señor?

Estos, dice Chapin, serán rosas General Jacqueminot.

¿De veras, señor? ¿Y estos?

Estos serán unas preciosas rosas Frau Karl Druschkis. Y estos otros serán unas Madame Butterfly.

¿Y estos de aquí, señor?

Ah, sí, estos serán rosas Dorothy Perkins.

Tiene usted una voz muy bonita, señor Chapin.

Gracias, Sutton. Antes de ser periodista fui actor. Y no se me daba mal. Hice de Romeo. De rey Lear. Por eso el alcaide Lawes nos deja representar algunas obras todos los años.

¿De veras?

Si te interesa, nos hace falta una nueva Regania. El gobernador ha indultado a la que teníamos.

Oh, oh.

Willie, avergonzado, esparce un saco de abono. A Chapin no le pasa por alto su silencio, y frunce el ceño.

Tengo un ejemplar de la obra en mi celda, Sutton. No dudes en pasarte. Serás bienvenido.

Gracias, señor.

¿Qué estudios tienes, Sutton?

Llegué a octavo, señor.

Chapin suspira. Aquí todos me dicen lo mismo. O no tienen estudios, o tienen muy pocos. Ese es el primer paso seguro hacia la delincuencia.

¿Y cuál es su excusa?, quisiera preguntar Sutton.

Debes aprovechar este tiempo para leer, le dice Chapin. Para educarte tú solo. La ignorancia te ha traído hasta aquí. La ignorancia te mantendrá aquí. Y la ignorancia te devolverá aquí.

A mí me encanta leer, señor. Pero cuando entro en una biblioteca o en una librería, me siento intimidado. No sé por dónde empezar.

Empieza por cualquier sitio.

¿Y cómo sé qué merece la pena y qué es una pérdida de tiempo?

Nada es una pérdida de tiempo. Leer cualquier libro es mejor que no leer ninguno. Aunque, claro está, una lectura te llevará a otra, y esa te llevará a la mejor. ¿Quieres pasarte la vida plantando rosas conmigo?

No, señor.

Pues, entonces, libros. Es así de fácil. Los libros son la única escapatoria real de este mundo caído en desgracia. Además de la muerte.

Mientras trabajan juntos bajo el ardiente sol, los dos algo mareados por los efluvios del estiércol, Chapin entretiene a Willie con las tramas más atrevidas de Shakespeare, Ibsen, Chaucer. Las explica como si fueran escabrosas noticias de periódicos, y al llegar al clímax, cuando ya tiene a Willie salivando, muerto de ganas por saber qué ocurre luego, Chapin se interrumpe y le dice que lea el libro. Willie tiene la sensación de que el hombre intenta fertilizar su mente.

Por desgracia, Chapin no es capaz de fertilizar nada más. Está claro que no tiene buena mano para las plantas. Llevan semanas trabajando duramente y lo único que han conseguido son hileras y más hileras de supuestos arbustos de rosal, todos ellos irremisiblemente muertos, según parece.

A principios de verano, Willie cae enfermo de gripe. Se pasa diez días sin poder trabajar en el jardín, tan débil que no se levanta del camastro. Pierde cinco kilos, y vomita tanto que oye a los guardias hablar de él: se plantean trasladarlo al hospital. O al depósito de cadáveres.

Cuando la fiebre remite al fin, es una mañana ventosa de junio de 1924. Camino del corredor de la muerte, justo antes del desayuno, se detiene en seco. Frente a él se extiende un mar de rojos intensos, cremas, rosados, ocres, granates y corales delicados. Sopla la brisa sobre las rosas nuevas, y lleva hasta Willie un aroma dulce y suave.

Entonces ve a Chapin, que se viene hacia él desde el corredor de la muerte.

¡Ah, Sutton! Me alegro de verte de nuevo entre los vivos.

Gracias, señor. Pero... ¿y el jardín? ¿Cómo...? En el poco tiempo que he estado enfermo.

La naturaleza de las rosas es así. ¿Te sorprende?

Sí. No es que dudara de usted, pero... Son tan... bonitas. Hacía bastante tiempo que no veía nada que pudiera llamar bonito.

Chapin se coloca mejor las gafas.

Sí, dice. Es cierto. Por eso le dije..., esto..., le pedí al alcaide Lawes permiso para crear este jardín. Al hombre le hace falta algo de belleza para sobrevivir.

Pero a la vez qué pena, señor. Que algo tan bonito esté rodeado por estas cuatro paredes tan feas.

Los huertos están siempre rodeados de muros. Lee la Biblia. Lee a los clásicos. De no ser por los muros, no habría huertos, no habría jardines. Y de no ser por los huertos, no habría muros. El primer jardín de todos ya estaba rodeado por un muro.

Días después, cuando las flores alcanzan el tamaño de pelotas de béisbol, Willie le comenta a Chapin que su rosa favorita es la Dorothy Perkins. Tiene un tono de rosa encendido que él solo ha visto antes una vez: en una cinta de pelo que llevaba Bess en Meadowport.

Chapin tuerce el gesto. La Dorothy Perkins es una arrabalera, una fresca. Silvestre, indómita, trepa por las paredes, baja por los enrejados. Pero gasta toda su energía moviéndose, y por eso solo florece una vez. Espero que tú no seas como las Dorothy Perkins, Sutton. Espero que puedas florecer una segunda vez.

Sí, señor. Yo también lo espero.

Semanas después, mientras está plantando equinácea y salvia alrededor de un banco de meditación, Willie ve que Chapin corta una Dorothy Perkins apenas abierta para llevársela a su celda. Willie hace lo mismo. Y entonces, sin pensarlo, en un arrebato del que él mismo es el primer sorprendido, le pregunta por el crimen que cometió. Chapin parpadea mucho y tarda largo rato en responder. Tarda tanto, de hecho, que Willie teme haberse pasado de la raya.

El dinero, dice Chapin al fin.

¿Señor?

Qué bien iría el mundo sin dinero, Sutton. Cuando yo perdí todo lo que tenía, malas inversiones, negocios de riesgo, asesores nefastos, me volví loco. En realidad no hay más. Yo no sabía cómo iba a vivir. No sabía cómo viviría mi esposa. Ella estaba acostumbrada a las cosas buenas. Y yo también. El amor por las cosas... me atrevería a decir que se ha cobrado muchas víctimas, lo mismo que el amor por la bebida. Mi intención era suicidarme... después. Nellie y yo debíamos reunirnos... al otro lado. ¿Te he contado que en una ocasión ella hizo de Julieta cuando yo hacía de Romeo? De hecho fue así como nos conocimos. Pero no tuve valor. Es fácil idealizar el otro lado. Hasta que llegas al umbral.

Willie no dice nada. Nota que Chapin tiene más que contar. Aguarda, expectante, como si estuviera a punto de desvelar una de sus tramas de Shakespeare. Pero en ese momento, por detrás de Chapin, ve a Eddie.

Señor Chapin, dice, ¿puedo hablar un momento con Willie?

Chapin los mira a los dos y asiente.

Willie y Eddie se van a una esquina del patio. Willie lleva en la mano la rosa que ha cortado.

¿Has visto esta Dorothy Perkins nueva, Ed?

¿El qué?

Nada, nada.

Tengo novedades, Sutty. Un par de tipos de mi pabellón han encontrado una salida.

No me digas.

Los camiones de la comida. Entran y salen todos los días, y hay una manera de meterse dentro. Es verdad. Lo he comprobado y les he dicho a esos tipos que cuenten con nosotros cuando quieran.

Conmigo no, Eddie.

Eddie se echa hacia atrás.

¿Cómo? ¿Estás de broma?

No.

No me digas que quieres seguir plantando petunias.

Es mejor que criar malvas.

Sutty.

Ed, con buen comportamiento y algo de ayuda de Lawes, podemos salir en cuatro años. Aún seremos jóvenes. Podremos tener una vida.

Eddie empieza a replicar, pero Willie le entrega la Dorothy Perkins y regresa junto a Chapin.

A la mañana siguiente, convocan a Willie y a Eddie al despacho de Lawes. El escritorio está lleno de rosas Madame Butterfly. La ventana que queda sobre el escritorio da a los jardines de Chapin. Lawes está de pie, junto a ella, dando la espalda a Willie y a Eddie.

Alguien os oyó ayer a los dos, payasos. Y nada menos que en el jardín. Así me lo agradecéis. Pues bien, no pienso consentir que dos perros callejeros de Irish Town manchen mi reputación con una fuga. Así que largo de aquí, ya estáis fuera. Hoy mismo os envío a Dannemora. Muy cerca de la frontera con Canadá. Sing Sing no os gusta, ¿no? Pues, creedme, este lugar pronto os parecerá el Shangri-La.

Un guardia da cinco minutos a Willie para que meta sus cosas en una bolsa de papel. Después los suben a Eddie y a él en un autobús. Horas después, Willie se descubre en el suelo de una celda de piedra. Dos guardias que hablan francés y que huelen a vino barato lo escupen. Su celda es más pequeña, más fría y mucho más repugnante que la de Sing Sing. Y no hay ni una rosa a trescientos kilómetros a la redonda.

Sutton se fija en un coche que se acerca al Yankee Stadium. Baja la ventanilla. De la nada surgen dos hombres, meten una bolsa de papel marrón en el coche. Sale dinero. El coche se aleja a toda velocidad.

Sutton menea la cabeza.

Decidme, ¿cuánto cuesta una cerveza hoy en día en este estadio?

Cincuenta centavos, responde Fotógrafo.

Y me meten a mí en la cárcel por robo.

Fotógrafo rebusca en el estuche para sacar un objetivo.

¿Qué tal era Sing Sing, Willie?

Si querías aprender a ser delincuente, no había otro lugar mejor. Era el Princeton del atraco a bancos. Había atracadores que llevaban tanto tiempo allí metidos que a ellos los llamaban «salteadores de bancos». Es una palabra antigua que se usaba en el siglo pasado.

¿Cuánto tiempo pasaste allí?

¿La primera vez? Menos de un año. Pasó muy deprisa. Me hice amigo de un viejo editor de periódicos, Charlie Chapin, y empecé

a aprender mucho de él. Pero a Eddie y a mí nos oyeron un día que hablábamos de fugarnos. Bueno, el que hablaba era Eddie; yo escuchaba. Siempre temí que nos hubiera delatado Chapin. Espero que no. Da igual, el caso es que el alcaide nos envió a Dannemora, una mazmorra que quedaba muy al norte. Y ahí las cosas se pusieron feas. Celdas de piedra, nada con lo que calentarse. Nos pegaban con barras de hierro, nos daban de comer cabra montés medio cruda. Oveja de Judas.

Sutton aprieta mucho los labios, como si le llegara el sabor de la cabra, y se aleja hacia el Polara.

Fotógrafo sale corriendo y se pone delante de él, camina hacia atrás, lo fotografía mientras camina. Sí, dice, esa luz que rebota del estadio queda muy bien, Willie. Da un poco de miedo.

Reportero camina detrás de Sutton, con una carpeta abierta.

Señor Sutton. En este documento dice que estando en Dannemora conoció a su futuro cómplice, Marcus Bassett.

Sutton masculla.

¿Cómo era?

El típico abrelatas.

¿Qué?

Un ladrón.

Según estos recortes parece todo un personaje.

Tenía la cabeza en forma de triángulo, dice Sutton. Un triángulo perfecto. ¿Qué te parece? Y tenía los ojos como cucarachas. Nunca dejaban de moverse. Cuando conoces a alguien que tiene los ojos como cucarachas, sales corriendo en la dirección contraria. Pero, no sé por qué, a mí me parecía que Marcus era un tipo legal. Supongo que me engañó porque era escritor. Y yo por aquel entonces sentía respeto por los escritores. Tendría que haberme dado cuenta cuando me mostró algunos de sus relatos.

¿No eran buenos?

El equivalente literario a la carne de cabra montés medio cruda. Se hizo ladrón porque no vendía nada.

Sutton se detiene, echa un último vistazo a la fachada del estadio.

Jardín entre muros, dice. Creo que fue en Dannemora donde me enfadé por primera vez. Una celda no es un buen sitio para enfadarse. Cuando un hombre se enfada tiene que poder moverse de un lado a otro, quemar el enfado. Encerrar en una celda a un hombre enfadado es como encerrar un cartucho de dinamita encendido dentro de una caja fuerte.

¿Con quién estaba enfadado?

Con todo el mundo. Pero sobre todo conmigo mismo. Me odiaba a mí mismo. Ese es el odio más nocivo de todos.

¿Estaba enfadado con Eddie? ¿Por haber echado a perder las cosas buenas que tenía con Chapin?

No. Con Eddie no habría podido enfadarme nunca. No después de aquel guiño.

¿Qué guiño?

12

Willie se encuentra frente a la junta encargada de conceder o denegar la libertad condicional. Ha perdido seis kilos, está tiritando. Lleva tres años tiritando. Informa a la junta de que quiere enderezar su vida. Les cuenta que quiere casarse, conseguir trabajo, aportar algo a la sociedad. Les dice que esos cuatro años en Sing Sing y Dannemora han sido un tormento, pero también un regalo de Dios, y que les da las gracias por ellos. Hace cuatro años no se conocía, pero ahora sí. Sabe quién es Willie Sutton, y quién no es. Es junio de 1927, pronto cumplirá los veintiséis, y le duele pensar en lo mucho que ha desperdiciado esos años. Haciendo esfuerzos por mantener la voz firme, expone que está decidido a no malgastar ni un minuto más.

Se fija en el efecto que causa su actuación. Ve que los miembros de la junta se echan hacia delante, que se empapan de sus palabras. Y concluyen que Sutton ya no supone una amenaza para la sociedad, que debe quedar libre de inmediato.

Días después se emite la orden.

En cuanto al cómplice de Sutton, Edward Buster Wilson, se deniega la libertad condicional.

Willie mete sus libros en una bolsa de papel. Primero el de Tennyson. Se ha aprendido de memoria la balada que Tennyson escribió sobre su gran amor de juventud. «Sal al jardín, Maud. Yo estoy aquí solo, junto a la verja.» Después, sus ejemplares de Franklin, Cicerón, Platón, que le recomendó Chapin, todos muy subrayados.

Un celador acompaña a Willie a ver al agente encargado de la libertad vigilada, y este le entrega un billete de diez dólares que envuelve un billete de tren. Después lo lleva hasta la sastrería de la cárcel, donde le entregan un traje de civil gris, y una corbata marrón. Junto a la puerta principal, Willie se detiene y le pide al celador: ¿te despedirás de Eddie Wilson de mi parte?

A la puta calle, gilipollas.

Willie se va a la estación, se sube a un tren de cercanías y llega a Grand Central al anochecer. Se acerca a pie a Times Square, queda maravillado con los nuevos carteles, con todas esas marquesinas nuevas. Y las luces. En su ausencia, alguien ha decidido que Times Square debe desbancar en brillo a Coney Island. Se fija en un cartel imponente: BIENVENIDOS A NUEVA YORK, LA MEJOR CIUDAD DEL MUNDO. Se detiene junto a un quiosco, compra los periódicos y dos paquetes de Chesterfield. Se instala en una cafetería. En la mesa de la esquina, sin tocar siquiera el plato de dulces ni el café, se dedica a mirar por la ventana a los hombres y las mujeres que pasan. La población de Nueva York debe de haberse duplicado en su ausencia. Las aceras parecen doblemente atestadas. Y la gente se ve distinta. Todos llevan ropa nueva, usan palabras nuevas, se ríen de chistes nuevos. Querría preguntarlo todo: ¿qué os hace tanta gracia?, ¿qué no he pillado?

Se zampa un bollo, abre el *Times*. Lee la página de deportes. Gehrig logra un *home run*, Ruth, un doblete, los Yanks se comen a los Sox. Lee sobre el triunfante regreso de Lindbergh a Estados Unidos. El aviador acaba de visitar Nueva York hace unos días, según los periódicos, y el alcalde Walker y la ciudad entera salieron a aclamarlo con vítores y confeti.

Willie pasa la página. Anuncios de vacaciones organizadas. Un compartimento en un vagón hasta Yosemite cuesta 108,82 dólares. Ir en tren a Los Ángeles, 138,44. Le vienen a la mente los billetes arrugados que lleva en el bolsillo. Se fija en las ofertas de trabajo, pasa el dedo por una columna, por otra. Parrillero, se requiere experiencia. Tenedor de libros, imprescindible experiencia. Perforador, se exigen referencias. Detective industrial, experiencia, referencias e investigación de antecedentes.

Alza la vista. En la cafetería, la gente lo mira. No se ha dado cuenta de que está maldiciendo en voz alta.

Se acerca a la zona de los teatros, lee lo que pone en todas las marquesinas, en todos los carteles, oye la nueva música de jazz que sale de todos los locales. Se fija en los caballeros y en las damas que cruzan la calle a toda prisa, que entran y salen de los nuevos teatros dando pasos de baile y riéndose. Pasan frente a él, a través de él. Cuando, hace siete años, salió de la cárcel de Raymond Street, se sentía desolado. Ahora se siente invisible.

Sentirse desolado era mejor.

Se planta en el exterior del Republic Theater, en la calle Cuarenta y dos Oeste. Representan *Abie's Irish Rose*. Oye que empieza la obertura. Se imagina a los bailarines y a los actores calentando, al público acomodándose en sus asientos, preparándose para una hora y media de diversión. Se mete las manos en los bolsillos, se revuelve. Llega frente al Capitol: LON CHANEY ES UN FUGITIVO EN *EL DESCONOCIDO*. Además, de regalo, un noticiero sobre el coronel Lindbergh.

Willie siente que el mundo es una novela que dejó a medias hace siglos. Al retomarla de nuevo, no recuerda la trama, los personajes. Ni por qué le interesó en su día. Se dice a sí mismo que se acordará, que volverá a sentir que forma parte del mundo si consigue un empleo. Un empleo, he ahí la respuesta. Siempre lo ha sido. No tiene experiencia, no tiene formación, y nadie va a contratar a un hombre que acaba de cumplir una condena de cuatro años. Pero tal vez pueda encontrar algo legal a través de sus contactos en el mundo del crimen. Quizá en otra ciudad.

Chasquea los dedos. ¡Filadelfia! Estuvo allí varias veces con Doc, y aunque apenas entrevió la ciudad de madrugada, desde ventanillas de tren, le gustó la ciudad. La ciudad del amor fraternal. La Campana de la Libertad. Benjamin Franklin y toda la pesca. Se dirige a Penn Station, se sube en el Broadway Limited. Entra en el vagón de la barbería, paga un dólar por un corte de pelo y un masaje facial, y después busca asiento en el vagón-salón. Encuentra uno junto a la ventanilla. Saca de la bolsa de papel la autobiografía de Franklin. Chapin le contó que Franklin construyó su vida en torno a una única idea muy simple: la felicidad. Antes de emprender cualquier cosa, Ben se preguntaba: ¿y eso me hará feliz? Ahora, al leer que el joven Ben huyó a Filadelfia, Willie sonríe. Supone que hay peores ejemplos que seguir.

Al bajar del tren, ya en Filadelfia, pregunta a la gente cómo ha de hacer para encontrar a Boo Boo Hoff, el errático gánster que controla la ciudad. Su cuartel general está en un gimnasio, le dicen. Se rodea de boxeadores como un rey se hace acompañar de caballeros. Willie se adentra en la ciudad, encuentra el gimnasio, encuentra a Boo Boo en una esquina húmeda, entrenando a un peso pluma musculoso.

Se acerca a él con cautela, se presenta, le explica que no tiene trabajo.

Boo Boo sonríe. Tiene una de esas sonrisas que empiezan por la izquierda y llegan a la derecha con una inclinación de noventa grados, como un corte de navaja.

Sí, dice con una especie de impaciencia impostada. Sí, sí, Willie Sutton. Doc me habló de ti. Me dijo que eras listo. Y que eras legal.

Sí, señor Hoff. ¿Cómo está el viejo Doc? ¿Está bien?

Come tres veces al día y descansa bastante, si eso es estar bien. Lo pillaron hará unos dos años. El juez le impuso una condena bastante larga. Por reincidente.

Boo Boo se vuelve hacia el peso pluma, un joven con menos grasa en el cuerpo que un cinturón de cuero. El peso pluma se va hasta un saco de entrenamiento y empieza a golpearlo con los puños, lo hace sonar. A Willie le parece que está en forma, listo para saltar al cuadrilátero en cualquier momento. Pero Boo Boo lo regaña.

No se trata de hacerle el amor al saco ese, joder, tío. ¿Y ahora qué le harás? ¿Darle un beso?

No, Boo Boo, dice el peso pluma sonriendo, y mostrando al hacerlo su protector bucal, brillante de saliva y sangre.

¿Por qué no le das un beso, chico? Ya que eres tan tierno con el saco, adelante, dale un beso.

Jo, Boo Boo, hago lo que puedo.

¿Lo que puedes? No te pago para que hagas lo que puedas. Te pago para que odies ese saco. ¿Por qué no lo odias? ¿Por qué no lo odias, lo dejas lisiado y lo matas como te he pedido, joder?

Está bien, Boo Boo, está bien. Odiaré el saco.

Boo Boo da la espalda al peso pluma.

Tal vez tenga algo para ti, le dice a Willie.

¿De verdad? Digo, eso estaría muy bien, señor Hoff.

Willie espera que sea algo relacionado con el boxeo. Tal vez pueda representar a algún aspirante del montón. Boo Boo es uno de los mejores promotores de boxeo del país. «*Impresario*», lo llaman siempre en los periódicos, aunque a Willie le parece una palabra demasiado rimbombante para un hombre con cara de culo. Gorda, pálida, globular, solo le falta la línea central. Boo Boo también debe saber que tiene cara de culo, y por eso lleva un canotier más grande de la cuenta y esa pajarita del tamaño de una cometa. Intenta desviar la atención de lo evidente, aunque no le da resultado. Su rostro es como si alguien hubiera cogido un culo enorme y le hubiera plantado un canotier y una pajarita. A Willie se le ocurre que hablar con Boo Boo es como que te hagan un calvo.

Es un trabajito de nada, está diciéndole Boo Boo.

No hay trabajo pequeño, señor.

Este es poca cosa.

Bien, ya le digo.

Necesito que te deshagas de alguien.

Ah...

Un pesado de mucho cuidado.

Bueno, es...

Un don nadie.

Eh... Es que...

¿Qué? Pero si acabas de decir...

Lo sé. Pero no creo que... ¿Matar a un tío? Joder.

Tranquilo. No es lo que crees.

Ah, bueno, vale. Por un momento he pensado que...

No llega a tío. Se queda en medio.

Me he perdido otra vez.

Es medio tío. Pero te pagaremos como si fuera entero.

No creo que... Es que... Yo no soy...

Es un enano. Un enano jorobado, un traidor, un chupapollas que trabaja para mí pero también para la pasma, y ahí precisamente es donde está el problema. Y menuda boca tiene el pesado. Le cuenta a la pasma todo lo que quiere saber sobre mis operaciones, ni siquiera tienen que darle una paliza, le pellizcan un poco la cara y el tío canta más que Al Jolson. Además, creo que me roba. Hay que acabar con él de la peor manera posible. Mira, este es su nombre. Te lo anoto en este papel. También te anoto el nombre de su bar. Ve a saludarlo. Fíjate bien en él. Pero sin que se entere de nada. Ya me dirás si te interesa.

Willie se pasea por Filadelfia, mira una y otra vez el papel con ese nombre garabateado con la letra redonda de Boo Boo. Hughie McLoon. Willie intenta imaginárselo, pero solo le vienen a la mente los cuentos de Daddo sobre aquellos duendes, aquellos hombrecillos de Irlanda. Desde entonces, a Willie siempre le han dado miedo los enanos. Pero necesita un empleo. ¿Qué haría Benjamin Franklin si quitar de en medio a un enano fuera la única manera de ser feliz?

Al anochecer, Willie se encuentra en la calle Diez esquina con Cuthbert, frente al bar de Hughie McLoon. Se obliga a entrar y a sentarse. Pide un *whisky*, pregunta por Hughie. ¿De parte de quién? Del amigo de un amigo. Ahora viene. Pide otro *whisky*. Pide una sopa de tortuga. Hacia las once ve un sombrero que viene hacia él flotando por el bar, como la aleta dorsal de un lánguido pez tropical.

¿Estás buscándome?, pregunta el pez.

Willie se levanta del taburete.

¿Señor McLoon? Hola, me llamo Sutton. Willie Sutton. Me envía Boo Boo. Me ha dicho que a lo mejor tendría trabajo para mí.

Hughie repasa a Willie de la cabeza a los pies. Mejor dicho, de la cintura a los pies.

¿Ah, sí? Esto... Muy bien, muy bien. Bienvenido al Dry Saloon, muchacho. Te invito a una copa.

De la misma edad que Willie, aproximadamente, es dos tercios más bajo que él. No es posible que solo mida un metro veinte. No es solo que sea bajo, es que está totalmente desproporcionado. Tiene la frente demasiado ancha para su cara, y el sombrero le queda demasiado grande. Habla en un tono de voz demasiado alto, que no se corresponde con su boca. Suena como un disco de Josephine Baker puesto a más revoluciones.

Intenta subirse de un salto al taburete que Willie tiene al lado, pero no puede. Necesita ayuda, y no le cuesta nada pedírsela a él. Apoya la palma de la mano en la de Willie, como una damisela a punto de bailar por primera vez en toda la noche.

A pesar del estado de nervios en que se encuentra Willie, a pesar del aspecto desconcertante de Hughie, este resulta ser un buen conversador. Lee la prensa, tiene ideas muy meditadas sobre los acontecimientos presentes, sobre política. Él apoya a Al Smith, claro, el primer irlandés católico que ha presentado una candidatura seria a la presidencia del país. Pero también le cae bien Coolidge, cree que Coolidge pasará a la historia como uno de los mejores presidentes.

Parece amargado, dice Willie.

No, dice Hughie agitando la mano. Es un hombre callado y serio, eso es todo. A mí eso me gusta. La vida es seria. Cal sabe lo que quiere, y a quien no le guste, que se joda. Además, quiere que te hagas rico.

¿Yo?

Tú, yo, todo el mundo. Cal le quita las esposas a los empresarios para que puedan hacer lo que tienen que hacer. Yo ya vi que era de los míos en el 19, cuando les plantó cara a los polis de Boston. A mí, cualquiera que plante cara a la policía me tiene ganado. ¿A ti no?

Hughie suelta unas risotadas. Un sonido perturbador, algo así como el disparo de un subfusil Thompson. Unos estallidos sincopados seguidos de un silencio denso, inquietante. Willie decide que no dirá nada gracioso.

La conversación gira hacia el béisbol. A Hughie, como a Willie, le encanta. Se clava en el pecho el dedo pulgar, del tamaño de una zanahoria recién brotada.

Yo antes estaba metido en el juego, dice.

¿Ah, sí?

Me encargaba de los bates de los A's. Tenía catorce años. Yo mismo estaba flaco como un bate en aquella época, y por eso la joroba parecía aún más grande. Un día, jugábamos en Detroit. Y Ty Cobb va caminando hacia el *home*. De repente se detiene, me mira mal. Y entonces todo sucede muy deprisa, yo no me doy ni cuenta, pero el caso es que empieza a frotarme la joroba para que le dé suerte. Los hinchas se ríen, los rivales, los de los Tigers, también se ríen. Incluso mi propia gente se troncha de la risa. Pero el caso es que durante el partido encadena un triple. Y ese día logra cuatro *hits*. Y, claro, ya sabes lo supersticiosos que pueden ser los jugadores. A partir de ese día, todos tienen que tocarme la joroba. Para que les dé suerte. Casi me la despellejan de tanto frotármela.

Willie se fija bien en Hughie. Pobre hombrecillo, piensa. Debería acariciarse su propia joroba, porque está a punto de quedarse sin suerte.

De lo que más le gusta hablar es de mujeres. Admite que está loco por las chicas, y las chicas se vuelven doblemente locas por él. Les encanta levantarlo en brazos, acunarlo, hacerle cosquillitas debajo de la barbilla. Según él, es una versión reducida de Rodolfo Valentino, pero no consigue aprovecharse de todo eso, porque su corazón pertenece a una zorra despiadada.

Se pasa por el bar una vez a la semana, dice Hughie malhumorado. Con su marido. Es pelirroja, mide casi un metro ochenta y lleva medias de seda. Es mi Everest. No me interesa seguir vivo si no puedo alcanzar la cima algún día.

Plantar tu bandera.

Eso mismo.

¿Le has contado lo que sientes?

Se lo digo siempre. Le digo que sería el hombre más feliz de mundo si me quisiera. Pero no me quiere. Me dice que soy un amor. Me dice que le encantaría llevarme en una pulsera de amuletos. ¿No es eso un golpe bajo?

Hughie está borracho. Willie también. Antes de que cierren, salen tambaleándose, apoyados el uno en el otro, y se desean buenas noches en la acera. Cuando ya se está yendo, le dice a Willie que vuelva a la mañana siguiente para lo del trabajo. Willie ve la joroba disolverse lentamente en la oscuridad, y él se aleja en dirección contraria, caminando a trompicones. Sigue tambaleándose hasta que encuentra una pensión de mala muerte por dos dólares. Se derrumba en la cama mugrienta con la ropa puesta, y antes de quedarse dormido se da cuenta de que no podrá matar a Hughie. Le avergüenza admitirlo, pero no es capaz de matar a nadie, y menos a Hughie.

Pero, por otra parte, tampoco puede advertir a Hughie. Como dijo ante el tribunal que valoraba su libertad condicional, ahora sabe quién es Willie Sutton, y quién no es. Por un momento ha pensado que tal vez pudiera ser un asesino; pero tiene claro que no es un chivato.

Caen copos de nieve cuando el Polara se aleja del Yankee Stadium. Fotógrafo conecta los limpiaparabrisas. Reportero enciende la radio en la frecuencia de AM. Noticias. Parece como si el locutor hubiera tomado demasiado café. Y se hubiera metido una raya de cocaína. El repiqueteo de los teletipos que se oye de fondo no contribuye a calmar sus nervios.

La noticia que ahora nos ocupa: Willie Sutton, alias «el Actor», ha quedado en libertad hoy. El gobernador Rockefeller concedió el indulto al archicriminal de sesenta y ocho años a última hora de ayer. Ni una palabra sobre dónde pasa la Navidad el atracador de bancos más prolífico de la historia de Estados Unidos. Echemos ahora un vistazo al tráfico en esta jornada navideña...

Reportero y Fotógrafo se miran, y se vuelven hacia el asiento trasero. Sutton sonríe mansamente.

Archicriminal, dice.

Mira por la ventanilla: el Bronx. A lo lejos ve un incendio en un edificio. Las llamas salen de la última planta. ¿Dónde están los bomberos? En un solar vacío que da a la carretera ve a unos diez o doce niños jugando al fútbol americano. Camisetas, zapatos viejos... No llevan zapatillas deportivas, no llevan botas de tacos, sino zapatos de vestir muy desgastados. Hay un vagabundo tirado en el suelo, durmiendo en la zona de anotación.

Unos nubarrones negros avanzan desde el norte.

Cuando salí de Dannemora, dice Sutton casi para sus adentros, aquel verano del 27, no encontraba trabajo.

¿Ni siquiera en los locos años veinte?

Todo el mundo cree que durante los años veinte todo era jauja. Que la gente se enriquecía de la noche a la mañana y todas esas

patrañas de F. Scott Fitzgerald, pero lo que Willie os diga: aque-
lla década empezó con Depresión y terminó con Depresión, y en
medio hubo muchos días de incertidumbre. Había alguna gente,
poca, que vivía muy bien, pero los demás trampeaban como po-
dían, al borde del desastre. Eran tiempos difíciles, y se sabía que
los que venían después serían peores. Se notaba que la cosa se iba
a hundir. Bueno, eso siempre acaba pasando. Si quieres ser profe-
ta, si quieres ser Nostradamus, puedes predecir un hundimiento
en la bolsa y seguro que aciertas.

Reportero extiende el mapa.

Nuestra siguiente parada es Madison esquina con la calle
Ochenta y seis. ¿Qué fue lo que ocurrió ahí, señor Sutton?

Ahí fue donde Willie encontró finalmente una de las dos cosas
más dulces a las que un hombre puede aspirar.

Desde una cabina telefónica de Penn Station, Willie llama a Boo
Boo. A cobro revertido. Le dice que no puede aceptar el trabajo del que hablaron. Como quieras, le dice Boo Boo. Buen viaje.

Clic.

Willie se acerca a un quiosco, compra todos los periódicos, se
los lleva doblados bajo el brazo, se dirige a Times Square. Consigue habitación en un antro, pasa dos días estudiando las ofertas
de los clasificados. Conductor de autobús..., con experiencia. Cocinero..., con experiencia. Instructor de niños..., con experiencia,
buenas referencias y certificado de penales.

En los márgenes de una sección de clasificados le escribe una
carta a Bess. Se queda sin espacio, sin palabras. Deja a un lado
el periódico.

Al tercer día, cuando sale a por comida y a buscar la prensa
vespertina, entra en un bar ilegal, pide una cerveza, abre el periódico. TIROTEO ENTRE GÁNSTERES EN FILADELFIA. La policía informa
de que Hughie McLoon, gerente de un bar, fue abatido en el exterior de su..., etcétera. Willie se estremece. Recuerda su risa de

ametralladora, ahora cortada en seco por una McCoy auténtica. Durante un instante le remuerde la conciencia, pero se recuerda a sí mismo que no podía hacer nada.

Consulta las ofertas de trabajo. Lavaplatos..., con experiencia. Cocinero..., con referencias. Jardinero paisajista... Humm. «Empresa en el Upper East Side busca a hombre. Debe saber de arbustos y flores. Funck e Hijos. Razón: Mr. Pieter Funck.»

Willie se acerca a la droguería de la esquina, compra una lata de betún. Se lustra sus únicos zapatos hasta dejarlos muy brillantes, cuelga de una silla el traje de civil que le han proporcionado en la cárcel y sacude un poco la chaqueta.

Se levanta muy temprano, desayuna agua del grifo y recorre a pie las cuarenta manzanas que lo separan de la parte alta de la ciudad. La dirección es calle Cuarenta y dos Este, número 86. Un edificio antiguo, de ladrillo rojo. En la tercera planta ve una puerta con el cristal esmerilado y el nombre de Funck grabado en ella. Encuentra al que parece ser el propietario sentado a un escritorio metálico sobre el que reposa una máquina calculadora, un cenicero, varias revistas eróticas. Inspeccionando el contenido de la publicación con la ayuda de una lupa.

¿Pieter Funck?

¿Qué quiere?

He venido por el empleo.

Siéntese.

Funck guarda la revista. Willie se sienta en una silla de madera. El despacho desprende un agradable olor a tierra húmeda y a heno.

Se lo digo de entrada, dice Funck. No hay hijos.

¿Disculpe?

Funck e Hijos. Yo no tengo hijos, pero se me ocurrió que ese «e Hijos» le daría clase a mi negocio. La señora Funck no es fértil. Así que ahora ya lo sabe, no quiero que venga a preguntarme luego qué es eso del «e Hijos» y me llame mentiroso. Soy capaz de cultivar cualquier cosa, en cualquier parte, excepto un hijo en el vientre de la señora Funck.

De unos cuarenta años, entrado en carnes, con la forma y la textura de una seta, Funck parlotea sin cesar en algo parecido al inglés. Dice que llegó a América hace ocho años, procedente de Ámsterdam, y aún no lo domina. Willie está a punto de decir: no me diga. Cuando no le da por agrupar palabras de manera rara, Funck se dedica a ponerlas patas arriba en las frases, con las raíces al aire. Aunque a veces da con grandes ocurrencias: dice que aprendió *jardinería* en Holanda. Dice que sabe todo lo que hay que saber sobre *tulopones*.

Finalmente, la entrevista llega al punto que Willie temía: Funck le pregunta sobre su experiencia reciente. Willie aspira hondo.

Se lo diré lisa y llanamente, señor Funck: he pasado los últimos cuatro años en prisión.

Con prisas por superar el inevitable silencio que sigue a su confesión, Willie añade, jura, que sabe de *jardinería,* que sabe bastante, que aprendió mucho de otro interno, Charles Chapin.

¿El editor?, pregunta Funck.

Willie asiente.

Funck se echa hacia atrás, y la silla de madera cruje. En el bolsillo de la camisa asoma una hilera de puros, todos de distintos tamaños, como un perfil de rascacielos.

Vaya por dónde. Pues lo cierto es que yo seguí muy de cerca el caso de Chapin.

Le aseguro que es un hombre muy interesante. Sus jardines son...

No dejo de preguntarme cuántos hombres sueñan con hacer lo que hace Chapin. Hay que tener agallas, ¿no? ¿Quitarse de encima a la señora? ¿Cuántos miles de maridos creen que ven durmiendo a sus mujeres y *fantasían* con meterles una balita en el *celebro*? Después ya nunca más hay quejas, ¿no? *Heb ik gelijk?*

Cómo se quejan las esposas, ¿no es cierto? Siempre quieren algo, pero cuando tú quieres algo, por ejemplo algo de cariño, a ellas les da igual. ¡Están demasiado ocupadas quejándose!

Willie se alisa la corbata, se toca la oreja, se concentra en un punto fijo de la pared que queda justo detrás de la cabeza de Funck. La señora Funck, piensa, tiene los días contados.

Funck rebusca en su fichero, dice que tiene justo lo que Willie necesita. Samuel Untermyer, le dice. Un abogado importante. ¿Ha oído hablar de su casa de Yonkers?

No, señor.

Se llama Greystone. No ha visto nada igual. Es el jardín del edén. Necesita muchos hombres para mantener el sitio en *condicionales*, así que Untermyer recurre a muchas empresas, incluida la nuestra. Yo le envío a un equipo cada dos días, y este día voy corto. Uno de mis hombres tiene una fractura. Así que usted ocupará su sitio. Mañana por la mañana, a las cuatro. Si llega tarde, estará despedido.

Fotógrafo mira por el retrovisor, cambia de carril, intenta salir de la autopista. Se fija en las nubes.

Eh, Willie. Mira. ¿No podríamos pasarnos directamente por el lugar del crimen de Schuster? ¿Ahora que aún hay buena luz?

Tú y tu luz.

Es que la luz, ahora mismo, es ideal. Mira, mira ese cielo, hermano.

¿Es que todavía no has aprendido nada de Willie? Cada uno se hace su propia luz en este mundo.

Willie llega una hora antes en su primer día de trabajo. Lleva un pañuelo, una manzana que se ha encontrado en la basura y un ejemplar viejo con las obras de Cicerón. Aún anda con el traje que le dieron en la cárcel.

Funck se da unas palmaditas en la cara.

¿Un traje? ¡Cristo Jesús! Greystone no es un jardín tan formal.

No tengo otra ropa, dice Willie.

Funck le presta un mono gris, botas de jardinero y un gorro. Willie se monta en el remolque de su camión, que parece hecho de cartón y hojalata. Hay otros cuatro trabajadores sentados en un banco corrido de madera. Nadie lo saluda. Una hora después, cuando el sol apenas despunta, el camión cruza la verja principal de Greystone, y Willie no puede evitarlo; ahoga un grito. Funck le ha mentido. Esto no es el jardín del edén. A su lado, el jardín del edén es como Irish Town. Hay templos griegos, estatuas romanas, belvederes de mármol, fuentes de aguas plateadas, borboteantes, y azulejos de vivos colores. Hay estanques de aguas verdosas, oscuras, salpicadas de nenúfares, y otros calmos, de un azul límpido. Ahí debe de haber un ejemplar de todos los árboles y las flores que existen en el mundo, todas las variedades de arbustos y setos, recortados en todo tipo de formas y tamaños. Conteniéndolo todo, brindándole un toque escenográfico, un imponente acantilado desciende en picado hasta el río majestuoso, el Hudson.

El capataz es un hombre alto, con un bocio más grande que un rábano. Pone a Willie a abonar, a pasar el rastrillo. Willie no tarda en empezar a sudar. Le sienta bien ejercitar los músculos, respirar a pleno pulmón. Silba bajito, invadido por la alegría de haber encontrado trabajo. Hasta que el trabajador que tiene a la derecha lo interrumpe.

El capataz es un cabrón, le dice el jardinero.

¿Ah, sí?, dice Willie.

No te enemistes con él, o te despedirá por nada. Por menos de nada. Si tu mujer está enferma, si tu hijo está enfermo, eso a él no le importa.

De acuerdo. Gracias por avisar, amigo.

Menudo sitio, ¿no?

Sí. Precioso.

¿Sabes cuántos rododendros hay plantados en este tugurio?

Ni idea.

Cincuenta mil.

¿Es una cifra exacta?

¿Y sabes cuántas chimeneas tienen?

No.

Once. Una es de rubíes y esmeraldas.

¿En serio?

¿Sabes para qué construyó el viejo Untermyer estos jardines?

Pues la verdad es que no.

Para su mujer. Estaba locamente enamorado de ella. Pero la palmó antes de que estuvieran terminados. El viejo Untermyer vive aquí solo.

Triste.

Así es la vida.

El jardinero le señala un sendero serpenteante que lleva hasta un cenador que se alza al borde del acantilado.

El señor Untermyer lo llama el Templo del Amor.

En ese momento se incorpora a la conversación el trabajador que Willie tiene a la izquierda.

No le hagas caso a este memo. No sabe lo que dice. Estos jardines no eran solo para la señora Untermyer. El viejo quería que hicieran sombra a los de los Rockefeller. Viven aquí mismo, un poco más al norte. Untermyer odia a los Rockefeller más que a los conejos.

A mediodía, el capataz les entrega sándwiches de cebolla, pan, una taza con una sopa de verduras muy clara. Willie se lleva su comida al Templo del Amor. Se sienta en un banco verde, de hierro. Los jardines le quedan a la izquierda; el río, a la derecha. A sus pies, pintadas sobre el pavimento del cenador, ninfas y náyades en pálidos tonos pastel llamando a los marineros con movimientos sinuosos. Más allá, en línea recta, se encuentran los acantilados de Jersey. Contempla el agua, descubre una lancha que navega a contracorriente. Se dice que, con su primer sueldo, tiene que comprar cigarrillos y revistas y enviárselos a Eddie.

Se sienta y abre el libro de Cicerón. Un ensayo sobre la felicidad. ¿Qué les pasa a los grandes hombres, que solo piensan en la felicidad? Le llama la atención una frase: «Nadie puede ser feliz si le preocupa lo más importante de su vida». Willie reflexiona sobre esa frase, intenta ver qué relación tiene con su experiencia, pero entonces se apodera de él una sensación desagradable: alguien lo está observando. Deja el libro y ve que un segundo capataz lo mira fijamente a unos diez metros de distancia. Pero ¿de dónde ha salido ese segundo capataz? Debe de vivir ahí, en la finca. Willie se incorpora un poco. Le quedan veinte minutos del tiempo asignado para el almuerzo, pero recoge la bolsa, cierra el libro y vuelve al trabajo enseguida.

El primer capataz le pide que ayude a plantar unos setos de boj a lo largo del camino principal. Al poco rato, nota una mirada que se le clava en la nuca. Se vuelve. De nuevo el segundo capataz.

¡Cuidado!, masculla. ¡Esos bojes tienen más de cien años!

Sí, señor.

Muy delicado con ese...

Sí, señor.

Cicerón también tenía setos de boj en su jardín, ¿lo sabías?

Willie se detiene, lo observa desde detrás de un seto. Ve el atisbo de una sonrisa en el rostro del segundo capataz. O al menos a él le parece una sonrisa. Cuesta ver qué es lo que pasa detrás de ese bigote, tan indómito y peludo que también él debe de tener un jardinero a jornada completa. Sobre el mostacho surge una nariz inmensa, escarpada como el acantilado que marca por el oeste el límite de la finca de Greystone.

¿Puedo preguntarle, señor, si por casualidad no será este su seto?

Mi seto. Mi casa.

Encantado de conocerlo, señor Untermyer.

Debo decirle... que no hemos tenido a muchos jardineros que leyeran a Cicerón durante sus pausas del almuerzo.

Un hombre excepcional, señor.

Sin duda.

Me habría encantado conocerlo.

¿Y eso por qué?

Dicen que fue el mejor abogado de su tiempo.

Lo fue.

En ese caso, tal vez él hubiera podido impedir que me enviaran por ese río hacia el norte.

Willie no da crédito a sus propias palabras. ¿Cómo ha podido decir algo así? Algo en los ojos del señor Untermyer le ha hecho bajar la guardia. Teme que el señor Untermyer tuerza el gesto, que tal vez llame al primer capataz para que lo despida en el acto. Pero lo que hace es sonreír con la mirada.

No sé si puedo preguntarle cuál fue su delito.

Robo a un banco, señor. En grado de tentativa.

El señor Untermyer lo mira fijamente.

¿Cuándo fue eso?

En 1923. Ozone Park.

¿Y cuándo salió?

Este mes.

¿Qué es robar un banco comparado con fundar un banco?

¿Cómo dice, señor?

Es una frase de una obra de teatro nueva. De Bertolt Brecht.

Llevo bastante tiempo sin ir al teatro, señor Untermyer. Aunque hice el papel de Regania en una representación que hicimos en Sing Sing. «Los bufones a veces resultan ser profetas.»

El señor Untermyer se atusa el bigote, como hacía el señor Endner.

¿Cómo te llamas, hijo?

Sutton, señor. William Francis Sutton júnior.

Fotógrafo aparca en doble fila en Madison, casi esquina con la calle Ochenta y seis. Sutton mira por la ventanilla y localiza la antigua sede de Funck e Hijos.

Joder. Sigue aquí.

¿El qué?

Conseguí trabajo en una empresa de paisajismo en ese edificio de ladrillo rojo de ahí. Hace cuarenta y dos años. El jefe me envió a Greystone, una finca muy conocida. La tierra era de muy mala calidad. Teníamos que sacar camiones y más camiones de piedras. No sé ni cuánta mierda tuvimos que mezclar con aquella capa de tierra.

Sutton abre la puerta del coche, planta un pie en la calle. Sonríe.

Era un sitio tan bonito que le pedí al jefe que me pusiera fijo ahí. Llegué incluso a arrodillarme para suplicárselo.

Ponte de pie, dice Funck. No pienso ponerte fijo.

¿Por qué no?

Porque ahí no me haces falta. El hombre de la fractura ha vuelto.

Por favor, señor. Es el trabajo perfecto para mí. El terreno, el aire, el dueño... Después de pasar por la cárcel, los hombres han de curarse. Al salir, tendrían que enviar a los presos directamente al hospital. Y Greystone es el sitio adecuado para eso.

Pues cúrate en tu tiempo libre.

Willie se quita la gorra.

Si es eso lo que quiere, señor...

Pues sí, es lo que quiero.

Willie se levanta, se dirige hacia la puerta.

Hasta la vista, Funck. Espero que su señora no le dé muchos problemas.

Hasta la vista... Un momento. ¿Qué problemas?

Cuando le envíe un cable... contándole nuestra conversación sobre Chapin. Cuando le cuente que a su marido le parece una gran idea cargarse a su mujer mientras duerme.

Funck se pone más rojo que una flor de Pascua.

No harías algo así.

Willie se apoya en el cristal esmerilado de la puerta.

¿Que no lo haría?

Ella no lo creería.

Seguramente no. Por lo que cuenta, parece una mujer muy dulce.

Está riéndose, le dice Fotógrafo a Reportero. Está ahí de pie en plena avenida Madison, riéndose.

¿De qué se ríe, señor Sutton? Y, por favor, vaya con cuidado, por aquí pasan coches.

Estaba acordándome de cómo conseguí que el jefe me pusiera a tiempo completo en Greystone. Ah, chicos, ahí Willie sí se anotó un tanto. Al fin las cosas empezaban a salirme bien. Tenía un trabajo que me encantaba, un trabajo que se me daba bien. Dinero en el bolsillo. Mi aspecto mejoró, gané algún kilo, y en mi día libre me pasaba las horas en la biblioteca, leyendo. ¡Qué felicidad!

¿Leyendo qué?

De todo.

Fotógrafo sostiene el mapa abierto contra el viento.

Me cago en la puta, hermano. ¿Por eso nuestra siguiente parada es... la biblioteca? ¿En serio? Willie, ¿ahora tenemos que irnos a la biblioteca?

En cuanto tiene ocasión, Willie rastrea en periódicos, revistas, boletines de empresa, en todo lo que la biblioteca recoge sobre el señor Untermyer. Y lo que averigua le causa asombro. Willie y Eddie se creían muy listos por colarse en un banco, pero es que el señor Untermyer se carga los bancos. En tanto que fiscal independiente, el señor Untermyer ha llegado a convertirse en el terror de los bancos, en el azote de los más célebres ladrones de guante blanco. En tensas sesiones celebradas en el Congreso de Estados Unidos, sesiones que mantenían en vilo al país entero, el señor

Untermyer, con una orquídea recién cortada en el ojal, llamaba a declarar a banquero tras banquero y los acusaba de conspiradores, mentirosos y ladrones. En el transcurso de varios años, mediante un acuerdo económico secreto, los banqueros habían secuestrado el sistema financiero del país. Se habían nombrado mutuamente miembros de los consejos de administración de sus respectivas entidades, lo que en la práctica equivalía a fusionarlas todas en un superbanco secreto. El señor Untermyer había tenido la valentía de destapar aquellas artimañas, de interrogar públicamente a los instigadores, que eran nada menos que los hombres más ricos de América, entre ellos J. P. Morgan y un miembro de la familia Rockefeller. Para Morgan, lo más osado de todo no era el interrogatorio en sí, sino el hecho de que Untermyer fuera judío.

Aquellas sesiones, finalmente, no se tradujeron en acusaciones formales, pero acabaron con la salud de Morgan. Tocado y humillado, se refugió en Europa. Semanas después, en la lujosa *suite* de un hotel de Roma, expiró. Sus herederos y socios acusaron abiertamente de su muerte al señor Untermyer. Y aunque este nunca admitió su responsabilidad, tampoco la negó.

Siempre que Willie se encuentra con el señor Untermyer en los jardines de Greystone, lo mira a los ojos. De vez en cuando se acerca a él, y conversan. A Willie le cuesta creer que un hombre tan importante, un hombre tan ocupado derribando a Morgans y avergonzando a Rockefellers, le dedique tiempo a él. Pero al señor Untermyer parece divertirle Willie, parecen intrigarle las historias que le cuenta sobre Irish Town, Sing Sing, Dannemora, Eddie. Cuando a Willie se le acaban las anécdotas, se inventa más. Un día, cuando le está contando una de aquellas historias, el señor Untermyer lo mira, incrédulo.

Willie, le dice, creo que eres un *seanchaí* de nuestros días.

Willie, arrodillado a la sombra del Templo del Amor, donde está plantando unos *delphiniums*, alza la vista. Desde donde se encuentra ve a las ninfas bailando detrás del señor Untermyer.

Mi abuelo me hablaba de los *seanchaí*, señor.

No lo dudo. Tu abuelo era de Irlanda, por supuesto.

Sí, señor.

El *seanchaí* era un hombre sagrado en Irlanda. Conseguía que las largas noches fueran más cortas. Y no siempre le importaba que lo que contaba fuera o no cierto.

¿Eso es malo?

No necesariamente. La verdad tiene su sitio. En un juzgado, naturalmente. En una sala de juntas, también. Pero ¿en un relato? No sé. Yo creo que la verdad está en el que escucha. La verdad es algo que quien escucha aporta a la historia..., o no. Aunque no te aconsejo que uses este argumento con una esposa o una novia.

Willie se echa a reír.

No, señor. ¿Es verdad que usted hizo plantar todos estos jardines para su mujer?

Lo es. Y cada vez que florecen, sufro como la primera vez.

Sí, señor. Lo siento, señor.

El señor Untermyer carraspea un poco.

¿Puedo preguntarte una cosa, Willie?

Sí, claro.

¿Qué se siente al robar un banco?

Willie empieza a responderle, pero al ver la cara que pone el señor Untermyer se interrumpe. Se seca el sudor de la frente y clava la pala en la tierra.

Sinceramente, señor, es un trabajo más. En la cárcel, otros atracadores cuentan que robar en un banco es emocionante, que no hay nada que te haga sentir tan vivo. Pero eso son tonterías, señor. La idea es hacerlo bien, hacerlo rápido y regresar a casa sano y salvo.

El señor Untermyer se atusa el bigote.

Sí, no sé por qué sabía que ibas a decirme eso.

¿Puedo preguntarle yo una cosa, señor?

Por supuesto.

¿Qué se siente al poner en evidencia a un Rockefeller?

El señor Untermyer sonríe con la vista fija en el río.

Nada te hace sentir tan vivo.

Sutton echa un último vistazo a la antigua sede de Funck e Hijos.

Venga, en marcha. Siguiente parada, la Biblioteca Pública de Nueva York, sucursal central.

Fotógrafo menea la cabeza.

Sinceramente, Willie. No se me ocurre nada menos atractivo visualmente que una maldita biblioteca.

Atractivo visualmente.

Preferiría fotografiarte hablando con el fantasma de alguna otra prostituta. Es que, la verdad, un ladrón de bancos delante de una biblioteca... No le veo el sentido, hermano. Y mi editor tampoco se lo verá... A no ser que en los años veinte asaltaras esa biblioteca o algo...

Lo habría hecho si los libros se guardaran como se guardaba el dinero.

Y, por cierto, ya puestos, no tengo ni idea de por qué hemos tenido que venir hasta aquí.

Quería hablaros del señor Untermyer, el propietario de Greystone. Era un Cicerón americano.

¿Y no podías hablarnos de él desde el Yankee Stadium?

No me habría acordado de todo sin ver este edificio. No me habría acordado de que el señor Untermyer mató a J. P. Morgan. Y creo que, secretamente, le habría gustado cargarse también a Rockefeller.

Fotógrafo mira fijamente a Reportero, que se encoge de hombros.

Los tres se montan en el coche.

Sutton le da una palmadita en el hombro a Fotógrafo.

A ti el señor Untermyer te habría encantado, chico. Hablaba tu mismo lenguaje. Cómo detestaba los bancos... Una vez me dijo que a los Padres Fundadores les preocupaban más los bancos que los británicos. Sabían que los bancos habían creado el caos, que habían puesto de rodillas a imperios, durante siglos, y todo en nombre de la libertad de empresa.

Fotógrafo ahoga una risotada.

Willie... ¿Tú eres... comunista?

No, joder, chico. Una vez le preguntaron eso mismo a Al Capone y se puso como un loco, estuvo a punto de saltarle a alguien la tapa de los sesos. Entiendo cómo se sintió. ¿Comunista? Yo no quiero tener que dar el noventa por ciento de lo que robo al gobierno. Yo estoy con los que defienden un gobierno mínimo. Con la libre empresa. Pero cuando un puñado de cabrones insaciables dictan las normas a su medida, eso no es libre empresa. Eso es un timo.

Pues un poco socialista sí pareces.

¿Y tú, chico? ¿Cuál es tu tendencia política?

Yo soy revolucionario, dice Fotógrafo.

Sutton se echa a reír.

Sí, claro. Otro timo. Chicos, ¿sabíais que el viejo Morgan estaba obsesionado con su nariz? La tenía llena de forúnculos, venas, picada de viruela. Era la cruz de su existencia. No soportaba que le tomaran fotos. Si te hubiera visto llegar con tu cámara, habría salido corriendo como un gallina. Las cámaras le daban más miedo que el comunismo.

Fotógrafo se ríe y se sumerge en el tráfico.

J. P. Morgan huyendo de mí. Eso sí me gustaría verlo.

Descienden hacia el centro, hacia la parte baja de la ciudad. Fotógrafo mira a Sutton por el retrovisor.

Eh, Willie. Nos has contado que Untermyer odiaba los bancos. Pero a ti no te he oído decir lo mismo.

¿Ah, no?

Sutton mira el cielo a través de la ventanilla.

Mirad, dice. Está saliendo la luna.

13

Willie en la sala de lectura, la cabeza debajo de una de las lámparas de bronce. Julio de 1929. Repasa los titulares del *Brooklyn Daily Eagle*.

COOLIDGE HACE BALANCE DE LOGROS

ESCLAVO MUERE A LOS 109 AÑOS

EL MARIDO DE BESSIE ENDNER, DETENIDO

La luz de la lámpara se empaña. Willie no ve bien. Se acerca más el periódico a la cara, lee tan deprisa como puede, pero las palabras no tienen sentido. Tiene que leer cuatro veces el primer párrafo para captar lo que pone.

«Vuelven los problemas para Bessie Endner. Según ha declarado ante el juez, la ha maltratado su marido, que la amenazaba de muerte...»

A continuación viene la referencia de rigor a su pasado delictivo. «La hermosa joven, que asombró con su fuga a amigos y público en general...»

Y después unas gotas de cinismo periodístico. «Declara ante el juez que poco después de contraer matrimonio descubrió que la vida no era un camino de rosas, sino un camino espinoso...»

Por último, el periódico facilita su nuevo domicilio, donde, según se dice, vive oculta de ese marido maltratador: Scoville Walk, 15, Coney Island.

Al bajar del tren se da cuenta de que no está en condiciones:

demasiado emocionado para ir a ver a Bess inmediatamente. Si llega en ese estado, la asustará. Recorre el paseo de un lado a otro, aspira hondo el aire del mar. Se detiene junto al Luna Park, se queda ahí, frente a la verja de la entrada, y revive esa triple cita, diez años atrás. Eddie y Happy. Amiga Primera y Amiga Segunda. Se fija en el cartel gigante en forma de corazón que da la bienvenida: EL CORAZÓN DE CONEY ISLAND. Contempla la luna, que acaba de salir por el mar.

Se acerca hasta el hotel Half Moon, recién abierto, con su cúpula dorada que brilla a la luz del atardecer. Se sienta en el vestíbulo y ve a la gente que entra y sale. Casi todos parecen recién casados en su luna de miel. Cruzan el vestíbulo cogidos del brazo, camino de sus habitaciones, o de la playa. No lo soporta. Abandona el hotel a toda prisa, camina hasta que encuentra un antro pequeño donde sirven alcohol. Dos *whiskys*. Uno. Otro. De un trago. Ahora sí está listo. Camina por Mermaid Avenue, dobla a la derecha en la calle Veinticuatro, a la izquierda, al llegar a Surf, baja por Scoville y llega frente al número 15. Una casita de madera salpicada de sal. El viento arrecia. Le entra arena en los ojos. Vuelve a contemplar la luna.

Golpea la mosquitera con los nudillos.

Nadie responde.

Abre la mosquitera y llama a la puerta.

Nadie responde.

Cierra la mosquitera, se aleja. Se vuelve, camina despacio por Scoville. Al llegar a la esquina oye su nombre traído por el viento.

Oh, Willie.

Da media vuelta. Ella está a veinte metros. Da un paso en su dirección, y ella da dos. Lleva un vestido sin mangas, verde y azul, entallado como la cola de un pez. Es como si acabara de salir del mar, montada entre los cuernos de la luna. Los dos echan a correr y se abrazan en medio de la calle. El roce de su cuerpo firme bajo el vestido fino... Willie no ha conocido jamás un deseo tan intenso. No sabía que pudiera ser presa de semejante deseo.

La sienta en el suelo y la mira.

Oh, Bess, no.

Tiene el ojo morado, y sangre reseca en los labios.

Sutton acaricia el pedestal del león situado a la entrada de la Biblioteca Pública de Nueva York y contempla el que se alza al otro lado.

Nunca recuerdo cuál de los dos se llama Paciencia, y cuál Fortaleza.

Yo ni siquiera sabía que tuvieran nombres, dice Fotógrafo.

¿Sabes quién se los puso, chico? El alcalde LaGuardia. Durante la Depresión. Dijo que eso era lo que iban a necesitar los neoyorquinos para sobrevivir a los tiempos tan duros que se avecinaban: paciencia y fortaleza.

Fotógrafo intenta fotografiar a Sutton desde la acera. Un grupo de turistas pasa por en medio. Hablan algo que parece alemán. Ven que Fotógrafo enfoca a Sutton y dan por sentado que debe de tratarse de alguien famoso, así que ellos también sacan sus cámaras. Reportero y Fotógrafo les gritan que se aparten, los ahuyentan moviendo las manos, como si fueran palomas.

¡Nada de fotos! ¡Es nuestro! ¡En exclusiva!

Sutton ve dispersarse a los alemanes. Se echa a reír. Después se vuelve hacia el león.

El viejo león, dice. El león viejo perece por falta de presa.

¿Has dicho algo, Willie?

Yo no. Debe de haber sido el león.

Señor Sutton, ¿qué ocurrió aquí? ¿En qué sentido fue este lugar una..., cómo lo llamó..., una encrucijada?

Aquí fue donde a Willie se le acabó la paciencia y la fortaleza.

El paseo frente al mar. Bess le cuenta a Willie que Eddie tenía razón, que su padre la obligó a casarse. Muy endeudado, su padre se exponía a perder el astillero, por lo que buscó una familia con un hijo soltero y disoluto.

Una unión cocinada en el cielo de la economía, dice Bess. Si papá hubiera podido casarme con un Rockefeller, lo habría hecho.

Ella podría haberse negado. Estuvo a punto de hacerlo. Pero se sentía en deuda con su padre después del escándalo con Willie y Happy, lo que supuso el inicio de sus problemas de salud.

Se casó sin ilusión. Todos los novios son unos desconocidos, dice. Pero en mi noche de bodas, mi marido lo era para mí literalmente. Aun así... Los gritos, las palizas... Eso sí que no lo esperaba.

Bess.

Creía que la cosa cambiaría. Cuando me quedé embarazada.

¿Embarazada?

Ella se toca la barriga.

Pero no cambió. Bueno, sí, empeoró. Así que acudí a la policía. Y entonces me vine aquí. Coney Island siempre ha sido un sitio especial para mí.

Para nosotros.

Ella se pasa la mano por el brazo.

Recuerdos felices, dice.

Se sientan en la arena y ven que la luz de la luna se derrama como leche sobre el agua.

¿Cómo están los otros dos pescadores alegres?, pregunta.

Eddie sigue en Dannemora. Happy salió de Sing Sing hace un tiempo, pero nadie lo ha visto.

Y todo por mi culpa, dice ella.

No.

Siguen conversando hasta que el viento se hace más frío, y entonces se refugian en la casita de madera. De camino, Willie le habla del tiempo que ha pasado en Sing Sing, del horror de Dannemora, de su empleo con Funck.

Bess calienta una lata de sopa, abre una botella de vino ilegal. Willie enciende la chimenea con trozos de madera encontrados en la playa y hojas del *Brooklyn Daily Eagle*. Hay una maleta abierta en el sofá, y junto a ella, un bolso de lona lleno de libros. Willie los repasa.

Tennyson, dice. ¿Todavía?

Siempre, dice Bess. Cuando me enamoro, es para siempre.

Él lee.

«¡Ay del hombre que se levante en mí! Que el hombre que ahora soy deje de ser.»

Deja el libro en su sitio y coge otro.

¿Ezra Pound?

Bess llega hasta su lado haciendo girar el vino en la copa. Se la da a Willie, cierra los ojos.

«Saliste de la noche con flores en las manos. Vas a salir ahora del tumulto del mundo, de la babel de lenguas que te nombra.»

Willie se fija en el libro.

El tumulto del mundo, repite.

Colocan almohadones en el suelo y se sientan frente a la chimenea. Cuando los rescoldos se vuelven ceniza, cuando el reloj de la repisa marca las tres, Willie tiene que irse. Le faltan apenas dos horas para presentarse en Funck e Hijos. Bess lo acompaña a la puerta. Están los dos de pie, temblando.

Fúgate conmigo, Bess.

Ella echa la cabeza hacia atrás.

Los dos sabemos que eso no es posible.

¿Por qué no?

No tenemos dinero.

Hay lugares en los que eso no importa.

¿Lugares en los que el dinero no importa? Hazme una lista.

Poughkeepsie.

Ella le dedica una sonrisa triste.

La familia de mi marido tiene poder. Se ocuparán de que se revoque tu libertad condicional. Te encerrarán para siempre. Y yo no pienso ser la causante. Ya te he hecho bastante daño.

Willie alza la vista al cielo. Querría poder decirle algo que le hiciera cambiar de opinión. Intenta convertir sus sentimientos en palabras. Pero ella interrumpe el curso de sus ideas con una caricia, pasándole un dedo por la patilla.

Él se saca un cuaderno y un lápiz del bolsillo de la pechera, anota el número de teléfono del rellano de su pensión de mala muerte.

Volveré esta noche para ver cómo estás, le dice. Hasta entonces, cuídate.

Me sentiría mucho más segura si no hubieran publicado mi dirección en el periódico.

Él asiente.

Malditos periódicos, dice. Pero, bueno, si no la hubieran publicado yo no te habría encontrado.

Ella lo besa en la mejilla, da un paso atrás y le apunta el pecho con el dedo, como si fuera una pistola.

Sonríe.

¿La bolsa o la vida?

La vida, Bess. Siempre.

Su sonrisa se esfuma.

Oh, Willie.

Esa noche, apenas el camión de Funck regresa de Greystone, Willie se baja de un salto y se dirige corriendo al metro. Con el mono gris aún puesto, llega a Coney Island y descubre que la puerta de la casita de madera está abierta de par en par. La botella de vino abierta, en el suelo. Las cosas de Bess, sus libros, no se ven por ningún sitio. Levanta la botella, la deja sobre la mesa. Se acerca al Half Moon y ve entrar y salir a los recién casados.

Oh, no, dice Fotógrafo. Adivina quién está llorando de nuevo.

No.

Mira.

Reportero se acerca tímidamente hasta Sutton.

Señor Sutton, ¿está bien?

Sutton, apoyado en el león:

¿Conoces el hotel Half Moon, chico? En Coney Island.

¿No fue ahí lo de aquel golpe de la mafia? En los años cuarenta...

Sí.

El loco aquel, Albert Anastasia, mató a un chivato, creo...

Sí, a Abe Reles. El rey de los chivatos.

Anastasia empujó a Reles por una ventana del hotel, ¿no?

Eso mismo. Imagínatelo. El Half Moon era el sitio donde iban los recién casados de Nueva York a celebrar su luna de miel.

¿Conoció usted a Anastasia?

Teníamos... amigos comunes.

¿Qué le ha hecho pensar en el Half Moon?

A mí también me sacaron de ahí. Es una manera de hablar.

Willie fichando en el reloj de Funck e Hijos. Febrero de 1930. De la oficina de Funck le llegan unas risotadas de loco. Avanza por el pasillo, encuentra abierta la puerta de cristal esmerilado. Funck está sentado con los pies sobre el escritorio y una botella de algo entre las manos.

Vaya, vaya, le dice a Willie. Pero ¡si está aquí don chantajista! Entra, entra. ¿Pues sabes una cosa, chantajista? Que ya me puedes chantajear todo lo que quieras, no me importa. Hemos cerrado. ¿Quieres llamar a mi mujer? Pues tampoco me importa. Se va a divorciar de mí de todos modos.

Pero ¿por qué?

El mercado, genio. La mitad de nuestros clientes nos está cancelando los servicios. Cuando llegan malos tiempos, los jardines son lo primero que se abandona. En épocas de recesión no hacen falta azaleas. Durante las depresiones, a tomar por culo las margaritas. A la mierda las peonías. Que se mueran los narcisos. Todo un placer conocerte. Aquí te entrego tu último sueldo, don chantajista. Espero que tengas suerte en la vida. Yo tendría que haberme quedado en Ámsterdam.

Funck apoya la cabeza en el escritorio y empieza a llorar.

Willie se va derecho a la biblioteca, entra en la sala de lectura, abre los periódicos por la página de clasificados. Pero no hay ofertas de trabajo. Solo páginas y más páginas de personas que buscan empleo, que se ofrecen para trabajar, que exponen sus aptitudes. Las escasas ofertas que figuran son para especialistas, profesionales, personas con un pasado intachable. Willie enciende un cigarrillo. Desterrado de otro jardín. Ojalá hubiera tenido tiempo al menos de despedirse del señor Untermyer. Y entonces se le ocurre... Tal vez aún pueda hacerlo.

A la mañana siguiente toma un autobús hasta Yonkers. Recorre a pie la distancia que separa Greystone de la estación. Le pregunta al guarda si puede ver al señor Untermyer.

¿Y usted quién es?

Soy... un amigo.

¿No eras del equipo de jardineros?

Sí. Pero además somos amigos.

Vete a la mierda.

Si pudiera ver al señor Untermyer cinco...

Escúchame bien, amigo, todos estamos pasándolo mal. Todo el mundo está al borde del precipicio. Pero yo no pienso perder mi trabajo molestando al señor Un-ter-my-er, nada menos, porque me lo pida un miserable jardinero. Así que a tomar por culo.

Willie vuelve a Manhattan en el autobús. Vuelve a pie desde la estación hasta su pensión de mala muerte. Por el camino ve a un niño que vende periódicos y agita el que lleva en la mano. ¡Extra, extra!

Le arranca el periódico al muchacho. El presidente Hoover insiste en que la economía americana es sólida. Sus cimientos son estables. Willie querría comprar el periódico, pero sabe que si lo hace se pondrá de peor humor. Además, tiene que ahorrar.

En su habitación, Willie, de pie frente al escritorio, cuenta sus ahorros. Amontona las monedas, coloca los billetes en pilas ordenadas. Ciento veintiséis dólares, lo suficiente para pagar el alquiler y la comida durante cuatro meses. Si come frugalmente. Se sienta, le escribe una carta al señor Untermyer explicándole que ha intentado verlo, que le gustaría seguir trabajando en Greystone, aunque cobrara menos.

Nunca obtendrá respuesta.

Patea las calles desde el amanecer. Visita empresas de jardinería y paisajismo, fábricas. Frente a todas las verjas, en todos los muelles de carga y descarga encuentra a cien, a doscientos hombres que ya esperan. Acude a agencias de empleo. Los edificios que las acogen están tan llenos, tan atestados de gente que suplica trabajo, que ni siquiera consigue entrar en ellos.

Cada pocos días se pasa por la biblioteca para echar un vistazo a las ofertas de los clasificados. Chófer-mecánico..., con las mejores referencias. Representante de pinturas..., con mucha experiencia. Empleado de banca..., buen sueldo, almuerzo incluido, se exige título universitario.

Se pregunta por qué sigue buscando.

Una mañana de niebla, cuando, aturdido, sale de la biblioteca, Willie tropieza en el último peldaño y casi se desmaya. Lleva dos días sin comer. Pero no tiene valor para rebuscar en los cubos de la basura..., una vez más. Se sienta bajo el león, apoya la cabeza entre las manos. Reza.

Oye que alguien pronuncia su nombre.

Mira hacia arriba. Un rostro conocido flota sobre la neblina. Una cara triangular. Ojos de cucaracha. Es Marcus Bassett, de

Dannemora. Sube por la escalinata con un libro bajo el brazo. «Vas a salir ahora del tumulto del mundo.»

Willie se pone de pie, sorprendido de lo mucho que se alegra de ver a alguien, de encontrarse con un conocido.

¿Cómo va, Marcus?

¡Willie! ¿Qué tal, amigo?

Willie le coge el libro que lleva debajo del brazo y lee el título. *La decadencia de Occidente.*

Tengo que devolverlo hoy, dice Marcus.

Lo siento, Marcus, la biblioteca acaba de cerrar. Tendrás que pagar la multa.

Pues así es como me va en todo.

A mí también.

Marcus invita a Willie a su casa. Dice que le queda un poco de ginebra ilegal que guardaba para alguna ocasión.

Otro día, dice Willie. No me encuentro bien.

Marcus no acepta un no por respuesta. Se lleva a Willie por la Quinta Avenida.

De camino se cruzan con un señor de pelo gris, con un traje hecho a medida, que vende manzanas. Se cruzan también con un grupo de niños con las caras manchadas de hollín que venden puntas de lapiceros. A un penique la pieza, señor. Se cruzan con una mujer que va en bata y zapatillas, y que habla con estas. Ven un corro de hombres junto a una parada de taxis. Tienen un periódico abierto en el capó de un vehículo, y lo leen con gesto de preocupación, con arrugas en las comisuras de los ojos.

Se tropiezan con una ambulancia aparcada frente a una casa de huéspedes. Willie le pregunta a un señor gordo y bajito, de orejas deformes, de boxeador, qué es lo que ocurre, aunque en realidad ya lo sabe. Huele a gas.

Otro suicidio, responde el hombre. El tercero en el edificio este mes.

Ven muebles amontonados en las aceras, cestas con juguetes y ropa, las pertenencias de familias que no pueden pagar el alquiler, que no han podido aguantar. Parecen los restos de un naufragio cuando, horas después de que se hunda el barco, llegan a la costa.

Yo prácticamente estoy en la calle también, dice Marcus. Las cosas me iban bien hasta hace unos meses. Era corrector en una agencia de publicidad. Mi jefe era un borracho, el trabajo era aburrido, pero a mí me encantaba, Willie. La paga era digna, el trabajo era honrado y era lo único que me separaba del precipicio.

¿Y qué ocurrió?

El volumen de negocio cayó un cuarenta por ciento. Y tuvieron que elegir entre otro compañero y yo. El otro no había estado en la cárcel.

Cuando Willie ve el apartamento en el que vive Marcus, que está en un sótano, le parece que casi sería mejor que viviera en la calle. La entrada está llena de basura, los pasillos huelen a orines. A orines viejos. La única habitación de Marcus, que no tiene luz, es una madriguera, y las paredes están forradas con papel de periódico. Periódicos antiguos. Sobre el hornillo de Marcus pueden leerse titulares sobre el presidente Taft.

Al otro lado del tabique, una mujer, o un animal salvaje, está chillando. Las paredes son tan finas, el aullido, tan agudo, que parece como si estuviera ahí mismo, con los dos. Suena como el Big Ben.

Ponte cómodo, le dice Marcus.

Willie mira a su alrededor. ¿Cómodo? No hay muebles, solo una especie de sofá que parece el banco de algún parque, una cama abatible deshecha, una mesa de juego combada bajo el peso de una máquina de escribir Underwood. A su alrededor hay esparcidas cartas de rechazo de todas las revistas. Willie arranca la hoja que hay puesta en la máquina. Está llena de frases tachadas.

¿Cómo se te da lo de escribir, Marcus?

Estoy trabajando en un relato sobre un tipo que no tiene trabajo y vive en una ratonera. Me falta el final.

Willie está a punto de decir algo para animarlo cuando la puerta se abre de golpe y entra una mujer de una vulgaridad extrema. Sin cintura, sin pecho, la cara tan salpicada de espinillas que parece manchada de barro. Lleva el pelo ondulado, pero las ondas parecen obra de una mano artrítica. Willie siente al momento compasión por ella. Debe de ser la vecina que chillaba. Pero entonces oye otro de sus aullidos al otro lado de la pared. Presos a la fuga. Desconcertado, mira a Marcus, que se acerca a la mujer y le planta un beso en la mejilla salpicada de espinillas.

Willie, quiero presentarte a mi prometida. Dahlia, saluda a mi viejo amigo Willie Sutton.

Aquí es donde ocurrió, dice Sutton alejándose del león, contemplando la nariz ancha, que siempre le recordaba a la suya. Hablando de encrucijadas, chicos... En estos mismos peldaños me tropecé con Marcus, y estos leones fueron testigos, en la primavera de 1930. Cuántas veces habré recordado ese momento y habré pensado: ¿Y si...? ¿Y si no hubiera decidido sentarme a la sombra de ese león en el preciso instante en que Marcus venía a devolver un libro? ¿Y si Marcus hubiera decidido terminar La decadencia de Occidente? *¿Y si hubiera entrado en los servicios, o si hubiera pasado unos minutos más leyendo los clasificados, o si solo nos hubiéramos saludado y me hubiera despedido de él ahí mismo? Qué cosas podría haber dicho. Qué cosas no debería haber dicho. Es tanto lo que habría cambiado...*

Sutton mira enfadado al león.

Tú lo viste venir, dice. Paciencia, o Fortaleza, o como coño te llames. ¿Por qué no me advertiste? Un rugido, nada más.

14

Willie está sentado en las escaleras de la biblioteca, esperando a que abra. Los últimos meses ha conseguido algunos trabajillos temporales buscando en los clasificados. Un empleo fregando suelos en un edificio de oficinas..., hasta que el jefe tuvo que reducir gastos. Otro limpiando váteres en la estación de autobuses..., hasta que volvió el que tenía el trabajo. Casi se ha quedado sin dinero. No tiene familia, ni amigos, exceptuando a Marcus, que está aún peor que él. Tiene que encontrar algo permanente. Y ya. Si no...

Se abren las puertas de la biblioteca. Willie sube corriendo la escalinata y entra en la sala de lectura. Recoge unos cuantos periódicos y se sienta. Repasa las ofertas de trabajo despacio, a conciencia, dos veces. Nada. Se frota los ojos. Se masajea las sienes.

Hojea un poco las noticias. Cuatro millones de desempleados. Mil trescientos bancos en quiebra..., solo ese año. Para el año siguiente se espera que la cifra se duplique o se triplique. Arruga el periódico y lo echa al suelo. Las bibliotecarias lo miran mal. Sale a toda prisa.

Nota la acera, que se le clava en el pie por un nuevo agujero en el zapato. Sin tiempo a pensar en ese agujero ni en cómo va a hacer para comprarse unos zapatos nuevos, nota que empieza a dolerle una muela. Se lleva una mano a la cara. Casi siempre lo soporta, pero hoy lo está matando. Camina y camina, intentando aplacar la rabia, el hambre, y finalmente se descubre a sí mismo en la entrada de un banco. Contempla las columnas de mármol, las águilas de oro y bronce que decoran la puerta principal. Observa a los clientes que entran y salen. Ve al guardia de seguridad, que se dispone a echar el cierre.

¿Ya es hora de cerrar? ¿Cuántas horas han pasado? Debe de haberse quedado atontado.

Regresa a su pensión. Acaba de pagar una semana más. Después, ¿qué? Se tiende en la cama incómoda, se cubre hasta la barbilla con la colcha, impregnada de un olor acre: huele al ocupante anterior. Y al anterior, y al anterior. Se los imagina a todos ahí tumbados, preocupados por lo mismo que él. Se queda adormilado.

Despierta empapado en sudor. El huésped de al lado aporrea la pared. ¡Silencio ahí! Willie debe de haber vuelto a gritar en sueños. La habitación está oscura como la boca del lobo. No sabe qué hora es. Ha empeñado el reloj. Pero por la cantidad de luces en los edificios de enfrente sabe que es tarde. Se acerca al lavabo, humedece una toalla, se la acerca al cuello y a la cara. Se pone el abrigo y el sombrero y sale a dar un paseo. Acaba de nuevo frente al banco. Al otro lado de la calle hay una farmacia. El escaparate proyecta una luz trapezoidal, blanca y rojiza sobre la acera. Willie queda justo en el límite del trapezoide. Se fija en las ventanas de todos los edificios que lo rodean. Cada una es una historia. Seguramente como la suya. Se inventa esas historias, se las cuenta a sí mismo, historias sobre gente cansada, enferma, asustada, arruinada. Entonces observa el banco. Lo observa. Pasa una hora. Pasan tres. Aparece el guardia de seguridad. Willie ve que abre la puerta. Agazapado en la penumbra, Willie se fija en la luna delantera del banco, ve que el guardia de seguridad apaga las alarmas, prepara café. Willie retrocede con cautela en la otra acera, espera hasta que llegan los primeros cajeros, después el ayudante del director, después el director. Justo antes de que la oficina abra sus puertas al público, un muchacho de Western Union llama a la puerta. El guardia de seguridad abre de par en par, bromea con el joven, firma la entrega de un telegrama.

Y entonces sucede. Una sensación se apodera de Willie, algo parecido a lo que sintió al recorrer aquel patio de Sing Sing y contemplar la explosión de rosas de Chapin. No para de correr hasta que llega al apartamento de Marcus. Mientras Dahlia duerme, Willie y Marcus se sientan a la mesa y Willie lo planifica todo.

Es tan fácil, Marcus, no sé por qué no se me ha ocurrido antes. No sé por qué a nadie más se le ha ocurrido. Nosotros nos quedamos fuera del banco, ¿ves? Temprano. Cuando llega el guardia de seguridad, cuando apaga las alarmas, el banco queda desprotegido. Indefenso. Lo único que tenemos que hacer es entrar. ¿Y cómo entramos? Con un engaño. Nadie lo ha hecho así. Floyd, Baby Face, todos entran y hay un tiroteo, y la gente se caga de miedo. Si no, se cuelan en plena noche y se cargan la caja fuerte. Arriesgado. Hay miles de cosas que pueden salir mal. Pero las cosas no tienen por qué ser tan difíciles, Marcus. Es mucho más fácil.

¿El qué?

Un uniforme. Cualquier uniforme. De Western Union. De cartero. El guardia nos abrirá. ¡Ábrete, Sésamo! ¡Abracadabra! Porque los guardias obedecen ciegamente los uniformes, no comprueban nada, y una vez que el guardia ha abierto la puerta, ya está. Ese banco ya es nuestro, joder. Yo meto dentro al guardia, lo ato. Entonces entras tú. A medida que van entrando los empleados, los atamos. Al final llega el director. Lo obligamos a abrir la caja. Después lo atamos también a él y nos vamos. Sin linternas. Sin explosivos. Sin violencia. Sin pruebas. Limpio. Fácil.

Marcus se acaricia los lados menguantes de su rostro triangular. Sus ojos de cucaracha saltan de un lado a otro.

Es un plan precioso, Willie.

Dime que estás dentro.

Sí, claro. Estoy dentro, Willie. Estoy dentro.

Están de acuerdo en que solo hay un problema. Las armas y los uniformes no son baratos. Tendrán que conseguir dinero para su nueva aventura. Por no hablar del alquiler, la comida y los cigarrillos. Además, no les vendría mal ensayar con los uniformes puestos. Exceptuando el asesinato en primer grado, ningún otro delito conlleva una pena mayor que el atraco a un banco. Ya se han encargado de que así sea los banqueros y quienes los apoyan. Así que si tienes la intención de robar en un banco, mejor que lo hagas bien.

Si Eddie estuviera aquí, dice Willie, nos recomendaría robar una joyería. Conozco una perfecta. Rosenthal e Hijos. Está en una de las esquinas más concurridas del centro.

Pues eso es buscarse problemas, Willie.

No te creas. Al ser más concurrida, se confían. Creen que no tienen nada de que preocuparse.

También está seguro de que eso del «e Hijos» es un invento.

¿Por qué cree que tropezarse ese día con Marcus Bassett fue tan fatídico, señor Sutton?

Los dos estábamos sin empleo, desesperados... Éramos tontos. Aquello fue como acercar la mecha a la cerilla.

¿Y tuvo dudas sobre si debía volver a seguir ese camino? ¿Volver a una vida delictiva?

¿Dudas? Sí, chico. Tuve dudas.

Me refiero a si pensó en las implicaciones éticas. ¿Se le ocurrió alguna vez que apoderarse de algo que no le pertenecía era, es..., ya sabe..., inmoral?

La gente se apoderaba de muchas cosas que eran mías.

No es mi intención... Lo que intento es comprender, señor Sutton, cuál era su mentalidad en aquella época. ¿Alguna vez se paró a reflexionar, pensó que aquello estaba mal?

No es que pensara que estaba mal: sabía que estaba mal. Pero también estaba mal tener hambre. Estaba mal que estuviera a punto de quedarme en la calle. Estaba mal que la mitad del país fuera en el mismo barco que Willie, la mitad del país estaba sin trabajo, joder. ¿Sabes eso que dicen de que el destino no existe, que lo que existe es nuestro carácter? Pues eso es una chorrada. El trabajo es el destino. Un hombre habla de la mujer que ama y puede parecer emocionado, pero ponlo a hablar de su trabajo y fíjate en sus ojos... Ese es él de verdad. Un hombre es su trabajo, chico, y yo no tenía trabajo, y por eso era un vagabundo. Un fracasado. América es un lugar fantástico para ser un triunfador, pero es el peor infierno para los fracasados.

Tres trabajadores del Ejército de Salvación aparecen a los pies de la biblioteca. Montan sus timbales, empiezan a hacer sonar campanas, a tocar panderetas.

Además, dice Sutton, lo tenía todo pensado. No iba a hacerle daño a nadie. Me desvivía, como no se había desvivido nunca ningún atracador de bancos, para no hacerle daño a nadie. Marcus y yo robábamos bancos antes de que abrieran. Cuando eso no era posible, hacíamos todo lo posible para que no hubiera violencia.

Reportero abre una carpeta.

Según este recorte de prensa, señor Sutton, Marcus y usted tenían una especie de política, ¿no? Si alguien se ponía enfermo durante uno de sus atracos, si alguna persona mayor, o alguna embarazada, se desmayaba, si algún niño se echaba a llorar, ustedes suspendían la misión y abandonaban el banco.

Eso es cierto, sí.

Parece una contradicción, dice Reportero.

A mí, en realidad, la gente no me gusta, chico, pero tampoco quiero hacer daño a nadie. Haz con los demás lo que... Yo creo en esas chorradas.

Pero es que sí hacía daño a gente, insiste Reportero. Les quitaba el dinero. Y eso era antes de que la gente tuviera asegurados sus depósitos.

No, dice Sutton. En aquella época, los bancos se aseguraban a sí mismos contra los robos.

Fotógrafo suspira. Este no lo pilla, Willie.

¿Y tú sí, chico?

Fotógrafo se vuelve a mirar a Reportero.

En la época en la que Willie y ese tal Marcus perpetraban sus atracos, el Banco de Estados Unidos se hundió. La gente, hoy en día, no se acuerda; el gobierno no quiere que nos acordemos. El Banco de Estados Unidos desapareció, así, sin más, con los ahorros de toda la vida de más de cien millones de personas. Sigue siendo el mayor fracaso bancario de la historia de la humanidad. Miles de personas fueron barridas. ¿Y alguno de aquellos directores de bancos responsables de lo que había pasado fue a la cárcel, como Willie? No, señor. Ellos siguieron en sus clubs privados, riéndose de todo. Los bancos jugaron a hacer apuestas con el sistema, se cargaron la sociedad, causaron el crac de 1929, llevaron el mundo al abismo, allanaron el camino al fascismo, a Stalin, a Hitler, y mientras se dedicaban a todo eso se iban haciendo tan ricos que daba asco, que daba vergüenza. Los bancos. Los bancos hicieron todo eso. De modo que Willie solo quería hacer daño a los bancos, no a la gente, y por eso se convirtió en un héroe popular. ¿Tengo razón, Willie?

En un antihéroe, susurra Sutton.

¿Tiene razón?, le pregunta Reportero.

Bueno, dice Sutton, a mí me parece que el Banco de Estados Unidos le robó a todo el mundo doscientos millones de dólares.

No, no, lo que le pregunto es si sentía usted que estaba en guerra con los bancos. Con la sociedad.

¿Con cuál de los dos?

Con lo que quiera. Escoja usted.

Todo el mundo está en guerra con la sociedad, chico. Todo el mundo está en guerra con todos los demás. En cualquier trabajo, tienes que imponerte a alguien, tienes que ser mejor que alguien en algo. Apoderarte de cosas que no te pertenecen... No hay otra forma de sobrevivir. Así funciona todo. Todos robamos a todos.

Yo no robo a nadie, dice Reportero.

¿Ah, no? Tú te apoderas de las historias de la gente. La mitad de las veces esa gente no quiere compartir contigo esas historias.

¿A que tengo razón? Así que tienes que persuadirlos, seducirlos, engañarlos un poco. O llegar a un acuerdo con sus abogados.

Fotógrafo se ríe.

¿Y yo qué, Willie? ¿Vas a decirme que yo también le robo a la gente?

No, tú no robas a nadie. Tú solo les disparas.

Fotógrafo busca algo en su chaqueta de piel vuelta.

Willie, hermano, me lo pones muy difícil para ser fan tuyo.

No eres el primero que me lo dice.

Reportero pasa el dedo por el plano.

Nuestra siguiente parada es en la calle Cincuenta esquina con Broadway. ¿Robó algún banco ahí, señor Sutton?

No. Ahí fue donde di un gran golpe en una joyería. Un calentamiento para lo de los bancos. Los bancos eran la temporada alta, las joyerías, los preestrenos. O eso creía yo. El golpe que di en esa joyería acabó siendo el trabajo más fatídico de mi carrera.

Marcus y Willie bajan por Broadway. Marcus lleva un traje gris de franela. Willie, un uniforme azul añil de cartero. Martes, 28 de octubre, 1930. Primera hora de la mañana.

Se detienen al llegar a la calle Cincuenta, se plantan en la esquina, hacen como que conversan sobre el tiempo. Marcus lanza una moneda al aire y la recoge. Un hombre de color con pantalones azules, blusón de trabajo azul celeste, sube por Broadway. Se detiene, abre la puerta de Rosenthal e Hijos y entra.

Marcus mira a ambos lados de la calle. ¿Ese es el conserje?

Willie asiente.

Dan al conserje cinco minutos para que desconecte las alarmas y ponga la cafetera al fuego.

Es el turno de Willie.

Llama a la puerta. La puerta se abre. Conserje, de unos cuarenta años, con las sienes plateadas, recién rasurado. A Willie le llega el olor a loción.

¿Sí?

Un telegrama.

¿Para quién?

Para el señor Rosenthal.

No está.

Puede firmar usted.

Se miran fijamente. Una milésima, dos milésimas de segundo.

Espere, dice Conserje.

Y cierra la puerta con fuerza.

Willie se vuelve y mira la calle. Ve a Marcus apoyado en la farola, lanzando al aire la moneda. Se dice que aún está a tiempo de irse de allí.

La puerta se abre.

¿Dónde tengo que firmar?

Willie le alarga un portapapeles pequeño.

Aquí.

Cuando Conserje coge el portapapeles, cuando tiene las dos manos ocupadas, Willie se saca una 22 del bolsillo de la pechera.

Adentro, dice Willie. Despacio. Tranquilidad y buenos alimentos.

Conserje da un paso atrás. Willie entra enseguida y cierra la puerta. Conserje y él están muy cerca, Conserje lo mira a él, no al arma. Willie agita la pistola, le indica con ella un expositor vacío.

Ahí... Vete para ahí.

Conserje se mete detrás del expositor.

Marcus entra con la cara tapada con un pañuelo, lo que, por algún motivo, acentúa la forma triangular de su rostro. Y hace que sus ojos de cucaracha parezcan más grandes.

Se acerca hasta Conserje.

Dame la pierna, le dice.

¿El qué?

¿Estás sordo?

Con el pañuelo, no te oigo bien.

Marcus se levanta un poco el pañuelo.

La pierna.

Conserje levanta una pierna. Marcus se saca del bolsillo un rollo de alambre. Ata un extremo al tobillo de Conserje, y sostiene el otro extremo como si fuera una correa. Conserje mira fijamente a Willie.

¿Cómo te llamas, conserje?

Charlie Lewis.

¿Has vivido antes un atraco?

No.

Pues nadie lo diría.

¿Qué quieres que haga?

¿Cuántos empleados van a venir hoy?

Tres más.

¿Cuándo?

Pronto.

¿Quién tiene las combinaciones de las cajas fuertes de la trastienda?

El señor Fox. Jefe de ventas.

Willie le hace un gesto a Conserje para que se coloque frente a la puerta, mirando hacia Broadway. En el cristal de esa puerta hay una persiana, y Willie la baja hasta la mitad. Marcus se queda a un lado, sosteniendo el alambre que Conserje lleva atado, y Willie se oculta al otro lado, con el arma levantada.

Un policía pasa por delante.

Conserje mira a Willie. ¿Y si el policía intenta abrir la puerta?

Lo dejamos entrar y nos ocupamos de él.

Pasan diez minutos. Marcus tiene la frente bañada en sudor y el pañuelo, empapado. Willie se da cuenta de que la cara del conserje está seca.

Justo antes de las nueve llaman a la puerta.

Es el señor Hayes, dice Conserje. Uno de nuestros vendedores.

Abre.

Un hombre que tendrá la misma edad que Willie entra tranquilamente, lanza el sombrero sobre uno de los expositores.

Eh, Charlie, le dice a Conserje. ¿Cómo es que la puerta todavía está cerrada?

Willie le hunde la pistola en la espalda.

Buena pregunta. Tú calladito y haz lo que te digan.

Willie le entrega el vendedor a Marcus, que le ata las muñecas a los tobillos con el alambre y lo deja tendido en el suelo.

Al cabo de un minuto vuelven a llamar. Ese será el señor Woods, dice Conserje. Vendedor.

Conserje abre la puerta. En esta ocasión es Willie el que lo ata mientras Marcus sostiene el arma. Vendedor Segundo emite un sonido, un quejido o un sollozo.

No le hagáis daño, dice Conserje. Es un señor mayor.

Yo no le hago daño a nadie, dice Willie, enfadado.

Llaman a la puerta. Este es el señor Fox, dice Conserje.

Willie agarra a Vendedor Tercero y lo atrae hacia sí apenas este pasa por la puerta, y le clava la pistola en las costillas.

Buenos días. Estábamos esperándote. Ven conmigo, vamos a abrir la caja.

¿Puedo colgar antes el abrigo y el sombrero?

Tíralos al suelo.

Willie conduce a Vendedor Tercero hasta la trastienda y lo planta delante de la caja fuerte.

Ábrela, le dice.

Vendedor Tercero mueve la rueda.

No recuerdo la combinación.

Intentas ganar tiempo, dice Willie. Vamos, ábrela o te mato aquí mismo.

¿Es usted un cartero de verdad?

Las preguntas las hago yo.

Vendedor Tercero regresa a la caja fuerte. Maldice y respira hondo, y suda más que Marcus.

No recuerdo la combinación.

Mientes.

Le digo que no me acuerdo. La abriría si pudiera. ¿Es que no cree que mi vida me importa?

No tengo ni idea de si te importa o no. Lo único que sé es que quieres ganar tiempo.

Willie oye a Conserje, que grita desde la tienda:

Con el susto se le habrán olvidado los números. Si me deja llamar al señor Rosenthal, les doy yo la combinación.

Willie entra en la tienda. Mira fijamente a Conserje.

Déjalo llamar por teléfono, le dice a Marcus.

Conserje marca mientras Marcus se lleva el teléfono a la oreja. Willie observa a tres metros de ellos.

Sí. Hola, señor Rosenthal, soy Charlie. El señor Fox ha olvidado la combinación de la caja fuerte, ¿podría dármela, por favor? No, señor. El señor Fox la ha olvidado. Sí, señor. La tienda aún no ha abierto. No, señor. Nueve y cuarto. Lo sé, señor.

Conserje anota la combinación. Willie le suelta el alambre que lleva atado a la pierna y lo conduce a la trastienda. Conserje marca la combinación. Tiene que probarlo tres veces. Al final la puerta se abre y revela que en su interior hay otra puerta, también cerrada.

Para abrirla me hacen falta mis llaves, dice Conserje.

Regresa a la tienda. Despacio. Saca un juego de llaves de debajo del expositor, entra de nuevo en la trastienda. Más despacio aún. No le entrega las llaves a Willie. Las levanta y las deja colgando frente a su cara.

¿Seguro que no te han atracado nunca?

No.

¿Y no has participado en ningún atraco?

Yo no me salto la ley.

Tú sabías la combinación desde el principio, seguro. Intentabas ganar tiempo. Y tú querías informar al dueño, ¿a que sí? ¿A que sí, conserje?

Conserje no responde.

Willie le quita las llaves. Se vuelve hacia Vendedor Tercero.

¿En qué cajones está lo bueno?

En el tercero, el quinto y el séptimo.

Willie los abre. Bisutería. Willie dedica una mirada asesina a Vendedor Tercero. Si fuera de otra pasta, dispararía ahí mismo a Vendedor Tercero y a Conserje. ¿Cómo saben ellos que no es de otra pasta?

Desde la tienda, Marcus dice en voz alta:

Eh, son las nueve y veintiocho. Mejor que nos vayamos.

Willie abre los otros cajones. Bingo. Pulseras de brillantes, relojes de brillantes, anillos de brillantes, pulseras de rubíes, relojes de platino con brillantes en la esfera. Y un broche con un diamante enorme, que parece salido del cofre de un pirata. Willie lo mete todo en una bolsa de seda, pero algunas piezas caen al suelo.

Conduce a Vendedor Tercero y a Conserje hasta la tienda, los ata al expositor. Marcus le entrega un abrigo verde para que le oculte el uniforme.

Willie se dirige a los empleados.

A ver, vosotros cuatro. Aquí termina nuestro trato. No mováis ni un pelo hasta que llevemos cinco minutos fuera.

Si no estáis aquí, dice Conserje, ¿cómo sabréis si nos hemos movido?

Willie mira fijamente a Conserje, y Conserje le sostiene la mirada.

Willie agarra con fuerza la culata del arma y da un paso hacia Conserje. Marcus le pone la mano en el hombro.

No.

Salen a la calle, caminan tranquilamente por Broadway, se meten en la primera estación de metro que encuentran y toman el primer tren que va hacia la parte alta de la ciudad. Willie se siente como si tuviera una pistola en su corazón que apuntara a sus costillas. Pero también sonríe. Esa misma noche cenará un filete. Su primer plato de carne en varios meses. Y parece que podrá dejar de preocuparse una buena temporada por si acaba durmiendo en la calle. Se vuelve hacia Marcus. No recuerdo la combinación, dice, imitando el tono lastimero de Vendedor Tercero.

Intentas ganar tiempo, dice Marcus, poniendo la voz dura que ha puesto Willie hace un momento. Vamos, ábrela o te mato aquí mismo.

En el vagón, todos se vuelven y los miran. No es habitual oír a dos hombres reírse al inicio de la Gran Depresión.

Fotógrafo conduce por la calle Cincuenta, se detiene al llegar a Broadway. Sutton se baja del coche, seguido de Reportero, primero, y después de Fotógrafo, que deja las llaves puestas en el Polara y el motor en marcha.

¿No te preocupa que puedan robarte el coche?, pregunta Sutton.

¿Aquí, en pleno centro? ¿El día de Navidad?

Sutton se encoge de hombros.

¿Qué sé yo?

Bajan por Broadway. Sutton se planta frente a un rascacielos de oficinas, de cristal negro. A su lado hay un solar en construcción, protegido por una valla hecha con tablones de madera, con huecos para que la gente pueda ver por ellos. Sutton contempla Broadway, a un lado, al otro. El Gran Tallo. Así es como llamaban a Broadway en los años treinta. Por eso Nueva York es la Gran Manzana.

¿Dónde estaba el comercio?

Willie señala el rascacielos negro.

Justo al lado del viejo teatro Capitol.

¿Y cuánto sacaron?

Doscientos de los grandes. Diamantes sobre todo.

Fotógrafo suelta un silbido.

¿En 1930?

Sí, dice Sutton. Lo colocamos por sesenta. Así que mi parte fueron treinta mil dólares por unas dos horas de trabajo. Estábamos encantados.

¿Y esta vez también lo colocaron a través de Dutch Schultz?, pregunta Reportero.

Sí. Dutch se quedó tan impresionado con el golpe que me pidió que trabajara para él. Yo le dije que me gustaba ser mi propio jefe. Me lo suplicó. La única vez en mi vida que alguien me suplica que acepte un trabajo, y resulta que es un asesino psicópata.

Willie y Marcus compran armas mejores, trajes mejores, un Ford nuevo, más rápido. Nada de meterse en el metro para ir y venir del trabajo. Entran en una especie de borrachera. Así es como la definen los periódicos, y a Willie y a Marcus les gusta la palabra. Se la repiten mutuamente para hacerse reír. Solo durante el primer mes de 1931 atracan tres oficinas del First National, una del National City, dos del Corn Exchange, una del Curb Exchange y una de Bowery Savings and Loan. Detrás de cada uno de los trabajos hay una cuidadosa preparación, un intercambio de impresiones, un cálculo preciso de los tiempos, y sin embargo hay tantos bancos que los nombres, los vestíbulos y los cajeros de todos ellos empiezan a dar vueltas en la mente de Willie.

Su botín más habitual es de veinte mil dólares. Willie mete su parte en tarros herméticos, que va enterrando en parques de Manhattan y Brooklyn. Va de madrugada con una pala que robó en Funck e Hijos. Son otros trabajos de jardinería.

A la policía le desconciertan los uniformes de Willie. Primero cree que se trata de una banda de carteros despedidos. Después se decanta por un equipo de jóvenes desengañados de Western Union. Pero entonces Willie da un golpe vestido de carpintero, y otro presentándose como limpiador de cristales, y la policía sospecha que es una oleada de atracos perpetrada por artesanos y menestrales.

Lo que más le gusta a Willie es llevar un uniforme de policía. Ironías aparte, lo cierto es que le gusta cómo le sienta. Siempre ha tenido un porte elegante, seguro, natural, pero con la casaca azul, la chapa dorada, Willie se descubre a sí mismo andando con una sensación nueva de autoridad y valor. El agente Sutton... revisando tiradores de puertas y parquímetros.

Cuando da inicio la temporada de béisbol de 1931, Willie ya ha ampliado su repertorio, experimenta con el pelo, con el maquillaje. Usa un lápiz para ensancharse las cejas, se aplica base compacta a ambos lados de la nariz para estilizarla. A veces, en la barbilla, se pega una verruga falsa, que hipnotiza a los empleados de banca. Los imagina tomando nota mental de ella para contárselo luego a la policía. Y está seguro de que se olvidarán de todo lo demás.

Lleva barbas, cejas y patillas postizas. Para un golpe se pone unas patillas pobladas que se unen al bigote, como las de Untermyer. Para otro, se coloca un bigote de manubrio, que le da un aire de boxeador decimonónico. Recorre la zona de los teatros, frecuenta a dependientes de tiendas de disfraces viejas y mohosas. Se compra un estuche de varios pisos y lo llena de todos los elementos del mundo del disfraz. Para el golpe a la segunda sucursal del Corn Exchange se pone una dentadura postiza de dientes enormes. Cuando se dirigen al banco esa mañana, en coche, Marcus se vuelve y pilla el momento en que Willie se la pone. Están a punto de chocar contra una boca de riego.

Willie piensa que eso de los disfraces faciales debería habérsele ocurrido antes. Le suplica a Marcus que los use él también. Y algún disfraz. Pero Marcus dice que prefiere seguir cubriéndose la cara con el pañuelo y con el fedora calado hasta las orejas. Me sentiría ridículo con disfraz, le dice Marcus. Más ridículo te sentirás si la policía consigue una descripción detallada de ti.

Willie se impone una condición que cumple a rajatabla antes de atracar un banco: tiene que resultar bien visible desde una buena cafetería. Los días previos al golpe, Willie se compra una libreta de espiral y se pasa horas sentado en el café en cuestión, observando, tomando notas. Anota las horas de llegada de los empleados, cuáles parecen más listos, cuáles, por su aspecto, podrían ponerse gallitos. Usa reglas y lápices de colores para dibujar con detalle bocetos y mapas. A veces espera a que el banco cierre, sigue a los empleados a los cafés que frecuentan. Escucha discretamente sus conversaciones, se entera de cómo se llaman, de cómo se llaman sus mujeres. Durante los atracos los llamará por su nombre, o como quien no quiere la cosa dejará caer el nombre de sus mujeres. Haga lo que le ordeno, señor Myers, o no volverá a ver a Harriet.

Señor Sutton, ¿cuántos bancos atracó en 1931?
Oh, chico, no sé.
Más o menos.
¿Más o menos? Treinta y siete.
Reportero alza la vista de su cuaderno.
¿Treinta y siete... bancos?
No me gusta alardear. Pero sí.
Fotógrafo apaga un Newport a medio fumar.
A mí me cuesta creer, Willie, que atraques treinta y siete bancos y no tengas nada en contra de los bancos. En contra de la sociedad.
Sinceramente, chico, no quiero desilusionarte, pero para mí tenía más que ver con Bess.
¿Puede realmente un hombre atracar treinta y siete bancos para ganarse el amor de una mujer?
Yo tengo una pregunta mejor, chico: ¿son treinta y siete bancos suficientes para algunas mujeres?

Willie y Marcus usan un Automat de Times Square como cuartel general.* Allí se reúnen cada cierto tiempo, y el orden del día es siempre el mismo: primero repasan el atraco anterior. Después consultan las notas que Willie ha tomado para preparar el próximo. Por último hablan de lo que harán si los pillan. En tanto que reincidentes, seguramente les caerán veinticinco años.

Una mañana, Willie enciende un Chesterfield, y tiene que mirar dos veces a la camarera. Se parece a Madre.

No puedo permitirme eso, Marcus.

Yo tampoco, Willie.

Así pues, es muy fácil. Si nos pillan, no hablamos. Si no le contamos nada a la policía, no podrán acusarnos.

Marcus levanta una mano.

Te lo juro por mi hijo.

Tú no tienes hijos.

Dahlia está embarazada.

Oh.

Marcus está radiante.

Sí. Ahora tengo que robar para tres.

Días después, en la mesa del Automat que ocupan normalmente, Marcus acerca a Willie un tubito de cristal. En su interior hay tres pastillas pequeñas de un rosa subido. Willie lo retira de la mesa y lo esconde entre las piernas.

Un regalo de cumpleaños adelantado, dice Marcus.

¿Qué es?

Muerte instantánea.

Willie frunce el ceño.

¿Qué?

Hablábamos de lo que íbamos a hacer si nos pillaban. Eso es estricnina.

* Los Automat eran restaurantes de comida rápida que servían platos sencillos y bebidas mediante máquinas expendedoras. (N. del T.)

Willie cierra el puño con el tubito dentro. Se le ocurren varios momentos de su vida en que no le habrían venido mal esas pastillas.

Pero asegúrate bien de que no te queda alternativa, dice Marcus. No es una buena muerte.

¿En qué sentido?

¿No has visto nunca a un animal cuando se la dan?

No.

Se ponen rígidos. Se les arquea el cuello. Les sale espuma por la boca.

¿Y tú cómo sabes todo eso, Marcus?

La probé con algunos gatos del barrio.

Por lo que he leído, señor Sutton, fue con Marcus con quien empezó a usar disfraces. Y maquillaje. ¿Es así?

Sí.

Y hablaba de una manera característica, ¿no? Para despistar a los empleados... Les contaba chistes. O les recitaba poemas. Un empleado contó al FBI que cuando usted les robaba era como si estuvieran en una película. Pero una película en la que el acomodador no deja de apuntarte con una pistola.

Si teníamos contentos a los empleados, eran más fáciles de dominar. La gente que no está contenta cuesta mucho más de controlar. Pregunta a cualquier político.

Pero ¿usted usaba siempre un arma?

Sí, claro.

¿Cargada?

¿De qué sirve un arma si no está cargada?

Willie alquila un apartamento de cinco piezas en Riverside Drive. Sin amueblar. No quiere muebles. Después de estar en la cárcel, después de la pensión de mala muerte, lo que quiere es espacio. Y paz. El apartamento le gusta bastante, pero no se siente en casa hasta que se entera de que John D. Rockefeller júnior vive en el mismo edificio.

Cuando la primavera da paso al verano, Willie empieza a idear un ambicioso plan: amasar una fortuna que le permita encontrar a Bess y convencerla de que huya con él. A Irlanda, cree. Tal vez a Escocia. Pasa varias tardes agradables en la biblioteca, leyendo sobre algunas islas remotas en las que los eremitas se ocultaban de las invasiones romanas y vikingas. Allí nadie los encontrará nunca. Vivirán en una casa de campo con tejado de paja, en lo alto de una ladera tapizada de hierba, con grandes vistas al mar. El hijo de Bess estará mucho mejor con Willie que con el hombre violento con el que se ha casado. Y si ese maltratador y el padre de Bess llegan a aparecer e intentan darles problemas, Willie tendrá tanto dinero que conseguirá comprar a policías, jueces y agentes de aduanas, y se saldrá con la suya.

Willie está sentado en el suelo de su apartamento nuevo, contando mentalmente el dinero que tiene en los tarros enterrados. Al menos medio millón. Su ambicioso plan no parece tan descabellado.

Marcus también alquila un apartamento. En Park Avenue. Se compra un escritorio muy moderno, una Underwood nueva, una caja llena de cintas para máquinas de escribir. Las palabras vuelven a fluir, le cuenta a Willie. Todo está saliendo a pedir de boca.

Marcus invita a Willie a su nueva residencia, donde da una cena. Willie lleva una cuna para el bebé, y una caja de dulces para Dahlia. Gracias, dice ella, apagada.

¿Estás bien, Dahlia?

Ella murmura algo de unas náuseas.

Willie no sabe cuánto sabe ella del trabajo al que se dedican Marcus y él. Siempre ha dado por sentado que Marcus habrá sido lo bastante sensato para no contarle nada. Pero ahora cae en la cuenta de que en realidad no lo conoce. Y mucho menos conoce a Dahlia, que no le da buena espina.

Marcus da una palmada, dice que tiene guardada una botella de ginebra de la buena para ocasiones especiales. Va a preparar unos martinis. Pero necesita unas aceitunas. Baja corriendo a la tienda a buscarlas.

Dahlia le pide a Willie que se siente, que se ponga cómodo. Acercando una silla a la mesa de la cocina, Willie enciende un Chesterfield y la observa. Ella está de pie junto a la ventana, viendo pasar el tráfico de la calle mientras, distraída, se acaricia la barriga. Willie piensa en Bess.

En ese momento, Dahlia se echa a llorar.

Dahlia, cielo, ¿qué ocurre?

Lo sé, Willie.

¿Qué es lo que sabes?

Lo sé.

Se vuelve a mirarlo.

Lo de Marcus.

Joder, piensa.

¿Qué es lo de Marcus?

Las lágrimas le resbalan por las mejillas, resiguen el perfil de los granos.

Por favor, Willie. Cuando una chica es como yo, no puede permitirse ser tonta.

Willie no dice nada. Por el momento, el silencio es la mejor de las opciones.

No vas a hacer ver que no lo sabes, solloza Dahlia. Que Marcus..., que Marcus..., que Marcus se está viendo con alguien.

Willie suspira, aliviado.

Ah, Dahlia, eso es absurdo.

¿Entonces por qué Marcus, que es un vago redomado, se ve de pronto tan seguro de sí mismo?

Willie piensa en lo que ha de responder. Muchas veces, en el

Automat, le ha hablado a Marcus sobre la confianza. Hagas lo que hagas, hazlo con los huevos. Al parecer, Willie ha creado un monstruo.

Dahlia, dice. Estoy seguro de que Marcus se muestra más seguro de sí mismo porque ha vuelto a escribir. Él mismo me lo dijo. Vuelven a salirle las palabras. Pero no tiene ningún lío con nadie. Marcus te quiere. Está emocionado con la idea de ser padre. Es solo que se siente... bien. La vida, el trabajo, tú...

Dahlia se seca los ojos y se mira la barriga.

¿De verdad?

Sí, claro.

Quiero creerte.

Puedes creerme porque es verdad. Yo nunca miento cuando hablo de amor. Ni siquiera bromeo con el amor. Es algo demasiado importante.

Con los ojos aún llorosos, se echa a reír.

Está bien, Willie. Está bien. Gracias. Oírte decir esto me hace sentir mejor.

Él se acerca a ella, le pone las dos manos en los hombros. Le da su nuevo número de teléfono, le dice que lo llame si tiene algún problema, alguna duda. A cualquier hora del día o de la noche.

Vuelve Marcus. Prepara los martinis, y Willie se bebe dos. Después Dahlia sirve la cena. Asado de cerdo. Reseco. Quemado. Willie se alegra cuando llega la hora de irse. Lo que quiere es tomarse un vaso de bicarbonato y acostarse cuanto antes. Le pide a Marcus que lo acompañe a la calle, que quiere comentarle algo.

Cuando llegan a la esquina, le pregunta a Marcus qué sabe Dahlia de su trabajo.

Marcus pone cara de cordero degollado.

Joder, Marcus. ¿Todo?

Es mi mujer, Willie.

Willie asiente. Y le cuenta a Marcus su conversación con Dahlia.

Cree que la engañas, Marcus. O sea, que tienes que ser más cariñoso con ella. Prestarle más atención. Especialmente porque lo sabe todo de lo... nuestro. No debes darle ningún motivo para que quiera vengarse de ti.

Tiene razón.

¿En qué tiene razón?

En que la engaño.

Willie se cubre los ojos con las manos.

Madre de Dios.

He conocido al amor de mi vida, Willie. Es de San Luis. Una auténtica chica del Medio Oeste. Sana. Pero también algo traviesa. Le gusta que le dé nalgadas. ¿Te lo puedes creer, Willie? Nalgadas. Se distanció de su familia, supongo, y se trasladó a la Costa Este, y aceptaba que la sacaran a bailar a cambio de dinero. Hasta que me conoció a mí.

Willie se quita el fedora, se seca la frente.

Y qué cosas me dice en la cama, Willie. Ni te lo imaginas. Es de la zona de Soulard. Uno de los barrios más antiguos de San Luis.

¿Es que Marcus se ha vuelto loco? Willie enciende un cigarrillo, le da una calada muy profunda y se fija en la punta. Le parece que brilla más de lo normal, como una gota de sangre.

Nos conocimos en Roseland, está diciendo Marcus. Nunca olvidaré la canción que sonaba durante nuestro primer baile. *I'm good for nothing but love.*

De nuevo le está proporcionando una información totalmente irrelevante. Willie y Marcus siguen caminando, y Marcus sigue hablando. Se detienen a la luz de una farola, en la calle Setenta y nueve. Willie tiene la sensación de que no puede dar un paso más. Se lleva la mano al pecho y palpa el tubito de la estricnina.

Todo lo que me cuentas son muy malas noticias, Marcus.

Tranquilo, Willie. Lo tengo todo bajo control.

Sí, claro. Control. Mira, Marcus, a mí me da igual a quién quieras y con quién te acuestes, pero Dahlia tiene que seguir estando contenta, ¿lo entiendes? La felicidad de Dahlia es lo primero. La felicidad de Dahlia es esencial para nuestra felicidad. Para mi felicidad.

Marcus asiente.

Mantén bien escondida a esa bailarina de pago, dice Willie.

Millicent.

¿Qué?

Millicent. Se llama así. Tengo muchas ganas de que la conozcas.

Willie le dedica una mirada asesina, tira el cigarrillo a una alcantarilla y se aleja.

Días después, Willie recibe una llamada. Es Dahlia. Está hiperventilando. Ha encontrado unas cartas que Marcus ha escrito con su nueva Underwood.

¿Cartas? ¿A quién?

A la puta de Marcus.

Y si son para ella, ¿cómo las has encontrado tú?

Son copias con papel carbón.

Willie se tapa la boca con una mano. Papel carbón.

Willie, tú me dijiste que nunca mentías cuando hablabas de amor. Pero no es cierto. Me has mentido. Marcus y tú os merecéis estar en la cárcel.

¿En la cárcel? Dahlia, cielo, ¿de qué estás hablando? Estás llegando a conclusiones precipitadas. Tenemos que hablar de todo esto. Puedo explicártelo.

Pues explícamelo.

Por teléfono, no. Quedemos en el restaurante Childs, en el Ansonia. Créeme, hay cosas que no son lo que parecen. En una hora. En el Childs. ¿De acuerdo?

Ella cuelga sin responder.

Llega antes. Dahlia ya está ahí. Sentada a una mesa pequeña del fondo, junto a la cocina, con un vestido espantoso y un gorro de fieltro que parece un casco de cuero de los que usan los jugadores de fútbol americano. Willie la besa en la mejilla, deja el sombrero sobre la mesa. Pide una porción de tarta y un café para cada uno, se sienta delante de ella.

¿Cómo te sientes, Dahlia?

Esta mañana el niño no dejaba de darme patáditas. Como si quisiera salir.

Sé exactamente cómo se siente, piensa Willie.

Bueno, Dahlia, esas cartas.

La camarera les trae las tartas y los cafés. Él espera a que se vaya.

¿Y bien?, dice Dahlia.

Está claro, Dahlia. La novela, Dahlia. La novela de Marcus.

La novela.

Claro. Esas cartas son para la novela de Marcus. Es evidente que es una novela en forma de cartas. Las llaman «epistolares».

Vamos, hombre.

Sí, seguro. Esas cartas no son más que fragmentos de una obra que está escribiendo. La verdad es que es de risa. Entiendo que hayas pensado que...

Pero están firmadas, Willie. Con su nombre.

Bueno, de acuerdo, seguramente Marcus ha tomado algunos hechos reales de su pasado sentimental, viejas aventuras y esas cosas, y las ha mezclado con historias de ficción. Los escritores lo hacen siempre.

¿Estás diciéndome que no hay ninguna bailarina de alquiler llamada Millicent? ¿De Soulard?

Willie le da un bocado a la tarta.

Pues claro que hay una Millicent, dice. Pero no es de Soulard. Sale de la imaginación febril de Marcus Bassett. Tu marido. El padre de tu hijo, que no ha nacido aún.

Le habla con pelos y señales de las aspiraciones literarias de Marcus, de lo mucho que significan para él las palabras y los libros. Le cuenta que fue en la entrada de la biblioteca donde se reencontró con él, que los dos se refugiaban allí en los momentos difíciles. Cuanto más creíble suena, más despreciable se siente. La otra noche, cuando le dijo que no mentía nunca en temas de amor estaba diciendo la verdad. Siente algo en la garganta, en las entrañas, algo que hacía mucho tiempo que no sentía. Mala conciencia, remordimiento, sentimiento de culpa... No tiene una palabra para describirlo.

¿Me juras, le dice Dahlia, me juras que estas cartas son ficción?

Te lo juro.

Porque si me mientes, por segunda vez, después de jurar que nunca lo harías, la verdad es que me encantaría entregarte.

¿Entregarme? ¿Qué estás diciendo, Dahlia?

Sé en qué andáis metidos Marcus y tú.

Cielo, por favor, baja la voz.

Vuestra... borrachera.

Chis.

Willie lleva una camisa de cuello duro y una corbata floreada, y ahora nota que cada vez le aprietan más. Nervioso, mira a su alrededor, y ve que la gente del restaurante los mira. Se inclina sobre la mesa.

Suspira.

Con la mano en el corazón, por Dios Todopoderoso, Marcus no te engaña.

Dahlia busca un pañuelo de celulosa en el bolso. Se lo lleva a la nariz y lo arruga hasta convertirlo en una pelotita, como si quisiera arrojárselo a Willie. Él se saca su pañuelo de hilo del bolsillo de la pechera y se lo alarga. Ella lo acepta, se seca los ojos. La expresión de su rostro se suaviza.

Siento este arrebato, le dice.

Permanecen largo rato sentados, sin decir nada. Entonces ella se pone de pie bruscamente. Las patas de la silla arañan el suelo, y casi se cae.

Gracias por venir a verme, Willie.

No te vayas. Termínate la tarta.

No, gracias. Ya te he quitado mucho tiempo. Sé que no tienes demasiado... tiempo.

Willie vacila, se levanta. Dahlia lo besa en la mejilla y se va.

Willie vuelve a sentarse, pide la cuenta. Corta otro pedazo de tarta con el tenedor, y todo el mundo se da media vuelta. Cuatro, seis, ocho policías salen en tromba de la cocina y tumban de la silla a Willie. Lo inmovilizan sobre el suelo de linóleo, lo esposan. No le da tiempo a sacar la estricnina. Espera que a Marcus sí le dé tiempo a sacar la suya.

Fotógrafo pone el pulgar y el índice en forma de pistola y apunta a Sutton.

Willie, se me acaba de ocurrir. Tú, cuando tenías más o menos nuestra edad, ibas armado, atracabas bancos, joyerías... Menudo viaje.

Mierda, dice Reportero.

¿Qué pasa?

Están por ahí. Los de Canal Once.

Una furgoneta con cámaras se detiene al otro lado de la calle. Se baja un joven con el pelo afro y sale corriendo hacia ellos con una cámara de televisión al hombro. Reportero mete de un empujón a Sutton en el asiento trasero, y Fotógrafo y él se sientan delante. Mientras se alejan a toda velocidad, Sutton mira por la ventanilla de atrás. El joven está de pie donde estaban ellos hace un momento, sosteniendo la cámara como si fuera una maleta, maldiciendo y resoplando como quien acaba de perder el tren.

Fotógrafo y Reportero gritan, chocan los cinco.

Por los pelos, dice Reportero.

¿Cómo coño nos han encontrado los de Canal Once?

Estoy seguro de que pasaban por ahí, por casualidad.

Si mi editor ve a Willie Sutton en la tele...

Tranquilo. El tío ese no ha podido filmar nada. Ni siquiera ha encendido el flash.

Reportero se vuelve a mirar atrás.

Espero no haberle hecho daño, señor Sutton.

No, chico. No. Ha sido solo un bailecito. Y, además, así nos vamos preparando para nuestra próxima parada.

15

Willie está echado en el asiento trasero, con las manos esposadas a la espalda. Dos policías corpulentos ocupan por completo los delanteros. El que va al volante, enorme, mastica un puro apagado, y el otro, que es más enorme aún y sostiene el arma, se mete cuatro tiras de chicle Juicy Fruit en una boca tan pequeña que da miedo.

Tenemos a tu socio, dice Poli Más Grande volviendo un poco la cabeza. Por si te interesa saberlo.

Yo no tengo ningún socio, dice Willie.

¿No conoce a John Marcus Bassett?, pregunta Poli Grande.

No sé de quién me hablan.

Su mujer es la fea esa con la que acabas de tomarte una tarta y un café.

No me diga.

Pues Bassett bien que te conoce a ti. Está contándoles a los comisarios tu biografía entera en este mismo momento.

Entonces es un demente. Le digo que no nos hemos visto nunca.

Y por eso estabas con su esposa.

A mí me dijo que era soltera.

¿Me estás diciendo que te estabas ligando a esa pava?

¿Es un delito?

Podría serlo. ¿La has visto bien?

Es una buena persona.

Se parece a Lon Chaney. Y está en estado de buena esperanza.

¿Eso significa que está fuera del mercado?

Poli Grande se saca el puro apagado de la boca y se vuelve.

Este tío es un fenómeno.

Paran al llegar al número 240 de Centre Street, un palacio barroco francés con estatuas y columnas, rematado por una gran cúpula. Una especie de Vaticano de la policía, piensa Willie al contemplar el edificio. Papas y policías se creen gran cosa.

A ambos lados de la puerta hay un león de piedra blanca. Ah, la biblioteca... ¡Qué no daría Willie por estar allí en ese mismo momento! En la entrada hay diez o doce policías con casacas verdes, plantados alrededor de un escritorio alto, de madera. Saludan a Poli Grande y a Poli Más Grande, y los felicitan por la captura. Uno de ellos mira a Willie.

Espero que disfrutes de tu estancia en la posada Centre Street. Seguramente no te hará falta el servicio despertador.

Todos se ríen a carcajadas. El más gordo de todos se ríe tanto que se queda sin aire.

Poli Grande y Poli Más Grande llevan a Sutton hasta una sala de luz cegadora y lo suben a un estrado junto a otros seis hombres. Atracadores, ladrones de cajas fuertes, rateros. Los colegas de Willie.

Entra un grupo de hombres de paisano. Empleados de banca. Willie los reconoce. Se colocan abajo, frente al estrado, y lo miran entornando los ojos. Él se echa hacia delante, aparta la mirada.

Lo siento, dicen a Poli Grande y a Poli Más Grande. No nos suena ninguno de estos hombres.

Los disfraces de Willie, su maquillaje, sus bigotes, han dado resultado.

Ahora entra Conserje.

¿Reconoce a alguno de estos hombres?, le pregunta Poli Más Grande metiéndose otro chicle en la boca.

Conserje los recorre con la mirada, de izquierda a derecha. Sí.

Pues suba y coloque la mano en el hombro del hombre al que ha reconocido.

Conserje sube al estrado, pasa por delante de todos los hombres. Sobreactúa un poco. Finalmente llega frente a Willie. Pega mucho la nariz a él. A Willie le llega el olor de la loción. Y del plato de la ternera *stroganoff* que se ha comido ese mediodía. Conserje mira fijamente a Willie, tres segundos. Cuatro. Le apoya la mano en el hombro, se vuelve hacia los policías.

Este hombre, dice.

Entonces se vuelve y le dedica una sonrisa a Willie, una sonrisa que solo él puede ver.

Se llama Charlie, dice. Ladrón.

Poli Grande y Poli Más Grande meten a Willie en un cubículo lateral que contiene una mesa y una silla de metal. Poli Más Grande le esposa las manos a la espalda. Poli Grande lo empuja para que se siente en la silla. Ellos se plantan a ambos lados.

Bassett ha cantado, dice Poli Más Grande.

Se lo repito, dice Willie. No sé quién es.

Bassett lo ha confesado todo, dice Poli Grande. Habría confesado que ha trabajado con Sacco y Vanzetti si lo hubiéramos dejado, así que ya está, Sutton. Hazte un favor.

Poli Grande le va soltando detalles que solo Marcus podría conocer. Bancos. Disfraces. Cantidades exactas de dinero. Además de un inventario completo de Rosenthal e Hijos. Willie se estremece. Pobre Marcus. Menuda paliza le habrán pegado.

Poli Grande le habla de los sesenta mil que Willie sacó de Rosenthal e Hijos, pero no menciona lo de Dutch, porque Willie nunca le habló a Marcus de Dutch. Menos mal. Willie está seguro de que a los polis les interesa Dutch. Tienen la sospecha. No hay tanta gente en Nueva York que se dedique a colocar mercancía robada y que sea capaz de mover un botín como ese. Intuyen que pueden resolver un caso gordo, y creen que Willie puede llevarles hasta él.

Lo siento, amigos, dice Willie. Debe de haber alguna confusión. Marcus es escritor. Debe de haberles contado la trama de alguna novela en la que estará trabajando.

Poli Grande y Poli Más Grande se miran.

¿Tú crees a este tipo?, pregunta Poli Grande.

Alguna novela mala, le dice a Willie Poli Más Grande.

Sí, dice Poli Grande. Verás, en la trama de esa novela, un expresidiario llamado William Francis Sutton, de treinta años, se disfraza de agente de policía y así, saltando y bailando, se cuela en unos cuantos bancos, tralarí, tralará, y los atraca. A nosotros no nos gustan las novelas de rateros que se hacen pasar por polis, ¿entiendes? Aquí discrepamos. Esta placa significa algo para nosotros. ¿Entiendes?

Poli Grande se acerca más a Sutton. Finalmente enciende el puro que ya llevaba en el coche patrulla. Lo que no sale en esa novela, dice, lo que Bassett no parece saber, lo que tú vas a contarnos ahora mismo, pedazo de mierda irlandesa, es dónde escondiste el dinero, y quién te ayudó a colocar las joyas.

Quiero un abogado.

Estas son las últimas palabras, las últimas palabras inteligibles que Willie pronunciará en varios días. Una plancha de madera, o un tablón o un palo le da en la nuca. La cara choca contra la mesa, pierde el conocimiento. Después... vuelve a ser un niño, salta por un muelle abandonado, junto al río. Vuela alto, muy alto, tan alto que flota por el cielo. Lentamente se da la vuelta y empieza a descender, y desciende hasta caer en el agua fría, negra. Choca contra algo duro. Ahora alguien lo arrastra hasta la superficie, de vuelta al muelle. Es Happy. Y Eddie. Eh, chicos, ¿con qué me he dado? ¿Y cómo coño me voy a librar de estos monos? Eddie alarga la mano, le toca la base del cráneo. Sutty, estás sangrando. No. Es Willie el que alarga la mano, el que toca. Sus dedos se tiñen de un rojo brillante, se humedecen. Parpadea, intentando aclararse las ideas.

Agárralo, Mike.

Poli Grande lo sujeta por los tobillos. Poli Más Grande lo sujeta por los brazos. Los dos lo levantan sin esfuerzo, lo suben a la mesa, boca arriba, como un pavo a punto de ser trinchado. Entonces entran más policías en el cubículo. Hay gritos, insultos, mientras lo agarran por los hombros y lo ponen de pie. Alguien empieza a azotar a Willie en la barriga con un tubo de goma. Willie cierra los ojos y grita. Tengo derechos. Ellos le tapan la boca con una especie de mordaza que no es una mordaza. Le golpean las piernas, los muslos, las espinillas. Primero nota, y después oye, que se le parte una rodilla. Ve a las mujeres de Irish Town, en los primeros días cálidos de mayo, colgando alfombras en las escaleras de incendios, sacudiéndolas una y otra vez, y él percibe un calor imposible en el brazo desnudo, donde se le hinchan las venas. Intenta apartar el brazo, pero no puede, lo agarran con mucha fuerza. Huele a piel quemada, la suya, y lo sabe, no sabe por qué lo sabe pero sabe que es el puro de Poli Grande.

Le pegan en la entrepierna. Con un bolo o algo parecido. En la polla. No, chicos, ahí no. Pierde el conocimiento. No está. Vuelve... el olor a carne quemada mezclado ahora con sudor de policía. Una voz pregunta si está listo para hablar. Más que listo está. Les contaría cualquier cosa. Está a punto de vaciar lo que lleva dentro, de convertirse en un chivato, lo que le asusta más que cualquier cosa que vayan a hacerle a continuación. Delatar le asusta más que morirse, así que muerde el trapo, o el calcetín, o lo que sea que le han metido en la boca, y niega con la cabeza una y otra vez, no, no, no.

Silencio. Willie cree que a lo mejor ya está. Tal vez hayan comprendido que no van a sacarle nada. Respira con dificultad, suda a mares, mantiene los ojos cerrados y nota que la sangre le gotea por la cara. Tal vez.

Oye voces nuevas en la habitación, nudillos que chasquean. Las voces nuevas preguntan a las voces viejas cuál es según ellos el problema. Y entonces empiezan ellos. Puñetazos. Fortísimos. Que le destrozan las costillas. Los boxeadores premiados del lugar, supone. Pesos medios, a juzgar por lo que oye y lo que nota. Al menos hay un peso pesado ligero. Se están entrenando bien en el pecho de Willie. Directos, ganchos, golpes en la nuca. Cada vez que se le parte una costilla suena como si se rasgara una tela. El dolor. Le consume, lo borra. Nota como si su cuerpo estuviera hecho de un cristal soplado finísimo y los policías no dejaran de romperlo en pedazos cada vez más pequeños, en prismas. ¿Cómo puede quedar aún algo que romper? Pero ellos siguen encontrando algún pedacito nuevo, prístino, que destrozar. Nunca ha sentido tanto dolor, y aun así, en ese dolor hay algo conocido. ¿Cuándo se ha sentido así de angustiado, de desamparado, de solo?

Lo recuerda. No de manera consciente, porque solo está consciente a medias. Pero con un resquicio diminuto de su mente recuerda a Bess. Cuando le prohibieron entrar en su casa. Cuando conoció a su padre. Cuando supo que ella había abandonado el país. Cuando la vio convertirse en la esposa de otro hombre. Cuando supo que llevaba el futuro hijo de ese hombre. Después de todo ese dolor, se dice a sí mismo, entre bocanadas de aire, que ese dolor no lo matará, y si lo mata, que lo mate. Les grita a los pesos medios: «Seguid, seguid, más fuerte». Pero está delirando, y tiene los calzoncillos de un policía en la boca. No le entienden.

Entonces sonríe. Y eso sí lo entienden.

Dejan de pegarle.

Levantan a Willie, le atan una cuerda a los tobillos. Le tapan los ojos, lo sacan del cubículo y lo arrastran por el pasillo hasta el borde de un precipicio. Nota una corriente ascendente de aire fresco. Debe de estar en lo alto de una escalera larga, que debe conducir a algún tipo de sótano. Intenta echarse hacia atrás.

Última oportunidad. ¿Estás dispuesto a hablar?

Él no dice nada.

Lanzando bombas.

Cae rodando, cabeza, pies, cabeza, y aterriza sobre sus costillas rotas, sobre los hombros, sobre la nariz. Su pobre nariz. Otra vez partida. Los policías bajan por la escalera.

¿O sea, que te resistes a la detención? Intentabas escapar, ¿no?

Todos se ríen, y Willie oye que uno se ríe tanto que se queda sin aire.

Y después lo tiran otra vez.

Fotógrafo dobla al llegar a Centre Street.

Despacio, dice Willie. Despacio.

Hay una hilera de coches patrulla aparcados en batería. Son iguales que el Polara, pero pintados de blanco y negro y con luces en lo alto. Sutton señala más allá de los vehículos, a la escalinata principal con sus dos leones de piedra.

Ese edificio, dice. Ahí es donde me llevaron cuando nos pillaron a mí y a Marcus.

Fotógrafo aparca a cincuenta metros.

Creo que no nos dejan acercarnos más, hermano.

Sutton sale, avanza torpemente hacia el edificio. Se detiene al otro lado de la calle, mira mal a los agentes y comisarios que entran y salen pasando entre los dos leones.

El viejo león perece por falta de presa, susurra. Por falta de presa, joder.

Reportero y Fotógrafo van detrás de él.

¿Qué te hicieron cuando te trajeron aquí?, pregunta Fotógrafo.

Qué no me hicieron.

¿Podrías especificar un poco más?

Me pusieron en una rueda de reconocimiento. Me preguntaron muchas cosas.

¿Y hablaste?

Sí, hablé. Les dije que se fueran a tomar por culo.

¿Y qué pasó entonces?

Entonces me dieron una paliza que fue la madre de todas las palizas.

Cerdos, dice Fotógrafo en voz muy baja. Les encanta reventar cabezas.

Sí les gusta, chico. Eso es cierto.

¿Y cómo fue, hermano? ¿Cómo fue?

Sutton se mete la mano en el bolsillo de la pechera y saca las esposas forradas de pelo.

¿Quieres saber cómo fue?

Sí.

Pues póntelas.

Fotógrafo se ríe.

Ya me parecía a mí, dice Sutton. A vosotros os encantan las experiencias, hasta que os toca experimentar.

Fotógrafo parece ofendido. Le entrega la cámara a Reportero y le ofrece sus muñecas. Sutton mueve el dedo índice.

No, chico, tienes que darte la vuelta. Las manos a la espalda.

Fotógrafo se vuelve y Sutton le esposa las muñecas. Tres agentes de policía aminoran el paso y observan al viejo de la gabardina con cuello de piel poner unas esposas peludas a un hippy con chaqueta de piel vuelta. ¿No se parece mucho ese viejo a... Willie Sutton?

Esposado, Fotógrafo se da la vuelta. Sutton le da un puñetazo limpio en el vientre, pero se detiene a un dedo del cinturón. Fotógrafo tuerce el gesto, retrocede. Sutton sonríe.

Ahora, chico, imagina que ese puñetazo te hubiera dado. Imagina otro más, y otro, y cincuenta más. No puedes respirar. Toses sangre. Después de cien puñetazos en tus partes, estás dispuesto a delatar a tu padre y a todos los ángeles del cielo.

Le lanza una cadena de golpes imaginarios, directo, finta, directo, todos ellos detenidos justo antes de alcanzar la hebilla del cinturón de Fotógrafo, o su cara. Fotógrafo se echa hacia atrás cada vez. Entonces Sutton baja de la acera, se planta en la calle y encorva un poco la espalda con gesto de púgil. Dispara golpes imaginarios más fuertes contra la sede de la policía. Derechazo, golpe de izquierda, gancho, gancho, gancho derecho.

NO HABLÉ, ¿VERDAD, CABRONES?

Oh, no, dice Reportero.

NO PUDISTEIS CONMIGO, ¿VERDAD, POLIS?

Reportero sujeta a Sutton, pero Sutton se suelta y sigue gritando.

¡Y AHORA ESTOY AQUÍ! HE VUELTO. SIGO EN PIE. ¿Y DÓNDE COÑO ESTÁIS TODOS VOSOTROS? ¿EH? ¿DÓNDE?

Por el amor de Dios, señor Sutton, por favor.

Willie abre un ojo. Está tendido en el suelo de un calabozo. Ve, junto a la puerta, una taza de peltre con agua. Huele a meado, pero no le importa. Da un sorbo, o lo intenta. Tiene la garganta cerrada, la nuez ensanchada y dolorida. Además, oye un pitido estridente en los oídos. Se le ha roto el tímpano. Ahora, por encima del pitido le llega... ¿un sollozo? Mira a su alrededor, y a través de los barrotes ve un pasillo iluminado por una sola bombilla. Al otro lado, apoyado en la pared de otra celda, está Marcus. Pobre Marcus. Willie se arrastra hasta la puerta de su celda, apoya la cara contra los barrotes. Marcus, le susurra. Eh, tío, ¿qué te han hecho? ¿Estás bien? Eh, Marcus... Lo peor ya ha pasado, creo.

Willie le ve los ojos de cucaracha. Han cambiado. Han dejado... ¿de moverse? Y están fijos en Willie. Entonces se da cuenta de que Marcus no está cubierto de sangre. No está amoratado. Marcus no tiene ni una sola marca. Por entre el dolor, por entre el pitido de los oídos, le llega la revelación. Marcus lo ha contado todo sin recibir un solo golpe.

Y sigue hablando.

Willie, yo no lo sabía, no lo sabía, si hubiera sabido lo que iban a hacer no habría dicho una palabra, pero me dijeron que no te harían daño, me dijeron que era la única solución, Willie, lo siento mucho pero es que no lo pude soportar, me dijeron lo que iban a hacer conmigo, y no pude, no pude...

Willie abre y cierra la boca para comprobar el estado de sus mandíbulas. Escupe una mezcla de sangre y algo más, algo que parece un órgano interno, y se arrastra desde la puerta hasta la esquina más alejada. Se enrosca sobre sí mismo y pronuncia solo tres palabras, las últimas que le dirá en su vida a John Marcus Bassett.

Chivato de mierda.

Ahora son cinco los policías que se han congregado delante de la sede y observan a un boy scout con traje de los Brooks Brothers que arrastra por la calle a un viejo que se parece a Willie Sutton, seguidos por un hippy esposado y con chaqueta de piel vuelta.

Vosotros no tenéis ni idea, dice Sutton sin aliento. Pero es que ni idea. Hasta que no estás metido en ese cuarto, a merced de media docena de matones con chapa policial, no sabes nada. Yo he hecho muchas cosas de las que no me siento orgulloso. Pero mi aguante ese día, mi manera de resistir... aún me enorgullece. Tal vez ese fue mi mejor momento.

Se vuelve y dedica un último grito al edificio.

¡NOS VEMOS, CABRONES, CHIVATOS DE MIERDA!

Señor Sutton, se lo ruego.

Llegan al Polara. Reportero ayuda a Sutton a meterse en el asiento trasero como quien se lleva a alguien detenido. Cierra la puerta con fuerza.

Larguémonos de aquí, le dice a Fotógrafo.

Quítame estas esposas, dice Fotógrafo.

Yo no tengo la llave.

Pídesela a Willie.

Salgamos primero de este sitio.

¿Y cómo voy a conducir?, pregunta Fotógrafo.

Ya conduzco yo. Dame las llaves.

Las tengo en el bolsillo.

Reportero saca las llaves de la chaqueta de piel vuelta. Ayuda a Fotógrafo a sentarse en el lugar del copiloto y, corriendo, entra en el coche y se pone al volante.

Mientras se alejan, Fotógrafo se retuerce un poco para mirar a Sutton.

Willie, hombre, quítame estas esposas, que me están cortando la circulación.

Sutton, aún sin aliento, mira por la ventanilla y no responde nada.

Willie, hermano, vamos. Me está entrando el pánico.

¿Lo dices en serio, chico?

Willie.

Hasta el momento, ¿qué te está pareciendo la experiencia Willie Sutton?

Fotógrafo se vuelve hacia Reportero.

Dile que me quite las esposas.

Sí, claro, porque a mí me obedece en todo.

El juicio fue una broma de mal gusto, dice Sutton. ¿Cómo es que no permitieron usar como pruebas las fotografías en las que salía con la cara destrozada, los huesos rotos? Mi abogado quería recurrir, pero después de que me condenaran, a él también lo pillaron.

¿Qué? ¿Detuvieron a su abogado, señor Sutton?

Albert Vitale. Había sido juez. Resultó que había aceptado un soborno mientras ejercía el cargo. Un soborno de Arnold Rothstein.

¿El tipo que amañó los partidos de la Serie Mundial de 1919?

Ese mismo. Fueron duros. ¿Sabes con quién estaba casado Rothstein? Con la nieta del hermano de Untermyer.

Willie. Las esposas. Por favor, hermano.

¿Y qué le ocurrió a Marcus, señor Sutton? ¿También le dieron una paliza?

No. Él estaba demasiado ocupado contándoselo todo, y no les dio tiempo a pegarle. Creía que si me delataba serían benévolos con él, pero lo condenaron a veinticinco años. Lo soltaron en el año 51, y murió a los pocos meses. En el Times *se publicó que tenía dos dólares con ochenta y un centavos a su nombre. Lo encontraron en una pensión de mala muerte. Echado sobre una máquina de escribir. Maldito chivato.*

Willie camino de Sing Sing. Febrero de 1932. Las palabras del juez aún resuenan entre las columnas de mármol y en los pálidos muros del tribunal.

Sutton, es usted de los delincuentes cuyas fechorías escandalizan al pueblo americano. La policía de Nueva York lo considera uno de los hombres más peligrosos que jamás se han paseado por nuestras calles. En cuanto a osadía, desafío a la ley, absoluto desprecio por la propiedad privada y por la vida, sus crímenes se cuentan entre los más descarados de todos los que se han cometido en esta ciudad. Nos asombra leer sobre esta clase de asaltos en el antiguo Oeste. Nos decimos que estos delitos ya no podrían darse. Pero usted iguala a esos desesperados ya desaparecidos. A un juez de Nueva York le resulta en extremo difícil tener que juzgar a un muchacho de Nueva York, criado en un entorno que debería haberlo hecho bueno y no malo. Pero mi misión es clara. A pesar de tener apenas treinta años, debo condenarlo a una pena más larga.

Cincuenta años.

El autobús franquea la verja principal de Sing Sing. Sutton mira a su alrededor. En lo primero que se fija es en las rosaledas. Ya no están. Y ese es solo uno de los cincuenta cambios. Lawes ha reformado la cárcel de arriba abajo. La ha convertido en una pequeña ciudad, con nuevos talleres industriales, un nuevo bloque de celdas de cinco plantas y un muro de casi ocho metros de altura.

Pero, claro, hay cosas que no cambian. Cuando los guardias conducen a Willie hasta su despacho, a Lawes se le ilumina la cara.

Bienvenido de nuevo, imbécil.

Willie le pregunta por los jardines.

Hemos instalado tuberías nuevas. Tuvimos que quitar las flores.

Seguro que Chapin murió del disgusto al ver que os cargabais sus rosas.

Pues sí. A él lo plantamos hace un año.

Hay algunas cosas más que siguen igual, como Willie las recordaba. La comida, por ejemplo. Gachas de harina de maíz en el desayuno, alubias en el almuerzo, una chuleta de cerdo astillosa en la cena. Willie sospecha que no se trata solo del mismo menú, sino que bien podrían ser los mismos alimentos que ya se paseaban por Sing Sing hace siete años.

Lawes le asigna un puesto en la zapatería, remendando suelas. Cincuenta años, piensa. Cuando va de la zapatería a la cantina, cuando regresa a su celda tras otra jornada larga y deprimente, Willie se repite una y otra vez: cincuenta años. Y sin un Chapin, sin un jardín, sin un final. Le resulta inconcebible. Es más de lo que puede asumir.

Estudia el nuevo trazado de la cárcel, se va formando un mapa mental. Ocho puertas lo separan de la calle. La de su celda es una. Después viene un tramo de escaleras, y una puerta de madera cerrada. A continuación un largo pasillo y una reja cerrada con candado. Después otro pasillo y otra puerta de madera cerrada con llave. Después, otra reja con candado. Después la cantina y otra puerta de madera cerrada con llave. Finalmente, otra reja con candado. Después está el sótano donde, en uno de sus extremos, hay una puerta de acero gigantesca que da al patio.

Y aunque Willie pudiera, no sabe cómo, franquear esas ocho puertas, aún le quedaría el muro exterior. ¿Cómo superas un muro de ocho metros lleno de guardias en lo alto, armados con subfusiles Thompson?

Willie se pelea con esa pregunta durante dos meses.

Un día, un preso de confianza le comenta a Willie que una de las torres custodiadas por un solo guardia está desatendida por las noches. A Willie le parece absurdo. Pero enseguida lo entiende. Los periódicos están llenos de historias sobre las costosas obras de reforma de Lawes. Ahora, con la Gran Depresión empeorando día a día, Lawes habrá tenido que reducir costes. ¿Por qué pagar a unos guardias para que vigilen en todas las torres, todas las noches, cuando te has gastado millones de dólares para construir un módulo de celdas a prueba de fugas?

Así que ahora Willie cree que sabe dónde se encuentra el punto más vulnerable del muro. Pero aún le queda resolver la cuestión de cómo trepar por él. Y todavía no sabe cómo hará para llegar hasta allí desde su celda. Ocho puertas. Pasan otros cuatro meses, y él no deja de dar vueltas a esos problemas.

A finales de verano de 1932, sentado en el patio, lamentándose por las rosas ausentes, Willie alza la vista y ve a Johnny Egan que vuelve del taller mecánico. Moreno, guapo, Egan se parece un poco a Happy, aunque actúa un poco como Marcus. Pero Willie no se permite pensar así sobre él, porque Egan es un preso de confianza, lo que significa que tiene permiso para moverse libremente por las instalaciones de la cárcel, y es libre de entrar y salir de unos talleres que, ahora Willie se da cuenta, están llenos de herramientas.

En el tiempo de recreo, a Egan le gusta jugar a frontón. Así que Willie se decide a aprender. Llega a ser lo bastante bueno como para formar equipo con Egan en los torneos de la cárcel. Se gana el respeto y la lealtad de Egan, juega a dobles con él en los campeonatos de Sing Sing de 1932. Tras una victoria conseguida en el último minuto, Willie le pasa un brazo sudoroso por el cuello a Egan y le dice que tal vez algún día necesite algunas cosas. Le susurra una posible lista de la compra.

¿Te quieres fugar?, le pregunta Egan.

Willie no responde.

Cuenta conmigo, dice Egan.

Yo trabajo solo, chico.

O cuentas conmigo..., o no hay ayuda.

No tiene sentido discutir. Aun cuando Egan pudiera conseguir los artículos de la lista de Willie, las herramientas necesarias para abrir las puertas, Willie sigue sin imaginar cómo escalar ese muro.

Es a Egan al que se le ocurre. En noviembre de 1932, cuando hace sus rondas, Egan pasa por el sótano que queda debajo de la cantina y ve dos escaleras de madera detrás de unos palés. Cada una de ellas mide tres metros y medio, le dice a Willie. No es bastante para llegar a lo alto del muro.

A menos que se pongan una encima de la otra, dice Willie.

Así que ya lo tienen. El plan está claro, y es el momento. ¿Quién sabe cuánto tiempo más estarán ahí esas escaleras? Willie le entrega a Egan su lista. Para las puertas y las rejas va a necesitar una llave de torsión, una ganzúa y una cuña. Para los barrotes de su celda, una sierra de arco pequeña.

Cuenta conmigo, le dice Egan. ¿De acuerdo?

Willie niega con la cabeza.

O cuentas conmigo, o ni hablar.

Willie suspira.

Está bien.

Al día siguiente, mientras Willie y Egan practican sus golpes de derecha, Egan le entrega discretamente las herramientas, la sierra y la cuña. Willie se lo mete todo debajo de la camisa, por dentro del pantalón. Jugar a balonmano con unas herramientas metidas en el pantalón no es fácil. La sierra, sobre todo, se le clava en la espalda.

Más tarde, cuando ya han apagado las luces, pasa la sierra por el barrote más bajo de la puerta de su celda. Lo corta con la misma facilidad con la que antes le ha cortado la espalda. Lo sierra del todo, lo retira y vuelve a colocarlo en su sitio con chicle.

A la mañana siguiente, durante el desayuno, le pide a Egan que se agencie él también una sierra, y que haga lo mismo que él en la puerta de su celda. Y que espere.

Willie sabe que puede forzar las cerraduras de las ocho puertas. Es muy bueno. Bien, la de la última, no. Ese gran portón de acero del sótano que conduce al patio queda fuera de su alcance, va más allá de todo lo que le enseñó Doc. Para abrir esa puerta le hará falta una llave. Convence a un condenado a cadena perpetua para que saque la llave maestra de la cadena que lleva el celador jefe. Willie le promete que, a cambio, cuando salga, entregará un fajo de billetes a su familia. Willie sigue teniendo tarros de dinero enterrados por toda la ciudad.

Usando un molde de cera, Egan consigue cortar una copia tosca en el taller.

A principios de diciembre, Willie y Egan se encuentran en la pista de frontón y fingen jugar, pero en realidad hablan de qué día es el mejor para la fuga. Willie quiere que sea el martes, 13 de diciembre, pero Egan niega con la cabeza. El trece es su número de la mala suerte. Todas las cosas malas que le han pasado en la vida, entre ellas casi todas sus detenciones, han ocurrido en el día 13.

Está bien, dice Willie. Pues el 12.

Egan sonríe y lanza un trallazo contra la pared. Willie se agacha para devolvérselo, pero no lo consigue y vuelven a abrírsele los cortes de la espalda.

Cuando llega el día escogido, Willie y Egan se sientan juntos durante el almuerzo y repasan el plan una vez más. Willie le susurra que inmediatamente después de la fuga tendrán que separarse. Egan le dice que eso no será un problema para él. Tiene un hermano en el West Side de Manhattan que lo esconderá.

Se miran. Egan asiente. Nos vemos esta noche, chico.

El día tarda tanto en pasar que más que un día parece una década. Willie no consigue concentrarse en el trabajo. Está a punto de coserse una suela al dedo. Por fin, después de la cena, ya en la celda, se tiende en el catre e intenta apaciguar su corazón: le late en la garganta. Su corazón lo sabe: si Egan y él cometen algún error, si se equivocan en algo, los guardias los molerán a palos, con ganas. Se imagina los titulares de los periódicos, redacta mentalmente las noticias. De debajo de la almohada saca una carta que le envió Eddie, al que acaban de soltar de Dannemora. «Estoy buscando trabajo, Sutty. Pero no lo hay. La gente aún habla de ti y de Marcus. Me alegro por ti, tío.»

El celador que vigila su galería pasa frente a la puerta. Se detiene.

¿Estás bien, Sutton?

Sí, señor.

Estás sudando.

Es solo un poco de catarro. Supongo, señor.

Humm.

Se miran fijamente.

¿Qué tienes en la camisa?

¿En la camisa, señor?

Esas marcas rojas.

¿Dónde, señor?

Ahí, en el costado. Y en la espalda. Parece sangre.

Ah, me he cortado jugando al frontón, señor.

¿Al frontón?

Sí, señor.

Humm.

Tres segundos. Cinco. Una eternidad.

Buenas noches, Sutton.

Buenas noches, señor.

Cinco minutos, diez.

Willie se acerca de puntillas a la puerta de la celda, retira el barrote. Expulsando el aire de los pulmones y retorciendo los hombros, consigue pasar por el hueco. No se lo cree: está de pie al otro lado de la puerta. Sin supervisión.

Una puerta menos. Quedan siete.

Llega junto a la celda de Egan en el momento en que este se escurre por su propio hueco. Permanecen un momento de pie, quietos, como cuando están en la pista de frontón y se disponen a sacar. Agazapados, tensos, oyen a los celadores en la galería inferior.

¿Y qué coño crees que hará Roosevelt si Hoover no ha podido hacer nada?

Te diré lo que no hará. No matará en plena calle a los veteranos de guerra.

En eso tienes razón. Tienes razón.

Willie y Egan llegan al final de la galería y bajan tres tramos de escaleras hasta el nivel de la calle. La segunda puerta, de madera, tiene una cerradura Corbin convencional, como las que tiene una de cada dos casas en Estados Unidos. Willie ha forzado muchas cerraduras Corbin, pero forzar esa le lleva más de tres minutos. Egan se ríe como un loco. Willie le tapa la boca con la mano.

La tercera puerta, una reja con candado. Willie saca la cuña, lo fuerza.

Egan y él avanzan de puntillas por un pasillo hasta la cuarta puerta, esta vez de madera. Otra cerradura Corbin. Con los dedos ya calientes, Willie tarda solo un minuto en abrirla.

La quinta puerta, otra reja con candado, no es un problema con la cuña.

Ya están en la cantina. Willie respira tan fuerte que no entiende que no se despierte el edificio entero. Egan y él pasan por entre las mesas vacías, bajan otro tramo de escaleras y llegan a otra puerta, la sexta, la última de madera. Esta tiene una cerradura Yale, que es aún más fácil de abrir que una Corbin.

La séptima puerta es una reja con candado. Willie introduce la cuña y abre el candado, pero la cuña se le rompe al sacarla.

Mierda, susurra.

Pero entonces recuerda que ya no hay más candados.

Entran en el sótano. Ahí están las escaleras de mano. Las juntan con cinta y cargan la nueva escalera improvisada hasta la puerta de acero. Willie contiene la respiración mientras introduce el duplicado en la cerradura. No encaja.

Así que aquí termina todo. Con una copia defectuosa de una llave. Hijo de p...

Egan mueve el tirador. No está cerrada con llave. La octava puerta se abre lentamente. El patio, vacío, tiene un aspecto fantasmagórico. Es noche de escarcha. Las estrellas parecen de Belén. Se acercan corriendo al muro, esquivando los haces de luz de los potentes focos, y apoyan en él la escalera. Egan sube primero, seguido de Willie. En lo alto hay una pasarela. Willie se prepara para un salto de casi ocho metros. Anticipa el dolor de un tobillo roto. Pero la hierba es sorprendentemente mullida. Salvo por una rodilla algo torcida, sale bastante indemne de la caída. Y lo mismo le ocurre a Egan. Corren por la pendiente que los separa de la carretera, donde los espera el coche de la fuga. Al volante, un rostro conocido.

Fotógrafo se apoya en la ventanilla.

Ya casi hemos llegado, ¿verdad?

Casi, responde Sutton.

¿Adónde vamos?

Al hotel Sundowner, dice Sutton. Mi primera parada cuando me fugué de Sing Sing. En la calle Cuarenta y siete esquina con la calle Ocho.

O sea, que volvemos a Times Square. Pues vaya, qué bien. Ahora ya podemos decir literalmente que conducimos en círculos.

La vida se mueve en círculos, chico. ¿Por qué no habríamos de hacerlo nosotros?

La radio crepita. Reportero baja el volumen.

Señor Sutton, ¿cómo se fugó exactamente de Sing Sing? En los archivos se explica muy poco.

Sutton se cuelga un Chesterfield entre los labios.

Todo lo que habéis visto en las películas de fugas carcelarias, todo, empezó conmigo. Antes nunca se había oído hablar de tipos que usaran sierras de arco. Después, fue una locura.

Qué no daría yo, dice Fotógrafo, por tener una sierra en este momento.

Hice un amigo, dice Sutton. Johnny Egan. Él me proporcionó algunas sierras, ganzúas. Ya solo faltaba concertar con alguien que nos esperara en el exterior de la cárcel.

¿Y quién lo hizo?

Bess.

Reportero frena en seco. Fotógrafo se incorpora en su asiento.

Te estás quedando con nosotros, Willie.

Ella había leído en los periódicos lo de mi juicio, claro. Vino a verme cuando no llevaba ni un mes encerrado. Por aquel entonces, la sala de visitas de Sing Sing era bastante relajada. Nada de separaciones, nada de guardias controlando las conversaciones. Así que fui al grano y le dije que me estaba volviendo loco, que pensaba fugarme, y que necesitaba su ayuda. Le dije que le enviaría la fecha exacta en una carta. Como nos censuraban el correo, le prometí que se lo escribiría en clave. Unas semanas después, en medio de una carta larga y llena de digresiones, le escribí: «¿Te acuerdas de la última vez que estuvimos hablando en Coney Island, la medianoche de aquel 12 de diciembre?». Ella le dijo a su esposo que tenía partida de bridge con unas amigas cerca de Sing Sing, y nos recogió al otro lado del muro. Nos llevó en coche a Times Square y nos dejó en el hotel Sundowner. Hasta nos compró una muda de ropa y nos dio algo de dinero. En menos de cuatro horas ya volvía a estar en su casa.

¿Y cómo fue eso de volver a verla?

Se detienen en un semáforo en rojo. Sutton mira al otro lado de la calle. Una cafetería con unas luces de neón en el ventanal. COCKTAILS, COCKTAILS, COCKTAILS. *Delante hay un Dodge aparcado*

en doble fila. El asiento del conductor está vacío, y a su lado hay
una mujer. Sutton sabe lo que pasa ahí. Lo nota en sus ojos. La
mujer espera a un hombre. A un hombre al que ama.

Señor Sutton...

¿Willie?

Fue como un sueño, chicos.

16

Willie se registra en el hotel con el nombre de Joseph Lamb. Le dice a Egan que él firme como Edward Garfield. Lo acompaña hasta su habitación.

La señora que nos ha recogido es muy guapa, dice Egan.

Sí.

Guapísima. ¿De qué me has dicho que la conocías?

Mira, Egan, tú métete en tu habitación y quédate ahí. No salgas bajo ningún concepto. Yo vendré a buscarte por la mañana.

¿Y si me apetece salir a dar un paseo?

Terminantemente prohibido.

¿Y si quiero tomar un poco el aire?

Abre la ventana.

Tengo claustrofobia, Willie.

Pero si estabas en la cárcel, Egan.

Willie lo mira fijamente, se da cuenta de lo poco que conoce a este muchacho. Casi todo el tiempo que han pasado juntos lo han dedicado a jugar al frontón. Apenas habrán intercambiado cincuenta palabras. Willie no sabe siquiera qué delito lo llevó a Sing Sing. Lo invade una sensación desagradable. Recuerda la primera vez que lo vio, lo mucho que le recordó a Marcus.

Cierra la puerta de la habitación de Egan y se dirige a la suya, tambaleante. Se deja caer sobre la cama y se duerme al instante. La luz del sol, que se cuela por las cortinas sucias de muselina, lo despierta tres horas después. Se incorpora de golpe, intentando recordar. Todo parece irreal. Egan, las puertas, las escaleras.

Bess. Sale corriendo, compra dos cafés en un puesto callejero, dos bollos con mucha mantequilla, un cartón de Chesterfield y todos los periódicos. Ahora todo le parece real. Egan y él están en todas las portadas. Lawes cuenta a la prensa que los tres vigilantes de guardia durante la fuga –Wilfred Brennan, Samuel Rubin y Philip Dengler– han sido despedidos.

Willie enciende un Chesterfield. Que tengáis buena suerte y encontréis nuevos empleos. Pero, vaya, vivimos una Depresión, no sé si lo sabéis.

Willie se va hasta la habitación de Egan. Llama a la puerta.

Silencio.

Llama otra vez.

Egan, susurra. Tenemos que irnos.

Nada.

Llama más fuerte.

No hay respuesta.

El recepcionista, que acaba de entrar de servicio, le dice que la llave del señor Garfield no está en su cubículo. Debe de haber salido.

¿Salido?

Willie se sienta en el vestíbulo, con la mirada fija en la puerta. Una hora. Sube y se mete en su habitación, controla la calle desde la ventana. Dos horas. Nota que sus terminaciones nerviosas se deshilachan. ¿Y si Egan no vuelve? ¿Y si la policía ya lo ha pillado? ¿Cuánto aguantará antes de confesar dónde está su cómplice? ¿Cuánto tiempo debe esperar Willie antes de largarse del Sundowner? No quiere abandonar a su socio, ni le apetece dejar atrás un cabo suelto, y menos un cabo suelto que sabe tanto. Pero Egan podría estar hablando con la policía en este mismo momento. La policía podría estar viniendo de camino.

Poco antes del mediodía, Willie mira por la ventana y ve que Egan se acerca al hotel con paso inseguro. Baja a la recepción y mete como puede al joven en el hotel.

Te dije que no salieras de la habitación.

Tenía que salir. Me estaba volviendo loco.

Apestas a ginebra.

Eso es una mentira podrida. Solo he bebido *guisgui*.

Egan, ¿te das cuenta del riesgo que has corrido?

No he *coguido guiesgo*. Necesitaba una *gopa*, Willie. Tenía los *nevvios* destrozados. Hay un garito en la *esguina* que no está nada mal. Ven y te lo enseño.

Willie lleva a Egan a su habitación y lo tumba en la cama. Acerca una silla y lo observa mientras duerme. La novena puerta.

Sutton, Reportero y Fotógrafo están delante del Sundowner, un edificio estrecho de cuatro plantas encajado entre otros dos inclinados como palmeras.

No me puedo creer que aún exista, dice Sutton.

Contempla la escalera empinada que lleva hasta una puerta de cristal rayada y llena de huellas. La misma puerta de cristal por la que hizo entrar a Egan hace treinta y siete años.

En 1932, dice Sutton, una cama en ese antro costaba un dólar. ¿Os lo imagináis? Por unas sábanas limpias había que pagar un suplemento de veinte centavos. Pero aquella primera noche, por lo que a mí respectaba, estaba en el Plaza, joder. Nunca había dormido tan profundamente. Después Egan me dio el susto. Salió a emborracharse. Cuando volvió, cuando lo metí en la cama, oí sirenas. Pensé que seguramente lo habrían delatado. Pero era una pobre chica, en recepción, que se había cortado las venas. Así que ahí estábamos nosotros, dos fugitivos en una pensión de mala muerte tan cerca de unos policías. Nos fue de un pelo.

Willie...

Sutton se vuelve a mirar a Fotógrafo.

¿Sí, chico?

¿Podrías, por favor, quitarme estas esposas?

Ah, perdona, me había olvidado por completo.

Sutton mete la mano en el bolsillo y la saca con la llave. Le quita las esposas a Fotógrafo.

Aleluya, dice Fotógrafo frotándose las muñecas.

Sí, aleluya. Eso es lo que decía Willie cuando le quitaban las pulseras.

Reportero se saca el mapa del bolsillo de la pechera.

Nuestra siguiente parada no está lejos de aquí, dice. Calle Cincuenta y cuatro Oeste.

Donde había estado el Chateau Madrid, dice Sutton. El cuartel general de Dutch Schultz..., que me ayudó a resolver mi problema con Egan.

Cuando los policías sacan del hotel a la chica de las venas cortadas, Willie se cuela en su habitación. Tal como esperaba, hay maquillaje por todo el tocador. Y una botella de agua oxigenada. Y algunas hojillas ensangrentadas. Se levanta las puntas de la camisa, lo mete todo en ella y vuelve a su cuarto. Se sienta delante del espejo, y usa el agua oxigenada de la muerta para volverse rubio. A continuación usa el perfilador de cejas, la base de maquillaje. Por último entra en la habitación de Egan y, mientras sigue inconsciente, le afeita la cabeza.

Esa noche, más tarde, Egan y Willie se cuelan en Central Park. Egan vigila mientras Willie desentierra uno de los tarros. Diez mil dólares. A Willie le asombra constatar que, con dinero en el bolsillo, se siente mucho más seguro, mucho mejor. Toman el metro hasta el Lower East Side. En un antro que está abierto toda la noche, en la avenida A, comen decentemente por primera vez en dos días. Willie deja que Egan se tome dos *whiskys*, para aplacar los nervios. Pero no más.

¿Por qué estamos en esta zona de la ciudad?, le pregunta Egan.

Una vez leí que a la policía no le gusta pasarse por aquí. Demasiados gitanos. Así que es el sitio ideal para nosotros.

Después de cenar recorren las calles oscuras, los callejones, se fijan en las ventanillas de los coches aparcados. Al fin encuentran un Ford A con las llaves en el contacto. Hay una mujer gorda, con una bata de cuadros, sentada en una escalera de incendios, fumando en pipa, que los mira. Cuando entra, se suben al Ford y arrancan a toda velocidad.

Willie pone la tercera, y mientras pasan a toda velocidad por el East River Drive, le dice a Egan que ya va siendo hora de que tomen caminos separados.

¿Dónde vive ese hermano tuyo?

Egan le da la dirección exacta en Hell's Kitchen. Willie se acerca a la calle Diez, va cambiando de carril para esquivar el tráfico, dobla a la derecha, ve el número en el buzón. Una casa pareada con una corona navideña en la puerta de la izquierda. Aparca, y al hacerlo está a punto de chocar contra un cubo de la basura.

No te dejes ver, le dice a Egan. No te metas en líos. Seguimos en contacto.

Willie mantiene el motor encendido mientras Egan se acerca a la puerta, a la puerta sin corona navideña, y llama. Un hombre pelirrojo le abre. Egan y él intercambian unas palabras en voz baja. El hombre aparta a Egan y, corriendo, se planta en medio de la calle y le grita a Willie.

¿Le importaría decirme qué cree que está haciendo?

Baje la voz, señor. He venido a traer a su hermano.

Sí, claro. Hubiera preferido que me dejara una mierda en la escalera.

Egan baja a la acera llevándose las manos a la cabeza.

Mi propio hermano, grita.

Cállate, le dicen a la vez su hermano y Willie.

El hermano se agacha un poco, observa a Willie a través de la ventanilla.

El señor Sutton, supongo. Encantado de conocerle. He seguido sus pasos con cierta admiración. Atracar bancos. Pero no me deje a este borracho aquí. Váyanse.

Willie mantiene la vista al frente.

Lo siento, amigo. He llegado hasta donde he podido con él.

Pues me temo que tendrá que llegar un poco más lejos, amigo. Si no, informaré a la policía de su número de matrícula y de su paradero, y lo haré con la conciencia muy tranquila, eso se lo aseguro.

Willie, que mantiene la vista al frente, piensa. Y asiente. Egan se sube en el coche.

Willie arranca a todo gas.

Me temo que no te puedes librar de mí, dice Egan.

Tendrás más familia, Egan. ¿Y tus padres?

Mi madre murió en mi parto.

Vaya. ¿Y tu padre?

Fuera quien fuese, se largó hace muchos años.

¿Más hermanos?

Cinco, todos hombres.

¿Alguno de ellos vive cerca?

Veamos. Está Charlie. Es un pordiosero, pero me acogerá. Gira a la derecha cuando llegues a esa esquina.

Charlie el Pordiosero los recibe en la acera. Está claro que ha recibido una llamada telefónica de su otro hermano. Extiende la mano como si fuera un guardia urbano. Él tampoco acepta la entrega. Levanta el brazo con la mano hacia el cielo. Va algo justo de dinero, y espera que Willie Sutton, el famoso atracador de bancos, pueda prestarle algo. Si no, no tendrá más remedio que llamar a la policía. Bueno. Willie le da quinientos dólares y arranca.

Egan menea la cabeza. Willie se plantea la posibilidad de aminorar la marcha y darle una patada para sacarlo del coche. Pero no puede evitar compadecerse de un hombre rechazado por sus hermanos.

¿Algún otro hermano?

Egan piensa.

Sean, dice. Sí, Sean. Supongo que ya me habrá perdonado por aquello.

Sean vive en la otra punta de la ciudad. Willie acorta por Central Park, pasan junto a una zona inmensa de chabolas. Más que una ciudad de tiendas de campaña improvisadas, es toda una metrópolis, con sus calles, sus barrios, sus perros y sus gatos. Y allí no viven solo vagabundos, sino familias enteras. Buenas familias. Willie frena. Egan y él se miran.

Me cago en Hoover, dice Willie.

Sí.

Cara de cerdo. Peón de Rockefeller. Lacayo de todos esos chicos de Wall Street. ¿Sabías que Herbert fue millonario antes de cumplir los treinta?

¿En serio? ¿Es así? ¿Herbert? ¿Quién?

Llegan a casa de Sean, que es bonita, de ladrillo antiguo. Una escalera de acceso limpia, inmaculada, ventanas pintadas de rojo con geranios que sobreviven al invierno. A Sean, al parecer, las cosas le han ido mejor que a sus hermanos. Esta vez, Willie y Egan son recibidos en la acera por la esposa de Sean, que les dice que antes aceptaría en su casa a un perro salvaje con rabia que a esa mala imitación de cuñado.

Y le grita a Willie:

Ya estaba bien donde estaba. La tarde que lo condenaron celebramos una fiesta. ¿Por qué lo has ayudado a fugarse?

Me ha ayudado él a mí.

¿Y por qué está calvo?

Es una larga historia.

Pues quédate tú con él. Que Dios se apiade de ti.

Sutton está frente a lo que había sido el Chateau Madrid y hoy es un restaurante de comida india.

¿Qué es ese olor?, pregunta.

Curri, le responde Fotógrafo, buscando algo en su bolsa. Y vómito.

Es increíble, dice Sutton, pero algunas partes de Nueva York huelen exactamente igual que la cárcel.

¿Y cuál es la importancia de este pequeño pedacito de cielo, Willie?

Nos metemos en ese bar de ahí y os lo cuento.

Reportero y Fotógrafo miran. Un bar que no habían visto.

¿Jimmy's?

Pero, señor Sutton, este sitio parece... horrible.

Ha visto días mejores, pero ya os he dicho que Willie necesita beber algo para quitarse la resaca, y este antro cumple con el primer requisito de todo bar.

Que es...

Estar abierto.

Willie entra en un callejón que queda detrás del Chateau Madrid. Egan y él se meten por una puerta lateral y, a través de una cocina, llegan a un bar. Una lámpara de techo ilumina la barra, en la que un camarero con una camisa blanca y unas ligas verdes en las mangas está inclinado sobre un periódico.

Willie carraspea. El camarero alza la vista.

Quisiera ver a Dutch Schultz, dice Willie.

Ha salido.

A Bo Weinberg, entonces.

¿Bo sabe quién eres?

No.

Entonces también ha salido.

Soy Willie Sutton.

Sí, claro.

Willie se planta debajo de la lámpara y arrastra por el codo a Egan. El camarero los mira, mira la portada del periódico y los vuelve a mirar. Abre mucho los ojos: un Willie Sutton rubio y un Johnny Egan calvo.

Esto sí que lo supera todo, dice.

El camarero se ausenta a través de una puerta oculta en la pared y regresa al cabo de un momento con Bo. Willie no lo conoce, pero ha visto la foto de su ficha policial muchas veces en los periódicos y sabe de su reputación. Es el asesino más temido de Nueva York. Hace menos de un año que se cargó a Legs Diamond.

Pero lo que las fotos de los periódicos y la reputación no reflejan, no pueden reflejar, es el tamaño de Bo. En él todo es grande: la cabeza, las manos, los labios, incluso la barbilla es un pedazo de carne que ha crecido más de la cuenta. Willie no quiere ni imaginarse cómo se la afeita. Bo le hace un gesto a Willie para que entre en su oficina. Willie siente que los pies se le mueven involuntariamente. Le pide a Egan que se quede donde está.

La oficina es tan pequeña que parece una de esas esquinas con mesa del Silver Slipper. Un gran escritorio inglés apenas deja espacio para un colgador de sombreros y un archivador. Bo se ha sentado tras el escritorio.

Te la has jugado en serio, le dice. Viniendo aquí. En pleno centro. Hay que tener huevos.

Dutch me dijo una vez que viniera a verte si tenía problemas. Y ahora los tengo.

Eso he oído. ¿Qué necesitas? ¿Dinero?

No.

¿Qué, entonces?

Necesito que me quitéis de encima una cosa. Algo que me está estorbando.

Willie señala el bar con la cabeza. Bo arquea las cejas.

Estás de broma.

Ojalá. Es un borracho, y seguramente un loco. Su familia no quiere saber nada de él, y empiezo a entender por qué.

Qué mal lo vendes.

No puedo llevarlo conmigo, pero tampoco puedo dejarlo en la calle. Tengo que colocárselo a alguien en quien confíe, alguien que le eche algún que otro vistazo, que le dé trabajo, comida, tal vez un guantazo cuando se lo merezca.

¿Y por qué no pides la luna?

Porque no necesito la luna. Necesito esto.

Bo se revuelve en su silla, se concentra en el calendario que cuelga en la pared. La última página de 1932. Está algo retorcido en una esquina.

Dutch tiene amigos en el cuerpo de policía, no sé si lo sabes.

Eso he oído.

Algunos de esos amigos... trabajan en el edificio de la policia de Centre Street, 240.

Ah.

Una noche, Dutch y yo nos dedicábamos a hacer nuestros pagos mensuales, y esos amigos comentaron que por casualidad estaban en Centre Street el día en que trajeron a Willie Sutton. Qué paliza le dieron, nos contaron esos amigos. Cualquier otro habría delatado a Dutch. Esos amigos no eran muy partidarios de Willie Sutton; no les gustaba que la gente fuera por ahí disfrazándose de policía. Aun así, tras presenciar la paliza y participar brevemente en ella, esos amigos hablaron de Sutton con lo que solo puedo definir como respeto.

A Willie se le humedecen los ojos de orgullo. A ver si se le va a correr el maquillaje...

Bo aspira hondo y suelta el aire deprisa, como si apagara una vela.

Deja aquí al chico, dice. Y lárgate. Las deudas son deudas y Dutch siempre paga las suyas.

Willie asiente, se dispone a irse.

Pero Sutton.

Willie se detiene.

Que no se repita.

Sutton contempla el bar. Diez taburetes con asientos de polipiel roja, dos de ellos ocupados por unos hombres con barba que apoyan los brazos en la barra y la cabeza entre los brazos. Parece como si estuvieran jugando al escondite. El camarero, al parecer, sí juega. Se oculta en el extremo más alejado de la barra y lee el periódico. Alza la vista, ve a Sutton, a Reportero y a Fotógrafo y frunce el ceño. Se acerca a ellos, pasa por delante de los clientes dormidos. Coloca tres servilletas.

¿Qué van a tomar?

Jameson, dice Sutton. Solo.

Yo no quiero nada, dice Reportero.

Pues a mí también me apetece un Jameson, dice Fotógrafo, que sigue frotándose las muñecas. Deja la bolsa de tela sobre la barra.

Sutton se fija en los hombres que hombres que duermen.

Recuerdo, dice, que durante la Depresión del 14, miles de hombres sin trabajo, sin casa, se instalaban en los bares. Los dueños rogaban a la policía que los echaran, pero la policía no lo hacía. Supongo que pensaban que era mejor tenerlos en los bares que en las calles.

Reportero abre su cuaderno y le quita el capuchón a la pluma.

Esto, señor Sutton, volviendo a la fuga... Egan y usted fueron al hotel Sundowner, después vinieron aquí... o por aquí cerca. ¿Por qué?

Tenía que librarme de Egan. Era un peso muerto que me estorbaba. Por eso se lo dejé a Bo Weinberg, la mano derecha de Dutch.

El camarero deja de servir el Jameson y lo mira.

Dígame, ¿de verdad es Willie Sutton?

Sí.

Me cago en... ¿Willie el Actor?

Sí.

Choca esos cinco, amigo.

Sutton le da la mano.

¿Es tuyo este sitio?

Sí, claro. Me llamo O'Keefe. James O'Keefe. Para servirte. ¿Qué te trae por aquí, amigo?

Les estoy haciendo una visita guiada a estos chicos. Te presento al Poli Bueno y al Poli Malo.

Reportero y Fotógrafo saludan sin entusiasmo.

Feliz Navidad, dice Camarero. ¿Y qué relación tiene mi local con la vida y la época de Willie el Actor?

Frecuentaba un bar que estaba al lado.

El Chateau Madrid. El sitio del holandés. Claro. Willie el Actor, me cago en... Qué honor. Esta ronda la paga la casa.

En ese caso, amigo, ya puedes empezar a servir la segunda. ¿Y tú no bebes con nosotros?

Si insistes...

Reportero se frota los ojos, cansado; repasa su carpeta.

¿Señor Sutton? ¿Me decía?... ¿Egan?

Sutton brinda con Fotógrafo y Camarero.

Por la libertad, dice Sutton.

Fáilte abhaile, *dice Camarero. Se beben el* whisky *de un trago. Fotógrafo da una palmada a la barra. Pero ¿quién bebe esto?*

Medio Brooklyn, dice Sutton. E Irlanda entera, incluidos los recién nacidos.

Señor Sutton..., dice Reportero.

Sí, chico, sí.

Egan... Bo Weinberg...

Eso. Dejé a Egan con Weinberg, por aquí cerca, y después me largué de la ciudad.

¿Y qué le ocurrió a Egan?

Al cabo de dos meses ya estaba muerto.

¿Muerto?

Lo mataron en un antro, no lejos de aquí. Curioso. En el Times *dijeron que tenía un resguardo de guardarropía en el bolsillo, con el número trece. Egan me había contado en una ocasión que el trece era su número de la mala suerte. Supongo que no era broma. Pensándolo bien, yo lo dejé aquí al lado un trece de diciembre.*

¿Quién lo mató?

La policía no llegó a detener a nadie.

Reportero cierra el cuaderno, entorna los ojos.

La jugada no le salió mal, señor Sutton. El peso muerto, de repente, deja de pesar, y está muerto.

Chico, cada vez hablas más como un policía.

Es que parece muy oportuno.

¿Y qué quieres que te diga? Yo era el beso de la muerte en 1932. Bo Weinberg también murió poco después de conocerme.

¿Quién se lo cargó?

Bugsy Siegel, dice Camarero.

Sutton asiente.

Dutch firmó el contrato, pero Bugsy lo ejecutó.

¿Y eso?

A Dutch le llegó que Bo era un chivato.

Willie se va a Filadelfia, aparca el Ford A robado debajo de un puente. Le quita las matrículas, quema el coche y se aleja caminando. Y camina. Se detiene al ver un cartel que pone SE ALQUILA. Pide una habitación, le dice a la casera que se llama James Clayton. La dirección es Chestnut Street, 4039.

En el mercado de la esquina compra provisiones: latas de atún, tabletas de chocolate, cigarrillos, café. Se pasa por la librería más cercana, compra algunos éxitos de ventas, alguna novela rusa. Se encierra a cal y canto en su habitación y espera.

Al cabo de tres días, oye que llaman flojito a la puerta. Levanta la mirilla. Abre la puerta de golpe.

¿Por qué coño has tardado tanto?, dice.

He venido tan pronto como he recibido tu mensaje.

Eddie deja en el suelo un petate pesado y se planta frente a Willie con los brazos extendidos. Se abrazan, se dan palmadas fuertes en la espalda. Willie mete a Eddie en la habitación, cierra la puerta.

Déjame que te vea, le dice.

Los años de cárcel y desempleo han hecho mella en Eddie. Está más delgado de cara, con los rasgos más duros. Sus ojos ya no son tan azules, y tiene menos pelo, de un rubio más apagado. Él también nota los cambios en Willie, claro. Señala sus rizos rubios.

¿Qué coño...?

Ya sabes que siempre había querido ser como tú, Ed.

Eddie se ríe, le da un puñetazo en el hombro. Rebusca en el petate y saca una botella de Jameson. Le quita el tapón y da un trago.

Por la libertad, dice, y se la pasa a Willie, que da dos tragos y se ríe por primera vez en un año.

Pasan la noche despiertos, bebiendo *whisky*, poniéndose al día de los últimos cinco años. Contándose lo que no han podido contarse por carta.

Dannemora se puso peor cuando te fuiste, Sutty. He participado en algunas de las peores batallas de mi vida. O matabas, o te mataban. Cuando me soltaron me prometí a mí mismo que nunca regresaría. Encontré trabajo fregando suelos, limpiando baños en una casa de comidas. Me presentaba temprano, me quedaba hasta tarde, aceptaba toda la mierda que me enviaba mi jefe. Ahorré un poco, hasta conocí a una chica. A mi manera era feliz. Un día, entra un tipo y empieza a acosar a una mujer. No sé si era su novio, su marido, no lo sé ni me interesa. La agarra del cuello, empieza a arrastrarla hacia la puerta. ¿Qué se supone que debo hacer? Lo tumbé de un puñetazo. El jefe me despidió allí mismo. Bastante hice con no tumbarlo también a él antes de largarme. De eso hace tres meses. No he podido encontrar otro empleo.

Willie agita el periódico.

No eres el único.

Trece millones de personas sin trabajo, dice Eddie. La gente acapara oro. Cincuenta bancos quiebran todas las semanas.

Disturbios por la comida, dice Sutton. Nunca creí que vería algo así.

La gente solo se preocupa de lo suyo, Sutty. Como siempre, pero más. Y nosotros tenemos que hacernos con algo que sea nuestro, ahora que aún estamos a tiempo.

Yo también me hice una promesa, Ed. No pienso volver a la cárcel nunca más.

Entonces tendremos que asegurarnos bien de que no nos pillen.

Eddie abre de nuevo el petate. Saca un uniforme de policía. Se pone de pie y se acerca el traje al cuerpo.

¿Todavía usas la talla cuarenta?

Camarero limpia la barra con una bayeta apestosa.

¿Otra ronda, Willie?

Claro. Pero rápida. Poli Bueno y Poli Malo están a punto de explotar, me parece. ¿Qué te debemos?

Fotógrafo se adelanta.

Pagamos nosotros, Willie.

Sí, dice Reportero. Guárdese el dinero, señor Sutton.

Fotógrafo mete la mano en la bolsa de tela, saca su billetera, la abre, y mira.

Un momento, dice. Qué coño... Habría jurado que aquí tenía veinte pavos.

Reportero se vuelve. Sutton se vuelve.

Cuando he pagado las esposas, prosigue Fotógrafo. Estoy seguro de haber visto dos billetes de diez.

No te preocupes por eso, dice Sutton. Invito yo.

Sutton mete la mano en el bolsillo de la pechera. Saca un billete de diez.

Creía que sólo tenías cheques, dice Reportero.

Mi amigo Donald me habrá cogido algo cuando no miraba. Qué encanto de tío.

Sutton deja el billete de diez en la barra.

Willie, dice Camarero. Solo aceptaré el dinero con una condición. Que firmes el billete, para poder colgarlo sobre la caja.

Trato hecho, dice Sutton.
Camarero le alarga una pluma.
¿Qué escribo?
Escribe: «A los muchachos del Jimmy's. El dinero no está aquí».
Willie firma, se guarda la pluma en el bolsillo de la pechera.
Nota que ahí sigue el sobre blanco. Lo saca y lo mira.
¿Qué hay en ese sobre?, le pregunta Reportero.
Los papeles de mi puesta en libertad.
Fotógrafo pone la billetera boca abajo y la sacude.
Sé que tenía veinte dólares aquí dentro.

En el primer mes que pasan juntos, Willie y Eddie atracan once bancos y en total se llevan trescientos mil dólares. Si lo de Willie y Marcus había sido una borrachera, lo de ahora es una locura.

Los disfraces de Willie ya no engañan a la policía. Su estilo se ha convertido en su rúbrica. La policía lo bautiza incluso con un mote, que los periódicos encuentran irresistible: «Willie el Actor». A veces la prensa lo abrevia y lo llama solo «El Actor». Como en el titular EL ACTOR ACTÚA DE NUEVO.

A Willie no le gusta ese apodo. Le parece trivial. Además de inexacto. Un actor es alguien que interpreta, que finge. Un actor es alguien que dice frases que no son verdaderas, porque no son suyas. Cuando Willie entra en un banco no está interpretando, actúa muy en serio. Todo lo que dice lo dice porque quiere, es dueño de las palabras.

Entre un golpe y otro se dedica a recorrer las librerías de segunda mano de Filadelfia, compra toda clase de libros sobre interpretación. Algunas de las cosas que lee lo tranquilizan. Descubre que uno de los mejores actores dramaturgos de todos los tiempos también fue un ladrón, y también se llamaba Willie. Detenido en Stratford por hurto, Shakespeare tuvo que huir a Londres. Ahí fue donde se metió en el mundo del teatro. Willie lee que actuar no tiene que ver con lo que se dice, sino con lo que no se dice, con lo que se calla vivamente. Al público no le interesa conocerte, le interesa sentir que desea conocerte. Dado que nunca terminas de satisfacer del todo su deseo, dado que nunca lo das todo, actuar es lo contrario a confesar. Willie subraya ese párrafo con una pluma.

En marzo de 1933, Willie está sentado con uno de sus libros sobre interpretación en el regazo. Tiene una radio Philco a su lado. Eddie está echado en el sofá, fumando. El nuevo presidente, Franklin D. Roosevelt, un mes después de que hayan intentado asesinarlo, ha decretado una fiesta nacional para toda la banca. Para sofocar el pánico en las calles, para frenar la marea de personas que se agolpan sobre unos bancos sobresaturados para exigir que les devuelvan su dinero, Roosevelt ha ordenado que todos los bancos del país cierren cuatro días. Además, ha programado una de sus alocuciones radiofónicas para explicar el cierre de los bancos, y lo que vendrá a continuación. Willie y Eddie, como otros cuarenta millones de personas, se mantienen a la escucha.

Sube el volumen, dice Willie.

«Amigos: deseo hablar durante unos minutos con el pueblo de Estados Unidos sobre la banca. Para hablar con los comparativamente pocos que entienden la mecánica de la banca, pero más concretamente con la abrumadora mayoría de vosotros.»

En otras palabras, dice Eddie, con todos vosotros, imbéciles.

«Es más seguro mantener el dinero en un banco reabierto que guardarlo debajo del colchón.»

Excepto en los que atracamos nosotros, ¿no, Sutty?

«Debéis tener fe. No queremos sufrir, y no sufriremos, otro episodio de quiebra bancaria.»

Sí, claro, se burla Eddie.

«Dejadme que os aclare que los bancos se ocuparán de todas nuestras necesidades, salvo, claro está, de las exigencias histéricas de las hordas.»

Eddie cacarea, señala la radio con el índice.

Exigencias histéricas como por ejemplo: abra la cámara acorazada, o le vuelo la tapa de los sesos.

Al cierre nacional de la banca le siguen muchos cierres de alcance estatal. Parece un buen momento para que Willie y Eddie se tomen unas vacaciones. Para pulir el guion, perfeccionar su rutina. Para hacer más eficiente su trabajo. Abordan sobre todo el tema de los héroes, y qué hacer si se encuentran con uno. Eso es precisamente lo que más preocupa a Willie.

Cada cuatro golpes sale uno. Un director de oficina, un cajero, algún guardia, se niega a colaborar. Como Willie no quiere hacerle daño a nadie, esos momentos lo llenan de temor. Cualquier cosa puede ocurrir, y tarde o temprano algo ocurrirá. Willie y Eddie hablan del tema y llegan a la conclusión de que los empleados de banco, como la gente de un mismo barrio, forman clanes. Los dos están de acuerdo en que cuando un empleado planta cara no sirve de nada amenazarlo; es preferible amenazar a algún otro compañero.

Por su parte, Eddie sugiere otro cambio: usar armas más mortíferas. La gente ya no tiene miedo de las pistolas. Las han visto en demasiadas películas. Pero hay algo en las Thompson: ese tambor tan ancho, ese cañón tan estrecho... Y nada acobarda más a la gente que una escopeta recortada.

Finalmente, Willie y Eddie deciden que los golpes les irán mejor si incorporan a un tercer hombre. Ayudar a Willie, controlar a los empleados, recoger el dinero y conducir es demasiado para Eddie.

Conozco al tipo perfecto. Joey Perlango. Compartimos galería en Dannemora.

¿Perlango? ¿Tú recomendando a un espagueti?

¿Qué quieres que te diga? Es un tío legal.

Octubre de 1933. En un restaurante de carretera, Willie y Eddie mantienen su primer encuentro con Perlango. Unos años mayor que ellos, tiene los párpados caídos y una nariz que parece pasada por la plancha, sin duda por la acción de muchos guantes de boxeo. Los dientes son blancos, uniformes, pero muy separados, con grandes espacios entre unos y otros. Cuando sonríe, a Willie le vienen a la mente los cordones de un balón de fútbol. De un bolsillo de su traje gris metálico, que centellea como el guardabarros de un automóvil, saca un cortaúñas que usa mientras Willie habla.

Así que, Joey, lo que habíamos pensado es que...

Clic. Una uña sale volando hacia el otro lado de la mesa, queda suspendida en el aire como una luna creciente, y aterriza en el azucarero.

Llámame Tabla.

¿Cómo?, pregunta Willie.

Todo el mundo me llama Tabla. Incluso mi familia.

¿Y eso?

Porque una vez golpeé a un tipo. Zas. Con una tabla.

Otra uña sale volando y va a parar a la manga de Willie, que la recoge y mira a Eddie.

Llega la camarera. Willie pide tres cafés.

Yo tomaré té, dice Tabla.

Willie aparta la mirada. Té. Por Dios.

La camarera trae las bebidas y se va. Willie se echa hacia delante.

Estamos planeando atracar el Corn Exchange, Tabla. Aquí mismo, en Filadelfia.

Te regalan una pluma.

¿Qué?

Cada vez que abres una cuenta corriente. Te regalan una pluma.

Pues qué bien. Si tú lo dices...

Willie despliega un plano. Con tinta roja va marcando cruces, anota números. Pone una cruz donde aparcará Tabla.

Yo llego primero, dice Willie. Vestido de policía. Al cabo de unos minutos dejo entrar a Eddie, que también irá de policía. Diez minutos después, Tabla, tú pones el coche en marcha y conduces hasta aquí. Nosotros nos montamos y tú arrancas y sigues esta ruta. El golpe, en total, no debería durar más de quince minutos.

Tabla vierte un poco de té en el platito de la taza y sopla.

¿Y yo cómo voy?

¿Cómo vas... de qué?

¿Qué disfraz llevo?

Tú no llevas disfraz.

Tabla clava la vista en el platito.

Oh.

¿Algún problema?

Es que yo creía que iba a ser cartero, bombero, algo. Cuando Eddie me lo contaba me parecía divertido.

No. Tú conduces. Eso es todo. Pero es mucho. Es un trabajo muy importante, Tabla.

Tabla asiente. Los tres se quedan en silencio largo rato. Tabla se lleva el platito a los labios y sorbe.

¿Y un disfraz de chófer?, dice. Ya sabes. Como voy a conducir y eso...

Creo que no lo entiendes. A ti no te va a ver nadie. Solo Eddie y yo.

Tabla asiente. Pero se le ve chafado.

Más tarde, Willie le comenta a Eddie que podrían encontrar a alguien mejor.

Eddie le quita el envoltorio a un chicle Juicy Fruit y se lo mete doblado en la boca. Willie piensa en Centre Street. Recuerda a Poli Grande y a Poli Más Grande. Tuerce el gesto.

Lo admito, dice Eddie. En una primera impresión, Tabla no es bueno. Pero es un tío legal, Sutty. Ya lo verás.

Camarero apoya los codos en la barra, le hace un gesto a Sutton para que se acerque.

Lo que siempre me ha gustado de ti, Willie, es que te metías con los cabrones de los bancos.

Sutton sonríe vagamente.

Los jóvenes de hoy, dice Camarero, no entienden lo malos que eran los bancos en aquella época. Y entonces todo el mundo coincidía en que eran malos, ¿verdad? En los periódicos, en las tiras cómicas, en los sermones, miraras donde miraras siempre había alguien declarando que los bancos eran sanguijuelas, que había que proteger a la gente de ellos. Te acuerdas, ¿verdad?

Claro, claro.

Y siguen siendo sanguijuelas, dice Camarero, pero hoy en día los banqueros son personas respetadas. ¿Qué coño ha pasado aquí?

Uno de los hombres que dormita en la barra levanta la cabeza. Mira a Sutton, a Camarero, con mala cara.

Mi hermano, dice, es banquero.

Ah, dice Sutton. Lo siento, amigo.

Mi hermano es un gilipollas.

Vuelve a dormirte, dice Camarero. Ya te despertaremos cuando queramos conocer la opinión de un atontado.

Se reúnen con Tabla en un sitio neutro. Esconden el coche de Willie, se suben en el de Tabla. Eddie lleva escopeta. Willie se sienta detrás. Se ponen el uniforme de policía mientras Tabla conduce. Willie mira a Tabla por el espejo retrovisor. Se mira a sí mismo en el espejo que es el traje de Tabla. Otro traje metálico. ¿Es que los compra al por mayor o qué?

¿Cómo te sientes, Tabla?

Bien, Willie. Bien.

Willie se fija en la nuca de Tabla. Un rollo de grasa asoma por encima del cuello de la camisa. Mantiene la vista fija en la cabeza de Tabla, se pregunta qué pasará por ahí dentro, qué ha llevado a

Tabla a descender por tantas pendientes, por tantas que ha acabado haciendo de taxista de unos atracadores de bancos. Willie suspira, mira por la ventanilla, contempla la mañana gris de Filadelfia.

Claro que, añade Tabla, os veo a vosotros con vuestros uniformes y me encantaría...

No, dice Eddie. No empieces.

Tabla baja la vista y arruga la frente.

No veo que tenga nada de malo, dice.

Eddie le saca brillo a su chapa policial.

Ya lo hemos hablado cien veces.

Tabla rezonga.

No te va a ver nadie, Tabla. ¿Es que no lo pillas?

Precisamente por eso, dice Tabla.

¿Precisamente qué?

Que si nadie me va a ver, ¿qué tiene de malo que lleve disfraz?

Conozco a Sutty de toda la vida y le he dicho que eres un tío legal. No hagas que me arrepienta de mis palabras.

¿Y no se puede ser un tío legal y llevar disfraz? Eso es ilógico. Te das cuenta, ¿no, Ed?

¿Ilógico?

Tabla sonríe.

Mi mujer me compró un libro para ampliar el vocabulario.

Willie se frota la frente.

Silencio. Los dos. El banco queda cinco calles a la derecha.

Tabla aparca. Los tres permanecen en silencio, con el motor al ralentí. A las ocho y media en punto, Willie se baja, se dirige al banco. Llama a la puerta. Inspección rutinaria, le dice al guardia. Con la serie de atracos que ha habido últimamente, ya sabe...

Claro, claro, dice el guardia abriendo la puerta. ¿Le apetece un café, agente?

Pues no estaría mal, dice Willie entrando, ligero como un bailarín, sacando la Tommy de debajo de la casaca. Justo detrás de él entra Eddie, con su escopeta de cañones recortados a la altura del hombro. Eddie le saca al guardia la pistola de la cartuchera, lo ata. Después, Willie y él atan a los empleados a medida que van llegando. Son doce en total.

El director, como siempre, es el último. El tacto de la Tommy contra la barriga le hace temblar de miedo. Mira a Willie a los ojos. Azules.

Eres... El Actor.

Da igual. La caja fuerte. Rápido.

El director da un paso al frente. Se detiene. Parece manso.

Tengo que cambiarle el agua a las aceitunas, dice.

¿Qué?

Hacer aguas menores.

Primero la caja fuerte. Las aguas menores después.

Es que no voy a llegar, señor Actor. He tomado dos cafés en vez de uno antes de salir de casa. Tendría que haber..., ya sabe..., ido antes. Pero llegaba tarde, y ahora al ver el arma esa..., me ha..., me da la urgencia.

Abra la caja, dice Eddie levantando la voz, o empezamos a disparar a sus empleados.

¿Van a matar a mis empleados solo porque tengo que ir al baño?

Willie suspira. Eddie suspira.

Es algo exagerado, sí, Sutty.

Willie acompaña al director hasta el baño. Espera a que la puerta se abra. Suena un chorro como de manguera.

Que no para.

No para.

Por Dios, susurra Eddie. Ahora el que tiene que ir soy yo.

Finalmente, el director sale del baño. Conduce a Willie hasta la caja fuerte, mueve la rueda, la puerta se abre. Ahora es Willie el que está a punto de mearse. La mayoría de cajas fuertes están solo llenas a medias, pero esta está a rebosar. No cabría ni la punta de un cuchillo entre los fajos de billetes.

Después, ya en la habitación de Willie, este, Eddie y Tabla están sentados a la mesa auxiliar, el botín amontonado, en forma de pirámide. Lo han contado tres veces. Y las tres veces les da un cuarto de millón de dólares. Tabla no deja de preguntar: ¿vosotros ya lo sabíais? Willie y Eddie no responden. Este tiene que ser uno de los mayores golpes que se han dado en la ciudad, dice Tabla. Pero ellos siguen sin decir nada. Esto merece una fiesta, dice Tabla. Willie asiente, sin palabras. ¿Puedo invitar a mi mujer?, pregunta Tabla. Willie vuelve a asentir, sin pensar.

La señora Tabla llega en tren desde East New York. Contable de un carnicero, su aspecto es el que Willie esperaba que tuviera, el único aspecto que podía tener la mujer de Tabla. Rubia, con una boca grande y sensual, cara de tonta.

Eddie invita a su novia, Nina, modelo de ropa. El verano pasado salió en la portada de *McCall's*. Había salido con Max Baer, el peso pesado, el robacorazones, dice Eddie, y una vez Clark Gable trató de ligársela en un Schrafft's. Lleva un jersey ajustado y un pañuelo de seda anudado al cuello, y un sombrero que sube mucho y luego baja abruptamente y vuelve a subir, como una pista de golf. Willie no consigue quitarle los ojos de encima. Lo intenta. Pero no puede.

Todos beben demasiado. Tabla y su mujer beben mucho más de la cuenta. Las chicas no tardan en despojarse de sus ropas. Con solo las ligas y los sostenes puestos, bailan alrededor de la mesa auxiliar. La señora Tabla recoge un puñado de billetes y se lo lanza a Nina, que recoge dos y los arroja al aire.

Willie ve que Eddie se ríe, que se da unas palmadas en el muslo. Se acerca a él, le pasa un brazo por los hombros.

Eh, socio.

Qué tal, Sutty.

Willie mira a Nina con ojos de deseo.

¿Por qué no me la dejas un rato?, dice.

Eddie aparta a Willie, lo mira confundido.

¿Qué?

Willie baja la cabeza, intenta pensar. Alza la vista.

Lo siento, Ed. No sé qué me ha ocurrido. Estoy borracho.

Olvídalo, dice Eddie. Y se aleja.

Willie se sienta en el suelo y se tumba. Se pone un cojín en la cabeza, intenta mantener el vaso de *whisky* recto sobre el pecho, derrama casi la mitad. Los párpados. No consigue mantenerlos abiertos. Un momento antes de que se le cierren del todo ve a Tabla persiguiendo a la señora Tabla, camino del dormitorio. Le ve el culo a la señora Tabla, grande, redondo, sus ligas chillonas, rojas, su pelo rubio, despeinado, que cae en cascada por la espalda. Y una fracción de segundo antes de perder la conciencia, ve algo más.

A la mañana siguiente no sabrá si lo ha visto o lo ha soñado.

Ve a Tabla llevando su uniforme de policía.

Camarero: La otra cosa que siempre admiré de ti, Willie, era eso de la no violencia. Si hubiera más ladrones como tú, el mundo sería un lugar mejor. Hoy en día les da igual darle un tirón al bolso de una anciana, que se caiga en la calle y se golpee la cabeza, para robarle la cartera.

Sutton: Eso sí. La de chicos que he visto entrar en Attica en estos últimos años. No te lo creerías. Violentos. Enganchados a las drogas. Y vagos. Venían a verme, me pedían que les contara el secreto de atracar bancos. Yo se lo decía: el secreto es trabajar duro, joder.

Camarero: Ahora circulan por ahí esos radicales que ponen bombas a las puertas de los bancos, de los edificios públicos. Dicen que protestan... Lo que hacen es hacer daño a gente inocente.

Sutton: Yo me levantaba a las cinco de la mañana, llenaba un termo de café, me acercaba al banco a pie, pasaba frío. Tomaba notas, a montones. Las memorizaba. Planificaba cada golpe hasta el último detalle para no hacer daño a nadie.

Camarero: Cuando volví de Europa en el año 19, con metralla en la cadera, me pasé dos años enteros sin encontrar trabajo. Estaba indignado. Tenía que hacer esfuerzos para no estrangular a alguien. No dejaba de preguntarme qué sentido tenía todo aquello. Podría haberme juntado con alguien como tú, estuve a punto de hacerlo, si te digo la verdad. Pero con los chalados estos que circulan por aquí hoy en día no me habría juntado nunca.

Reportero: Señor Sutton...

Sutton: ¿Sí?

Reportero: Estoy revisando esta carpeta y dice que Eddie y usted, al atracar un banco, dispararon ametralladoras. Y gases lacrimógenos... Y que iniciaron una persecución con la policía en pleno centro de la ciudad. A mí no me parece que sea tan... no violento.

Camarero: ¿Y a este qué le pasa?

Sutton: Ni idea.

Reportero: Pero es lo que pone aquí.

Sutton: ¿Sabes si alguna vez los periódicos han publicado algo inexacto?

Camarero: ¿Cuál es la siguiente parada de la visita guiada, Willie?

Sutton: Broadway esquina con la calle Ciento setenta y ocho.

Fotógrafo: Otra vez a la parte alta. Ahí mismo está el estadio. No puedo evitar decirlo, acabamos de llegar de ahí.

Sutton: A estos dos de aquí, Paciencia y Fortaleza, les jode que los pasee por mi historia en orden cronológico.

Camarero: ¿Y cómo si no se cuenta una historia? ¿Qué pasó ahí, Willie?

Sutton: Ahí es donde se cargaron al pobre Eddie.

El que trabaja en el colmado de la esquina llama a la puerta y le dice a Willie que tiene una llamada telefónica. Willie se abriga un poco, se acerca al colmado y se mete en la cabina.

Sutty, soy Eddie.

¿Cómo va todo?

Tengo que ir a Nueva York.

¿Y eso?

Necesito matrículas de coche nuevas.

Me parece que es ir muy lejos para conseguir unas matrículas.

¿Y qué quieres que haga? No puedo ir por ahí con un número de Filadelfia.

Humm. Está bien. ¿Me llamas cuando vuelvas?

Claro.

Ten cuidado.

Adiós.

Diciembre de 1933. Hace un año que Willie se fugó de Sing Sing. Se encierra en su apartamento, bebe coñac, pone discos con canciones navideñas en un viejo gramófono Victor. Se siente nostálgico. Piensa en Happy, en Alita, en Daddo. Y en el señor Untermyer. Willie se pregunta si Cicerón estará al corriente de las hazañas de su exjardinero.

Ahora piensa en Bess. Se sirve otro coñac. Qué daría por pasar con ella la Navidad. Ah, Bess. Mi corazón. Las bisagras de la puerta revientan. Diez policías irrumpen en el apartamento. Willie salta de la silla justo a tiempo de esquivar a un comisario con el pelo cortado a cepillo, y a continuación se zafa de un agente con la cara muy roja.

Willie, esposado, se monta en el asiento trasero de un coche patrulla. Conduce el comisario Pelocepillo. A su lado, montando guardia, Cararroja, que es el que habla.

De no haber sido por tu amigo, Tabla, quién sabe si te habríamos encontrado.

¿Tabla? ¿Quién es Tabla?

Esa sí que es buena. Es el tío más tonto de East New York. No tiene trabajo pero conduce un Cadillac nuevecito y lleva trajes de cien dólares. Ese es Tabla. Sus vecinos se dieron cuenta de que algo no cuadraba y nos llamaron. Le pinchamos el teléfono. Y bingo, aquí estamos.

Pues no parece el tipo de atontado con el que yo me relacionaría.

Tu colega Eddie Buster Wilson tampoco es que vaya por ahí ganando concursos de inteligencia. Os ha llamado por teléfono a Tabla y a ti esta mañana, y ha cantado como si ni se le hubiera pasado por la cabeza que la línea podía estar pinchada. A ti te ha dicho que se iba a Nueva York. A Tabla le ha dicho que se reuniera con él en Motor Vehicles. Dos y dos son cuatro. Así que le hemos organizado un comité de bienvenida. Tendría que haberse entregado, pero ha preferido jugar al escondite con nosotros. Peor para él.

¿Qué ha pasado?

Cállate.

¿Qué le habéis hecho a Eddie?

Cállate. Lo sabrás muy pronto.

Sutton se ha acercado a la esquina. El viento le da en la espalda. Contempla el puente George Washington, que queda a una calle de allí. El viento lo mece. O a lo mejor el que se mece es Sutton. Una mujer envuelta en dos abrigos muy raídos pasa por delante de él guiando a una niña que va montada en una bicicleta con dos ruedecitas de apoyo de atrás. En realidad solo lleva una de las dos ruedecitas de apoyo.

Qué frío hace en esta puta esquina, dice Sutton tapándose con la gabardina de Reportero.

Reportero saca su cuaderno de notas, espera a que pase la niña.

Así que Eddie murió aquí, señor Sutton...

Ojalá. No. Aquí le dispararon, pero sobrevivió. Una de las balas le cortó el nervio óptico. Se pasó veinte años a tientas en su celda de Dannemora. Un juez lo puso en libertad en el 53. Eddie salió del juzgado con bastón, y todas sus pertenencias metidas en una sábana atada. Dijeron que había aprendido a leer en braille. Lo leí en el periódico. Se me saltaron las lágrimas.

Reportero lo anota, tirita de frío. Sacude la pluma. Se ha helado la tinta, dice en voz baja.

Sutton mete la mano en el bolsillo de la pechera, saca la pluma de Camarero y se la alarga.

¿Por qué dispararon a Eddie, señor Sutton?

La policía dijo que había intentado sacar su arma.

Willie, dice Fotógrafo, te tiemblan las manos.

Sutton se mira las manos. Asiente. Busca los cigarrillos, se coloca uno entre los labios, se palpa los bolsillos.

¿Alguien tiene fuego?

Fotógrafo le ofrece su Zippo.

¿Había alguien más en el coche con Eddie, señor Sutton?

Sutton enciende el Zippo, acerca la llama al Chesterfield.

La novia de Eddie, dice. Nina. Ella cubrió a Eddie con su cuerpo. Eso sí es amor. El disparo le arrancó un dedo de cuajo. Me escribió a la cárcel muchos años. Sus cartas no eran fáciles de leer.

¿Muy tristes?

No, ilegibles. Tenía solo cuatro dedos.

¿Qué le ocurrió a Tabla?

Lo cantó todo. Lo cual, en sí mismo, no tendría por qué haber sido un desastre absoluto. Pero es que además le dio mi dirección a la policía. Nunca me perdonó por no dejarle jugar a los disfraces.

¿Qué?

Me advertí a mí mismo cien veces que no debía dejar que aquel imbécil supiera dónde vivía. Yo sabía que no era un tipo legal. Pero Eddie seguía respondiendo por él una y otra vez. Después supe por qué. En Dannemora, algunos tíos querían que Eddie fuera su novia. Él peleaba como el que más, pero estaba perdiendo facultades. No podía contra cinco tíos a la vez. Tabla intervino y le salvó el culo. Después de aquello, para Eddie, Tabla tuvo carta blanca. Eddie, leal hasta el final. No tendría que haberme extrañado. Pero ¿qué digo? Si yo lo sabía. Lo sabía. Pero no hice nada. El instinto, chico. Recuerda lo que Willie te dijo. En un aprieto, tu instinto es tu único socio.

Tercera parte

«Pero ¿por qué vienes solo? ¿Por qué no te siguen tus huestes infernales?»

JOHN MILTON, *El paraíso perdido*

17

Dos guardias lo llevan por un pasillo largo, oscuro. Lo meten en una caja de un metro y medio por dos, con el suelo de piedra, las paredes de piedra, un techo de piedra muy bajo. Y un saliente pegado a la pared montado sobre hierros oxidados: la cama, supone.

Cierran la puerta.

Oscuridad.

Total. Impenetrable.

Sus pasos se amortiguan. La puerta, al final del pasillo, chirría y se cierra de golpe.

Mira a su alrededor. No ve nada. Pero lo oye todo. La sangre que corre por sus venas, los pulmones que se expanden y se contraen, el corazón. Hasta ese momento no había caído en la cuenta de que las costillas son barrotes de hueso, que su corazón es solo un prisionero asustado que late para huir.

Tranquilo, chico.

Cierra los ojos, se acurruca.

Una de sus piernas da una sacudida. ¿Acaba de quedarse dormido? Abre los ojos. ¿Está dormido ahora? La oscuridad es más oscura. Casi líquida.

Mira hacia arriba. Hacia abajo. ¿Dónde está? Con gran esfuerzo, lo recuerda. Penitenciaría Estatal del Este. En el centro de Filadelfia. Lleva ahí nueve meses, cree. Tal vez un año. Hace unos días los guardias lo pillaron haciendo un busto de su propia cabeza con papel maché, con pelos de verdad que había ido guardando cuando lo rapaban. Tenía pensado colocar la cabeza en la cama, para que los guardias creyeran que estaba durmiendo, y poder fugarse.

Pero también le han encontrado la sierra de arco.

Al parecer, al alcaide, «el Duro» Smith, le ha parecido un insulto personal que Willie intentara fugarse de su cárcel sin esperar a cumplir sus cincuenta años de condena. Capone ha cumplido parte de la suya ahí mismo, y ni siquiera Scarface tuvo agallas para intentar una fuga precoz. Así que el Duro ordenó que lo encerraran en la celda de castigo. También conocida como «de aislamiento». También conocida como «celda oscura». Willie recuerda vagamente al alcaide diciendo: «Por mí puedes pudrirte ahí dentro».

¿Cuánto hace de eso? ¿Dos días? ¿Dos meses?

Se incorpora. Parpadea. Se pregunta si esa es la oscuridad que veía Daddo. La oscuridad que ahora ve Eddie. Se pregunta si la oscuridad de la muerte puede ser más absoluta. Ojalá lo averigüe pronto. Se le agita un brazo. Otro espasmo muscular. ¿Ha vuelto a quedarse dormido? ¿Cuánto tiempo ha estado inconsciente? ¿Diez minutos? ¿Diez horas? No saberlo es algo que va haciendo mella en los confines de su mente.

La oscuridad solo se rompe dos veces al día. Un ventanuco se abre con un chasquido y aparece una mano con un plato de peltre lleno de comida. Él no sabe qué comida es, y probándola no se resuelve el misterio. ¿Gachas de maíz? ¿De avena? ¿De trigo? No importa. Usa los dedos para meterse un poco en la boca, y aparta el plato.

No le están permitidas las visitas, ni las cartas ni la radio. Ni los libros. Mataría por un libro, aunque no le sirviera de nada en esa oscuridad. Poder sostenerlo, imaginar lo que podría estar escrito en él, ya sería un consuelo. Se promete a sí mismo que, si sale de esa celda oscura, memorizará libros, poemas, para tenerlos siempre en la cabeza, por si acaso.

Imagina su celda llena de toda la gente a la que ha conocido a lo largo de su vida, sentada, de pie, apoyada en la pared. Lo llaman, bromean con él. Qué se ha creído ese alcaide, le dicen, si piensa que puede doblegar a un tipo como Willie Sutton. Sí, les dice Willie, tiene gracia, ¿a que sí? Se ríen. Él también se ríe. Grita de la risa. Todos los chistes del mundo se han condensado en uno solo que nada más entiende él. Pero de repente el chiste ya no es gracioso. Es trágico. Y llora.

En su tercera semana de aislamiento, despierta al oír una voz. Hola. Willie.

Al fin le permiten tener visita. Y no cualquier visita. Se acerca arrastrándose a ella, se aferra a sus piernas, apoya la cabeza en su regazo. ¿Por qué siempre se cruzan nuestras vidas, Bess? No lo sé, Willie. Yo creía que estaríamos siempre juntos, Bess. Yo también, Willie.

Debería ser lo más fácil del mundo, le dice Willie. Quieres a alguien, y ese alguien te quiere a ti. Tú dijiste que el amor era simple. Pero no lo es. No para nosotros. Debe de haber una maldición sobre nosotros. Sobre mí.

Oh, Willie.

Nada me ha salido bien. De niño creía que cuando creciera sería feliz. Y bueno. Creía que sería una buena persona, Bess. Pero peor no puedo ser. Eso dijo el juez.

No, no, no. Tú eres un hombre bueno que ha hecho cosas malas.

¿Qué diferencia hay?

Hay una diferencia.

¿Sigues casada, Bess?

Ella no responde.

¿Tuviste el bebé?

No responde.

Bess, ¿eres feliz? Necesito saberlo. Si eres feliz, con eso me basta.

Se agarra con fuerza a sus piernas. Oye que el guardia se ríe al otro lado del ventanuco.

Me dicen que se nos termina el tiempo, le dice ella.

No te vayas, Bess.

Ella se pone de pie. Atraviesa la pared.

Volveré, Willie.

Él se arrastra hasta la puerta, se acurruca bajo el ventanuco, se queda dormido.

Se montan en el Polara. Fotógrafo enciende la calefacción, pone la radio. Local, venga, sal ya, sección de local.

Crujir de electricidad estática.

¿Dónde estáis, chicos?

En la zona alta.

¿Otra vez?

Chicos, ¿podríais..., zumbido..., pasaros por el Rockefeller Center? Electricidad estática... Hacerle una foto a Sutton..., zumbido..., delante del árbol de Navidad. Es una petición especial de los de arriba... Zumbido.

Diez cuatro. Willie, ¿te importaría interrumpir la visita guiada?

Sutton apoya la frente en la ventanilla.

No. Me encantaría ver el árbol.

Y dígame, señor Sutton, dice Reportero, cuando lo detuvieron en Filadelfia, ¿lo llevaron a la Penitenciaría Estatal del Este?

Sí. El primer centro penitenciario moderno del mundo. Lo construyeron a principios del siglo xix unos cuáqueros chiflados. Un sitio espantoso. Yo, claro está, intenté fugarme desde el principio. Pero me pillaron y me metieron en una celda oscura. También la llamaban de aislamiento. Estuve a punto de venirme abajo. Pero entonces me pasaron a semiaislamiento. Que quiere decir que tenía un tragaluz. Había un palo largo que podías empujar para abrirlo y cerrarlo, pero el palo no funcionaba, y el tragaluz se quedaba siempre abierto. Las ratas se colaban por el tejado de la galería y caían por el tragaluz. Pero era un precio muy pequeño que pagar a cambio del sol y la luna. Al cabo de mucho tiempo, un celador metió una Biblia en mi celda. Y eso me salvó.

O sea, que cree en Dios, señor Sutton.

Me han soltado el día de Nochebuena, chico. ¿A ti qué te parece?

¿Y ha creído siempre?

Más o menos. A mí en quien me cuesta creer es en la gente.

¿Se definiría como una persona... religiosa?

No. Pero en la cárcel encontré mucho consuelo en el hecho de que Dios se equivoque. Y que lo lamente.

¿Eso lo pone en la Biblia?

Éxodo: «Entonces Jehová se arrepintió del mal que dijo que había de hacer a su pueblo». *Uno no se arrepiente de algo a menos que se haya equivocado, ¿no? A menos que hicieras las cosas de otra manera si tuvieras que volver a hacerlas, ¿no? Jeremías:* «... yo me arrepentiré del mal que había pensado hacerles». *Dios llega a sentirse tan culpable en un momento dado que dice:* «Estoy cansado de arrepentirme».

Y qué bien conoce Willie esa sensación.

Tras dieciocho meses de semiaislamiento, Willie es devuelto al régimen penitenciario general. La experiencia no le resulta liberadora, sino aterradora. Se sobresalta con tantas voces distintas, se asusta con el remolino repentino de tantas caras. Sabe que debería intentar socializar de nuevo, aclimatarse de nuevo a la humanidad, pero en los ratos de patio prefiere quedarse sentado, solo, compitiendo con el cielo para ver quién de los dos mira más fijamente.

Todo interno, en el régimen general, debe tener un empleo. El Duro lo pone de mensajero. Durante seis días a la semana, Willie va de un lado a otro, en la cárcel, transportando documentos, paquetes, de los guardias a los de Administración y viceversa. También se lleva los cubos de excrementos de las torres de vigilancia. En las torres no hay retretes, y los guardias no pueden abandonar sus puestos. Así pues, cuando la naturaleza se impone..., cubos. Varias veces al día, Willie tiene que permanecer firme, a la espera, mientras un guardia gruñe y hace fuerza sobre un cubo. Después tiene que bajar la mierda y los meados por una escalera empinada hasta el retrete más cercano. Esa no es la mejor manera, piensa, de aclimatarse de nuevo a la humanidad.

Tras un año de buen comportamiento, a Willie se lo recompensa con un trabajo mejor. El alcaide lo pone de secretario del psiquiatra de la cárcel. Willie se dedica a mecanografiar los capítulos de un manual que Loquero está escribiendo, y las notas de sus sesiones de terapia. Al leer las espantosas confesiones de los otros internos, sus tremendas autobiografías, a Willie le da por pensar en la suya propia. Mientras se dedica a transcribir los textos de Loquero, empieza a esbozar una narración sobre Willie Sutton, unas memorias, una novela, no está seguro.

A veces, al finalizar su jornada, Willie se sienta y conversa con Loquero, sobre todo porque no le apetece salir de ese despacho lleno de libros, el lugar que mejor huele de toda la cárcel, con aromas de pegamento, papel y virutas de lápices. Willie no tiene el menor interés en que lo psicoanalicen, y Loquero parece aliviado al terminar su jornada, así que sus charlas son siempre estrictamente informales.

Loquero tiene aproximadamente la misma edad que Willie, unos treinta y cinco, pero parece mucho mayor. Cualquiera diría que es él quien ha tenido la vida más dura. Se está quedando calvo, tiene los pómulos hundidos, los ojos hinchados de fatiga. Siempre se viste con la misma chaqueta cruzada verde, de *tweed*, que no le favorece porque le hace el pecho y los hombros el doble de hundidos. Un día, mientras Loquero se sacude un poco de ceniza que le ha caído en la americana, interrumpe a Willie cuando este le está contando algo sobre Marcus.

¿No te parece destacable, Willie, que no te hayas equivocado nunca?

¿Cómo dice?

Cada vez que te pillan, siempre es culpa de otros. Siempre te describes a ti mismo como una especie de caballero solitario, en una cruzada solitaria, obligado a trabajar con los demás..., y son siempre los demás los que te hacen caer.

Bueno, yo solo le estoy contando lo que ocurrió.

Por otra parte, ¿no te parece raro que hables tan bien de tu clan, como tú mismo lo llamas? ¿Cuando no se han portado nada bien contigo?

No sé muy bien si yo diría eso.

Pero es lo que has dicho, Willie. Yo me limito a repetírtelo. Tus hermanos eran unos monstruos. Tu hermana, invisible. Tus padres eran fríos.

Bueno. Esto... Eh.

Háblame más de tu padre. ¿Qué hacía?

Ya se lo he dicho. Era herrero.

Pero ¿qué hacía?

Herraba caballos.

¿Y?

Fabricaba herramientas.

Como por ejemplo...

Martillos, hachas, clavos...

¿Y los herreros no fabrican cerraduras?

Sí, claro, toda clase de cerraduras.

Loquero enciende un cigarrillo. Usa una boquilla negra, como el presidente Roosevelt, y fuma una marca extranjera que huele a cortocircuito eléctrico.

Así que tu padre, que nunca te dirigía la palabra, fabricaba cerraduras. Y tú ahora estás encerrado..., en parte por forzar cerraduras. Y a ti te parece que todo eso es casualidad.

¿Y no lo es?

Loquero da una calada, se encoge de hombros.

Háblame más de Bess.

Willie preferiría no hacerlo. Pero escoge una anécdota al azar, le cuenta su primera noche en Coney Island, y luego le resume el robo a su padre.

Es loable, en cierto modo, dice Loquero.

¿El qué?

Sigues sintiendo devoción por esa chica, a pesar de que te usó, te destruyó el futuro, sin siquiera pedirte permiso.

Yo no he dicho eso.

Es que no hace falta decirlo, Willie. Ella te condujo a una vida de crimen y después se largó, se casó y tú tuviste que pagar el pato.

Willie nota que se le calienta la cara.

Su padre la obligó, dice.

Por lo que cuentas, no parece la clase de chica a la que su padre pudiera obligar a hacer nada. De hecho, ¿no fue la rebeldía contra su padre el principio de todos tus problemas? ¿La obligó? Willie, venga, hombre, eso no te lo crees ni tú.

Willie le pregunta si puede pedirle un cigarrillo. Tal vez, en el fondo, esas charlas con el psiquiatra no sean tan informales.

Poco después, Willie se informa sobre Loquero, como hizo en su día con el señor Untermyer. En esta ocasión no cuenta con los recursos de una gran biblioteca, así que rastrea en los archivos que el doctor tiene en su despacho. Una vez más le asombra lo que averigua: además de ser una eminencia mundial, un experto en la mente criminal, Loquero es una autoridad en hipnosis. Ah, así que es eso. No sabe cómo, pero Loquero está hipnotizando a Willie. Si no, ¿por qué iba a estar contándole todas esas cosas? ¿Cómo si no iba a saber tanto de él? Muchas de las cosas que Willie le cuenta a Loquero son mentiras, pero aun así Loquero consigue descubrir la semilla, el fondo de verdad que hay en ellas. ¿Cómo, si no es con la hipnosis, iba a hacerlo?

A principios de 1936, Loquero está sentado en su butaca de piel, fumando, leyendo un libro de Bertrand Russell, mientras Willie pasa a máquina una de sus últimas sesiones junguianas con un asesino. Willie ha jugado a ajedrez muchas veces con ese asesino, sin saber que lo era. Se dice a sí mismo que, a partir de este momento, siempre le dejará ganar. Mientras apila los papeles y los deja a un lado, Willie piensa en la manera de hablar que ha usado Loquero con ese asesino. Amablemente, sin juzgarlo. Willie guarda la carpeta en el archivador y ocupa la silla que queda frente a la de Loquero.

Disculpe, señor.

Loquero alza la vista del libro.

¿Sí, Willie?

¿Puedo preguntarle una cosa?

Por supuesto.

Willie aprieta la boca.

¿Puedo pedirle que sea totalmente sincero, señor?

Sí.

¿Usted cree que este es mi sitio?

Oh, Willie, no lo sé.

Se lo digo en serio. ¿Cree que debo pasarme los próximos cincuenta años de mi vida en esta tumba apestosa?

Loquero cierra el libro de Bertrand Russell y lo apoya en el regazo. Contempla el humo que se eleva desde la punta del cigarrillo.

Willie el Actor, dice en voz muy baja. El actor al que no le gustan los papeles que no escoge para sí mismo.

Willie empieza a arrepentirse de haberle preguntado nada.

El actor que tiene conciencia, dice Loquero. O que cree que la tiene. Está bien, Willie. ¿Por qué no? Ya que me lo preguntas... Pero recuerda: tú no eres mi paciente. Esto no es un diagnóstico, sino una opinión.

De acuerdo.

Vamos a ver. La alienación de la madre y el padre, el maltrato de tus hermanos, la extrema pobreza de tus primeros años, la simultaneidad de tu tiempo de vida con algunas de las convulsiones económicas más violentas de la historia, todo ello ha creado una pócima excepcionalmente peligrosa y potente. Era muy probable que cuando llegases a la pubertad fueras por el mal camino, que te costara mucho controlar tus impulsos, pero por Dios, Willie, si a todo eso le añadimos la coincidencia de tu primer delito con ese primer enamoramiento avasallador, ya tenemos el remate. No sabemos si la naturaleza criminal nace o se hace, pero en tu caso es indudable que se ha conformado hasta cierto punto, pequeño o grande, por acontecimientos externos, así como por un entorno que hacía de la criminalidad algo prácticamente inevitable. Ahora bien, lo que te hace distinto, lo que te hace más peligroso que otros hombres en esta institución, es tu gran inteligencia. Reflexivo, sensible, expresivo, empático, buen narrador y automitómano empedernido, también eres alarmantemente..., cuál es la palabra..., astuto. Todo ello te convierte en una persona altamente atractiva, seductora y carismática para tus cómplices, para los observadores circunstanciales, para la prensa e incluso para algunas de tus víctimas. Te he oído decir que nunca has hecho daño a ninguna de tus víctimas, algo que llevas a gala. Pero fíjate en las personas con las que has unido fuerzas. ¿Cómo les ha ido a ellas? Están en la cárcel, o ciegas, o muertas. Un delincuente agradable puede resultar más letal que un asesino vociferante armado con un hacha, porque a la gente no se le ocurre que debe protegerse. La gente cree que un ladrón de guante blanco es una monada, dan ganas de achucharlo, y ahí está él, como un cachorro de león recién nacido. Pero si te lo llevas a tu casa ya verás si es una monada, si te dan tantas ganas de achucharlo. La gente siempre querrá abrazarte, Willie, seguirte, imitarte, unirse a ti, escribir sobre ti..., diagnosticarte..., y a menudo pagarán un alto precio. Pero nadie pagará un precio más alto que tú, Willie, porque tú aún no te consideras a ti mismo un delincuente. Tú te ves a ti mismo, o te representas a ti mismo, lo que viene a ser lo mismo, como una persona honrada que resulta que ha cometido delitos. Sin embargo, tu dedicación al delito, tu gran talento..., bien, yo creo que eres un delincuente de los pies a la cabeza, hasta el tuétano, que te ves atraído ineluctablemente hacia esa vida porque se te da muy bien, y porque cada vez que atracas un banco o fuerzas una caja fuerte creo que sientes lo que debiste de sentir aquella primera vez con Bess. Esa emoción del primer amor y esa excitación de la complicidad, de lo ilícito, del peligro. Y del sexo, claro. El sexo, Willie. El sexo y los padres. No se me ocurre un solo complejo neurótico que no se origine en una cosa o en la otra. Imagina la psique humana como una madeja de hilos de distintos colores. Nos pasamos la vida intentando comprender y organizar todos los colores. Digamos que el sexo es el hilo azul, la madre, el hilo rojo, el padre, el hilo amarillo. En ti, Willie, en tu madeja, veo que esos tres colores están muy muy enredados. Creo que cuando tú robas un banco, el hilo azul se desenreda un poco, se suelta un poco durante un rato, y eso debe proporcionarte un alivio tremendo, si bien es algo temporal. Por eso, siento decírtelo, Willie, pero tú me lo has preguntado, sí, lo creo, creo que este es exactamente tu sitio. Sí.

Cuando lo sacaron de semiaislamiento, señor Sutton, ¿le dieron algo que hacer? ¿Alguna ocupación?
    Fui secretario del psiquiatra de la cárcel, una de las principales autoridades en criminología del país. Él escribió un manual que aún se usa en las universidades.
    ¿Lo ha leído?
    Fui yo quien lo pasó a máquina.
    ¿Y alguna vez intentó psicoanalizarlo?
    No. Yo era demasiado complejo para él.

18

El béisbol lo es todo en la cárcel de Filadelfia. Es la mejor manera de matar el tiempo, de olvidarse del tiempo, y una de las pocas fuentes de triunfo y orgullo viril. Por eso, los seis equipos de la cárcel juegan para ganar. Los asesinos apuran mucho el lanzamiento. Los capos batean desde la punta del plato. Los pirómanos roban el *home* siempre que tienen ocasión. Las cosas pueden desmadrarse fácilmente.

Y sin embargo, en todos los partidos hay uno o dos momentos de pura calma. Tras cada *home run* llega una pausa tranquila, no solo para que el bateador recorra las bases, sino para que todos observen con envidia y melancolía el punto exacto por el que la bola ha pasado por encima del muro.

A lo largo de toda la década de 1930, las pelotas de *home run* salidas de la Penitenciaría Estatal del Este son recuerdos muy apreciados en el centro de Filadelfia. Y, con el tiempo, se convierten en recipientes. En lugar de darlas por perdidas, los jugadores las lanzan con cartas metidas dentro. El correo, en prisión, está censurado, pero nadie puede censurar una bola de cuero. «Quien encuentre esto, por favor, entregar a Mickey Whalen, Spruce Street, 143, Filadelfia. ¡Se recompensará!»

Más adelante empiezan a aterrizar pelotas en el patio de la cárcel, llenas de droga, de dinero, de cuchillas de afeitar. Una llega con un cartucho enano de dinamita.

Willie es una de las estrellas de la Liga de la Penitenciaría Estatal del Este, la Eastern State, un segundo base ágil y bateador rápido que casi nunca falla y que siempre corre. El béisbol le ayuda a aclimatarse de nuevo, finalmente, a integrarse en la comunidad de presos. Pero un día la rodilla dice basta. Es junio de 1936. La temporada ya ha terminado para él, tiene que ver los partidos desde las gradas, con otros jugadores de mediana edad. Entre jugada y jugada, intercambian periódicos, cigarrillos, rumores.

Casi todos los internos son unos mentirosos con mucha imaginación, y por eso Willie tiende a ignorar todos esos rumores. Pero hay uno insistente, que no deja de crecer. Willie oye que en algún punto, por debajo del diamante del campo de béisbol, hay una tubería de desagüe que sigue hasta el muro y llega más allá. Un día, mientras está viendo a los Piratas de la Eastern State dar una paliza a los Yankees de la Eastern State, Willie oye una nueva versión del viejo rumor. La cuenta Tick Tock, un preso viejo que parece saberlo todo menos la hora que es, porque se pasa el día preguntando a Willie qué hora exacta es, por más que Willie no deje de señalarse su muñeca sin reloj de pulsera. Tick Tock dice que hace poco ha encontrado un tablón medio suelto en el sótano que hay debajo de la Galería 10, y muy por debajo del tablón se oía el sonido inconfundible del agua corriente. Tiene que ser el desagüe, dice Tick Tock, y si el ruido era tan fuerte es que debe de haber un agujero en él, y si algunos tíos pudieran levantar ese tablón, y si un tío más bien pequeño pudiera, tal vez, colarse hasta la tubería esa..., entonces, tal vez, solo tal vez...

Willie asiente.

Aunque ahí abajo la cosa debe de ser bastante asquerosa, dice Tick Tock.

Aquí también, dice Willie.

Llegan a un pacto. A cambio de ayudarlo a escribir una carta de amor a su novia (¿cómo se escribe «chocho», Willie?), Tick Tock acepta ayudar a Willie a llegar hasta el sótano.

Navidad de 1936. Mientras Loquero visita a unos pacientes, Willie cruza deprisa el patio. Lo acompañan tres condenados a cadena perpetua, amigos de Tick Tock. Willie casi no los conoce, pero Tick Tock dice que son legales.

Una de las cosas buenas de la Eastern State es que funciona como un pequeño pueblo, con muchas tiendas y gremios que no paran en todo el día. Incluso las celdas permanecen abiertas a lo largo de la jornada para que los presos puedan entrar y salir para ir a trabajar. Así pues, los guardias no sospechan nada al ver que Willie y los tres condenados a cadena perpetua avanzan deprisa, a mediodía, hacia la Galería 10.

Tick Tock, tal como ha prometido, ha dejado una ventana sin cerrar. Willie se cuela primero, seguido de los otros tres. Bajan corriendo al sótano, encuentran el tablón suelto. Lo levantan. Se quitan los zapatos y los calcetines, se desvisten y se quedan solo con la ropa interior. Uno a uno, se descuelgan por el hueco del suelo. Todos aterrizan en la tubería de desagüe en la que, en efecto, hay un agujero del tamaño de un hombre.

El último en pasar por él es Willie. El agua salpica con gran estruendo. Es un agua tibia que le llega a las espinillas. En realidad no es exactamente agua. Se parece más al lodo del East River mezclado con compota de manzana. Se le mete entre los dedos de los pies, le pasa entre las pantorrillas, entre los muslos. Lleva una linterna eléctrica que ha robado en la sala de avituallamiento. La enciende. Hay unos bichos del tamaño de ratones de campo que pululan de un lado a otro, arriba y abajo, por las paredes de la tubería. El haz de luz apenas rasga la oscuridad. Enfoca un montículo de desechos aquí, otro mayor allá, un iceberg de gasas y vendas de la enfermería de la cárcel. Willie recuerda que el edificio se construyó hace cien años. Mueve la linterna de un lado a otro y piensa: un siglo de desperdicios humanos...

Nota que los tres condenados a muerte lo observan. Se vuelve a mirarlos. Los tres son corpulentos, duros, despiadados, pero asoma en sus ojos un terror infantil. Willie avanza a tientas. Los tres hombres lo siguen. Recorridos veinte pasos, la tubería desciende abruptamente. El lodo le llega hasta las caderas.

No lo penséis, les dice.

Pero en realidad se lo dice a sí mismo.

Intenta pensar en las rosaledas de Chapin, en los parterres de Greystone, en el delicado perfume de Bess, pero no es fácil cuando el lodo se convierte en un engrudo pastoso. Y le llega a la barriga. Ahora al pecho. A los hombros. Le vienen a la mente los guardias de las torres acuclillados sobre los cubos. Se pregunta qué guardia será el responsable de este pedazo concreto de engrudo que ya le roza la barbilla.

Finalmente, cuando la pasta alcanza su labio inferior, Willie llega a la conclusión de que deben de estar cerca del final de la tubería, es decir, por debajo del muro. Se supone que más allá tiene que haber un colector, después una alcantarilla, y finalmente la calle. Hace un gesto a los tres hombres para que lo sigan. Pero ellos niegan con la cabeza. Ni hablar.

Willie se arma de valor. Los condenados a muerte lo observan, horrorizados, cuando les entrega la linterna eléctrica, cierra los ojos, se tapa la nariz y se sumerge.

Avanza retorciéndose. Ahí no hay ningún colector. Alarga la mano derecha. Nada.

Sigue nadando y avanza un poco más. Nada.

Empieza a quedarse sin aire, el pánico se apodera de él. Se desorienta. De pronto no está seguro si sigue avanzando o si retrocede. Da media vuelta, nada un poco más, espera tocar la rodilla o el muslo de uno de los tres hombres.

Nada.

Se vuelve en la dirección contraria, alarga la mano. Nada.

Sus pulmones le suplican que respire. Pero si abre la boca sabe qué es lo que se la llenará, lo que le subirá por la nariz y la boca. Avanza, avanza, y finalmente nota algo duro. Un condenado a cadena perpetua. Se agarra como puede, asciende y sale a la superficie aspirando una profunda bocanada de aire. Se retira el engrudo de los ojos para poder abrirlos. Los tres hombres lo miran. No sabe si su expresión es de horror o de pena. Tiene la cabeza, el pelo, los ojos, cubiertos, impregnados de esa..., de esa..., ya no puede seguir evitando la palabra: mierda. Tiene la boca llena. Tose. Escupe una y otra vez. Mierda, mierda, mierda.

Ahora todos se vuelven a contemplar la oscuridad de la tubería en la que Willie acaba de adentrarse. Por ahí se llega a la libertad: más allá de un mar compacto de mierda.

Regresan como pueden hasta el hueco abierto en la tubería, trepan, pasan por él, llegan al tablón levantado. Solo tienen un trapo. Se limpian por turnos, pero no sirve de nada. Se visten, se cubren el pelo pegajoso con gorras de béisbol y se dirigen corriendo a las duchas.

Willie querría pasarse el día entero bajo el chorro de agua caliente. Pero debe volver cuanto antes a la consulta del Loquero. Se pasa el resto de la tarde pasando notas a máquina, intentando no pensar en lo que acaba de hacer. Aún nota el engrudo pegado a los labios. Lo notará siempre.

Días después, en plena noche, sacan de la cama, a trompicones, a Willie y a los tres condenados a cadena perpetua. Les confiscan la ropa y los zapatos, y tras analizarlo todo en el laboratorio se determina que la mugre de los zapatos coincide con la del sótano. Willie vuelve a ser noticia en todo el país. El gran ladrón de bancos es también un artista incansable de las fugas. Los periódicos lo bautizan con otro sobrenombre: Willie el Escurridizo, que a él le gusta aún menos que el de Actor. El alcaide los encierra a él y a los condenados a cadena perpetua en celdas oscuras durante un mes, y luego se pasan un año más en semiaislamiento. Una vez más, Willie lee la Biblia. Del derecho y del revés.

Fotógrafo acelera hacia el corazón de la ciudad. Sutton mira por la ventanilla y no ve más que un borrón de edificios nuevos, has-

ta que identifica la catedral de San Patricio. Recuerda que, hace décadas, los anarquistas habían puesto bombas en el interior del templo. Los anarquistas estaban furiosos porque la iglesia se había negado a dar cobijo a centenares de trabajadores desempleados. Un sacerdote fue asesinado. Aquellos mismos anarquistas intentaron hacer volar por los aires la mansión de Rockefeller. La bomba no estalló. Hasta ese momento, Willie no había caído en la cuenta de lo mucho que se parecen las palabras anarquista y eucaristía.

Va a morir hoy.

Fotógrafo aparca en doble fila en la Quinta Avenida. Salen los tres y avanzan hacia la plaza Rockefeller.

En esta ciudad, protesta Sutton, vayas a donde vayas te tropiezas con este nombre.

Fotógrafo toma varias fotografías, hace correr el negativo. Está bien, Willie, primero déjame que te saque un par con la tienda de regalos de fondo. Con ese tipo vestido de Cascanueces.

Sutton mira. Un soldado de madera, más alto que un adulto, monta guardia junto a un árbol artificial y una chimenea falsa. Sutton se acerca, se apoya en la ventana y mira fijamente al soldado de madera.

Perfecto, dice Fotógrafo. Así, muy bien, Willie. Espera..., la cámara se ha atascado. Mierda. Me cago en las Leicas. Un momento.

Mientras Fotógrafo examina su cámara, Reportero da un paso al frente, se planta junto a Sutton y contempla el soldado de madera con admiración.

¿Sabías, chico, que nadé en un mar de mierda?

¿Cómo dice?

Mierda.

Metafóricamente, se refiere.

¿Crees que soy de los que usan metáforas cuando hablan? Navidad de 1936. Hice crol entre heces humanas. Literalmente.

Lo siento, no le sigo.

Había una cloaca debajo de la Penitenciaría Estatal del Este.
Ahora sí.

Según los rumores, conducía a la libertad.

Pero descubrí que conducía a la mierda, y a más mierda, y que después la mierda llevaba a reinos más profundos de mierda. Cuando me pillaron, volvieron a encerrarme en una celda oscura, y después, en semiaislamiento. Esa vez estuvieron a punto de acabar conmigo. Necesitaba tan desesperadamente el contacto humano, cualquier contacto, que saqué toda el agua del retrete y hablaba con el hombre de la celda de al lado a través de las tuberías. O al menos yo creía que estaba en la celda de al lado. Casi no nos oíamos, pero nos pasábamos horas hablando. Ese ha sido uno de los vínculos más fuertes que he tenido con otra persona en toda mi vida. Pero un día la voz ya no estaba. Lo soltaron, o se murió, nunca lo supe. Un año después, más o menos, cuando me sacaron del semiaislamiento, empecé a portarme bien. Estudiaba por correspondencia, me gradué en escritura creativa, me convertí en un interno modelo. Nadar en mierda..., eso es algo que cambia a la gente.

No me extraña.

Mierda. Usamos esta palabra muy a la ligera. Decimos «mierda» a la mínima que algo sale mal. Pero no la usaríamos tanto si tuviéramos que nadar en ella. De hecho, la gente actuaría de otra manera en todo si se preguntara: ¿estoy dispuesto a nadar en mierda por conseguir esto?

Sutton mira a Reportero y echa los hombros hacia atrás, como el soldado de madera.

¿Hay algo en este momento, chico, por lo que estarías dispuesto a nadar en mierda?

Veamos. Sí, por verlo a usted donde asesinaron a Schuster, contándome quién asesinó a Arnold Schuster.

Sutton se arrebuja más en la gabardina de Reportero. Hunde las manos en los bolsillos.

Te has equivocado de profesión, chico. Deberías haber sido policía.

Los asientos de la sala de cine de la cárcel son tablones dispuestos sobre bloques de cemento. Se arquean como sierras cada vez que se sienta un hombre más. Willie mira el noticiero. «¡La batalla más sangrienta hasta la fecha para nuestros bravos hombres!» El suyo se bambolea cuando alguien se sienta pesadamente a su derecha. Es Freddie Tenuto, un bruto impulsivo del sur de Filadelfia. Ojos negros, nariz torcida, piel fea..., muy fea. Una piel colérica para un hombre colérico. Asesino de una banda criminal, a Freddie lo conocían en las calles como el Ángel de la Muerte. Willie vuelve a bambolearse. Alguien se ha sentado con ímpetu a su izquierda. Es Chapuzas van Sant. Otro tipo de Filadelfia. Cara afilada, una sonrisa que es una mueca.

Verano de 1944. La Operación Jardinería está en marcha. Entre el zumbido de los bombarderos aliados que castigan el Danubio, Chapuzas y Freddie le cuentan a Willie que están cavando un túnel. Cuentan con nueve tíos que trabajan sin descanso. Ya han descendido siete metros, a través de piedra, y ahora deben avanzar en línea recta otros treinta metros más para quedar a la altura del césped de Fairmount Avenue. Cuando lleguen, ya solo les quedará cavar siete metros hacia arriba.

¿Dónde empieza el túnel?, pregunta Willie.

Debajo de la celda de Kliney, responde Chapuzas.

Willie asiente. Kliney es de esa gente que no tira nada, que todo lo guarda, y además está como una cabra. Es lógico que esté metido en un plan como ese.

Un trabajo importante, dice Willie.

El Ángel de la Muerte le susurra al oído: por eso te necesitamos, Willie. Nos hace falta un sitio para colocar la tierra.

Ellos creen que el mejor sitio sería la cloaca, y Willie es el experto local en cloacas. Quieren que Willie les diga dónde es más probable que su túnel se encuentre con la tubería. Pero a él no le apetece demasiado volver a bajar. Han pasado ya siete años de su excursión a la cloaca, siete años, y todavía tiene pesadillas. Todavía se despierta escupiendo mierda. Además, tiene un mal presentimiento, el Ángel de la Muerte y Chapuzas le dan malas vibraciones. Uno es despiadado, y el otro no puede ser más tonto. Al Ángel de la Muerte le pusieron el mote, no porque mate, sino porque mata por placer, y a Chapuzas le pusieron el suyo porque la cagaba en muchos de sus golpes. Willie mantiene la vista fija en la pantalla. Ahora, en el noticiero hablan de los periodistas que aguardan para cubrir el Día D. «¡Un saludo a los valerosos camarógrafos que se preparan para filmar la invasión aliada a Europa!»

¿Quién más participa?, pregunta.

Chapuzas pronuncia nueve nombres entre dientes. Willie conoce solo a uno: Akins. Un imbécil, un pusilánime. La verdad es que el equipo no es precisamente una división de élite. Pero ¿qué otra opción tiene Willie? Es o el túnel o nada.

Una parte de sí mismo está decidida a quedarse para siempre en la Penitenciaría Estatal del Este, a morir ahí, a ser enterrado ahí, o vuelto a enterrar ahí, porque así es como lo ve. En los últimos seis años ha encontrado cierto consuelo, incluso cierta felicidad, en los libros. Los libros son todo lo que tiene para vivir, y a veces le bastan. Al fin está recibiendo una educación, una educación que no recibió de niño, la educación que podría haber hecho que todo fuera distinto. Incluso el nombre de esta maldita cárcel –Estatal del Este– suena a universidad.

Su decano es E. Haldeman-Julius. La gente lo llama el Henry Ford de la literatura, porque ha creado una cadena de montaje de profesores, científicos y sabios de la que salen libritos sencillos sobre cualquier tema que existe bajo la capa del sol, desde *Hamlet* hasta agricultura, pasando por mitología, física, presidentes de Estados Unidos, emperadores romanos. En Estados

Unidos, todo el mundo ha leído al menos un par de esos Little Blue Books (el almirante Byrd se llevó unos cuantos al Polo Sur), y Willie ha devorado cientos de ellos. Tiene la celda llena. Solo este año se ha leído *Guía de Aristóteles; Cómo redactar correctamente un telegrama; Consejos para escribir obras de teatro en un acto; La evolución de las especies, fácil; Breve historia de la guerra de Secesión; Tolstói: vida y obra; Los mejores chistes de yanquis; El arte de la felicidad; Poemas de William Wordsworth; Poesía irlandesa de amor y sentimientos; El libro de las frases más agudas de Broadway; El clima: qué lo modifica y por qué; Ensayos sobre Rousseau, Balzac y Victor Hugo; Viaje a la Luna* y *Cómo construir tu propio invernadero.*

Una vez que se ha familiarizado con un tema gracias a uno de esos librillos, estudia las obras seminales relacionadas con la materia. En este momento se ocupa de los clásicos de la filosofía: Platón, Aristóteles, Lucrecio; y de la psicología. Ya se ha leído la mitad de Freud, casi todo Jung y fragmentos de obras de Adler.

Cuando se cansa de estudiar, se limita a releer *Cumbres borrascosas.*

Hay noches en las que se conforma con una cena caliente y unas horas de lectura antes de que se apaguen las luces. Hace poco descubrió con fascinación que los santos llevaban vidas parecidas. Leyó un Little Blue Book sobre ellos: dormían en celdas, estudiaban sin descanso, pasaban sin mujeres. Así que la cárcel no es solo su universidad, sino también su eremitorio. O eso creía. Hasta ahora. Al oír a Freddie y a Chapuzas, al ver a los soldados prepararse para la mayor pelea callejera de la historia, Willie se siente avergonzado. Se da cuenta de que se ha ablandado. Lo ha vuelto a traicionar esa voz que resuena en el fondo de su mente y que siempre le dice que lo deje. Los libros no son todo lo que tiene para vivir. Tiene otras cosas. Una cosa. La misma.

Hace poco tiempo ha entrado en contacto con Morley Rathbun, un reconocido escultor y acuarelista cuando estaba libre, celebrado y aclamado hasta que mató a su novia apuñalándola en el cuello. Ahora Rathbun se pasa los días encerrado, separado de los demás presos, pintando retratos al óleo de personas de su pasado. Pero a veces acepta encargos, que le llegan a través de guardias corruptos. Hace unos meses, Willie envió tres cartones y una descripción detallada al artista solitario. La Bess de Rathbun cuelga ahora en la celda de Willie, sus ojos azules, con motas doradas, lo contemplan obsesivamente mientras estudia, y a veces mientras le escribe largas cartas a la Bess de carne y hueso. Unas cartas que nunca envía.

Acepto, dice.

El Ángel de la Muerte le da una palmada en la espalda.

Fotógrafo, con la cámara como nueva, toma diez o doce fotos más de Willie y el soldado de madera, y a continuación se lo lleva junto al árbol de Navidad. Willie se maravilla ante las luces parpadeantes, brillantes, y Fotógrafo lo fotografía maravillándose. Ahora Fotógrafo lo lleva hasta la barandilla desde la que se contempla la pista de patinaje. Willie se fija en los cuarenta o cincuenta niños que se deslizan describiendo lentas elipses.

Bonito, dice Fotógrafo. Sí, sí, esta foto está muy bien, Willie. Sí. Parece que estás pensando en cosas muy profundas. Sigue así. Mierda, me he quedado sin carrete.

Fotógrafo rebusca en los bolsillos del estuche. Me los he dejado en el coche. Ahora vuelvo.

Cruza corriendo la plaza Rockefeller en dirección al Polara.

Sutton enciende un Chesterfield. Mira más allá de la pista y ve una gran estatua dorada.

¿De quién es esa estatua, chico?, le grita a Reportero.

Reportero se acerca a él.

De Prometeo.

Muy bien. Veo que sabes de mitología. ¿Y qué hizo?

Le robó el fuego a los dioses y se lo entregó a los mortales.

¿Y se salió con la suya?

No exactamente. Lo encadenaron a una piedra, y los pájaros le han comido el hígado para toda la eternidad.

Pues debió de tener de abogado a uno de los míos. En la cárcel leí un librito sobre religión. De Alfred North Whitehead, un tipo brillante. Decía que, en el fondo, todas las religiones son la historia de un hombre, totalmente solo, desamparado por Dios.

¿Y usted cree que eso es cierto?

Todo son teorías, chico. Teorías e historias.

Entonces, señor Sutton, después del desastre de la cloaca, ¿qué ocurrió?

Excavamos un túnel. Todo lo que viví en la cárcel fue una lección de vida, pero ese túnel aún lo fue más. Al principio parecía una empresa inútil. Todos los días cavábamos y cavábamos, pero por la noche veíamos que casi no habíamos avanzado. Nos dábamos ánimos unos a otros, nos decíamos «poco a poco». A seguir. Continúo recibiendo cartas de todo el mundo, de gente que me dice que mi túnel le sirvió de inspiración. Gente que lucha contra enfermedades, gente que se enfrenta a todo tipo de crisis me escribe y me dice: si Willie Sutton ha sido capaz de excavar un túnel para salir de un infierno como la Penitenciaría Estatal del Este, yo también seré capaz de salir de mi túnel, de mi problema, de lo que sea.

¿Qué longitud tenía ese túnel?

Treinta metros.

Excavaron treinta metros por debajo de la cárcel..., ¿solo con sus manos? Parece imposible.

Teníamos unas palas, alguna cuchara. Kliney lo guardaba todo.

¿Y cómo es posible que los guardias no se enteraran?

La entrada del túnel estaba junto a la puerta de la celda de Kliney, por dentro. Y Kliney era de confianza, y por eso pudo entrar en el taller de carpintería y fabricar un panel falso con el que cubríamos la entrada.

Aun así, parece imposible.

Lo era.

¿Y no les daba miedo que hubiera algún derrumbamiento? ¿Ser enterrados vivos?

Yo ya estaba enterrado en vida.

Pero es que... Un túnel de treinta metros... ¿Cómo es que las paredes no se derrumbaron?

Las reforzábamos con tablones.

¿De dónde los sacaban?

Si le hubieras dado dos semanas a Kliney, te habría conseguido a Ava Gardner.

A lo largo del verano de 1944, el equipo del túnel trabaja dividido en dos grupos, con turnos breves de no más de media hora, para que nadie se dé cuenta de que faltan en el trabajo. Willie se pasa la mitad de su tiempo cavando, y la otra mitad intentando soportar los cambios de humor de su compañero de turno, Freddie, que tiene unas ganas tan exageradas de salir de allí que parece un loco. No le extraña, porque Willie recuerda que Loquero, en sus notas, llegaba a la conclusión de que Freddie rayaba en lo psicótico.

A Willie, muchas veces, Freddie le recuerda a Eddie. Los arrebatos de ira son similares, aunque su causa sea distinta. Con Freddie, todo empieza siempre con su escasa estatura. Es dolorosamente consciente de que mide un metro sesenta. Chapuzas, que lo conoce de la calle, dice que Freddie siempre siempre llevaba alzas. Y al parecer esa necesidad absoluta de fugarse de esta cárcel está relacionada con ello. No soporta que la gente sepa lo bajo que es. Necesita esas alzas. Para unos zapatos del número 38.

Además, Freddie padece una innombrable enfermedad de la piel. Cada pocos meses le sale una erupción en la cara, los brazos, el pecho, unas ronchas llenas de pus. Los médicos de la cárcel desconocen la causa. Lo único que pueden hacer es enviarlo a los hospitales de la zona para que le hagan transfusiones, lo que no siempre da resultado. Freddie le cuenta a Willie mientras comparten trabajos en el túnel que todo empezó en su infancia. Era el menor de doce hermanos, lo enviaron a un orfanato cuando murió su madre, y allí sufrió la primera erupción cutánea, después de que uno de los niños internos abusara de él. Hay días en que Freddie se levanta con la cara tan hinchada que no puede ni abrir los ojos. Pero aun así insiste en bajar a ese túnel. A Willie le hace pensar en un topo. En un topo psicótico.

Aunque no es mucho más alto que Hughie McLoon, Freddie es un espécimen increíblemente físico. Muchas veces se quita la camisa cuando trabaja en el túnel, y el pecho tatuado, los brazos, el vientre, se ondulan y se hinchan con el movimiento de sus músculos. Willie y Chapuzas bromean diciendo que si dejaran a Freddie solo en el túnel una semana, se abriría camino con las manos hasta el centro de Filadelfia.

A pesar de ser tan iracundo, a pesar del constante aire de violencia que siempre lo acompaña, con Willie se muestra manso como un cordero. Le pregunta con veneración por sus atracos a los bancos, por sus intentos de fuga, por sus socios famosos. Le parece increíble que Willie haya conocido a Capone, a Legs, a Dutch. Quiere saberlo todo sobre Willie, y Willie responde a sus preguntas con sinceridad. Para mentir en ese túnel hace falta una energía que no le sobra. No sabe por qué, pero la verdad es que consume menos aire.

Sobre todo, a Freddie le asombra que Willie no haya traicionado nunca a un socio. Exceptuando a Eddie, Willie no ha conocido a nadie que odie tanto a los chivatos.

Algunos días, chico, bajábamos al túnel y estaba lleno de ratas. Las matábamos clavándoles las palas. Eran grandes, gordas. Tenías que clavársela seis o siete veces. Mi compañero de excavación se lo pasaba medio bien.

359

¿El Ángel de la Muerte?

¿Cómo sabes eso?

Está en una de las carpetas más voluminosas de los archivos de Sutton.

A finales de 1944 casi han llegado al muro. Pero están tan lejos de la celda de Kliney que se están quedando sin aire. Willie y Freddie bajan para relevar a los integrantes de otro equipo, y los encuentran jadeando, a punto de perder el conocimiento. Kliney convoca una reunión de todo el equipo y advierte de los peligros de excederse. Si alguien queda incapacitado ahí abajo, o muere, el Duro los encerrará en aislamiento el resto de sus vidas.

La oscuridad también es un problema. Si se te cae la pala, o la cuchara afilada, puedes tardar veinte minutos en encontrarla. Kliney engancha un cable fino al enchufe de la celda y cuelga el cable por todo el túnel para conectar a él seis bombillas. Ahora ya hay luz. Y aire: también ha conectado un ventilador que ha robado de la oficina del alcaide.

¿Cuánto tiempo exactamente duró la construcción del túnel?

Casi un año. Las cosas empezaron a ir más deprisa cuando al fin llegamos a la cloaca, porque podíamos echar allí mismo la tierra. Antes, debíamos guardárnosla en los bolsillos y esparcirla por el patio.

Sutton ve a un grupo de niños que patina hacia atrás, hace ochos, hace piruetas.

Mira, dice. Son tan ágiles... Tan inocentes. ¿Fui alguna vez tan inocente como ellos?

Reportero ve una cabina telefónica junto a la cafetería.

Señor Sutton, tengo que llamar a mi novia.

Adelante. Estamos en un país libre.

Esto... Bien.

No te preocupes, que no me escapo. Aquí estaré cuando vuelvas.

Tal vez podría venir conmigo.

No voy a meterme contigo en una cabina mientras tú llamas a la que te ha puesto las cadenas. Además, casi es mejor que no la llames. Nunca.

Señor Sutton...

No la quieres.

¿Solo porque he dudado cuando me ha preguntado?

Estás perdiendo el tiempo. Y eso es algo que nunca debería perderse. Y estás jugando con fuego. Estás colocándote en una posición en la que tal vez tengas que largarte en caliente.

¿Y eso qué significa?

Cuando yo empecé a tener un equipo propio, cuando atracábamos bancos, tenía una regla: siempre me aseguraba doblemente de salir de los sitios despacio, con calma, con los cinco sentidos en lo que estábamos haciendo. Antes de que saltaran las alarmas, antes de que se presentara la policía, antes de que se dispararan las armas.

¿Y eso qué tiene que ver con mi novia?

Los bancos, las tías... Siempre es mejor dejarlos como uno quiere, antes de que sea demasiado tarde. Con una chica, eso significa antes de que ella empiece a verse con otro y tú te cases con ella por celos. O antes de que se quede embarazada y tú ya estés atrapado. Nunca te vayas de un banco en caliente, nunca dejes a una chica en caliente.

Sutton contempla a Prometeo.

En definitiva, chico, escoge bien a tu pareja. La decisión más importante que se toma en la vida es la elección de pareja.

¿Y qué hay que buscar en una pareja?

A alguien que no te delate.

Me refieriero en el amor.

Yo también.

Sutton baja la cabeza, ve a una niña de unos cinco o seis años que lleva unos pantalones de esquí azul eléctrico y un gorro con borla en lo alto. Avanza con dificultad por la pista, de la mano de su padre. Como si hubiera notado el peso de la mirada de Sutton, la niña alza la vista. Sutton la saluda. Ella le devuelve el saludo y está a punto de caerse. Sutton da un paso atrás y se vuelve. Mira fijamente a Reportero unos segundos.

Tengo una hija, dice.

¿En serio? No he leído nada de eso en los archivos.

Cuando salí la primera vez de Dannemora, en el año 27, conocí a una chica de mi barrio. Yo acababa de salir de la cárcel, estaba indignado, solo, vivía en un cuchitril, y aquella chica se acercaba a los veinticinco años, que en aquella época ya era mucho. Fue como cuando me encontré con Marcus. Como acercar la mecha a la llama.

Reportero anota algo.

Mi hija..., dice Sutton. Pero se interrumpe. No me permito empezar muchas frases con estas palabras. Son muchas las cosas de las que me arrepiento en la vida, bien lo sabes, pero de eso, de lo que más. Desde muy al principio, su madre la traía a Sing Sing para que la viera. ¿Sabes lo que huele a lo contrario que una cárcel? Una niña de tres años. Aquellas visitas eran una tortura. Dicen que un niño te hace querer ser mejor persona, pero si tú ya eres una causa perdida, si te enfrentas a una condena de cincuenta años, un niño solo consigue que quieras desaparecer, esfumarte. Y si aquellas visitas eran difíciles para mí, aún lo eran más para la niña. Y para su madre. Así que dejaron de venir. Su madre pidió el divorcio. Desapareció. No la culpo.

Me pregunto por qué no hay nada de todo eso en los archivos, señor Sutton.

Sutton se encoge de hombros, se señala la cabeza.

Eliminé todos los documentos sobre ese tema de mi archivador mental..., hace mucho tiempo.

Se frota la pierna, tuerce el gesto.

La gente que dice que no se arrepiente de nada..., eso es una chorrada, una patraña. Como eso de vivir en el presente: el pre-

sente no existe. Está el pasado y está el futuro. ¿Tú vives en el presente? Pues entonces eres un vagabundo, un pordiosero.

Sutton se fija por última vez en los patinadores.

Mi hija..., dice. Ahora tendrá unos cuarenta años. Seguramente no me reconocería si pasara por delante de nosotros en este momento.

Sutton se vuelve, mira a Reportero, le guiña un ojo.

Pero te apuesto todo el dinero que he robado en mi vida a que yo sí la reconocería a ella.

Willie y Freddie son los primeros en encontrar raíces. Abril de 1945. Willie ve que a Freddie se le ilumina la cara, y que empieza a señalar frenéticamente. Si hay raíces es que hay hierba, y si hay hierba es que están justo por debajo de la franja de césped que recorre en paralelo Fairmount Avenue. En ese preciso instante, los dos lo comprenden: técnicamente, son libres.

Freddie empieza a escarbar hacia arriba. Willie le hace parar.

Tenemos que esperar a los demás, Freddie.

Pero Freddie no espera. A dos metros de la superficie. A un metro y medio, sigue escarbando con las manos. Willie lo agarra por el cuello, lo arrastra hasta el túnel. Freddie aparta a Willie. Willie agarra a Freddie por el cuello. Por el pelo. Freddie se vuelve, se echa hacia atrás y le da un puñetazo en la nariz, le agarra con fuerza la camisa y vuelve a golpearlo en el mismo sitio, una vez, dos veces. Le habría roto la nariz si le quedara algo por romper.

Freddie vuelve a escarbar. Ya casi está en la superficie. Willie, con la nariz sangrando, le grita: ¡No puedes hacer esto, Freddie! Estás traicionando a los demás. Estamos juntos en esto. Si lo haces, no eres mejor que un chivato.

Freddie se detiene. Se deja caer, se escurre entre las paredes embarradas del túnel. Jadeando, resoplando, con la cara muy roja, llena de ronchas, dice: Tienes razón, Willie. He perdido la cabeza, joder. Tengo tantas ganas de estar fuera que me he vuelto loco.

A cuatro patas, regresan por el túnel e informan a todo el equipo. Ha llegado la hora.

A la mañana siguiente, todos se reúnen en la celda de Kliney. Siempre que han planificado la fuga han dicho que sería justo después del desayuno, que es cuando hay un mayor número de presos moviéndose de un lado a otro. Ahora, sin discusiones, sin necesidad de discutir nada más, se colocan en fila y van descolgándose por el hueco, uno a uno, como paracaidistas sobre su objetivo. Kliney va delante, seguido de Freddie, Chapuzas y Akins. Después van otros siete tipos, y por último Willie. Uno a uno descienden por el pozo hasta el túnel, y se arrastran como cangrejos hacia la libertad.

Al acercarse al agujero y ver de repente el haz blanco de luz del día, Willie experimenta algo así como un éxtasis religioso que le inunda el corazón. Le sale de dentro una oración de agradecimiento. Oh, Dios, sé que soy un pecador y sé que he llevado una vida miserable, pero este momento es sin duda un regalo que me ofreces, y este pozo de luz, y este aire puro, son tu bendición, y no puedo dejar de creer que eso significa que aún no te has rendido conmigo.

Trepa y trepa, asciende por entre barro, raíces, hierba, asoma la cabeza por el hueco. Es uno de los primeros días tibios de la primavera. Aspira hondo y huele la tierra húmeda, las flores nuevas, el sol cálido, dulce, espeso. Saca los hombros del agujero, las caderas, el pecho, y se impulsa hacia fuera. Ya está en el suelo, cubierto de hojas de hierba y de barro. Un segundo nacimiento. «Él no nació, se escapó.» Tendido de costado, parpadea ante los negros muros de la cárcel centenaria. Bloques de piedra tallados a mano, viejas almenas, aspilleras a modo de ventanas. Lleva más de diez años encerrado ahí, y hasta ese momento no se ha dado cuenta de lo horrible que ha sido.

Se pone de rodillas, contempla la calle, vislumbra a Freddie y a Chapuzas doblando la esquina. Se vuelve y ve que, en Fairmount, un conductor de camión, boquiabierto, ha escogido este momento para aparcar, abrir el termo y estudiar el mapa. Oye pasos pesados a su espalda. Se vuelve. Dos policías. Se pone de pie y echa a correr.

A su lado, las balas echan chispas al chocar contra el pavimento. Rodea un coche, cruza el césped, salta sobre un triciclo de niño, se mete corriendo en un callejón, abre de golpe una puerta que conduce a una especie de almacén. Cierra la puerta. Se agazapa en un rincón. Tal vez no lo hayan visto.

Sal, o te matamos sin abrir la puerta.

Sale, empapado, sucio, inconsolable. Todo este trabajo, todos estos meses cavando, excavando, escarbando, para una carrera de tres minutos bajo el sol primaveral.

Además de Willie capturan allí mismo a otros ocho presos. Uno consigue permanecer en libertad durante una semana, pero acaba llamando él mismo a las puertas de la cárcel. Cansado, hambriento, pide la readmisión. Así, ya solo son Freddie y Chapuzas los que siguen en la calle.

Llevan encadenados a todos los miembros del equipo del túnel en presencia del Duro. La fuga es portada de los periódicos de todo el país, llega a todo el mundo, y el Duro comprende que pasará a la historia por ello. Será el hazmerreír que dejó que doce prisioneros cavaran un túnel de treinta metros delante de sus narices. Y él no es de los que tolera la burla. Alguien tiene que pagar.

En aquella cárcel aún existen las viejas celdas de castigo. Los presos las llaman los Klondikes. Están bajo tierra, son apenas mayores que un sarcófago y llevan décadas sin usarse. El Duro ordena que desnuden a todos los miembros del equipo del túnel y los metan en un Klondike.

Y decreta que permanezcan ahí hasta que se dé caza a los dos fugados.

Tardan ocho semanas. Finalmente, la policía de Nueva York pilla a Freddie y a Chapuzas en un club nocturno. Chapuzas viste esmoquin, y Freddie lleva alzas. El Duro saca de los Klondikes a los integrantes del equipo. Todos están casi muertos. Ordena que los vistan, los laven, les den de comer, y envía a cuatro de ellos, a los peores, a una cárcel de máxima seguridad que queda a unos quince kilómetros de allí.

Sutton mira a su alrededor.

¿Dónde está tu socio?

Cambiando el carrete.

Ah, cambiando el carrete.

¿Es un buen fotógrafo?

El mejor.

¿Te gusta trabajar con él?

Eso ya es otra cosa.

Humm.

Dejando de lado el talento, es como los demás fotoperiodistas que trabajan en el periódico. Ni más, ni menos.

Un elogio discreto.

Mira, chico, me he dejado los cigarrillos en el coche. ¿Por qué no me acompañas hasta allí, me dejas con Policía Malo y te vas a llamar a tu novia?

Suena bien.

Atraviesan la plaza Rockefeller y llegan a la Quinta Avenida. El Polara no está donde lo han dejado. Miran a ambos lados. Ahí está, a unos veinte metros, a la sombra de la estatua de Hércules. Con las ventanillas subidas, Fotógrafo habla por radio. ¿Por qué lo ha cambiado de sitio? Se acercan con cautela. Reportero abre la puerta del copiloto. Inmediatamente les llega el olor dulzón, embriagador, a marihuana.

Fotógrafo le baja el volumen a la radio.

Un poli me ha obligado a cambiar de sitio, dice.

Sí, sí, dice Reportero.

Estoy hablando con los de local. Quieren que le hagamos fotos a Willie delante de un banco que queda a unas manzanas de aquí.

Está bien. Tengo que dejarlo dos minutos contigo.

Ningún problema.

Sutton se sube al asiento del copiloto. Reportero sale corriendo hacia la plaza, en busca de la cabina.

Salimos en un momento, informa Fotógrafo por radio. Sí. Manufacturers. Tengo la dirección. Sí. Diez cuatro.

Deja el transmisor sobre el salpicadero y mira a Sutton. Sutton lo mira a él. Una vez más, esos ojos de caramelo con agujero.

Pareces... contento, comenta Sutton.

¿Contento?

Tranquilo..., casi.

Fotógrafo se ríe, nervioso.

Si tú lo dices...

¿Hace mucho que fumas esa mierda?

¿Qué mierda?

Vamos, chico.

Fotógrafo suspira.

La verdad es que no.

¿Y por qué empezaste?

Fotógrafo desenrolla la bufanda con los colores de un poste de barbero, y se la enrolla lentamente por el cuello.

Hace mucho tiempo, dice, se me daba muy bien eso de no dejar que este trabajo me afectara. Estaba blindado. Se me conocía por eso. Fotografiaba las peores mierdas que te puedas imaginar, y no me afectaba nada. Pero hace un par de años el periódico me envió a Harlem. Una madre joven con demasiadas bocas que alimentar, que no estaba bien de la cabeza, tiró a su hija recién nacida por la ventana desde el sexto piso. El periodista y yo llegamos antes que la policía y encontramos a la niña, a aquella niña preciosa de un año, en la calle. Con los ojos abiertos. Los brazos extendidos. Yo hice mi trabajo, gasté un carrete entero, como siempre, pero al llegar a casa no podía estarme quieto, no dejaba de temblar. Así que salí a la calle, les pregunté a los chicos de la esquina si tenían algo, lo que fuera, que me ayudara a pasar la noche. Me vendieron unos cuantos ácidos. Me tomé uno, pero en vez de mejorar, empeoré. La cosa se puso mucho peor. Tuve lo que llaman un mal viaje.

¿Y eso qué es?

No te lo describiré. No sería justo para ti. Además, sinceramente, no puedo. Digamos solamente que estuve en un sitio muy jodido. Sentía que había llegado a la tierra de los muertos. Sentí que, por primera vez, entendía de verdad, realmente, la muerte, entendía lo espantosa, lo sin fondo que es la muerte. Que era precisamente lo último que quería sentir en ese momento. Empecé a asustarme, empecé a gritar, a llorar. Mi mujer quería llamar a una ambulancia. No la dejé. Creía que perdería el empleo. Bajó a la esquina, me trajo un poco de hierba, y con eso me calmé. Pararon los sudores, los terrores. La hierba me devolvió a mi sitio, gracias a ella superé el recuerdo de aquella niña tan pequeña. Así que empecé a usarla cada noche. Al volver del trabajo. Después ya la consumía antes de irme a trabajar. Y luego, también en horas de trabajo. La hierba es lo único que funciona.

Se quedan ahí sentados, en silencio, un minuto.

Había un tipo, dice Sutton. En Attica. Cultivaba algo de hierba en su celda.

No me lo creo.

Los celadores creían que era un helecho, o algo.

Fotógrafo suelta una carcajada.

El tío aquel me decía que la hierba le hacía sentirse como si no estuviera en Attica. Como si estuviera volando sobre Attica.

Sí, algo así.

Sutton clava la vista en el paquete de Chesterfield, y después mira a Fotógrafo.

Tal vez te he juzgado mal, chico.

Gracias, Willie. Yo también.

¿Y te queda algo de la mierda esa?

¿En serio?

Sutton lo mira fijamente.

Fotógrafo mira a ambos lados de la Quinta Avenida, y a Sutton. Los dos contemplan a Hércules, a punto de arrojar sobre ellos la bola del mundo. Fotógrafo abre su bolsa de tela y Sutton cierra la puerta del Polara.

19

Willie está encerrado bajo llave, y Freddie también. Eso significa que permanecen en su celda todo el día, toda la noche, incluso a las horas de las comidas. Solo durante media hora, por las mañanas, los guardias los conducen a un pequeño patio para que hagan ejercicio. Y para burlarse de ellos.

Bienvenidas a Holmesburg, señoras. Bienvenidas.

Bienvenidos a la Jungla, imbéciles.

Willie y Freddie están de pie en una esquina ventosa del patio, con las manos metidas bajo las axilas. Willie piensa en los animales del matadero del Hudson, piensa en cómo los metían en los establos.

¿Dónde están los otros?, pregunta.

En la Galería D, responde Freddie.

Me cago en el túnel, murmura Willie.

Para acabar así, no valía la pena, dice Freddie.

Ni para acabar así ni para nada.

Un día, cuando termina su rato de recreo y los guardias los conducen de nuevo a la galería, una sensación muy intensa se apodera de Willie. No quiere volver. Ningún preso, claro está, quiere volver nunca a su celda, pero es que Willie no quiere volver de ninguna manera. Se plantea la posibilidad de suplicar a los guardias: «Por favor, no me hagáis volver. No lo soporto, por favor». Este pensamiento lo sorprende, porque le parece a la vez el más loco y el más sensato que ha tenido nunca. Pero no lo hace, y cuando regresa a la celda, cuando cierran la puerta, se lanza contra la pared, estampa su cuerpo contra la pared una y otra vez hasta que cae al suelo hecho un ovillo. Tiene los hombros dislocados. Días después, cuando lo sacan del hospital, le retiran el privilegio de salir al patio.

Se rinde. No hace nada para impedir hundirse en ese vacío blando, entre la apatía y la locura, que se apodera de muchos presos. Los oye por la noche, oye a los que se han quebrado, a sus hermanos, riñendo a la luna. Se une a ellos. Durante gran parte de 1946, está tan roto como ellos.

Cuando no grita, duerme. Duerme catorce, dieciséis horas al día. En sueños puede estar con Bess, pasear por la playa de Coney Island, conducir por bosques vírgenes. Abandonar esos sueños es una tortura. Tener que regresar al mundo real es peor que tener que regresar a su celda. Sin embargo, está dispuesto a pagar el precio. Duerme más, y más, más profundamente cada vez.

A pesar de todo, lenta, inexorablemente, se recompone. Empieza reconstruyendo su cuerpo. Flexiones, abdominales, cientos cada día. Después, la mente. Le permiten el acceso a dos libros por semana de la biblioteca de la cárcel, y los devora, se los aprende de memoria. Relee sus favoritos de siempre. «Sal al jardín, Maud, yo estoy aquí solo, junto a la verja.» Los recita, se los canta a las paredes. «Vas a salir ahora del tumulto del mundo.» Que los demás regañen a la luna. Él la enamora. «De la babel de lenguas que te nombra.»

Reportero regresa al Polara.

Está bien, dice. En marcha.

Sutton se baja del coche y vuelve a montarse en el asiento trasero.

¿Qué tal tu novia?, le pregunta a Reportero.

Bien, dice Reportero.

Sutton se echa a reír. Pero no con su típica risa ronca, sino más bien con una risita floja.

Reportero se da cuenta.

¿Y qué tal vosotros por aquí?, pregunta.

Bien, responde Sutton. Nunca había estado mejor.

Fotógrafo pone en marcha el Polara, se incorpora al tráfico de la Quinta Avenida. Reportero abre su cuaderno.

Señor Sutton, antes de la siguiente parada... No ha terminado de contarme cómo acabó la fuga del túnel.

No acabó bien. Solo estuve en libertad unos minutos.

Y cuando volvieron a detenerlo, ¿lo enviaron a Holmesburg?

Silencio.

¿Señor Sutton?

Reportero se da la vuelta. Sutton mira al vacío.

¿Señor Sutton?

Mirada fija.

Señor Sutton...

¿Qué? Ah, sí, chico. Holmesburg. Lo llamaban simplemente Burg. Y además yo estaba en la Galería C, donde encerraban a los peores de los peores. A los locos, los incorregibles. A la Galería C la llamaban la Jungla. Era una jungla, pero con más bichos y con el aire más viciado. Hacían experimentos médicos con nosotros sin que lo supiéramos. Los médicos de Burg trabajaban para las farmacéuticas. Si querías seguir con vida, mejor no entrar en la enfermería. Pero para mí aquello no era fácil. Una tercera parte de mi vida entre rejas... y empezaba a pasarme factura. Úlcera de estómago, dolores de espalda, de rodillas. Por no hablar del estreñimiento. Os habría apuñalado a los dos por una ciruela. Los médicos, encantados de darme pastillas, o de ponerme inyecciones. A veces me decían que eran medicamentos, otras veces, que eran vitaminas. Pero era veneno. Yo siempre me sentía raro después. Me sentía raaaro. Me sentía... raaarooo.

Reportero mira a Fotógrafo.

No me digas que...

¿Que no te diga qué?

Un preso de confianza entra en la celda de Willie cada mañana para entregarle la correspondencia, los libros, los últimos venenos que le envían los médicos.

Tiene veintitrés años, habla despacio, es rubio, se ha dejado crecer el flequillo hasta más allá de las cejas, y le cubre un ojo. Tal vez sea por las horas que ha pasado con Loquero, o tal vez por todos los libros de Freud y Jung que ha leído, pero Willie se da cuenta al momento, sabe instintivamente que ese preso de confianza anhela contar con la aprobación de un hombre mayor. Sabe que estaría dispuesto a nadar en mierda por conseguirla.

Willie explota sus encantos.

¿Cómo va, niño? ¿Cómo te sientes?

Bien, dice el preso de confianza. Gracias por preguntar. Los demás nunca me preguntan.

Los demás nunca le preguntan porque ese preso de confianza es un chivato. Participó en un robo con otros, y cuando los pillaron delató a sus colegas. A Willie le asquea amistarse con este chivato, alimentar su ego, pero es su único contacto con el mundo exterior, es decir, su única esperanza.

Willie se pasa meses trabajándose al Judas este, estudiando sus circuitos, sus teclas, aprendiendo cuáles son sus equipos, sus canciones, sus actores favoritos, prestando atención a sus anécdotas, a sus chorradas, que en todos los casos acaban con él como un gran héroe triunfante. Se ríe cuando oye todos los chistes sin gracia de Chivato, frunce el ceño exageradamente cuando abandona la celda de Willie para concluir su ronda.

Gradual, sutilmente, Willie lo inunda a preguntas.

Niño, ¿y te dedicabas a algo fuera?

Era pintor de casas.

¿Ah, sí? A mí siempre me pareció que ese era un trabajo interesante.

Y se me daba bien. Por eso el alcaide me deja salir para trabajos de un día.

¡No me digas! ¿A la ciudad?

Sí, claro. Varias horas seguidas. Incluso puedo visitar a amigos. Por suerte, porque aquí no tengo ninguno. Aquí todos creen que soy un chivato. Pero soy un tío legal, Willie.

Eso se nota, niño. Yo siempre noto quién es legal.

Si le conté algo a la poli fue solo porque me pegaron.

Y tuviste suerte de que no te mataran, niño. Los polis.

Y que lo digas. Tú sí que me entiendes, Willie.

Te entiendo, niño. Te entiendo. Pero en una cosa te equivocas del todo.

¿En qué?

Aquí sí tienes un amigo, niño.

El Fin de Año de 1947, Willie y Chivato están juntos, sentados, escuchando la radio. Una canción nueva: *What Are You Doing New Year's Eve?* Margaret Whiting se pregunta, pregunta repetidamente a quién besará Willie cuando llegue la medianoche. Que se vaya a la mierda. Willie busca las noticias. Una tormenta de nieve azota el nordeste..., ya han muerto casi cien personas. En el primer juicio de Auschwitz se pronuncia un primer veredicto: veintitrés personas son condenadas a la horca. Se han encontrado unos antiguos rollos bíblicos en una cueva en algún punto del mar Muerto. Willie baja el volumen.

Oye, niño. Cuando vuelvas a la ciudad, necesito que me consigas una cosa.

Sí, claro, Willie.

Necesito un arma, niño.

Lo dice como si tal cosa, como si le acabara de pedir un pellizco de sal para el filete ruso. Y Chivato reacciona también sin darle mayor importancia. Junta los labios. Asiente con un movimiento de cabeza

Y varias sierras.

Otro asentimiento.

Willie baja la voz.

Y cuando llegue el momento, necesitaré saber si hay alguna escalera de mano en este antro.

Chivato ejecuta un movimiento microscópico de cabeza. Ni una cámara lenta lo detectaría.

Días después, cuando le lleva la correspondencia, Chivato le entrega un paquete pequeño. Muy bien envuelto en plástico. Cubierto de pintura, porque en la cárcel lo ha metido dentro de un bote de pintura.

Unas galletas que te envían de casa, Willie. A ver si todavía están crujientes.

Willie no tiene casa. Mete el paquete debajo del colchón. Entre varios controles de seguridad, Willie retira el envoltorio.

Una 38 cargada.

Y dos sierras de arco nuevas, relucientes.

Fotógrafo se detiene al llegar a la calle Cuarenta y tres y señala con el dedo.

Ahí está, Willie.

Sutton retira con la mano el vaho de la ventanilla que le queda a la izquierda.

Eso es lo que yo llamo un banco, dice.

Se trata de una gigantesca caja de cristal. En el centro hay una inmensa caja fuerte, redonda, de tres metros de altura, con una puerta de más de medio metro de grosor. Parece la clase de caja fuerte en la que podría custodiarse la fórmula de la bomba atómica. Fotógrafo da media vuelta con el coche, aparca en doble fila y coloca en el salpicadero el cartel de PRENSA. *Se vuelve hacia Willie.*

Los de local dicen que este banco se construyó por tu culpa, hermano.

¿Y cómo es eso?

Al parecer atracaste a Manufacturers Trust... En 1950...

Supuestamente.

Y Manufacturers Trust quiso tranquilizar a unos clientes nerviosos.

Es razonable.

Así que construyeron esta sucursal totalmente transparente. La idea era que los clientes podían ver en todo momento si Willie Sutton estaba dentro. Ergo, Willie Sutton nunca estaría ahí dentro.

Puedo ser muy cabrón.

El primer banco a prueba de Sutton. Los de local quieren una foto tuya delante del banco, sonriendo, como si lo hubieras construido tú.

Parece que fue así.

Sutton se baja del coche, se acerca cojeando al banco. Apoya las dos manos en el cristal. Fotógrafo dispara diez o doce veces.

Un poco a la izquierda, Willie. Muy bien, muy bien. De acuerdo, ya estamos. Listos.

Saca unas cuantas más, le dice Sutton. Las usaré como felicitaciones de Navidad el año que viene.

Fotógrafo se ríe y le toma algunas más.

Sutton se ríe, no para de reírse, sigue sin moverse, no aparta las manos del cristal. Reportero se adelanta.

¿Señor Sutton?

Fíjate si se tomaron molestias, chico.

¿Quiénes?

Ellos. Por mí. Por un pobre desgraciado de Irish Town. Hicieron todo esto por mí.

Es..., es impresionante.

Mi legado.

Sutton da un paso atrás, ladea la cabeza. Contempla la caja fuerte desde distintos ángulos. Se pone las gafas. Se acaricia la barbilla.

Eh, dice. ¿Qué te parece? Es una Mosler.

¿Cómo lo sabe?

¿Cómo sabe un médico que tiene que extirparte las amígda-las?

Da otro paso atrás, observa la calle, a un lado, a otro.

¿Sabes una cosa, chico?

¿Qué?

Con un buen equipo, unos cuantos cafés bien cargados y un vigilante de confianza..., aún podría atracar este banco, joder.

Willie mira por el ventanuco de su celda. Nieve. La tormenta que estaba esperando. Estamos a 10 de febrero de 1947. ¿Por qué las cosas importantes de su vida le pasan siempre en febrero, este mes paticorto, ese Hughie McLoon de los meses?

A la hora del almuerzo, la puerta de la celda se abre de par en par.

Aquí está el libro que querías, Willie.

Gracias, niño. ¿Cómo te va?

No me puedo quejar, y si me quejara, ¿quién me haría caso?

Yo, niño. Yo te haría caso.

Willie baja la voz.

Pásaselo a Freddie. Esta noche.

Chivato asiente. Y se demora un poco más. No se queda del todo, pero tampoco se va. Se retira el flequillo del ojo, da un paso adelante.

Te echaré de menos, Willie. Mucho.

Willie baja la mirada, aprieta los dientes, se maldice a sí mismo por no haber pillado las señales. Mientras él se trabajaba a Chivato, Chivato se lo estaba trabajando a él. Y ahora, si Willie no maneja bien el momento, el niño va a ir directamente a hablar con el alcaide. Quien ha sido chivato una vez, lo es siempre.

Sí. Yo también te echaré de menos.

Chivato da otro paso al frente.

Te quiero, Willie.

Sí, sí. Yo también te quiero, niño.

Willie abraza a Chivato con gesto paternal, pero Chivato no se conforma con eso. Tomándole la cara entre las dos manos, lo acerca más hacia sí. Lo besa. Willie se dice que no debe apartarse, que no debe poner cara de asco. O le devuelve el beso a Chivato, o se pasa el resto de su vida en esta celda. Así que no le basta con soportarlo, tiene que hacer ver que le gusta. No. Tiene que gustarle. Cuando nota la lengua de Chivato, la roza ligeramente con la suya, hunde su lengua hasta lo más hondo de la boca de Chivato. Chivato gime, le pasa los dedos por el pelo, y Willie lo deja, y le hace lo mismo.

Chivato intenta ir más allá. Willie se aparta.

Ah, niño. Vete. Por favor, vete. Antes de que no te deje marchar.

Espera. Oye la respiración entrecortada de Chivato. Oye el engranaje de sus pensamientos. Al final oye que la puerta se cierra con un chasquido.

El corazón le late con fuerza, y se echa en el camastro.

Nuestras mejores interpretaciones, en esta vida, las representamos sin público, le dice a la pared.

Permanece echado toda la tarde. No prueba bocado. No lee. No escribe. Después del control de medianoche, cuenta hasta novecientos, saca la pistola de debajo del colchón, se la guarda en el cinto del pantalón y se acerca a la puerta. Retira la barra suelta, se cuela por el hueco. Corre por el pasillo y descubre a Freddie haciendo lo mismo. Freddie se acerca a él de un salto, lo abraza, le da las gracias por concebir este plan. Se acercan de puntillas a la puerta principal de la galería, se agazapan tras ella.

Willie le entrega el arma a Freddie.

Cuando dan las doce oyen dos voces al otro lado de la puerta. Entrechocar de llaves.

Ya está, susurra Freddie.

La puerta se abre hacia ellos. Ellos se abalanzan. Los guardias son más rápidos de lo que Willie esperaba. Casi consiguen cerrar de nuevo la puerta. Pero Freddie se echa sobre ella como un *full-*

back cruzando la línea de gol. Con toda su cólera, con todos sus músculos, consigue colarse, agarra al primer guardia por el cuello, lo tumba y le mete el cañón de la pistola en la boca.

Los guardias del centro de mando, a dos metros de allí, se levantan de un salto en dirección al estante donde tienen los fusiles.

Willie ladra:

Un solo movimiento y vuestro compañero es hombre muerto, joder.

Se detienen en seco.

Willie les ordena que se quiten la ropa. Ellos se desabrochan los cinturones, dejan caer los pantalones.

Seguid, adelante, dice.

Cuando ya solo les quedan los calzoncillos puestos, se tumban de lado. Freddie los ata.

Willie se viste con uno de los uniformes, toma la llave maestra del costado del capitán, se acerca corriendo a la Galería D. Kliney y Akins lo reciben con un grito de alegría. Willie abre sus celdas, los lleva de vuelta al centro de mando. Freddie, Kliney y Akins se ponen los uniformes. Frenéticos, los cuatro corren hacia el sótano.

La escalera se encuentra exactamente donde Chivato dijo que estaría. Cada uno la agarra por un extremo, y, como si fueran bomberos, salen por la puerta del sótano, y de ahí al patio.

La nieve sigue cayendo. Copos pesados, grandes como fichas de archivador. Willie apoya la escalera en el muro, y Freddie es el primero en subir por ella. El haz de luz del foco pasa una y otra vez sobre la nieve.

¡Eh, vosotros! ¡Quietos ahí!

Willie oye pisadas de botas, guardias que se mueven en las torres de vigilancia. Uno de ellos esquiva un disparo. Las balas se hunden en la nieve, astillan la escalera de mano. Dos travesaños se esfuman como si fueran polvo.

Willie grita en dirección a la torre.

Basta de disparos... ¿Es que no veis que somos guardias?

Los guardias se fijan mejor. Distinguen los uniformes, pero no ven las caras.

La nevada es demasiado intensa, y los copos reflejan la luz de los focos. En ese momento de indecisión, Willie y Akins suben por la escalera y se lanzan en plancha desde lo alto del muro. Por eso Willie ha esperado a la mayor tormenta de nieve del año: los copos no solo los cubren, sino que la capa de nieve amortigua la caída.

Kliney es el último. Está en lo alto del muro. Los guardias disparan.

¡Salta, Kliney!

Se lanza en caída libre. Cae de cabeza. Willie y Akins intentan arrastrarlo, sacarlo de la nieve. Pero no se mueve.

Se ha hecho daño, dice Willie.

Creo que me he roto el cuello, joder, gimotea Kliney.

Mientras no te hayas roto las piernas, dice Willie, sujetándolo para ayudarlo a ponerse de pie.

Salen corriendo. Holmesburg está rodeado de un terreno despejado, de parques. Willie se siente fuerte. Nota todas las flexiones, todos los abdominales de estos últimos meses. Aspira hondo el aire frío, limpio... Es libre, y eso le da más fuerza aún, una segunda inyección de fuerza. Cruzan las vías de tren, llegan a un arroyo, lo atraviesan chapoteando; se quitan los uniformes. Los de presidiario, que llevan debajo, no son demasiado evidentes. Pantalones negros, blusones de trabajo azules. Al menos no van con mono, ni con los clásicos trajes de rayas horizontales. Cuando llegan a la carretera empieza a aullar la sirena de la cárcel.

Willie mira a un lado y a otro. No vienen coches.

Corren casi un kilómetro. Siguen sin ver coches.

Les queda un minuto, tal vez dos, antes de que los guardias y los perros vayan a por ellos. ¿Por qué no hay ni un solo coche, joder?

Freddie señala. Unos faros.

Es un camión, o algo parecido, dice Kliney, pasándose la mano por el cuello.

Willie se planta en medio de la carretera, agita los brazos. El camionero no se fija en que está cerca de una cárcel, y se detiene. Freddie se lo recuerda al momento. Le clava el cañón de la pistola bajo la barbilla.

Se montan todos en el camión. El conductor gimotea, lloroso. No me hagáis daño, por favor. No me hagáis daño.

Tú conduce, dice Freddie.

¿Adónde?

Conduce, perro.

El camionero pisa a fondo el acelerador. Willie oye un entrechocar metálico y se vuelve. Están en un camión de reparto de leche. La inyección de fuerza desaparece de él súbitamente. Recuerda que lleva todo el día sin comer. Se siente tan débil que casi no consigue quitarle el tapón a una botella. Da un trago largo, se seca la boca con la manga, le pasa la botella a Kliney, abre otra. Prueba una de suero, una de nata líquida, una desnatada. Ni los mejores vinos ni el champán más difícil de encontrar le han sabido nunca tan bien. Cierra los ojos. Gracias de nuevo, Dios. Debes apoyarme. Tiene que ser así. Si no, ¿por qué seguirías enviándome estos regalos, estas bendiciones, cada vez que me fugo?

Durante el resto de su vida, el sabor de la leche traerá a Willie recuerdos de ese momento. La leche resbalándole por la barbilla, las carreteras cubiertas de nieve, los copos arrastrados por el viento. Y todos los recuerdos estarán bañados de un blanco radiante. El color de la inocencia.

Reportero consulta la hora.

Deberíamos irnos, dice.

Vuelven a montarse en el coche, deprisa, como si la alarma del banco acabara de dispararse, y se largan a toda velocidad.

Después de que lo del túnel no saliera bien, señor Sutton, me asombra que tuviera el valor de intentar otra fuga. Pasando por alto que los funcionarios de Holmesburg no le quitarían la vista de encima. Me parece imposible.

Lo era.

¿Y cómo lo hizo?

La razón principal por la que nadie se escapa de las cárceles es porque creen que no se puede. Les dicen que no se puede, todos los días, se lo dicen los guardias, el alcaide, los otros presos. El primer paso en toda fuga es creer que puedes hacerlo.

¿Y el segundo paso?

Había un mierdecilla, un chivato, un preso de confianza, me lo trabajé, lo convencí, y aceptó traerme un arma y unas sierras.

Como Egan.

Sí y no.

Que alguien me diga adónde vamos, dice Fotógrafo.

A la terminal de ferris de Staten Island, dice Sutton.

¿Por qué?

Ya lo veréis.

Reportero abre el maletín, saca varias carpetas.

Señor Sutton, debo decirle que los recortes de prensa dan una versión distinta de esa fuga.

No me digas.

Según varios periódicos de esa época, fue Freddie quien consiguió que metieran un arma en la cárcel. Fue Freddie el que forzó la cerradura de su celda. Con un formón. Después, Freddie lo liberó a usted y alguien usó unas tijeras para apuñalar a un guardia, William Skelton, y entonces usted usó a Skelton como escudo humano cuando los guardias empezaron a disparar.

Pues yo no lo recuerdo así.

Cuando llegan al límite de la ciudad discuten sobre si deben matar o no al camionero. Lo someten a votación. Cuando ve que, uno a uno, levantan las manos, el camionero se mea encima. Gana por tres a uno la opción de dejarlo con vida.

Antes de saltar del camión, Freddie agarra al camionero por el cuello de la camisa.

Vete directamente a tu casa, le dice. Descuelga el teléfono. No digas nada a nadie, o volveremos y te encontraremos.

El camionero se lo jura, nunca le dirá nada a nadie.

Yo sigo diciendo que tendríamos que matarlo, dice Freddie mientras los otros tiran de él y lo bajan a la carretera.

Allí se separan. Freddie y Willie van en una dirección; Akins y Kliney, en otra. Willie se siente afortunado de estar con Freddie, que aún tiene el arma, que se crio en Filadelfia y conoce sitios en los que pueden esconderse. Caminan en medio de la tormenta de nieve, codo con codo, encogiendo mucho los hombros para enfrentarse a la ventisca. Doce calles. Veinticuatro calles. Entonces, desde atrás les llega el sonido de unas sirenas. Se ocultan tras una casa. Unos coches patrulla pasan derrapando por la acera. Unas luces rojas parpadean en la nieve. Willie salta corriendo la verja trasera de la casa, como uno de esos hombres que salen en los dibujos animados. Freddie va tras él. Un disparo. La verja estalla. Freddie grita. Willie aterriza en una posición difícil, pero rebota y se pone de pie, corre por un callejón cubierto de nieve. No sabe cómo, pero consigue mantenerse derecho, acelera el paso, se dice que no debe mirar atrás, no debe pensar en los guardias que apuntan hacia él, en las balas que avanzan hacia el punto exacto que queda entre sus omoplatos. En la oscuridad que está a punto de engullirlo.

Con los pulmones ardiendo, las piernas a punto de rendirse, dobla a la derecha, se mete en un patio. La puerta de un sótano. Agarra el tirador. Cerrada con llave. Tira con más fuerza, rompe la cerradura, entra. El suelo es de cemento, está helado. Aterriza de cara. Le sangra la nariz. Se pone de pie como puede, cierra la puerta del sótano.

Las sirenas aúllan cada vez más lejos. Lentamente se pierden.

Espera. Tararea algo con la boca cerrada, intentando no desmoronarse.

I don't wanna play in your yard... I don't like you anymore. Camina de un lado a otro. Al cabo de dos horas sale del sótano por la misma puerta. *You'll be sorry when you see me... Sliding down our cellar door.* Echa a correr, y corre, y corre. La nieve le llega a las rodillas. Ahora nieva más fuerte, y las ráfagas de viento son constantes. Se le meten los copos en los ojos, en la boca. Tiene los zapatos llenos de nieve, ya no siente los dedos de los pies. ¿Dónde coño está la autopista?

Ahí. Entre esos árboles, unos faros borrosos. Ahora oye el crepitar de unos neumáticos sobre gravilla compactada. Se coloca en el arcén, con el pulgar extendido. Se detiene un Nash negro conducido por un hombre vestido con un traje gris llamativo.

Estás helado, compañero.

Sí, dice Willie. Se me ha estropeado el coche. Me cago en los Chevrolets.

Por eso yo soy de Nash.

¿Hasta dónde vas?

Hasta Princeton. ¿Te va bien?

No sabes cuánto. Tengo una hermana ahí.

Pues sube.

Resulta que el hombre no ha parado por pura amabilidad. Ha parado porque necesitaba hablar con alguien de su vida sexual. De las chicas con las que se acuesta, de la manera exacta cómo se acuesta con ellas, ignorándolo su mujer... y su novia. Le encanta esta palabra, «ignorar», la incorpora en cada frase, la mete con calzador si hace falta, encaje o no. Le cuenta a Willie que tiene propiedades alquiladas por todo Long Island, Nueva Jersey, Queens, y que cuando va a todos esos sitios a cobrar los alquileres, ahí es donde marca los goles.

El otro día, precisamente, dice, fui a cobrarle a una familia, una madre y tres niños pequeños, el padre está en el extranjero, ya sabes cómo va la cosa, y bueno, la madre va y me dice que no puede pagar el alquiler, que ha perdido el trabajo, bua, bua, me suplica que no los eche a la calle, y es un bellezón, por cierto, y yo le digo claro, quédate, no te preocupes, cariño, siempre que te apoyes en esa silla y me dejes que te lo haga, porque no pienso darte algo a cambio de nada. Ella me dice no, por favor, mis hijos están en la habitación de al lado, y yo le digo como quieras, en ese caso, de patitas en la calle, pero en ese momento la hija sale del dormitorio, y menudo bombón, unos quince años, pero parecía que tuviera veinticinco, diría yo, y más dispuesta que la madre, y bueno, creo que no hace falta que te diga qué pasó luego.

No, no hace falta. Por favor.

Willie se muere de ganas de apoyar la cabeza en el asiento y cerrar los ojos, pero Pervertido Sexual no para. Peor aún, ahora Pervertido Sexual está ofendido porque él no aporta nada a la conversación, que al parecer es el precio oculto que hay que pagar para conseguir que te lleven a Princeton. Willie se da cuenta de que si quiere que Pervertido Sexual le lleve en coche, lo mejor es estar a la altura, de modo que Willie obsequia a Pervertido Sexual con una serie de proezas sexuales falsas, para las que debe hacer acopio de todo su talento como narrador, porque a lo largo de su vida él solo ha estado con unas pocas mujeres, y porque la última persona a la que ha besado era un hombre. El esfuerzo que debe hacer para inventar conquistas, imaginar perversiones, le provoca sudores fríos. Dar esquinazo a los guardias y esquivar disparos era más fácil.

Pero, al parecer, funciona. Pervertido Sexual se lo está pasando en grande, da palmadas en el volante del Nash.

Menuda lección le enseñaste, grita Pervertido Sexual. Le diste su merecido, ¿a que sí, compañero? Ya te digo. ¿Y qué pasó luego?

Willie señala con el dedo.

Princeton Junction, próxima salida.

Pervertido Sexual para en el arcén. Willie se baja del coche. Es la tercera vez esta madrugada que escapa por los pelos. Pervertido Sexual le dice que espere. Le anota su número de teléfono en una caja de cerillas y se la da a Willie.

Oye, compañero, yo vivo ahí mismo, al otro lado de esa montaña, la próxima vez que vengas a Princeton me llamas. Mi chica y yo, tú y tu chica, cenamos juntos.

Sí, claro, dice Willie. Por cierto, hablando de cena, acabo de acordarme de que no he comido nada en todo el día, y me he dejado la cartera en el Chevy. Me queda un buen trecho hasta casa de mi hermana.

Pervertido Sexual levanta una mano.

Es un placer dejarte dos dólares.

Willie camina hasta que encuentra un local de esos que abren toda la noche.

Un café, por favor. Y un bollo.

En la barra hay una edición del *Star-Ledger*. Lo hojea, pero no hay nada sobre la fuga. Es demasiado pronto. Aun así, la camarera lo mira raro. A lo mejor lo han dicho por la radio que tiene en la cocina. Nueva York, piensa. Tiene que irse a Nueva York. Allí pasará desapercibido. Allí la gente no se entera de nada, porque todo el mundo huye de algo.

La camarera no deja de mirarlo.

Willie se humedece un dedo, lo pasa por el plato, va recogiendo las migas. Está muerto de hambre, pero no quiere gastarse todo lo que le ha dado Pervertido Sexual. Se pone de pie, sonríe a la camarera.

Bien, será mejor que me ponga en marcha.

Nota la mirada de la mujer clavada en su nunca hasta que sale por la puerta.

Se dirige a la autopista, pero no tarda en llegar al campus de Princeton. Se detiene. Lo va recorriendo con la mirada. Ah... Ser estudiante ahí. Sentarse en esa hermosa biblioteca y leer libros, nada más. Saber con total seguridad que tienes un futuro, y que ese futuro es brillante. ¿Cómo es que hay gente con tanta suerte? Rodea la biblioteca una vez, lleno de envidia, y se aleja en busca de la autopista. Recorre carreteras secundarias, se aleja de la principal. La nieve, en algunos puntos, le llega a las rodillas. A la cintura.

Mejor esto que la mierda, dice en voz alta.

Un perro perdido le gruñe, lo embiste. Con unos dientes blancos como la nieve. Willie ni se inmuta. Su total indiferencia asusta al perro.

Lloraría, pero tiene congelados los lagrimales. También las orejas. Se las cubre con las manos. Siente que podrían rompérsele, separarse de la cabeza. Mientras sube por la ladera de un monte pierde el equilibrio, cae hacia atrás y se da en los riñones con el tronco de un árbol. Vuelve a trepar, más arriba, más arriba, por un bosque tan espeso que apenas hay sitio para pasar entre los árboles.

Empieza a congelársele la ropa, que parece una armadura. Oye una voz. Se vuelve en redondo. ¿Quién anda ahí? ¿Por qué ha dejado que Freddie se quede con la pistola? Sal, que te vea, gruñe.

Más arriba. Se cubre la cara. Mira hacia arriba. Un búho del tamaño de un niño de un año se apoya en una rama baja y lo mira directamente con sus ojos amarillos. Ahora frunce el ceño y, lentamente, despliega sus alas. El ángel vengador. Willie se pregunta si ya habrán pillado a Freddie.

Sigue caminando, pierde el sentido de la orientación. A la mierda la autopista. Debe encontrar un lugar donde guarecerse de inmediato, o está acabado. Lo que quiere es dejarse caer, acurrucarse, abandonar. Un poco más, se dice. Un poco más. Poco a poco. Sigue. Llega a un claro. A una granja, a un viejo granero rojo, algo torcido. Llama a la puerta carcomida, le da un puntapié.

Rastrillos, guadañas, sillas de montar, un tractor. Se sube al altillo que hace las veces de pajar, se hunde en un rincón. El viento entra a través de las paredes, silba y aúlla, le hiela las pestañas, los pelos que le crecen en las fosas nasales. Recuerda haber leído un artículo sobre la hipotermia. El sueño precede a la muerte. ¿O era la muerte la que precedía el sueño? Sea como sea, se pone de pie, da unos saltos. Habla con Dios, le propone un pacto, una alianza. Yo sé que tú estás de mi parte, Dios. No me tomes el pelo. El túnel, el camión de leche. Está claro que apoyas a los presos. Tú mismo estuviste preso. Pasaste la última noche de tu vida en la cárcel. Sé que estás de mi lado, Dios, así que sálvame una vez más, por favor, sácame de esta y cambiaré.

Y ya que estamos, Dios, ¿podrías conseguirme un cigarrillo?

Le viene a la mente la caja de cerillas que le ha dado Pervertido Sexual. Consigue encender una. En la esquina del granero abandonado, con restos de maderas sueltas, enciende una pequeña hoguera que será su salvación.

Al amanecer se pone en marcha de nuevo, encuentra la autopista. En cuestión de minutos lo recoge un camión.

Se me ha estropeado el coche, dice Willie. Le castañetean los dientes y está calado hasta los huesos. Me cago en los Chevrolets.

El camionero no nota nada raro en el aspecto de Willie, ni en su comportamiento. No nota nada de nada. Transporta tablones de roble hasta el Bronx, y se muere de ganas de tener compañía.

Como acompañantes, los tablones no son gran cosa, dice.

Pero, sobre todo, se muere de ganas de dormir. Cuando apenas han recorrido unos kilómetros, Willie ve que el camionero baja cada vez más la cabeza, hasta tocar el volante. Willie le da una palmadita en la rodilla. Camionero despierta sobresaltado, se mira la rodilla, mira a Willie con los ojos entornados, como si Willie fuera un pervertido. Entonces se da cuenta de que ha estado a punto de matarse y de matar a Willie.

Lo siento, balbucea, últimamente no he dormido mucho. Problemas en casa.

Se palpa el bolsillo de la camisa en busca de sus cigarrillos. Encuentra un paquete arrugado, le ofrece uno a Willie. A Willie no le hace falta mirar para saberlo: Chesterfield. Camionero se lo enciende con un Zippo plateado. A Willie, la leche fría de ayer le pareció deliciosa, pero no era nada comparada con este Chesterfield. La primera calada es dulce, como el primer bocado de algodón de azúcar en Coney Island. La segunda calada sabe a especias, a pimienta, y es nutritiva, como los filetes que Eddie y Happy le pagaban cuando la suerte le daba la espalda. El humo le inunda los pulmones y le acelera la sangre, y al momento le devuelve la vitalidad, las ganas de vivir. Da otra calada, y otra más, y otra, y le cuenta anécdotas a Camionero, anécdotas muy entretenidas, fantásticas, totalmente falsas, que los mantienen a los dos despiertos. Si la vida no ha sido más que una preparación para este momento, para esta euforia etérea, para esta unión con un desconocido, entonces no ha sido en vano.

Ve pasar los bosques cubiertos de nieve, las señales de la autopista, y vuelve a hablar con Dios, al que siente más cercano que la palanca de cambios. Señor, no sé qué es lo que he querido de ti a lo largo de mi vida. ¿Comunión? ¿Amnistía? ¿Una señal? Pero con este Chesterfield, finalmente, ya sé lo que tú quieres de mí. Aceptas la alianza que te propuse. Te he oído. Y te demostraré que te he oído. Cambiaré.

Se fuma el Chesterfield hasta el final, hasta que no queda nada, hasta que se le queman las puntas de los dedos. Incluso quemarse le sienta bien.

Camionero lo deja justo en la esquina en la que los policías abatieron a Eddie. Willie se niega a pensar en ello, no piensa en nada mientras saluda al puente George Washington y camina y camina hasta el centro de la ciudad. Se concentra en sus pasos sobre la nieve, y en que es una mañana de invierno preciosa, y en que él no está en la Galería C. Está en Nueva York, Nueva York.

Está en Times Square, joder.

Se detiene. Mira hacia arriba.

Hola, cartel de Wrigley.

Peces de neón, rosados, verdes, azules, nadan entre la ventisca. Sobre los peces, en neones verdes, parpadeantes, se lee: WRIGLEY TE CALMA LOS NERVIOS. Y más arriba la sirena de Wrigley, que le da la bienvenida a casa.

Entra en el Automat, mete la última moneda de dólar en la máquina de cambio, que le devuelve veinte monedas de cinco centavos. Se compra una croqueta de pescado y un café humeante y se instala en una mesa junto al ventanal. Come despacio, observando a la gente, pero no hay mucha gente. Aún es temprano. Cuando se termina la croqueta, se bebe el café hasta la última gota. Pasa el dedo por el interior de la taza vacía y se mete el dedo en la boca. Se fija en el calientaplatos, se imagina que llena un plato de filetes, puré de patatas, espinacas a la crema, bollos con semillas de amapola, tartaletas de manzana, galletas con mermelada, tarta de calabaza. Sostiene sus últimos veinte centavos en el puño, y cierra los ojos, y se alimenta de los olores. La comida no es lo único que huele; también Nueva York huele: a puros, a licor de menta, a loción para después del afeitado, a plástico, a cuero, a gabardina, a orina, a laca, a sudor, a seda, a lana, a talco, a semen, al aire viciado del metro y a cera de suelos. Oh, Nueva York, apestas. Por favor, deja que me quede.

Cuando dan las nueve, Willie se acerca a una cabina telefónica y marca el número de la primera agencia de colocación que encuentra en las páginas amarillas. La mujer le pregunta cómo se llama.

Joseph Lynch, señora.

Oye que la mujer teclea un formulario.

Soy nuevo en la ciudad, señora, y necesito trabajo, lo que sea, para dar mis primeros pasos.

La mujer no tiene gran cosa que ofrecerle.

Lo que sea, insiste él.

Lo único que se me ocurre... No, espere. Eso ya lo cubrió Sandy ayer. Humm..., veamos. ¿Dónde habré puesto la puñetera ficha?

Willie aprieta con fuerza el auricular.

Lo que sea.

Tatatá... Conserje, dice ella.

¿Cómo?

En el asilo Farm Colony, Richmond. Eso está en Staten Island. Diez dólares a la semana, con alojamiento y manutención incluidos, Joseph.

Lo acepto.

Está en Brielle Road.

La mujer le da el nombre de la enfermera jefa, pero él lo olvida al momento. Le dice que llamará a la enfermera jefa para decirle que Joseph va de camino.

Conserje, se dice mientras camina hacia el ferri. ¿Conserje? Piensa en el conserje de Rosenthal e Hijos. Qué bajo hemos caído. Bueno, en realidad nunca estuvimos muy arriba. Y los que estaban abajo no estaban tan abajo. Con una de las tres últimas monedas de cinco centavos que le quedan compra un billete para el ferri. En el embarcadero hay un quiosco, y su rostro aparece en todas las primeras páginas. Intenta leer el artículo desde lejos, pero no puede. Ya no ve tan bien como antes. Le faltan cuatro meses para cumplir los cuarenta y cuatro.

Suena el silbato. Todos a bordo.

Se mezcla con la multitud y entra en el ferri, se sienta en uno de los bancos de madera y apoya la cara en la ventanilla, haciendo como que duerme. La mitad de los pasajeros lee el periódico, mira su fotografía. Por fin, cuando el barco zarpa, se levanta y sale a toda prisa a cubierta. No hay nadie más, hace demasiado frío. Se apoya en la barandilla, de cara al viento, ve desdibujarse la ciudad.

El ferri deja atrás una franja de espuma blanca, espesa. Willie se lleva la mano al estómago vacío, se dice que habría debido llevarse una botella de leche.

Aparece una gaviota. Se queda suspendida junto al barco, y solo le hace falta batir las alas largas, grises, una vez cada cinco segundos para seguirle el ritmo. Willie daría lo que fuera por ser esa gaviota. Piensa en la reencarnación. Espera que exista. Espera que esta idea espontánea no encolerice al Dios católico, que es el que lo ha llevado hasta ahí. Que le muestra el camino.

A medida que Manhattan desaparece tras una cortina de niebla, Willie se sume en el sopor. Se agarra a la barandilla y se imagina cayendo al mar. Tal vez sea lo único que tenga sentido..., poner fin a toda esta carrera. Ya siente el primer impacto de la espuma blanca, y después el agua fría, amarga. La boca le sabe a mar, a salitre, ve el verde oscuro, turbio, seguido de esa otra oscuridad distinta. Esperar esa otra oscuridad (¿un minuto?, ¿cinco minutos?) sería lo difícil.

El ferri entra en aguas profundas. Treinta metros hasta el fondo en este punto, según leyó una vez. Él sabe bien qué se siente en treinta metros de oscuridad. El túnel bajo la Penitenciaría Estatal del Este. Y Meadowport Arch. Nota que flota, que desciende, que desciende. Tal vez nunca encuentren su cuerpo. Lo que en cierto modo sería una victoria.

Hace el gesto de montarse en la barandilla. Y entonces mira arriba. La Estatua de la Libertad. Tan hermosa. Se fija en sus pies. Nunca se había fijado en que se está liberando de unos grilletes. ¿Cómo no se había dado cuenta de algo así? La mira y la mira, y de pronto extiende un brazo y alarga la mano hacia la estatua.

Lo pillo, grita, sonriendo. Lo pillo, cielo.

Se baja de la barandilla y se aleja de ella.

Lo pillo.

Fotógrafo mete el coche en el ferri. En cuanto el Polara se detiene,
Sutton se baja, se acerca cojeando a la barandilla y contempla el
agua con impaciencia. Señala con el dedo.

Mirad, dice. Ahí está. ¿A que es bonita?

Fotógrafo limpia el vaho de la lente de su cámara, fotografía
a Sutton apuntando hacia la estatua.

¿Sabíais, chicos, que la isla en la que está era una cárcel?

¿De verdad?, pregunta Fotógrafo. No puede ser.

A la mañana siguiente de mi fuga llegué a este punto, y me
encontraba al borde de la desesperación. No, no al borde. Estaba
desesperado. Ahí, ahí mismo. Me faltaron dos segundos para ti
rarme por la borda, en serio. Pero ella me dijo que no lo hiciera.

¿Ella? ¿Ella se lo dijo?

Sutton se vuelve a mirar a Reportero.

Ella habla, chico. Ella es la patrona de los presos, y ella me or-
denó que siguiera adelante. Ya sé que hoy en día es vulgar y está
muy manido que te guste la Estatua de la Libertad. Es como si te
gustara el U.S. Steel o Bing Crosby. Pero no escogemos a quién
amamos. Ni qué amamos. Y aquella mañana me enamoré de ella.
No tengo otra manera de decirlo. La conocí. Y ella me conoció a
mí. Por dentro y por fuera.

Tras quince minutos de travesía, el ferri reduce la velocidad,
se acerca al muelle de Staten Island deslizándose sobre el agua.
Uno de los capitanes, con un gorro de Santa Claus, sale de la ca-
bina. Todos a tierra, todos a tierra.

Reportero y Fotógrafo se montan en el Polara. Esperan a Sut-
ton, que los sigue sin ganas.

Fotógrafo se aleja despacio del barco. Hay una gaviota en el
suelo, apoyada en una sola pata, que les bloquea el paso. Fotó-
grafo toca la bocina. El pájaro grazna y se aparta de un salto.

Vamos a Victory Boulevard, dice Reportero. Señor Sutton, ¿se
acuerda del camino?

Silencio.

¿Señor Sutton?

Reportero se vuelve. Sutton está rebuscando en la caja de dó-nuts, tiene la cara manchada de crema y mermelada.

Dios mío, dice Sutton, estos dónuts son lo mejor que he proba-do en mi vida. Nunca he sido muy goloso.

Recorren calles y más calles de casas diminutas, idénticas, todas ellas con rejas en las ventanas y banderas de Estados Uni-dos, algún Santa Claus en el jardín, algún reno. Fotógrafo mira a Sutton por el retrovisor.

Willie, hermano, ¿tú recorriste todo este camino a pie? ¿Sin ha-ber dormido? ¿Sin haber comido? ¿Con el uniforme de la cárcel puesto? Me parece imposible.

Os lo vuelvo a repetir, chicos. Lo era.

Llegan a lo alto de una cuesta, doblan la esquina. Ven un bos-que espeso, y después los perfiles borrosos de unos edificios in-mensos de ladrillo. Muchos edificios. Al acercarse más descubren que casi todos ellos están cubiertos de grafitis. Por los tejados, entre las ventanas, crecen las ramas de los árboles.

Vaya, dice Fotógrafo. Una ciudad fantasma.

Todo el terreno está vallado. Fotógrafo se acerca a la valla.

Esta era la famosa Farm Colony, dice Sutton. Antes de que existiera Medicare, antes de que existiera la Seguridad Social, aquí era donde Nueva York traía a los enfermos y a los viejos y a los pobres. A miles.

Un vertedero de seres humanos, dice Fotógrafo.

Y bien grande, chico. Cincuenta edificios. Cien acres. No era un sitio alegre, precisamente, pero para mí era el escondrijo per-fecto. Y tenía una especie de belleza particular. Veinticuatro ho-ras después de fugarme de Holmesburg, encontré un trabajo aquí. En el pabellón de mujeres. Como conserje. Y durante un tiempo, mierda, fui feliz. Llegué a ser feliz. Porque no era yo.

20

La enfermera jefa señala al suelo. Se acerca a los sesenta. Una mujer sin amor, sin sangre, embutida dentro de un uniforme de enfermera elástico que parece cortarle la humanidad, además de la circulación.

Quiero ver mi rostro aquí, dice.

Willie, con su mono gris, y su nombre, Joseph, bordado en rojo sobre el corazón, entorna los ojos.

¿Cómo dice, señora?

El suelo, Joseph. Tu trabajo consiste en hacer que este suelo brille como un espejo cada noche, para que yo pueda verme reflejada en él cada mañana. Las mujeres de este pabellón no tienen nada. Menos que nada. Lo menos que podemos hacer es proporcionarles un suelo limpio.

Willie asiente, pasa la fregona un poco más deprisa.

Sí, señora.

Willie cree que Enfermera Jefa podría estar loca. Sigue. Y sigue. Habla y habla sobre el brillo óptimo, sobre el lustre del suelo, hasta que Willie imagina que la usa a ella como fregona.

Pero con el tiempo entiende qué es lo que quiere decir. Existe una mejora apreciable en el estado de ánimo general de las mujeres del pabellón cuando el suelo está limpio. Él siempre ha trabajado duro, siempre se ha enorgullecido de todo aquello a lo que se ha dedicado. ¿Por qué no iba a ser el mejor fregador de suelos? Como hizo cuando atracaba bancos, realiza un estudio del arte de fregar. No se había planteado nunca que pudiera haber tantas maneras distintas de fregar mal, ni que hubiera solo una manera de hacerlo bien. Mucha agua jabonosa, dos tapones de amoniaco y un movimiento circular suave al aplicar la cera con aroma de vainilla. Es como glasear un pastel. Se incorpora. Ya está. Recuerda que la mayoría de bancos que atracó tenían los suelos sin brillo. Cree recordar.

Una vez a la semana, más o menos, la gente camina con algo más de brío por los suelos de Willie: una mujer del pabellón ha muerto. Además de fregar, otra de las funciones de Willie es cargar a las fallecidas en un carro tirado por un caballo y llevarlo al depósito. Es una misión que le desagrada, pero intenta realizarla con hombría y con respeto. Otros conserjes llaman a este carro el coche de la carne. Él no lo llama así nunca. Este es el precio de la libertad, se dice a sí mismo cuando carga el cuerpo sin vida de la mujer en el carro.

Mejor esto que Holmesburg, se dice a sí mismo mientras se lleva a la difunta.

Adiós, le dice mientras la sube a una de las mesas de mármol.

En su día libre, Willie sale a explorar. La Farm Colony se encuentra en el centro de Staten Island, en medio de un bosque espeso y salvaje. Nunca se cansa de la gran variedad de árboles: arces, sicomoros, olmos, robles, pimenteros, manzanos. Algunos de ellos ya existían en tiempos de George Washington, y su longevidad proporciona a Willie una rara sensación de bienestar. Se echa a los pies de un viejo olmo, que flota tras él en un charco de sombra, y siente sosiego. Intenta pensar en la última vez que sintió sosiego. No lo recuerda.

Una de las mujeres del pabellón le cuenta a Willie que Thoreau frecuentaba esos bosques. Para alejarse del mundo.

Los periódicos dicen que a dos de los que se escaparon con él, Kliney y Akins, los han atrapado. Solo Willie y Freddie siguen huidos. Así que, al final, a Freddie no lo mataron. Bien por él. Vete, Freddie, vete. Willie espera que esté llevando alzas de diez centímetros, dándole trozos de papaya en la boca a alguna corista despampanante en La Habana.

Pero, gradualmente, los periódicos abandonan el tema. Es 1948. Una nueva era. Con el dedo huesudo de Truman sobre el Botón Rojo, nadie tiene tiempo para ocuparse de un ladrón de bancos de la época de la Depresión. Willie el Actor ha muerto, larga vida a Joseph el Conserje. En la biblioteca de la Farm Colony, Joseph lee varios libros sobre la reencarnación.

Las mujeres de la Farm Colony adoran a Joseph, y él las ve como ve los árboles. Le proporcionan una especie de bienestar, una sombra psicológica. Willie ha pasado gran parte de su vida en un mundo de hombres; Joseph habita felizmente en un mundo de mujeres. Claro que muchas de ellas hablan tan poco como los árboles. Pero algunas no paran. Mientras espera a que se seque el suelo, a Joseph le gusta sentarse con ellas, oír sus historias. Están solas. Como él. Están ahí atrapadas, como él. Detestan los bancos. Muchas han terminado en la Farm Colony porque perdieron los ahorros de toda una vida por culpa de un banco que quebró, o por culpa de un agente de bolsa sin escrúpulos.

Sutton está frente a la entrada principal. Reportero y Fotógrafo, justo detrás. De hecho, la puerta ya no existe, ni los muebles. Todo ha desaparecido, salvo algunos archivadores de hierro. Un uniforme cuelga en un armario sin puerta.

Señala con el dedo.

Este era el despacho de la enfermera jefa.

Oyen un revoloteo. Una paloma vuela por encima de sus cabezas. Fotógrafo toma algunas fotografías a través de una gran telaraña.

Sutton retrocede. Se vuelve, contempla los bosques que los rodean.

No era solo la Farm Colony, dice. En aquella época, toda Staten Island era una colonia de gente destrozada. No es de extrañar que encajara tan bien desde el principio. Por ahí estaba el mayor hospital de la costa este especializado en casos de tuberculosis. Y por ahí el hogar de los marineros ancianos. Snug Harbor. Ahí vivían unos cuantos lobos de mar estupendos. Muchas veces jugaba a cartas con ellos. Siempre, sin excepción, estaban borrachos. Nadie bebe más que un marinero irlandés retirado. Pero eran buena gente. Ellos me dieron a conocer a Melville. Aun así, si tenía la noche libre, prefería a mis señoras de la Farm Colony.

Su favorita es Claire Adams. Con su mano larga, arrugada, a menudo da unas palmaditas a la silla que tiene junto a la cama.

Ven, Joseph, ven. Charlemos un rato.

Sí, señora Adams.

Ella insiste en que la llame Claire. Él frunce el ceño, niega con la cabeza. Es demasiado regia, demasiado hermosa para tales confianzas. Le dobla la edad, o más, pero le dice que está enamorado de ella.

Ya basta, le dice ella.

Él pone la mano de ella sobre el nombre bordado de su camisa.

Es verdad, le dice. Del derecho y del revés.

Ella se echa a reír.

Si pensara que lo dices en serio, me levantaría de la cama y bailaría contigo por toda la habitación.

La señora Adams ha viajado por todo el mundo. Ha cenado con vizcondes, con generalísimos, con premios Nobel. Habla cuatro idiomas, tiene un tono de voz perfecto, y su mirada es tan penetrante, tan sabia, tan libre de condena, que Joseph quisiera contarle todos sus secretos. Su impulso de confesión es tan fuerte que no se fía de sí mismo. Muchas veces se sienta ahí, con la boca cerrada, y deja que sea la señora Adams la que hable por los dos.

Ella le habla muchas veces del amor de su vida.

Oh, Joseph... Era tan guapo... Cuando le miraba a la cara me temblaban las piernas. Su belleza me afligía. ¿Me entiendes?

Sí, señora.

Pero a mis padres no les parecía bien. Era católico, ¿sabes?

¿Y qué ocurrió?

Me enviaron a Europa. El Grand Tour, lo llamaban entonces. Aunque para mí era *l'exil du coeur*. Nunca me sentí tan desgraciada. En el Sena lloraba. En la Capilla Sixtina, lloraba. En el Gran Canal lloraba sin parar. Toda la belleza me entristecía, porque me recordaba a mi Harrison. Así se llamaba. Finalmente, después de diez meses desafié a mis padres y regresé en barco a Nueva York. Y volví junto a Harrison.

¿Y?

Se había casado.

No.

Ella asiente, aparta la mirada.

Hace tanto tiempo... Cómo es posible que aún tenga tanto...

Poder, dice Joseph.

Sí. Esa es la palabra exacta, Joseph.

Julio de 1949. Mientras se seca la capa de cera del suelo, Joseph se sienta junto a la señora Adams, hojea los periódicos del domingo esparcidos sobre su cama. En un artículo de uno de ellos se menciona a Picasso, lo que lleva a la señora Adams a acordarse de un famoso retratista que una vez le pidió que posara para ella.

Nada más empezar nuestra sesión, aquel joven artista me pidió que me quitara el sombrero. Lo hice. Me pidió que me quitara la parte de arriba. Me negué. Insistió. Yo volví a ponerme el sombrero y me puse de pie, dispuesta a marcharme. A él le rechinaban los dientes, se tiraba del pelo, me suplicaba... Me dijo que nunca podría volver a pintar si no llegaba a ver mi cuerpo. Yo le dije que nunca podría volver a mirarme a la cara si le mostraba mi cuerpo.

Joseph se ríe. La señora Adams se ríe.

Ahora, te digo una cosa, Joseph, aquel artista era muy...

Se detiene. Mira a un lado, en busca de la palabra adecuada. Joseph sonríe. Espera. ¿Temperamental? ¿Talentoso? Pasan los minutos. La sonrisa de Joseph se esfuma. Busca a una enfermera. Nota que le sudan las palmas de las manos.

Entonces la señora Adams vuelve a mirarlo, parpadea, le sonríe.

¿Qué estaba diciendo?

Joseph no sabe si ella es consciente de su desvanecimiento. No se lo pregunta.

Días después vuelve a ocurrir. La señora Adams se va en medio de una frase y desaparece, esta vez durante diez minutos. Ese día se le cierran los párpados. Joseph ve que los ojos se le mueven por debajo, como peces en un estanque helado. Le dice que será mejor que vuelva a su trabajo. Se pone de pie, se aleja de la cama.

En las semanas que siguen, eso mismo ocurre cada vez con más frecuencia, y las ausencias son cada vez un poco más largas. Él siempre se pone de pie, a regañadientes, siempre se inclina sobre la cama, le besa la frente. Ella no es consciente de ese beso. De su presencia. Está lejos, muy lejos. En el Grand Tour.

A finales de otoño de 1949, Joseph está sentado junto a la cama de la señora Adams, esperando. Hace casi dos días de su última partida. Ahora, como si alguien hubiera pulsado un interruptor, sus párpados aletean, se abren. Vuelve la cabeza. Joseph sonríe. Ella sonríe.

He venido en cuanto he podido, Harrison.

Joseph se queda boquiabierto.

En Italia pensé en ti todos los días. Estaba deshecha.

Joseph mira a su alrededor.

Harrison... ¿Me has esperado?

Joseph se pasa la mano por el cuello.

Harrison, cariño. Papá no atenderá a razones. Es el hombre más testarudo del mundo.

Joseph abre y cierra la mano que apoya en la rodilla.

¿Qué vamos a hacer, Harrison?

Joseph se tira del lóbulo de la oreja.

¿Harrison?

Nos... escaparemos.

A ella se le ilumina la cara.

¿Cuándo?

Joseph carraspea.

Pronto, dice.

¿Dónde nos encontraremos, Harrison?

Ya lo sabes.

Ella busca con la mirada.

¿Dónde?

«Sal al jardín, Maud.»

En ese sitio, dice Joseph. En nuestro sitio especial.

Te quiero tanto, Harrison.

Te quiero, señora... Claire.

Cuando llega la hora, Joseph la levanta de la cama, la lleva hasta el carro. La deposita en la losa de mármol, le sostiene la mano un rato. Después va a buscar a Enfermera Jefe.

¿Señora?

¿Qué ocurre, Joseph? Estoy ocupada.

Es que no sé, señora, qué va a pasar con la señora Adams.

Enfermera Jefe se tira de la goma de su uniforme.

Lo mismo que pasa con todos los demás, Joseph.

¿No hay familia entonces?

No hay familia que quiera ser localizada.

¿Dónde la...?, ¿dónde la enterrarán?

Enfermera Jefe baja la cabeza.

En Potter's Field, supongo. Suele ser ahí.

Joseph espera a que sea medianoche. Cae una llovizna muy

fina. Se va a pie hasta el ferri, llega a Manhattan, se monta en el metro en dirección a Brooklyn. Camina hasta Prospect Park, se sienta en un banco tras asegurarse de que no le siguen. Deprisa, desentierra un tarro con el dinero de sus robos. A menos de cien metros de Meadowport.

Se oculta tras unas rocas que lo protegen de la calle, abre el tarro. Está muy bien cerrado, pero no lo suficiente. La humedad se ha abierto paso. El moho ha devorado los billetes. Tanta planificación, tanto riesgo, tantos años en la cárcel... ¿Para esto? ¿Para esto? Willie contempla la cara de la estatua manchada de Ulysses Grant. Un escalofrío espantoso le recorre todo el cuerpo al pensar si el receptáculo que contenga los restos de la señora Adams será más o menos estanco.

De un total de sesenta mil dólares, solo es capaz de rescatar unos nueve mil. Tira el resto a una papelera. Cabizbajo, con el cuello del abrigo levantado, se dispone a regresar al embarcadero, pero sus pies lo llevan en otra dirección. En cuestión de minutos se descubre a sí mismo caminando por President Street. Nota que el corazón le late con más fuerza cuando se acerca a la casa de los Endner. Está igual. Las vidrieras, la elegante balaustrada, la verja de hierro. Alguien ha plantado un pequeño jardín a lo largo de la verja. Rudbeckias, dulcamaras, peonías. Varias clases de rosas. No hay luces encendidas. Se acerca al buzón. No tiene nombre. No puede saber quién vive ahí, si es que vive alguien.

Horas después, ya de vuelta en la Farm Colony, Joseph se cuela en el depósito de cadáveres y deja un sobre blanco lleno de billetes de cincuenta sobre el pecho de la señora Adams. Envuelta alrededor del dinero hay una nota: «No reparen en gastos.»

Aquí, en este agujero, hubo dos mujeres que me marcaron mucho: una fue la señora Adams. Ella me hizo recordar que solo se vive una vez.

«Recoge las rosas ahora que puedes», dice Reportero.

Recoge lo que tengas que recoger, me cago en todo, pero sácale todo el partido que puedas.

Sutton se lleva la mano al bolsillo y saca el sobre blanco.

Señor Sutton, ¿por qué mira una y otra vez los papeles de su puesta en libertad?

Por nada. Vamos, quiero enseñaros algo, chicos.

La señora Adams es la primera de muchas. Cada vez que una mujer fallece, las enfermeras de la Farm Colony encuentran un sobre lleno de billetes sobre su pecho. Hay quien dice que lo deja ahí el Señor. Otras dicen que es el Ángel de la Farm Colony.

Joseph no puede evitarlo. Sabe que corre un gran riesgo, pero es la única alegría que le queda. La única travesura que puede permitirse.

Entonces llega el 17 de enero de 1950. En el North End de Boston, una banda perpetra un atraco en el edificio Brinks, y se lleva tres millones de dólares, el mayor golpe de la historia de Estados Unidos. La policía asegura que la operación es tan osada, se ha ejecutado con tanto estilo, que solo puede ser obra de Willie Sutton, cuya imagen vuelve a aparecer en la primera página de todos los periódicos.

Joseph baja la cabeza, sigue fregando, espera que todo pase. Desde el fondo del pasillo oye que alguien pronuncia su nombre.

Joseph. Oh, Joseph.

Se vuelve. Enfermera Jefa avanza sobre el suelo mojado. Si Enfermera Jefe no presta atención a su Suelo Mojado es que no puede ser nada bueno.

Se detiene frente a él, lo mira a la cara.

Joseph, dice.

* Se refiere al primer verso del poema *To the Virgins, to Make Much of Time*, de Robert Herrick. (*N. del T.*)

Señora. Este no es tu nombre de verdad, ¿no, Joseph?

¿Señora?

Eres Willie Sutton.

Le alarga el periódico. Él mira la fotografía. La mira a ella.

Sí, dice, suspirando. Sí, me ha pillado.

Yo..., ¿qué?

Soy Willie Sutton, dice. Qué alivio poder decirlo en voz alta, al fin.

Enfermera Jefa palidece.

Sabía que iba a llegar este día, dice Willie. Supongo que tengo suerte, he vivido unos años buenos. Pero... ¿qué?

Joseph espera. Y espera. Esta sí que es buena, dice. ¿Yo Willie Sutton? ¿Con todo el dinero que tiene? A un artista como Willie el Actor no lo pillarían fregando suelos en la Farm Colony. Y no se ofenda, señora.

Enfermera Jefa mira a Joseph, mira la portada del periódico. Aspira hondo.

Está bien, dice, y suelta una carcajada. No sé qué se me ha pasado por la cabeza. Bueno..., pero se parece a ti.

Supongo. En los ojos, un poco.

Y regresa a su fregona.

Sutton lleva a Reportero y a Fotógrafo detrás del pabellón de mujeres, por la ladera de un monte lleno de barro y hojas húmedas. Reportero sujeta a Sutton justo antes de que se caiga.

Gracias, chico.

Avanzan como pueden entre unos árboles entrelazados y llegan a un claro. Un haz de luz se clava en el tronco de un manzano inmenso. Sutton se acerca a él con cuidado. Se pone las gafas, examina la corteza. Sonríe. Hay un corazón grabado. Y en su interior se distinguen tres letras.

¿Qué es eso, señor Sutton?

Fotógrafo se acerca más.

S-E-E.

Chicos, estáis dentro del bosque sagrado de Willie.

Un momento. ¿S-E-E? ¿Sarah Elizabeth...? ¿Bess? ¿Ella estuvo aquí? Después de lo del golpe al Brinks, la policía federal me incluyó en la lista de los más buscados del país. La primera lista de todas. En ella estaban todos mis aliados, todas mis mujeres, y la primera era Sarah Elizabeth Endner. Yo sabía que estaría alteradísima. Busqué su teléfono en el listín. Recordaba su nombre de casada. ¿Y por qué lo recordaba? Porque era Richmond. Y yo vivía en Richmond. ¿No creéis que eso es una señal? Y sí, seguro, estaba en Brooklyn y, tal como pensaba, estaba fuera de sí. Presa del pánico. No sabía qué hacer. Los periodistas la llamaban, la policía la llamaba. Pocas horas después nos encontramos en el muelle. Nos subimos en su coche, llegamos hasta este bosque. Solo disponíamos de unas horas, luego tendría que regresar. Pero es lo que nos ofrecen en la vida: unas horas aquí, unas horas ahí. Y eso con suerte. Eso me lo enseñó la señora Adams. Está enterrada al otro lado de esta colina.

Fotógrafo toma algunas fotografías del árbol, de Sutton.

¿Y Bess seguía casada, hermano?

Sí, chico. Seguía casada.

Reportero mira hacia arriba.

Señor Sutton, el sol empieza a declinar. Lamento mucho tener que sacarlo de su bosque sagrado, pero ahora ya es oficial: vamos mal de tiempo. Tengo que entregar mi reportaje en poco más de dos horas. Así que tenemos que irnos a Brooklyn.

Volvemos por el Verrazano, dice Fotógrafo. Es más rápido.

Está bien, dice Sutton.

Solo una parada más en su plano, señor Sutton. Dean Street. Y después... ¿Schuster?

Humm.

Señor Sutton.

Sí, chico. Lo que tú digas.

21

A Willie no se le queda el nombre de la casera. Algo así como Señora Influenza. Ella no habla inglés, y el único español que él conoce es el que ha aprendido en la cárcel, así que les cuesta bastante comunicarse. Él le cuenta que es veterano de guerra, que necesita tranquilidad, que se llama Julius Loring. Ella sonríe, con cara de desconcierto. Él le entrega doscientos dólares: el alquiler de seis meses por adelantado. La barrera lingüística desaparece.

La dirección es Dean Street, 340. Es una casa estrecha del barrio, de tres plantas, con una fachada de tablones de madera. Casera le da a Willie su mejor habitación, en la tercera planta, con vistas a la calle. Es diminuta, pero está amueblada. Tocador. Cama abatible, butaca. No le hace falta nada más. La butaca está junto a la ventana, por donde entra la luz de tarde. Se pasa los primeros días ahí sentado, contemplando los atardeceres, pensando. Llega a la conclusión de que primero debe ocuparse de su cara.

Recorre los muelles, los tinglados, los bares del puerto, en busca de la gente que conoció en la cárcel. Encuentra a Dinky Smith, que lo envía a Lefty MacGregor, que le da la dirección de Rabbit Lonergan, que lo envía a un viejo almacén de cafés, en cuya trastienda encuentra a Mad Dog Kling leyendo un periódico a la luz de un flexo.

Vaya, vaya, dice Mad Dog, entornando los ojos y mirando más allá del círculo de luz. Que me folle un pez si no tengo delante al hombre más buscado de América.

Los años en Sing Sing no han sido benévolos con Mad Dog. De hecho, lo han tratado como a un trapo. Boca arrugada, ojos hinchados, la imagen que transmite es la de alguien borroso, derrotado por la vida. A Willie le recuerda a una de esas imágenes en blanco y negro: a uno de aquellos granjeros fotografiados durante las tormentas de arena de los años treinta. Lleva un traje marrón que le va grande, una corbata azul deshilachada, pero pareciera que va vestido con un peto vaquero y se dedique a contemplar una plaga de langostas devorando su cosecha.

Willie le cuenta a Mad Dog que necesita ayuda. Loquero le habló en una ocasión de una red de médicos caídos en desgracia, tipos que habían perdido las licencias pero que seguían ejerciendo a escondidas, bajo mano. Abortos, extracción de balas y esas cosas. Willie le pregunta a Mad Dog si tiene alguna relación con esa red. Mad Dog vuelve a encender la colilla del cigarro.

Tal vez, Willie. Pero esos matasanos no son baratos.

Tengo algunos... ahorros.

Mad Dog sonríe, triste.

Seguro que sí, dice. He leído los periódicos.

No tanto como crees, dice Willie. Lo que me lleva a la siguiente pregunta. ¿Qué haces para ganar dinero hoy en día, Mad Dog?

Algún que otro trabajillo. Esto y aquello. Para los chicos del puerto.

¿Esto y aquello?

Sí, ya sabes. Un tío debe dinero, el tío no puede pagar, yo me paso por ahí. Adiós codo.

¿Y cuánto cobras por algo así?

Cincuenta pavos.

Willie aparta la mirada. Detesta a Mad Dog, y está bastante seguro de que el sentimiento es mutuo. ¿Qué clase de vida es esa? Ir en busca de esa gente, necesitar a esa gente, pedir ayuda a esa gente...

Cincuenta pavos, dice Willie. No es mucho.

El codo es fácil, dice Mad Dog sin entender bien. Es como una bisagra. Lo doblas hacia el otro lado. Se parte. Ya está.

Willie da un paso al frente y queda dentro del círculo de luz del flexo.

Lo que te pregunto, Mad Dog, es si te interesaría ayudarme a atracar unos cuantos bancos.

Mad Dog apunta a Willie con la colilla del puro.

Eso es como si Rocky Marciano me preguntara si quiero entrenar con él.

Sutton se ha plantado frente al número 340 de Dean Street, y señala con el dedo.

Yo me sentaba junto a esa ventana de ahí. Por las tardes, los niños salían del colegio y corrían hacia aquí. Un día me vieron, aquí sentado, con la cara llena de vendas, pararon en seco y empezaron a correr en la dirección contraria.

Fotógrafo se apoya en el capó del Polara y estira la espalda.

¿Vendas, Willie?

De la cirugía estética.

Reportero levanta una mano.

¿Cirugía qué?

Visita a pacientes en plena noche, en la consulta de un médico colegiado que obtiene un porcentaje por cada visita ilegal. Mad Dog organiza el encuentro y se ofrece a llevar a Willie en coche, pero Willie prefiere hacerlo solo.

Una recepcionista nerviosa conduce a Willie hasta una pequeña sala de consultas. Al cabo de media hora entra el matasanos por una puerta trasera. La papada le cuelga como una ubre, tiene las mejillas descolgadas, como si fueran de masa de pan. Willie no entiende por qué este matasanos no ha hecho que alguno de sus colegas, legal o ilegal, le arregle el careto.

Hola, señor Loring.

Willie le entrega un sobre lleno de dinero. El matasanos se lo mete rápidamente en el bolsillo de su bata blanca, le dice a Willie que se siente sobre una mesa cubierta con papel. Sostiene un cuaderno en la mano, y en una hoja dibuja un círculo muy grande, y lo va marcando con equis, con líneas de puntos. Al parecer, el círculo es la cara de Willie.

En primer lugar, señor Loring, voy a realizarle una incisión de cinco centímetros en la columela, que es el tejido que queda entre las fosas nasales. Después voy a retirar la piel. A continuación cortaré cualquier exceso de cartílago y tejido de cicatriz y limaré toda posible protuberancia o hueso asimétrico. En definitiva, volveré a darle forma a la nariz que Dios le ha dado. Tendré que trabajar más deprisa de lo normal, a causa de las..., esto..., circunstancias especiales. Y además no cuento con asistente. Así que, debo advertirle, tal vez el resultado no sea perfecto, y podría haber más riesgos que los que normalmente se asocian a este procedimiento. Infecciones, etcétera.

¿Y en qué ha pensado para el dolor?

Estará usted totalmente dormido.

No. Prefiero la anestesia local.

Willie no permite que nadie lo duerma del todo. Guarda demasiados secretos, demasiados recuerdos de Loquero, el hipnotizador inaprensible. Matasanos abre mucho los ojos.

Lo que usted diga, señor Loring.

Le parece gracioso que Willie vaya a permanecer despierto. También parece algo más impaciente de la cuenta por empezar a cortar. Le pregunta a Willie si, ya puestos, también quiere que le haga algo en los ojos.

¿Levantamos un poco los párpados?

No, los ojos no los toque, dice Willie.

Vuelve a mirar el dibujo de su rostro en el cuaderno. Le preocupa que Matasanos haya escrito mal la palabra «nasal». Tendría que haberle preguntado a Mad Dog qué le hizo perder la licencia

409

para ejercer. Viéndolo acariciar sus bisturíes, Willie piensa que tal vez fue algo muy malo.

Willie se tumba. Nota que le clavan una aguja. No le duele demasiado; son las demás sensaciones las que convierten la intervención en algo traumático. Willie nota todos y cada uno de los cortes, todos y cada uno de los golpes, de las pasadas de la lima. Acciones violentísimas para un apéndice tan delicado. Piensa en cuando serraba los barrotes de sus celdas, en cuando partía la piedra bajo la Penitenciaría Estatal del Este. Piensa en su padre martilleando un yunque. Pierde el conocimiento.

Cuando abre los ojos, las luces están apagadas. Matasanos se ha ido, la recepcionista nerviosa se ha ido. Willie sigue en la mesa cubierta de papel, sigue boca arriba. Nota como si le hubieran quitado la nariz y le hubieran metido en el agujero la varilla de una tienda de campaña. Se pone de lado y se baja de la mesa, llega tambaleante hasta un espejo de pared. Tiene los dos ojos morados, y el centro de la cara cubierto por dos vendas empapadas en sangre, en forma de cruz.

Con el sombrero calado al máximo, regresa a casa a pie. La casera, casualmente, está bajando por la escalera cuando él sube. Suelta un chillido, balbucea algo. Por suerte, él lleva un tiempo refrescando su español con la hija mayor de la casera.

Estoy bien, le dice. *No es nada. Gracias. Me metí en una pelea con unos hombres en un bar.*

Willie se oculta en su habitación varias semanas. Mad Dog le trae comida y libros; un surtido estrambótico de títulos. Willie le ha pedido a Mad Dog que le pida al librero algunos grandes libros. El librero debe de haber interpretado que se refería a la colección de Great Books. Así, mientras está convaleciente, Willie entra en contacto con Dante, Woolf y Proust por primera vez.

Proust lo supera. Las frases son tan largas que le duele la nariz. O este Proust está chalado, o a Willie le están haciendo reacción los calmantes que Mad Dog le ha conseguido en el mercado negro. No entiende nada del argumento. No hay argumento. Sin embargo, a veces, una frase interminable finaliza con una imagen que le pone un nudo en la garganta, o una expresión despierta en él algún fragmento de su pasado olvidado. Algo, en lo más hondo de su ser reacciona a la obsesión de Proust por el tiempo, a su desafío del tiempo. Solo un hombre en guerra con el tiempo escribiría un libro de un millón de palabras. Willie ya está impaciente por llegar al sexto volumen: *La fugitiva*.

A instancias de Willie, Mad Dog también le trae *Paz en el alma*, del obispo Fulton J. Sheen. Willie ha leído una reseña en el periódico. Él lleva tiempo preocupado por su alma, ansía la paz... Le ha parecido interesante. Y la verdad es que le entusiasma. Se queda despierto toda la noche, lee el libro de cabo a rabo, retrocede, relee las partes sobre el remordimiento. Hay párrafos enteros que parecen dirigidos a él. El remordimiento, según Sheen, es un pecado. El remordimiento es una forma de orgullo, es egocéntrico. Judas sintió remordimiento. Sheen propone que, en cambio, debemos emular a Pedro, «que no sintió remordimiento sino un arrepentimiento centrado en Dios».

Willie no siente remordimiento, y hay días en que no siente más que arrepentimiento, así que esta frase le consuela. Según Sheen, sus cuentas con Dios están saldadas.

Sin embargo, Sheen dice algo que afecta a Willie, se le clava en la mente más tiempo que el recuerdo de los bisturíes de Matasanos. Además del arrepentimiento, dice Sheen, un pecador debe confesarse plenamente. Willie deja el libro, enciende un Chesterfield. ¿Arrepentimiento y confesión total? Un precio bastante alto a cambio de la salvación eterna. Mira el techo. Ser un fugitivo lo ha hecho más consciente de los Ojos que siempre ven. El Ojo del que nunca podemos escapar. Pregunta al cielo de su diminuto cuarto amueblado si Sheen tiene razón. ¿Confesarme? ¿En serio? Y si no lo hace, ¿qué?

Nota que le llega la respuesta. Un juicio. Tiene el presentimiento de que va a dolerle. Distraído, expulsa el humo por la nariz, desencadenando en su interior una pequeña bomba atómica de intenso dolor.

Una semana después de la operación, Willie debe volver para que Matasanos le quite los puntos. No soporta la idea de encontrarse con ese monstruo de nuevo. Mad Dog le lleva una botella de Jameson y unas pinzas de nariz. Willie va dando tragos al *whisky*, muerde un trapo, y se los arranca él mismo. Mad Dog le sostiene el espejo.

Después, Willie se disculpa ante Mad Dog por los gritos.

Mad Dog se ríe.

Por favor. Estoy acostumbrado a oír gritar a los hombres.

Sutton echa un último vistazo a la que había sido su ventana.

Cuando eres niño, dice, y te preguntas qué será de tu vida, nunca te imaginas que puedes acabar viviendo con un nombre falso, en una habitación amueblada, con la cara cubierta de vendas, asustando a colegiales.

Reportero saca su maletín del Polara. Lo apoya en el capó, lo abre.

En los archivos no he visto nada de ninguna cirugía estética. Pero ahora que lo dice, en estas viejas fotos..., sí hay diferencia. No se parecen a usted.

A lo mejor no estamos con el verdadero Sutton, dice Fotógrafo.

Sutton se toca la nariz, se la aprieta un poco, mira la calle.

Ese matasanos estaba loco, pero hizo un buen trabajo. Pero entonces, un día, estaba volviendo a mi habitación, y ahí, ahí mismo conocí a una chica. Ahí, donde vosotros dos estáis de pie, más o menos, me repasó con la mirada. Yo pensé que era porque mi nariz era todo un éxito. Pero, claro, la chica era una puta. Detectan a la legua a un hombre solo. Con una sola mirada supo quién era, qué necesitaba. Aunque resultó que también yo era lo que ella necesitaba.

Es pálida, tiene la piel muy blanca, el pelo como el azabache, los ojos grandes, negros, uno algo más grande que el otro. Willie le dice que es bonita. Ella se da unos golpecitos con un dedo bajo el ojo más grande. Este, dice, siempre había sido del mismo tamaño que el otro. Pero últimamente no para de crecerme. No sé por qué.

Él le dice que debería ir al médico. Ella le dice que no le gustan los médicos. Él insiste, pero ella es terca. Medio irlandesa, medio egipcia, le dice a Willie.

Ya está todo dicho, dice él.

Nació y creció en El Cairo. Su madre era de Dublín, y su padre, un judío mizrají. Durante la guerra, dice, las cosas se pusieron difíciles para ella. Pero con la paz empeoraron. La paz desencadenó un caos más localizado. En su barrio aparecieron bandas que llegaban con palos, con antorchas. Hacían estallar edificios, incendiaban casas, sacaban a la gente de la cama. Arrastraban a los hombres por la calle y los apaleaban delante de sus familias.

¿Por qué?, pregunta Willie.

Israel, dice ella. Tierra. Religión. ¿Por qué hace la gente todo lo que hace?

La última vez que vio a su padre fue delante de la puerta de su casa, con un cuchillo de servir en la mano, blandiéndolo para que la turba no se acercara. Le gritaba a su madre: ¡Corre, corre! ¡Ya te encontraré!

Su madre y ella salieron por la puerta de atrás y se metieron en casa de una vecina. A la mañana siguiente, su padre estaba tendido en la calle. Bueno, algunos trozos, dice. Su madre y ella huyeron con la vecina, por tierra, a pie, y después se subieron a un barco y llegaron a América. Durante la travesía debían quitarse de encima a hombres, incluso a niños. Una noche tuvieron que pelearse con un vecino para que las dejara en paz.

Su madre murió cuatro días antes de que el barco llegara al puerto de Nueva York. De pena, de vergüenza, de enfermedad, tal vez de las tres cosas a la vez. Cuando el barco atracó, vio a los funcionarios de inmigración llevarse a su madre como si fuera un saco de patatas.

Le dice a Willie que se llama Margaret. Willie le dice que se llama Julius. Están en un café, cerca de su habitación de Dean Street.

¿Por qué llevas esas gafas oscuras, Julius?

Hay gente que me busca, Margaret.

¿Y por qué te busca, Julius?

Eso prefiero no contarlo, Margaret.

Has cometido crímenes, dice ella con voz dulce.

Él enciende un Chesterfield, baja la mirada. Pone rectos los cubiertos de la mesa. Le da un sorbo al café. Asiente.

¿Le has hecho daño a alguien?

Él no contesta.

Ella cierra los dos puños, los levanta y los acerca a su cara.

¿Le has hecho daño a alguien?

He hecho todo lo posible para no hacerlo.

¿Me lo prometes?

Sí.

Muy bien. Eso es todo lo que me importa.

Willie no tiene teléfono, y Margaret tampoco, de modo que quedan para verse con mucha antelación. Solo salen tarde, muy tarde, cuando es menos probable que pillen a Willie. A Margaret también le conviene quedar a esas horas. Ella ya vive en un mundo nocturno. O va a la habitación de Willie, o él va a buscarla a la suya, que está en la otra punta de Brooklyn, y se meten en algún local de esos que no cierran de noche, o en algún club de jazz, o en un cine.

A los dos les encanta el cine. Cuando está ahí, hundido en su asiento, a oscuras, con la cara medio enterrada en una bolsa de palomitas, es cuando se siente más seguro, y Margaret se siente más segura cuando puede perderse en alguna gran historia de amor. En el año 1951 puede escoger entre muchas. Juntos ven *Un tranvía llamado Deseo, Un americano en París, La reina de África*. Margaret adora *La reina de África*. Cuando el volumen de la música sube y empiezan a pasar los títulos de crédito, cuando los hombres y las mujeres de la sala aplastan los cigarrillos con los zapatos y salen apresuradamente, Margaret le toca el brazo a Willie.

Por favor, le dice.

Él alza la vista, sonríe, se acomoda de nuevo en la butaca.

Sí, claro, le dice. Supongo que no me pasará nada por bajar de nuevo por ese río con Bogie y Kate.

Después del segundo pase, se van a tomar un café. Margaret no deja de hablar de la película.

Somos como ellos, dice.

¿Como quiénes?

Como Bogie y Kathy Hepburn.

Willie mira a su alrededor para asegurarse de que nadie los oye. Ella lo riñe. A nadie le importa lo que piense sobre Humphrey Bogie, dice.

Lo siento, le dice él. Es la costumbre. ¿Decías?...

Ellos van en su barca, les entra agua por todas partes, y nosotros vamos en la nuestra.

Ah, sí, te entiendo.

Ellos están en contra del mundo. Nosotros también. Julius.

¿Y cuál de los dos es Bogie?

Ella se echa a reír, alarga la mano por encima de la mesa y le agarra la suya.

Tú te pareces a Bogie.

Willie tuerce el labio, lía un cigarrillo.

«Por ti, pequeña.»

Ella abre mucho los ojos.

Julius, eres igualito a él. Deberías ser actor.

Qué va.

¿Qué significa eso de «Por ti, pequeña»?

Ah, dice. Es una expresión.

Pero ¿qué significa?

Es un brindis.

Ella entorna los ojos.

Significa «Salud», dice Willie. Una especie de brindis. Como decir «L'chaim».

¿Y qué quiere decir cuando Bogart dice «Vámonos mientras el camino sea bueno»?

Es otra expresión. Una manera de hablar.

Pero ¿qué significa?

Significa que los malos están llegando, que los malos están a punto de llamar a la puerta. Larguémonos de aquí.

Pero es que no entiendo la expresión.

Significa «ahora», nada más.

Entonces ¿por qué no ha dicho «ahora»? Se tarda menos en decir «ahora». Si tiene prisa por irse, ¿por qué pierde el tiempo con todas esas palabras? Mientras las dice, los malos pueden llegar.

Willie empieza a reírse. Un trozo de tarta se le va por el otro lado. Tose, se ríe a carcajadas. Tiene los ojos llenos de lágrimas. Margaret se echa a reír también. Se miran, se señalan, se secan los ojos con servilletas de papel.

Ah, Margaret, no sé cuánto tiempo hacía que no me reía así.

La camarera, tras la barra, los observa.

La camarera nos mira, susurra Willie.

«Por ella», dice Margaret.

Van a pedirnos que nos vayamos.

Mientras el camino sea bueno.

Al final de sus citas, Margaret suele pasar la noche en Dean Street. Se despierta antes del amanecer, se viste deprisa, en penumbra, se despide de Willie con un beso. Una mañana, él le pide que no se vaya. Ella le dice que no tiene alternativa, necesita el dinero. Él le dice que no, que espere; tiene algo para ella.

Mientras ella se sienta en la butaca, él sale de la cama y rebusca en los bolsillos del traje que cuelga delicadamente del cajón superior de la cómoda. Saca un rollo de billetes sujetos con una goma elástica. Su parte del último golpe que ha dado con Mad Dog. Se lo entrega a Margaret.

¿Qué es esto?

Un regalo.

¿Por qué un regalo?

¿Por qué qué?

¿Un regalo para quién? ¿Para ti o para mí?

¿Por qué me dices estas cosas?

¿Me lo regalas o me compras?

Por Dios. Lo que quiero es que te tomes tu tiempo, que te busques otro trabajo.

No hay otros trabajos para mí. Ya lo sabes, Julius. No hay salida.

Siempre hay una salida, Margaret.

¿Por qué haces esto?

Quiero que pases más tiempo conmigo. Verte más por aquí. ¿Tan malo es?

¿Por qué?

Pero vamos a ver... ¿Esto es un tercer grado o qué?

La gente no ayuda a los demás sin motivo.

Está bien. ¿Quieres un motivo? Me gustas.

Ella levanta los billetes enrollados.

¿En qué nos convierte esto?

No creo que haya una palabra para nosotros, Margaret.

Ella se queda un rato pensando. Tapa el dinero con las dos manos.

Solo quiero que estés contenta, Margaret.

Eres muy amable. Gracias, Julius.

A instancias de Willie, Mad Dog va a visitar al jefe de Margaret y le lleva su carta de renuncia, que entra en vigor inmediatamente. Ahora, mientras Willie planea su siguiente golpe con Mad Dog, Margaret adorna la habitación con flores, va a comprarle libros, repasa los periódicos en busca de conciertos de jazz y películas que les gusten a los dos.

Algunas noches, si Willie está demasiado cansado, o si tiene que madrugar para un trabajo, Margaret y él calientan sopa y escuchan la radio. A ella le gusta que él le lea en voz alta. Le recita a Tennyson: «Sal al jardín, Maud». Cambia «Maud» por Margaret. Le recita a Pound: «Vas a salir ahora del tumulto del mundo.» Ella dice que le encanta ese verso, lo repite una y otra vez, aunque no está segura de qué significa.

La poesía no tiene que significar nada, le dice él.

O sea, que la poesía es como Humphrey Bogie.

Bueno, no. Es solo que a veces el verso de un poema es bonito y ya está. Y la belleza es el significado. Y no hace falta nada más.

A mí me gustan las cosas con un significado.

Yo creo que la gente da mucha importancia al significado. El significado es un sueño imposible. Una estafa. A mí me gustan las cosas bonitas. Por eso me gustas tú.

Ella sonríe, apoya la cara en la suya.

Lo que más le gusta a Margaret es tumbarse en la cama de Willie y cubrirse los ojos con un brazo mientras él está sentado en la butaca y lee los periódicos en voz alta. Tienen una visión parecida del mundo, una idea similar de quiénes son los buenos y quiénes los malos. Ella silba cuando él le lee cosas de Joseph McCarthy, sonríe cuando le lee cosas sobre Gandhi.

Antes de cubrirse con las sábanas y apagar la luz, ella lee el horóscopo de los dos. A su madre le fascinaba la astrología. ¿Qué día naciste, Julius?

El 30 de junio.

Oh, oh. Cáncer.

¿Eso es malo?

El mismo signo que yo. Somos el único signo regido por la luna.

¿Y eso qué significa?

Que tenemos cambios de humor, somos sensibles, emocionales.

Menuda chorrada.

Es verdad. Tú no te conoces a ti mismo.

¿Por qué lo dices?

Nadie conoce.

¿Nadie me conoce, o nadie se conoce a sí mismo?

Nadie sabe nada de nadie.

Cuando Willie cumple cincuenta años, Margaret le regala un fedora nuevo. Cuando ella cumple veintisiete, él le regala una pulsera de amuletos, un fular de seda, un gorro blanco y negro. Aunque es lo más barato de las tres cosas (cuesta trece dólares en Saks), el gorro es lo que más le gusta.

Creías que te iba a comprar un abrigo de visón, le dice él.

Prefiero esto. No se ha hecho daño a nadie para fabricarlo.

Piensa en el dinero que ha utilizado para comprar el gorro, en el banco que ha atracado para conseguirlo. Uno de los cajeros no dejó de llorar durante el rato que Mad Dog y él vaciaron la caja fuerte. Aleja ese pensamiento de su mente mientras Margaret se cala el gorro como si fuera una tiara de diamantes. Se pasea por la habitación de Willie desnuda, con el gorro puesto. Él le dice que tiene un cuerpo muy bonito.

Lo sé.

Él se echa a reír. La llama su Cleopatra irlandesa. ¿Lo pillas? ¿Clec O'Patra?

Ella no lo pilla, y él no sabe cómo explicárselo.

El 4 de julio, cuando ya es tarde, muy tarde, hace tanto calor que no se puede estar en la habitación de Dean Street. Hace demasiado calor para estar en cualquier parte. Willie se lleva a Margaret a pasear en ferri. Se quedan en cubierta, disfrutando de la brisa, aspirando los olores que llegan con el agua, oyendo los últimos petardos que tiran en la orilla. Margaret está contenta. Willie, tranquilo. Hasta que a lo lejos se distingue la Estatua de la Libertad. Los siete rayos de la corona, que representan los siete continentes, son exactamente como las siete galerías de la Penitenciaría Estatal del Este y de Holmesburg. Hasta ese momento no se había dado cuenta. ¿Por qué será que cada vez que se fija en la estatua ve algo que no había visto antes?

Margaret le pasa un brazo por el hombro.

Estás pensando en cosas tristes, Julius.

Sí.

Lo veo en tu cara. La luna vuelve a dominarte.

Sí. Puede ser.

Te prohíbo que tengas pensamientos tristes.

Él se vuelve, le pone la mano bajo la barbilla.

Me gusta cuando me acaricias así, Julius.

Se quita el fular de seda y le cubre el cuello con él.

¿Julius?

¿Sí, Margaret?

Creo que te gustaría acariciarla a ella.

¿A quién?

Margaret señala la estatua.

A ella. No me gusta cómo estás mirándola.

Me has pillado. Del todo. Es muy importante para mí. Llevo años viéndola a escondidas.

Margaret ahoga una risa.

Esa estatua enloquece a la gente. No lo entiendo. Promete que todo el mundo es libre. Y eso es mentira.

Puede ser. Pero es una bonita mentira.

Es una mentirosa. Si tengo que ser pobre, si tengo que ganarme la vida con el sudor de mi frente, lo acepto, pero esto no es libertad. Que no me vengan con esa palabra: libre. Yo vengo de un sitio donde tenemos una palabra para esas mujeres que embaucan con sus malas artes.

Esa palabra existe en todas partes.

Es una puta.

Willie atrae hacia sí a Margaret.

Tienes tus razones, le susurra, pero tal vez no sea una buena idea ir gritándolo por ahí el 4 de julio.

Ella se vuelve. Hay turistas en cubierta que los miran.

No sabía que estaba gritando, dice.

El verano avanza, y a Willie le encantaría llevar a Margaret a Ebbets Field. Como el resto de neoyorquinos, está obsesionado con el torneo de finalistas. Sus sagrados Dodgers intentan plantar cara a los mortíferos Giants. Qué no daría por pasar unas horas detrás de la primera base, animando a Jackie Robinson. Pero ese estadio al aire libre, a plena luz, rodeado de treinta y cuatro mil personas... Imposible.

La temporada alcanza un *crescendo* histórico, el partido final, y Willie no tiene alternativa: tiene que verlo. Lleva a Margaret hasta el Frank's Bar & Grill, uno de los pocos de todo Brooklyn con televisor. También es un local frecuentado por policías, así que Willie se pone unas gafas oscuras, unas patillas falsas y mucho maquillaje de Margaret.

Cuando van de camino, ella lo interroga.

¿Los Dodgers no habéis perdido en todo el verano?

No.

¿Y esos hombres de los Giants estaban muertos?

Sí.

¿Y ahora esos hombres de los Giants resucitan?

Eso es.

¿Y cómo lo han conseguido?

No se rinden nunca.

Me gustan esos Giants.

No, no, Margaret, nosotros vamos con los Dodgers. Sí, los Giants no se rinden nunca. Pero los Dodgers tampoco. Cuando los Giants volvieron, nosotros, los Dodgers, los Vagabundos, podríamos haber tirado la toalla, pero ganamos el último partido de la temporada. Eso es lo que ha forzado este desempate. Por eso ha habido una eliminatoria a tres partidos. Los Giants ganaron el primero, y aun así los Dodgers no se rindieron. Ganaron el segundo. Y ahora, hoy, la cosa es a cara o cruz.

¿Y por qué es tan importante para ti?

Tú te identificas con Hepburn. Yo me identifico con los Dodgers. Son vagabundos, son perdedores, pero si pudieran ganar una vez, solo una, sería una señal.

Margaret se agarra al brazo de Willie.

Pues voy a animar a tus Dodgers con todo mi corazón.

Se sienta en un taburete, en una punta de la barra, con el gorro de su cumpleaños puesto, mientras Willie se pasea de un lado a otro del bar, suplicando al televisor que hay instalado sobre las botellas. Y sus súplicas funcionan: Brooklyn lleva una ventaja de 4-2 en la novena entrada.

Solo hay que conseguir tres *outs* y ya está, Margaret. Tres *outs* de nada.

Ella le lanza un beso, como si estuviera en el montículo del campo.

¡Hurra, Julius!

Los Giants no tardan en llevar a dos hombres hasta las bases. Y anotan uno: 4-3. Thomson se acerca al plato. No, dice Willie. Por favor, Thomson no. A Willie le da miedo todo él, incluido su nombre. Piensa en todos los guardias de prisiones que lo apuntaban con sus Thompson. Incluso su aspecto es el de un guardia de prisiones. Esa cara grande, redonda. Esa sonrisa simiesca.

Willie suplica que los Dodgers no escojan a Branca como *pitcher* contra Thomson. Le suplica al camarero que no deje que sea Branca. Pero si Thomson acaba de hacerle un *home run* a Branca, le dice al camarero. En el primer partido de la eliminatoria. ¿Te acuerdas? ¿Es que ya no se acuerda nadie?

Cuando los Dodgers escogen a Branca, cuando Thomson devuelve una pelota rápida, muy alta, más allá del muro del campo, el silencio se apodera del bar. Willie solo ha oído una vez un silencio así: en una celda oscura. El encierro solitario del hincha.

Mientras Thomson corre de base en base («Los Giants se llevan la banderola»), Willie está de rodillas en medio del bar. Margaret salta del taburete («Los Giants se llevan la banderola»), corre hacia él. Lo ayuda a ponerse de pie, paga las consumiciones, lo lleva a la calle.

Solo es un juego, Julius. Solo es un juego.

No lo es, dice Julius. Es una señal. Un juicio.

No tenía la cabeza bien puesta, dice Sutton, paseándose de un lado a otro en Dean Street. Cinco años como fugitivo te afectan. Me lie con una chica..., Margaret. Me obsesioné con esa maldita carrera de la banderola. Me cago en Thomson...

La jugada se vio en todo el mundo, dice Fotógrafo encendiendo un Newport.

Pobre Branca, dice Reportero.

Traidor de mierda, dice Sutton. Un periodista deportivo de la época dijo que Ralph Branca era tan odiado que tendría que haberse encontrado con Willie Sutton para que le diera clases de fuga. Confieso que aquellas palabras me sirvieron de consuelo. Un poco.

Está bien, señor Sutton. Ya es la hora.

Reportero abre la puerta del Polara, espera a que Sutton se suba.

Sutton no se mueve.

¿La hora de qué, chico?

Ya sube.

Día de San Valentín, 1952. Willie le compra flores a Margaret, bombones. Le canta *I don't Wanna Play in Your Yard, I Don't Like You Anymore.* Ella aplaude, salta, lo abraza.

Yo sí quiero jugar en su patio, señor Loring.

Puedes, Margaret.

¿Qué hacemos por San Valentín?

Una cosa rara, dice él. Nos vamos de excursión. A plena luz.

Ella ahoga un grito.

¿Adónde?

Ya lo verás.

Se suben al metro. Margaret está tan emocionada que no puede sentarse. Tiene que estar de pie. Se agarra a una cinta. Willie también está emocionado. Pero cuando se bajan en el Bronx, al ver que ella está cada vez más emocionada porque se da cuenta de que van al zoo, a él, gradualmente, le cambia el humor. Apenas pasa por la entrada principal y ve a los animales en sus jaulas, se da cuenta de que no ha sido una buena idea. Le vienen a la mente todas las celdas en las que ha estado. Incluso su habitación de Dean Street es una celda más. No consigue ocultar su tristeza. Ni quiere hacerlo. Lleva a Margaret hasta un banco cerca de los leones, y empieza a contarle quién es y todo lo que ha hecho.

Ella se cubre las orejas con las manos.

Margaret...

No quiero oírlo. Me prometiste que no le habías hecho daño a nadie, y con eso me basta. El resto no es cosa mía. No quiero saberlo, no quiero llevar esa carga.

Pero...

La, la, la, la, la.

Él le quita las manos de los oídos.

¿Te da miedo respetarme menos si te cuento quién soy?

Me da miedo respetarte menos, me da miedo respetarte más. Ya te respeto bastante. Tú tampoco querrías saber todo lo que yo he hecho para sobrevivir, y yo no quiero saber todo lo que has hecho tú.

Willie se fija en los leones. Apartan la mirada al momento, como avergonzados por estar escuchando la conversación. Se le ocurre que aunque es alguien importante para él, aunque no dudaría en lanzarse a la jaula para salvarla de los leones, es una desconocida. Solo sabe la historia que ella le ha contado, y que él ha decidido creerse. Podría incluso no ser de Egipto. Podría no llamarse Margaret.

Tienes razón, le dice él. Sí, claro. Ya sabemos suficiente.

Pero más tarde, cuando están en la cama, Willie siente la necesidad de saber algo. Le pregunta si alguna vez ha estado enamorada.

Sí, claro.

¿De algún chico de tu país?

Sí.

¿Y le hiciste daño?

Yo no le he hecho nunca daño a nadie.

Se da la vuelta, se pone boca arriba, retira las sábanas con los pies. A la luz de la farola de la calle que queda al otro lado de la ventana, su cuerpo quita el aliento. Podría ser una de las ninfas del templo de Untermyer. Se incorpora. Suspira.

Todo el mundo ama a alguien, Julius. Nadie ama a quien vive con él. Así es el mundo. Yo no sé qué hace Dios. Nos da amor, nosotros estamos tan contentos de estar vivos, y entonces nos lo quita. ¿Por qué lo hace? ¿Qué hace? Yo aún creo en él, pero nos lo pone difícil.

Willie también se incorpora, enciende un Chesterfield, se lo pasa a Margaret. Se enciende otro para él. A la luz del Zippo, se da cuenta de que el ojo de Margaret está mucho más grande que ayer. Y turbio.

Margaret, cariño, tiene que verte un médico.

No me gustan los médicos.

Los médicos no le gustan a nadie. Pero mañana te llevo. Y no se hable más.

Le acaricia la mejilla. Ella sonríe.

Sí, Julius. Lo que tú digas. Por ti, pequeño.

22

Han preparado el golpe a un banco para el día siguiente por la mañana. Repasan los puntos más importantes, los detalles, el conductor. Una vez más, será Johnny Dee, un viejo amigo de Mad Dog. A Willie no le cae bien Dee; se parece a uno de los hermanos Marx, el menos gracioso, pero no puede decir nada. Aunque Mad Dog y él mantienen una buena relación profesional, no le extrañaría que, en el fragor de un desacuerdo, le rompiera el codo.

Poco después de la una en punto, Willie sale de casa de Mad Dog, en el West Side de Manhattan, se monta en el metro y vuelve a Brooklyn. Consulta la hora. Margaret tiene visita en el médico a las dos y media. No le sobra tiempo. Se sienta donde siempre se sienta cuando viaja en metro, cerca de la puerta, de espaldas a la pared. Abre el libro de Sheen. Una cita de san Agustín: «El penitente siempre ha de afligirse y regocijarse en su aflicción». Lee tres veces la misma frase. ¿Regocijarse en su aflicción?

Nota que alguien lo observa. Levanta la mirada del libro, y vuelve a bajarla.

Es solo un chico joven. Veintipocos años. Cara de *boy scout*.

Willie vuelve a alzar la vista, vuelve a bajarla. Pelo moreno, ondulado, nariz muy afilada. El pobre chico tiene que tener complejo con esa nariz. Pero va bien vestido. Como si tuviera una cita romántica, o fuera a una fiesta, o algo. Traje gris perla, camisa blanca almidonada, corbata de flores... y unos zapatos

426

de gamuza azul. ¿Por qué un *boy scout* lleva unos zapatos de gamuza azul?

Porque no quiere ser *boy scout*. Y no tiene ninguna cita, ni va a ninguna fiesta. No va a ninguna parte, en todos los sentidos. Tiene un trabajo anodino, y él no quiere ser anodino. Él quiere ser moderno, interesante. Como todo el mundo, últimamente. A lo mejor lo está mirando porque Willie le parece interesante.

Willie se pasa un dedo por el bigotillo fino que se ha dejado crecer últimamente, intenta concentrarse de nuevo en Sheen. Pero no puede. Alza la vista por tercera vez. En esta ocasión le mantiene la mirada al crío, uno, dos, antes de volver al libro. «El perdón de Dios en el Sacramento nos restaura Su Amistad, pero la deuda con la Divina Justicia se mantiene.»

¿Deuda? ¿Con la Divina Justicia? Piensa en Mad Dog recaudando las deudas. Se pregunta si Dios tendrá a su propio Mad Dog.

Los ojos del muchacho son anormalmente oscuros, expresivos, y no hay duda de que los ha clavado en Willie. Ahora, al dejar de leer el libro y posar los suyos en los zapatos de gamuza azul, Willie nota, siente, que este joven lo ha calado. Ha sido capaz de ver más allá de la cirugía estética, del maquillaje, del bigote. Pero ¿cómo? Si ni él mismo se reconoce casi en el espejo por las mañanas. ¿Cómo va a reconocerle un chico cualquiera, en un lugar atestado y en pleno lunes por la tarde?

«Vas a salir ahora del tumulto del mundo.»

Willie pasa la página, finge estar concentrado. Levanta la mirada un instante por cuarta vez. ¿Cómo es posible? Uno de los ojos del muchacho es más grande que el otro. ¿Qué está pasando? ¿Hay una epidemia de ojos asimétricos, o qué?

El conductor del tren anuncia la parada de Willie. Pacific Avenue. Willie se levanta, se coloca el libro bajo el brazo y se dirige a la puerta. Nota la mirada asimétrica del joven siguiéndolo. Se baja del tren, se abre paso entre la multitud, sube corriendo las escaleras del metro, obligándose a no mirar atrás.

427

En la calle, cuando ya ha recorrido una manzana, se vuelve. Uf. El chico no está.

Camina tres calles más. Llega hasta su coche. Se vuelve.

El chico no está.

Entra en el coche y se sienta al volante. Mira por el retrovisor. El chico no está. Suspira, se atusa el bigote, se pasa un dedo por el maquillaje. Ojalá pudiera telefonear a Margaret, decirle que llega tarde. No tiene teléfono. Pone la llave en el contacto. Nada.

No, no, no, dice. Intenta arrancar de nuevo, y el motor chasquea, pero no se pone en marcha.

Hijo de...

Se baja del coche. Levanta el capó. Tiene que ser la batería. Pero ¿cómo va a ser la batería, si el coche es nuevo? Acaba de comprárselo. Se pregunta cuánto tardarán los del servicio técnico de Sonny, que está en la Tercera Avenida, en venir a ayudarlo. Comprueba la hora. Faltan cuarenta minutos para la visita de Margaret con el médico.

Oye a alguien detrás de él. Se vuelve. Dos policías. Se le agarrotan los músculos de las piernas. Está a punto de salir corriendo. Pero entonces se fija en la postura relajada de los agentes, en su mirada tranquila. No vienen a por él.

El de la izquierda se echa hacia atrás la gorra.

¿Es usted el propietario del vehículo?

Sí, agente.

Licencia y papeles.

Willie busca la licencia y los papeles, que lleva en el bolsillo de la pechera, y se los entrega al agente de la izquierda, mientras el de la derecha lo mira de arriba abajo.

Correcto, informa Agente Izquierdo a Agente Derecho.

Agente Izquierdo dobla los papeles, los coloca bajo el permiso de conducir y se lo entrega todo.

Siento las molestias, dice. Buenos días, señor Loring.

Ningún problema, chicos.

Su coche patrulla está aparcado detrás del de Willie. Se montan en él y se alejan.

Willie se apoya en el capó. Si pudiera conectar su corazón acelerado a la batería gastada, arrancaría al momento.

Se alejan de Dean Street, se dirigen al sur por la Cuarta Avenida. En un semáforo en rojo, Fotógrafo se apoya la cámara en una pierna y le da unas palmaditas, como si fuera un perro. Abre el estuche, encuentra un objetivo, comprueba que esté limpio, y lo encaja en la cámara como una bayoneta.

Con el arma cargada, dice, mirando a Sutton por el retrovisor. Que empiece el espectáculo.

El semáforo está verde, dice Reportero.

Fotógrafo pisa el acelerador.

Reportero desenvuelve un caramelo, se mete la mitad en la boca y abre una carpeta.

Y bien, señor Sutton: 18 de febrero de 1952. Según este artículo, usted vive en Dean Street, sale con Margaret, atraca un banco cada pocas semanas junto a dos tipos. Tommy Kling y Johnny De-Venuta.

Sutton se afloja la corbata.

Mad Dog y Dee, dice. Sí.

Guíenos por ese día.

Se suponía que debía acompañar a Margaret al médico para que le viera el ojo.

¿Qué le pasaba en el ojo?

Lo tenía cada vez más grande.

¿Más grande?

No sabíamos por qué. Y le daban miedo los médicos. Así que tuve que insistirle mucho y prometerle que la acompañaría. Aquella mañana fui a tomar un café con Mad Dog. Después volví a Brooklyn. Llegaba tarde. Al bajar las escaleras del metro oí que venía el tren. Corrí. Como Jackie Robinson intentando hacer home. ¿Te lo imaginas, chico?

¿Qué tengo que imaginar?

Cómo habría cambiado todo. Si no hubiera corrido. Si no me hubiera subido al metro cuando las puertas ya se cerraban. Si no hubiera llevado aquella moneda de diez centavos en el bolsillo. Si el billete aún siguiera costando cinco centavos. ¿Sabes quién mantuvo el precio del billete en cinco centavos todos aquellos años? El señor Untermyer. Él, prácticamente, controlaba el sistema de transporte en Nueva York. Pero murió.

¿Qué habría cambiado?

Para empezar, nosotros tres no estaríamos sentados juntos en este maldito coche ahora mismo.

Los policías regresan minutos después.

Señor Loring, dice Agente Derecho. Va a tener que acompañarnos.

¿Cuál es el problema, agente?

Agente Izquierdo se sube los pantalones.

Ha habido una oleada de robos de vehículos en el barrio. Nuestro sargento quiere que los comprobemos todos.

Ya les he mostrado mi permiso de conducir y los papeles del coche.

Sí, señor, dice Agente Derecho. Es algo rutinario.

Willie se encoge de hombros, baja el capó. Sigue a los policías hasta el coche patrulla, se acomoda en el asiento trasero.

¿Adónde vamos?

A la calle Siete esquina con la Octava Avenida. Está a casi un kilómetro de aquí.

Willie les dice que tiene que llevar a su novia al médico.

Enseguida estará de vuelta en su vehículo, dice Agente Derecho.

¿Tiene algún problema con el motor?, pregunta Agente Izquierdo.

La batería se ha muerto, dice Willie.

Ya le daremos un empujón cuando se aclare todo esto, dice Agente Izquierdo.

Ya en el edificio, le hacen franquear una puerta con un panel de vidrio escarchado. Una sala de interrogatorios. Todas sus antiguas cicatrices se estremecen.

¿Café, señor Loring?

Sí, gracias.

Se sienta a la mesa. Le toman las huellas dactilares.

Es el protocolo, señor Loring.

Lo entiendo, chicos. Hacéis vuestro trabajo. ¿Os importa si fumo?

No, adelante. ¿De dónde es, señor Loring?

De Brooklyn. Nacido y criado en el barrio.

¿Es de los Dodgers, señor Loring?

Oh, no me lo recuerde.

Hablan de Branca. Sutton lleva una pistola del calibre 22 metida en el bolsillo de la americana.

¿A qué se dedica, señor Loring?

Soy escritor.

¿No me diga? Parece un trabajo duro.

Lo es.

¿Y qué clase de cosas escribe?

Novelas. Relatos. No vendo mucho, pero mis viejos me dejaron algo de dinero, y voy tirando.

¿Más café, señor Loring?

Sí, sí. Chicos, aquí lo preparáis fuerte, que es como lo preparo yo en casa.

Agente Izquierdo sale, regresa. Agente Derecho sale, regresa con un comisario. Le preguntan sobre el coche, sobre la batería, y después salen los tres juntos. Entonces regresan Agente Izquierdo y Agente Derecho y hablan un poco más de los Dodgers. Desde el exterior de la sala, al fondo del pasillo, se oyen unos gritos de alegría. Como si Thomson acabara de anotar otro *home*. Gritos, pasos acelerados, la puerta de vidrio escarchado se abre de golpe. Entran tres, cinco, diez policías, cinco o seis comisarios, todos sonrientes. Nadie habla. Nadie sabe bien quién ha de ser el primero. Finalmente, uno de los comisarios da un paso al frente.

Hola, dice.

Hola, dice Willie.

Todo un placer conocerte, Willie el Actor.

Risas.

Alguien le dice a Willie que se ponga de pie. Alguien lo cachea. Cuando descubren la pistola, las risas cesan al momento. Agente Izquierdo y Agente Derecho se miran y bajan la vista.

Aquí se acaba la historia.

Y también empieza de nuevo.

Fichan a Willie, lo fotografían, lo interrogan. Le preguntan con quién trabaja, quién lo ha escondido, dónde ha guardado todo el dinero. Le preguntan por sus amigos, por sus amigas, por sus socios.

Él los mira.

Vuelven a preguntar.

Él los mira, fuma.

Y entonces hacen algo sorprendente. Se sientan, sonríen. Que se niegue a hablar forma parte de su leyenda, y los policías están encantados de que sea fiel a sus principios. A pesar de sí mismos, le demuestran respeto. Le preguntan si quiere otro café. Le ofrecen un dónut.

Al anochecer, le piden amablemente que se ponga de pie. Se lo llevan a Queens.

¿Por qué a Queens?, pregunta.

Tenemos testigos que lo sitúan en el atraco al Manufacturers Trust, en Queens.

No veo cómo. No era yo.

Ya está urdiendo su defensa. Piensa en qué abogado podrá permitirse, si podrá ser lo bastante bueno. Si la policía no lo odia, tal vez el juez tampoco. Tal vez el Estado sea benévolo con él. Como mínimo, conseguir que no lo envíen de nuevo a Holmesburg.

El vestíbulo está lleno de periodistas, fotógrafos, curiosos. Dos agentes detienen a Willie cuando llega a la puerta principal, donde el inspector jefe lo sujeta por el hombro y pronuncia un discurso. Ese inspector debe de presentarse a algún cargo. Elogia a Agente Izquierdo y a Agente Derecho, elogia a la fuerza policial en su conjunto. Acto seguido, en un gesto que parece a la vez político y personal, grita: ¡Lo tenemos! ¡Hemos pillado al Babe Ruth de los atracadores!

Se disparan *flashes*, que emiten un sonido como de refrescos al destaparse. Willie sonríe, no por las luces, sino por el apodo que mañana aparecerá en grandes letras en todas las portadas, y en el panel de titulares que hay en Times Square: le gusta Babe Ruth. Pero ¿el inspector no podría haberlo comparado con un Dodger? ¿Habría sido demasiado para el inspector llamar a Willie el Jackie Robinson de los atracadores?

En Queens asignan a Willie una celda privada con un policía junto a la puerta las veinticuatro horas del día. Él permanece tumbado en el camastro pensando en Margaret. ¿Verá las noticias? ¿Será lo bastante insensata, lo bastante atrevida, para ir a visitarlo? Piensa en Bess. La misma pregunta. A media noche aparece el alcaide.

Abra, ordena al policía de la puerta.

Willie se pone de pie. El alcaide lo mira de una manera que cuesta interpretar.

Hola, Willie.

Hola, alcaide.

Willie Sutton.

Sí, señor.

En mi cárcel. Willie el Actor.

Hay quien me llama así.

Nacido el 30 de junio de 1901.

Sobre eso, me creo lo que me dicen. Yo no lo recuerdo.

¿Necesitas algo, Willie?

¿Necesitar?

Sí, Willie.

Ahora se da cuenta: el pelo blanco, los ojos azules, la cara surcada por venas rojas, como un plano de autobuses de Belfast. El alcaide es irlandés.

Bueno, alcaide, me encantaría tener un libro.

Ve que el alcaide quisiera sonreír, guiñarle un ojo, pero que su cargo, su papel, lo desaconsejan.

¿Un libro, Willie?

Soy un gran lector.

No me digas, Willie. Yo también. ¿Qué libro te gustaría?

El alcaide les dice a los numerosos periodistas congregados en el exterior de la cárcel que Willie el Actor ha pedido la novela histórica, épica, de John Dos Passos: *1919*. Los periodistas, automáticamente, incluyen este dato en sus crónicas, aunque nadie conoce su significado. A pesar de la celda individual, a pesar del policía en la puerta, Willie Sutton ha vuelto a fugarse. Está en 1919, con Bess. En realidad nunca ha estado en otra parte.

Nueva York se entusiasma con la noticia de la captura de Sutton. Agente Izquierdo y Agente Derecho, a pesar de no saber en un primer momento a quién habían pillado, son tratados como héroes. Aparecen en las primeras páginas de todas las publicaciones estrechando la mano al alcalde, aceptando un ascenso del inspector jefe. Un día memorable para dos policías meticulosos que han sido más zorros que el zorro más zorro que ha existido jamás: así es como se cuenta la historia, y así siguen hasta que las cosas se salen de madre. El chico del metro se da a conocer y asegura a la prensa que fue él quien identificó al Actor, que fue él quien lo siguió al salir del metro, que fue él quien alertó a los policías. El joven se acercó al primer coche patrulla que encontró y dijo: no me toméis por loco, pero por ahí va Willie Sutton. Agente Izquierdo y Agente Derecho comprobaron los documentos de identificación de Willie y llegaron a la conclusión de que, en efecto, el chico estaba loco. Regresaron a la comisaría. Por suerte, le contaron la historia al comisario de guardia, que les ordenó regresar y traer a ese tal Julius Loring, por si las moscas.

Naturalmente, el chico quiere su recompensa. Durante años, los bancos han estado anunciando una gran suma de dinero para cualquiera que aportara alguna pista que pudiera conducir a la detención de Sutton. Se dice que la cantidad ha de ser superior a los setenta mil dólares. El muchacho acaba de licenciarse de la Guardia Costera, y una cantidad así podría solucionarle la vida. Podría casarse, fundar una familia. Además, según les cuenta a los periodistas y a los cámaras que se agolpan a las puertas de la comisaría, le gustaría ayudar a sus padres a reformar su casa de Brooklyn. Tal vez, incluso, comprarles otra mejor.

Tímido, honrado, el chico suelta todas esas cosas con un acento de Brooklyn muy marcado, como el de Willie.

Los periodistas le preguntan cuántos años tiene.

Veinticuatro, dice él, como si fuera un mérito personal.

De hecho, los ha cumplido pocos días antes de ver a Willie en el metro. Nació en febrero, claro está, el mes de los acontecimientos importantes en la vida de Willie. Hace veinticuatro años, inmediatamente después de que él saliera de Dannemora y regresara al mundo, el chico ingresaba en ese mismo mundo. Sus padres, Max y Ethel Schuster, le pusieron Arnold.

Arnie para los amigos.

La policía calla durante un día o dos, pero tiene la batalla perdida contra la cara de *boy scout* de Arnie. Se ve obligada a admitir que la primera versión oficial de los hechos (agentes siempre en guardia, rigurosa labor policial) no era del todo fidedigna. A regañadientes, bajan del escenario a Agente Izquierdo y Agente Derecho y dan la bienvenida a Arnie Schuster, el Buen Samaritano. Al menos ante las cámaras.

Si Arnie ha irritado a la policía, en ciertas zonas de Brooklyn están furiosos con él. Para muchos es un chivato que ha delatado a un héroe. Es el soplón que ha señalado con el dedo a Willie el Actor. Y además es judío. Muchas de las amenazas de muerte que recibe vienen encabezadas por un «Querido Judas».

La gente sabe dónde enviarle las cartas, porque su dirección ha aparecido en todos los periódicos: calle Cuarenta y cinco, 941.

Entretanto, la policía sigue buscando al equipo de Willie. Rebuscan en su billetera, encuentran su dirección, irrumpen en la casa de huéspedes de Dean Street. La casera los conduce hasta la habitación, donde descubren decenas de miles de dólares, un pequeño arsenal y una estantería llena de libros. Lo que más les sorprende son los libros. En los periódicos se publica la lista. Las lecturas imprescindibles del atracador de bancos.

En cuestión de días, en las librerías se agota Proust.

La habitación también está llena de los papeles de trabajo de Willie. Cuadernos con dibujos, anotaciones, el borrador de una novela... Y una agenda con direcciones, muy fina, guardada debajo del colchón. La policía encuentra y detiene a Mad Dog y a Dee. Y a Margaret. Cuando echan su puerta abajo, ella está en la cama, con una mano sobre el ojo, que ahora ya es el doble de su tamaño normal. Angustiada, suplica que la lleven a un médico. Los policías no lo autorizan hasta que diga lo que sabe. Pero ella jura que no sabe nada.

Policías y periodistas recorren la ciudad, visitan los bancos que se mencionan en las notas de Willie. Reciben una llamada de Enfermera Jefa y se acercan a Staten Island, donde descubren la historia de Joseph el Conserje, el Ángel de la Farm Colony. La casera los ayuda a avivar las llamas del mito creciente de Willie, y cuenta a un reportero que Willie siempre se comportaba como un perfecto caballero, que le dio dinero para que fuera al médico cuando su hijo estuvo enfermo, que le regaló unas rosas por su cumpleaños. La policía quiere interrogar a su hija, que dio unas clases de español a Willie. La hija les dice que la dejen en paz, lo que la convierte en una heroína en el *barrio*.

Una semana después de su detención, Willie está echado en el camastro. Levanta la vista. Oye algo. Al principio suena como una marabunta.

¿Guardia?

Sí.

¿Qué es eso?

Un grupo de gente.

¿Dónde?

Fuera.

¿Qué están haciendo?

Entonan cánticos.

¿Por qué?

Por ti.

¿Por mí?

Willie se lleva la mano al oído, intenta entender qué dicen.

Wi llie, Wi-llie, Wi-llie

El guardia se vuelve, lo mira a través de los barrotes. En tono sarcástico, dice:

Eres un héroe.

Willie capta solo la palabra, no el sarcasmo.

Fotógrafo gira al llegar a la Novena Avenida. Reportero, que hojea sus archivos, habla muy deprisa:

Pobre cartero de Arnie Schuster. Tuvo mucho trabajo en los meses de febrero y marzo de 1952. A casa de los Schuster empezaron a llegar amenazas de muerte. Burdas, sin signos de pun-

tuación, con faltas de ortografía. Aquí hay una buena: «Tío, te ha llegado la hora. Has destapado a Sutton. Ya sabes qué les pasa a los bocazas. Estás acabado. Firmado, uno de los chicos».

Los periódicos publicaron las amenazas, dice Sutton. Lo que animó a más gente a enviar más.

Aquí hay otra. Todo un modelo de simplicidad: «Soplón, soplón, soplón».

Fotógrafo mira por el retrovisor.

Eh, ¿y qué le pasó a Margaret? ¿A tu novia?

Sutton enciende un Chesterfield, mira por la ventanilla.

Willie...

El ojo, dice.

¿Qué?

Es que... no sé cómo decirlo. Explotó.

¿Qué dices?

Margaret suplicaba que la llevaran a un médico, y la policía se negaba, y el tumor del ojo, porque eso es lo que era, simplemente... explotó. Tuvo una infección. Se quedó ciega. Demandó al Ayuntamiento de Nueva York por negligencia. No sé en qué quedó la demanda. Le escribí muchas veces, pero nunca obtuve respuesta. Desapareció.

Hacia medianoche, cuando la multitud ya se ha ido a casa y los cánticos han cesado, cuando la cárcel está tranquila, Alcaide se pasa por la celda de Willie. Le hace una confesión: se crio en Irish Town. No lejos de Nassau esquina con Gold. Incluso fue al colegio Santa Ana. Conversan sobre el viejo barrio. Hablan de cuando nadaban en el East River.

Pero casi siempre conversan sobre libros. Les encantan los mismos autores. El alcaide menciona a Joyce.

Mete a dos irlandeses en una celda, dice Willie, y tarde o temprano acaban hablando de Joyce.

Alcaide se ríe.

Yo releo el *Ulises* una vez al año, dice. «La historia es una pesadilla de la que intento...» Ya sabes.

Yo prefiero los relatos. Intenté leer el *Ulises* cuando estaba encerrado. Solo llegué al episodio doce.

¡Los Cíclopes! Claro. La escena del pub. Con el antisemita.

Lectura difícil. Si las cosas siguen así, supongo que tendré tiempo de leerlo de cabo a rabo.

Recio, solemne, Alcaide ofrece un cigarrillo a Willie.

Chesterfield, dice Willie. Los que fumo yo.

Lo sé, Willie, lo sé.

El 8 de marzo de 1952, hacia la medianoche, Willie está echado en su camastro, leyendo a Dos Passos. Alcaide aparece junto a la puerta. Willie se incorpora, coloca el punto de libro entre dos páginas y lo cierra. Su mente aún está con Eugene Debs y con Henry Ford y con William Hearst (no sabía que los amigos de Hearst lo llamaban Willie).

¿Cómo va todo, Alcaide?

En la cara de Alcaide, en el gesto de su boca, ve que no está pensando precisamente en libros. Oh, Alcaide, sácame de esta.

Fotógrafo pisa el freno a fondo. El Polara está a punto de empotrarse en el guardabarros trasero de un Buick que, sin motivo aparente, ha parado en medio de la calle. Fotógrafo toca la bocina

Adelántalo, le dice Reportero a Fotógrafo.

Ese gilipollas no se mueve, dice Fotógrafo. ¡Muévete, gilipollas!

Reportero, alzando la voz para hacerse oír por encima de la bocina, le dice a Sutton: aquí, en este archivo, leo una historia interesante. Después de reconocerlo en el metro, Arnie se fue a casa y encontró a su madre frente al fregadero de la cocina. Le dijo: ¿sabes qué? Acabo de ver a un ladrón. La madre de Arnie dijo: déjame tranquila. ¿A qué ladrón habrás visto? Y Arnie dijo: a Willie Sutton. Su madre dijo: ¿y ese quién es?, y Arnie dijo: es un hombre buscado por la policía. Y yo lo he reconocido, hoy he jugado a ser detective. La madre de Arnie refirió esa conversación, palabra por palabra, a los investigadores. Después... Ya sabe.

Pobre Arnie, dice Fotógrafo.

Se portó como un campeón a pesar de toda la presión, dice Reportero. Escribió una carta bastante repelente a uno de sus mejores amigos, que acababa de alistarse en el ejército. ¿Quiere oírla, señor Sutton?

No.

Está fechada el 4 de marzo de 1952. «Querido Herb: ¿cómo estás, niño? ¿Qué tal te sienta el tiempo de Texas? Siento no haberte escrito antes, pero como sabes he estado bastante excitado estas dos o tres últimas semanas, y bastante ocupado. Ahora las cosas vuelven lentamente a la normalidad y yo vuelvo a la misma rutina. Pero, te diré una cosa..., fue mortal.»

Oh, Dios, dice Sutton.

«Es curioso que tu vida pueda cambiar tanto de un día para otro. Un día soy solo un tal Arnie Schuster, y al día siguiente soy Arnie Schuster, y después vuelvo a ser solo un tal Arnie Schuster. O tal vez pueda sacar algo de todo esto. Pero incluso si no saco nada, no lo lamentaré. Por ahora me conformo con haberlo destapado todo. Arnie.»

Los bancos lo jodieron vivo, dice Sutton.

¿Los bancos?

Los bancos no le pagaron la recompensa. Los bancos dijeron que ellos nunca habían prometido ninguna recompensa. Arnie no se llevó nada.

Me cago en los bancos, dice Fotógrafo.

Es interesante ver que los dos tenían muchas cosas en común, señor Sutton.

¿Qué dos?

Usted y Arnie Schuster.

¿En qué sentido?

Los dos eran de Brooklyn, los dos eran de los Dodgers, los dos héroes populares..., además de enemigos públicos. Y la policía no los tragaba.

Sutton cierra los ojos. Del tumulto del mundo. De la babel de lenguas que te nombra.

¿Cómo dice?

Yo no he dicho nada.

Da igual, dice Reportero. Arnie estaba resfriado. Llevaba toda la semana en la cama, y el 8 de marzo era el primer día que regresaba a su empleo. Trabajó todo el día en la tienda de ropa de su padre. Hacia las ocho y media de la tarde telefoneó a Eileen Reiter, hermana de su mejor amigo, Jay. Arnie y Jay pertenecían a una especie de asociación, los Bribones.

¿Los Bribones?, pregunta Sutton.

Sí. Se reunían una vez a la semana, organizaban actividades sociales, hablaban de chicas. Se ponían multas unos a otros si decían palabrotas.

Un boy scout, dice Sutton.

Arnie y Eileen quedaron en verse esa tarde. Para ir a una fiesta Arnie pasaría primero por casa, se ducharía y se cambiaría de ropa. Cerró la puerta de la tienda, caminó tres calles, se montó en un autobús en la Quinta Avenida, llegó hasta la calle Cincuenta esquina con la Novena Avenida, se bajó, fue andando cinco calles, hasta la Cuarenta y cinco. Tal vez estuviera pensando en la fiesta. O en la recompensa. Tal vez, incluso, estuviera pensando en usted, señor Sutton. Le quedaban sesenta segundos de vida.

Fotógrafo llega a la calle Cuarenta y cinco y gira. Hay coches aparcados a ambos lados de la calle, pero encuentran un sitio a la derecha. Fotógrafo se mete. Sutton mira a un lado y a otro. Edificios de apartamentos estrechos, de ladrillo. Entradas con peldaños también de ladrillo, ventanas con rejas. Algunos barrotes están pintados de blanco, para que no se parezcan tanto a los de las cárceles.

La calle de Arnie, dice Reportero. Él dobló por donde hemos doblado nosotros, y cruzó inmediatamente. Caminó por el mismo camino que había seguido mil veces, diez mil veces, y que lo llevó a esa acera de ahí.

Reportero señala el otro lado de la calle. Sutton retira el vaho de la ventanilla con la mano.

Arnie dio unos ochenta pasos, dice Reportero, y entonces, ahí mismo, alguien salió por ese callejón. Ya se ve que es muy oscuro. Aún hoy está sin iluminar, no hay farolas. Fuera quien fuese, Arnie no habría podido verlo hasta que hubieran estado a pocos centímetros. Si es que llegó a verlo.

Un sitio perfecto para una emboscada, dice Fotógrafo. Enciende un Newport, toma una fotografía del callejón a través del humo y de la ventanilla.

La trayectoria de las balas fue muy pronunciada, de arriba abajo, dice Reportero. Lo que implica que quien disparó lo hizo una vez y después se plantó delante de él y disparó repetidamente mientras Arnie caía al suelo, o estaba en el suelo, retorciéndose. Se dijo que a Arnie le dispararon en los dos ojos, y una vez..., ya sabéis, en la entrepierna.

Joder, dice Fotógrafo.

Pero eso no es del todo cierto, dice Fotógrafo. En este archivo aparece la historia de una autopsia..., un momento. Aquí la tengo. A Arnie le dispararon una vez en el estómago, por debajo del ombligo... Esa bala no salió. Y otra vez en la cara, a la izquierda de la nariz... Esa bala salió por debajo del ojo derecho. Recibió también un impacto en lo alto de la cabeza... que salió y le quemó la parte posterior del cuero cabelludo. Otra bala por encima de la parte posterior de la oreja izquierda... que le atravesó el cerebro y salió por la parte posterior del cráneo, por debajo de la oreja izquierda. Las fotos, señor Sutton, hacen que parezca que le dispararon en los ojos, y tal vez esa era la intención de quien disparó, porque era una cosa de bandas que quieren enviar un mensaje. Pero no hay manera de saberlo.

Nadie oyó los disparos, susurra Sutton.

Cierto. Fue tan rápido, bang, bang, bang, bang, si alguien oyó algo, creería que era el petardeo de un autobús. Pero es que además, en la sinagoga que hay aquí mismo, sonaba una música muy alta. Celebraban el Purim.

Sutton se vuelve y mira la sinagoga de la esquina.

Reportero abre otra carpeta y lee: llamado a menudo el Halloween judío, el Purim es la celebración judía de Esther, cuyo heroísmo salvó a su pueblo de una masacre. Los niños judíos llevan máscaras, van puerta por puerta fingiendo que son personajes de la historia bíblica.

Fotógrafo abre la puerta del coche, tira la colilla.

¿El truco o trato del Antiguo Testamento? En mi barrio eso no existe.

Entonces es que no vives en un barrio judío. Y no hacen exactamente lo del truco o trato. Piden dinero, no caramelos. Y fuman cigarrillos.

¿Por qué?

Porque está prohibido. El Purim es una festividad en que lo prohibido está... permitido.

Fotógrafo se ríe.

Unos gamberros. Me gustaría fotografiarlos.

Sobre las nueve y cuarto, dice Reportero, una mujer que caminaba por la calle, la señora Muriel Guller, se tropezó con Arnie. Estaba tendido en la acera, atravesado. Estaba tan oscuro que no vio con qué se había tropezado. Una alfombra. Un tronco. Se puso de pie, vio que era un cuerpo y corrió hasta..., veamos..., esa casa.

Reportero señala un edificio de ladrillo que queda junto al callejón: el doctor Solomon Fialka salió corriendo, le tomó el pulso a Arnie y determinó su muerte. Pero no lo reconoció. El doctor Fialka no reconoció a su propio vecino porque las balas le habían desfigurado totalmente el rostro, los ojos. Señor Sutton, ¿sabía usted que Arnie tenía un ojo más grande que el otro? Según la autopsia.

443

Lo recuerdo.

Fotógrafo mira a Sutton por el retrovisor.

Todos los que tenían algo que ver contigo, hermano.

¿Qué?

Eddie. Margaret. Arnie.

Sutton lo mira por el retrovisor.

Por favor, dice. Ya basta.

El doctor Fialka revisó la billetera de Arnie, dice Reportero. Arnie aún tenía cincuenta y siete dólares. Así que el móvil no había sido el robo. Entonces encontró un documento de identidad y alguien gritó: oh, Dios mío, es Arnold Schuster.

Ya basta, dice Sutton. Vámonos de aquí, chicos.

Momentos después, la familia de Arnie miraba las noticias por la tele. Un boletín informativo. Arnie Schuster, el Buen Samaritano, había sido abatido en el exterior de su domicilio de Brooklyn. Los Schuster salieron a la calle y encontraron a su hijo a treinta metros de allí, boca arriba. La sangre se colaba en la alcantarilla. La madre de Arnie, inconsolable. Su hermano pequeño chillaba. El padre no dejaba de caminar por la acera, de un lado a otro, esa acera de ahí, y gritaba: «Me han quitado a mi hijo, no quiero vivir». Aquí hay una foto. Fíjese en la angustia de esos rostros. Y por si la escena no fuera lo bastante rara, según este recorte de prensa, la música alegre del Purim lo inundaba todo.

Willie. Arnold Schuster está muerto.

Parpadea.

¿Schuster?

Mira fijamente a Alcaide, que le devuelve la mirada, incrédulo.

¿Schuster? Schuster, Schuster. Ah, ya se acuerda. El chico del metro. El *boy scout.* ¿Muerto? ¿Cómo ha sido?

Tiroteado.

A Willie se le nubla la mente. ¿Por qué mataría nadie a Schuster? Madre mía, porque Willie es un héroe, y alguno de esos que cantan frente a la cárcel, o alguno que opina lo mismo que esa multitud, ha considerado que así daba un golpe en su nombre. Pero en realidad se trata de un golpe contra Willie, un golpe muy duro, porque sin duda la opinión pública le retirará su apoyo. Todas esas ideas se le ocurren enseguida, y lo llevan a una conclusión aterradora e incluible, que suelta como si fuera un grito de auxilio, y que hace que Alcaide retroceda asustado, con gesto de condena, avergonzado de su propia raza.

Esto me huele mal.

Fotógrafo y Reportero se bajan del coche. Sutton no.

Por favor, dice Sutton. No.

Señor Sutton, hemos ido a los sitios a los que usted quería ir. Hemos cumplido con nuestra parte del trato. Ahora le toca a usted.

Sutton asiente. Sale del coche. Camina entre los dos, cruzan la calle. Se detienen al llegar al callejón. Fotógrafo intenta hacerle una foto, pero no consigue un buen ángulo. Además, Sutton se niega a mirar el callejón. Mira al cielo, intentando encontrar la luna.

Reportero abre el maletín y saca un paquete de fotografías de la escena del crimen. Se las entrega a Sutton, que se pone las gafas y las repasa rápidamente. Arnie en la acera. Policías de pie, rodeando a Arnie. El traje ensangrentado de Arnie. Los zapatos de gamuza azul de Arnie.

Los zapatos los recuerdo, dice Sutton. De los periódicos.

Reportero le alarga ahora un montón de portadas de periódicos. Los titulares están escritos con letras inmensas. Uno le llama la atención. Se coloca mejor las gafas: MUERTE DE UN VIAJANTE.

De este me acuerdo, dice. El autor de este titular se ganó el sueldo ese día.

¿Por qué?

Porque Muerte de un viajante *aún estaba en cartel, en los teatros. Margaret y yo la habíamos visto hacía poco. Y porque Willie Sutton suena como Willie Loman. Y porque Schuster era viajante.*

Lo era, dice Reportero. Pero ¿sabía usted, señor Sutton, que cuando no se dedicaba a la venta de ropa, Arnie se metía en la trastienda de su padre y se encargaba de la plancha? Encima de la tabla colgaba la lista de los Más Buscados del FBI. Así fue como lo reconoció a usted. El FBI se aseguró de que todas las tiendas de ropa de Brooklyn tuvieran esa lista, señor Sutton, porque usted era conocido por vestir bien. Como Arnie. Una cosa más que tenían en común. ¿Sabía que Arnie estaba prometido?

¿Ah, sí?

¿Y que conoció a su futura esposa, Leatrice, en el Boardwalk de Coney Island?

La avenida de las Sirenas.

¿Cómo dice?

Nada.

Mucha gente, claro está, sospechó que usted estaba detrás del asesinato de Arnie.

Reportero y Fotógrafo permanecen inmóviles, en silencio, esperando. Sutton no dice nada.

La búsqueda del asesino de Arnie, prosigue Reportero, es la investigación más dilatada de la historia del Departamento de Policía de Nueva York.

¿La más dilatada?

Ninguna otra ha durado tanto.

No me encuentro bien, chicos.

El inspector jefe declaró el caso de prioridad máxima para el departamento: «Tenemos a diecinueve mil agentes en esta ciudad, y todos ellos saben cuál es hoy su misión número uno: atrapar a las ratas implicadas en esta salvajada». Pero no llegaron a resolver el caso.

Qué raro, dice Fotógrafo mientras fotografía a Sutton en el instante en que mira fugazmente el callejón. Que el inspector usara precisamente esa palabra. Y que nunca llegara a resolverse el caso. De acuerdo, Willie. Ahora nos vamos frente a la casa de Schuster, te hago una foto allí y ya estamos.

Sutton camina. Reportero y Fotógrafo a cada lado.

Señor Sutton, dice Reportero, la opinión pública la tomó con usted tras la muerte de Arnie.

Sí.

Nueva York dio un giro de ciento ochenta grados. La gente empezó a replantearse todo lo que había creído hasta ese momento sobre los héroes, los chivatos, la delincuencia. Sobre usted.

Lo recuerdo, chico, lo recuerdo.

Al funeral de Arnold asistió muchísima gente. Mire esta imagen.

Escribí a sus padres. Tal vez fue un error.

Ya estamos, dice Fotógrafo. Nueve cuatro uno. La casa de Arnie.

Se detienen. Una casa pareada, estrecha, con fachada de ladrillo, exactamente igual que las que la rodean por todos los lados. Unos peldaños para llegar hasta la puerta, una puerta blanca. Nada indica que, un día, esa fue la dirección de la que más se habló en la ciudad, en todo el país.

Las luces están apagadas. O no vive nadie, dice Fotógrafo, o no hay nadie en casa.

Cuando el coche fúnebre que llevaba a Arnie abandonaba el cementerio, dice Reportero, el oficiante entonó una pregunta: ¿por qué? Y los asistentes repitieron su siniestro cántico: ¿por qué? ¿Por qué? ¿Por qué?

Sutton dice entre dientes: Eso mismo quiero saber yo.

A través de varios soplos anónimos, y gracias a algunas pistas halladas en la escena del crimen, la policía llega a la conclusión de que el asesino de Arnie Schuster fue con toda probabilidad Freddie Tenuto, el Ángel de la Muerte, lo que lo convierte en el hombre más buscado de América. La foto de su ficha aparece en todos los periódicos y revistas, se cuelga en todos los aeropuertos, en todas las estaciones de tren y terminales de autobuses. De pronto, por todo Nueva York, hay gente que dice haberlo visto. Alguien lo ve con una pelirroja despampanante en una velada de boxeo, en el Madison Square Garden. La policía interrumpe la pelea, busca entre el público. Alguien lo ve en un tren de Long Island. Unos agentes detienen el tren, controlan a todos los pasajeros. Alguien lo ve en un asador de Williamsburg. Irrumpen en el local, ponen a todo el mundo contra la pared. La ciudad se siente bajo asedio: la gente exige que se dé caza al Ángel de la Muerte.

Sea quien sea el que mató a Arnie, la opinión pública ya ha decidido que el auténtico culpable es Willie. La vida malgastada de Willie ha llevado a la muerte de Arnie. Tal vez él no haya apretado el gatillo ni haya enviado a quien sí lo ha apretado, tal vez ni siquiera lo conociera, pero, a ojos de la gente, es el responsable. Qué voluble es esta ciudad: durante semanas, Nueva York ha jaleado a Willie, ha detestado a Arnie. Ahora detesta a Willie y convierte a Arnie en un mártir.

Con este trasfondo, Willie es juzgado rápidamente por el golpe en el Manufacturers Trust. Dee ha llegado a un acuerdo, sube al estrado, lo cuenta todo, y el jurado no tarda en hacer su trabajo. Willie, que lleva un traje a rayas, el pelo peinado hacia atrás con fijador, observa la inmensa bandera de Estados Unidos suspendida sobre la cabeza del juez, sin escuchar apenas al juez, que lo condena a pasar el resto de sus días en Attica: «Solo lamento que la ley me impida condenarlo a muerte».

La policía lo agarra sin contemplaciones, lo levanta de la silla, lo esposa y se lo lleva. Ya no queda ni rastro de aquel respeto no solicitado.

Durante los años siguientes, en Attica, a Willie le llegan historias de todo tipo sobre Arnie. Cada uno añade algo de su cosecha, pero los hechos básicos son siempre los mismos. Fue Freddie el que mató al chico, y fue Albert Anastasia, el jefe del crimen de Brooklyn que estaba como una cabra, el que ordenó el asesinato.

Anastasia, al que muchos llamaban Mad Hatter, pagó a Freddie para que matara a Arnie, y después pagó a alguien para que matara a Freddie, triturara su cuerpo y se lo diera de comer al ganado de una granja del norte. Para ocultar las pistas, para no dejar cabos sueltos. El procedimiento normal de las bandas. Pero ¿por qué? ¿Por qué tenía que implicarse Anastasia en algo que ni le iba ni le venía? Porque había nacido en Brooklyn, se había criado en Brooklyn, y nada le daba tanto asco como un chivato. Ver a Arnie en la tele, tratado como un héroe, fue superior a sus fuerzas. «¿El *boy scout* sube al escenario a recoger su recompensa? ¿Por delatar a un tipo legal como Willie Sutton?» Willie era un héroe para muchos Nueva Yorks distintos: para el Nueva York irlandés, para el Nueva York inmigrante, para el Nueva York pobre..., pero era un dios para el Nueva York de los bajos fondos. Así que Anastasia envió al Ángel de la Muerte para que le plantara cara a Arnie. Esa es la historia que Willie oye en Attica.

El tipo que le cuenta a Willie la versión más convincente de esta historia es Crazy Joey Gallo, que cumple una condena de siete años por extorsión. Y Crazy Joey añade un epílogo extraordinario: cinco años después del asesinato de Arnie, Crazy Joey mató a Anastasia en una barbería del centro. Mientras Anastasia tenía una toalla caliente envolviéndole la cara, Crazy Joey y sus hermanos entraron y acribillaron el local a balazos. Crazy Joey asegura que el golpe lo ordenó otro de los jefes del crimen, al que no le caía bien Anastasia, detestaba su manera de hacer las cosas, entre ellas su decisión de acabar con Arnie, un civil inocente. Tanta carnicería, tanta confusión..., y todo porque Willie y Arnie se montaron en el mismo vagón de metro una tarde de febrero.

Willie y Crazy Joey pasan gran parte de la década de los sesenta sentados juntos en el patio. Intercambiando historias, cigarrillos, libros. Se hacen buenos amigos, porque proceden del mismo sitio, porque han recorrido caminos similares. Los dos se criaron en Brooklyn, los dos tenían dos hermanos, los dos empezaron como dos pillos de poca monta y han acabado como héroes del pueblo. Pero Crazy Joey hace honor a su apodo: lleva un sombrero de paja como el de Van Gogh, instala un caballete en el patio y pinta retratos de los guardias. Así que cuando le cuenta la historia de Arnie y Anastasia, Willie no sabe qué partes del relato son ciertas y qué partes son producto de su locura. Finalmente, Willie llega a la conclusión de que no importa. Todo parece tener visos de verdad, y cierra un círculo en la mente de Willie. Y, para él, eso es todo lo que requiere una historia.

Willie, dice Fotógrafo, necesito solo una foto más, tú y de fondo la casa de los Schuster. Después ya podemos irnos todos a cenar. Por favor, por el amor de Dios, quédate un momento quieto.

Sutton se palpa los bolsillos, se vuelve a mirar el Polara.

Antes tengo que fumar. Todo esto…, este día… Estoy temblando como una hoja.

No, dice Fotógrafo. Primero la foto. Después, el cigarrillo.

Si no fumo, me voy a desmayar. Y si me desmayo, no podrás sacarme la foto.

Fotógrafo suspira, baja la cámara.

Está bien.

Me he dejado los cigarrillos en el coche.

Toma uno de los míos.

Solo puedo fumar Chesterfield.

Sutton retrocede, tambaleante. A su derecha queda el callejón. Se dice a sí mismo que no mire, pero mira. Los zapatos de gamuza azul, la sangre saliendo de los ojos. No está recordando las fotografías, las portadas de los periódicos. Está viendo a Arnie. El chico está ahí mismo. A los pies de Sutton. Sutton ve.

Cruza la calle, se apoya en el Polara. Ve el paquete de Chesterfield en el asiento trasero. Ve las llaves en el contacto. Ve que Fotógrafo ha vuelto a dejarse el motor encendido.

No lo duda. Se pone al volante y arranca.

23

Qué nervios, Dios, qué nervios. Necesita distraerse. Pone la radio en AM. Noticias. Hace girar el dial. Jagger. «Rape! Murder!» Otra vuelta. Sinatra. *Have Yourself a Merry Little Christmas*. Eddie siempre decía que Sinatra no podía ser ciento por ciento espagueti. Es demasiado suave, Sutty, tiene que tener algo de irlandés. Pobre Eddie. A Sutton se le llenan los ojos de lágrimas. No ve las farolas.

Se seca los ojos, se saca el sobre blanco del bolsillo de la pechera, lo abre con los dientes. Extrae la hoja suelta. Intenta leer lo que Donald ha escrito con su letra infantil, de borracho.

¿A la izquierda en la Treinta y nueve? No, debe de poner en la Treinta y siete.

¿A la derecha en la Cuarta?

Y pensar que Reportero se quejaba de la letra de Sutton... Le da una palmada al volante. Donald, borracho chalado. Eres capaz de colocar cualquier cosa robada, puedes forzar cualquier cerradura, localizar en una hora a cualquier persona, viva o muerta... ¿Cómo es posible que no sepas leer ni escribir?

Delante de él tiene Prospect Avenue. Dobla a la izquierda. Ahora, lee en voz alta.

Busca el Hamilton.

Ahí está. Hamilton.

Vuelve a costarle entender la letra de Donald. Ah, seguir un kilómetro más. Después, calle Hicks. Después..., busca... Middagh.

Parece una palabra irlandesa. Tal vez sea una buena señal.

El parabrisas se ha empañado. Willie lo seca con la manga de la gabardina de Reportero, se echa hacia delante, intenta leer los números de las casas. Ve una casa nueva, de color papel de periódico, después una amarilla que por su aspecto podría ser la primera que se levantó en Brooklyn. Funck dijo una vez que Brooklyn, en holandés, significaba «Tierra rota». Pues sí, puede ser. Funck... Hace tanto que ya no está... Cría malvas. Ya forma parte del paisaje.

Ahora. Ahí. Sutton ve Middagh. Se vuelve, ve una bonita casa de estilo colonial, y en la puerta figura el número que aparece en la hoja de Donald.

La luz brilla con una luz dorada, densa.

Aparca a una calle de allí, bajo un cartel que dice: NO ESTACIONAR. Deja el motor en marcha, camina lentamente hacia la casa. Se planta ante ella. La acera está helada. Sube cojeando los peldaños. Cierra la mano para llamar con los nudillos. No puede. Baja cojeando los peldaños, regresa hacia el Polara. Se detiene. Vuelve a subir. Mira por la ventana, como hacía en los bancos. Veinte personas, bien vestidas, reunidas alrededor de un piano de cola. Ahí hay alguien que sabe tocar.

Se aleja cojeando, despacio, hacia el Polara.

Oye que, atrás, se abre una puerta, resuena una aldaba.

¿Puedo ayudarlo? Una joven. Dieciocho, tal vez diecinueve años. Está de pie en el peldaño superior, con un abrigo de hombre puesto sobre los hombros. La luz tenue de un aplique no le permite distinguir sus rasgos, pero se fija en que tiene el pelo rubio ceniza y... los ojos azules, cree.

Oh, dice él. Estaba buscando a una vieja amiga. No será esta por casualidad la residencia de los Endner, ¿verdad?

¿Endner?

¿O tal vez de los Richmond?

Richmond, dice ella. ¿Ha dicho usted Richmond?

Ah, no. Me he equivocado entonces. Siento haberte molestado.

¿Está buscando a Sarah Richmond?

¿Sarah? Bueno, sí, a Sarah. Supongo que sí.

Lo siento. Murió. Hace tres años.

Murió. Entiendo.

Era mi abuela.

Tu abue... Claro.

¿No será usted, por casualidad, Willie Sutton?

¿Cómo puede haberlo...?

No para de salir en la tele.

Ah, sí, claro.

Y además he oído historias. De mi abuela. Y de mi madre. Leyenda familiar.

Leyenda.

Un peso inmenso se posa sobre Willie. Una decepción tan aplastante que querría tumbarse ahí mismo, sobre la acera cubierta de hielo.

Siento haberla molestado, jovencita. Hace ya mucho tiempo. Se me ocurrió que...

¿Y cómo diablos ha encontrado esta dirección?

Tengo un amigo. Tiene amigos. En el Departamento de Vehículos de motor. En el censo electoral. En los registros de suscriptores de periódicos. Hoy en día se encuentra a todo el mundo. ¿Esta era la casa de tu abuela?

La compró hace años. Con su segundo marido.

Segundo.

Estábamos celebrando la Navidad.

Lamento muchísimo haberme presentado así. Habría llamado antes, pero no he encontrado ninguna cabina.

No es ninguna molestia. ¿Quiere entrar? ¿Tomarse una copa de vino?

No, gracias, no quiero molestar.

No es ninguna molestia. Me llamo Kate, por cierto.

Kate. Yo soy... Ya sabe quién soy.

Sí. Un placer. Todo un viaje, en realidad.

Un viaje. Sí, esa parece ser la palabra del día.

Sutton, inseguro, da un paso hacia ella. Un saltito, más bien. Vengo de tan lejos...

Se riñe a sí mismo. Qué tontería acaba de decir. Qué cagada. Casi se le dobla la pierna. Se la agarra con la mano. El dolor lo aturde. La mierda esa que le ha dado Fotógrafo le ha quitado el dolor un rato, pero ahora ha vuelto. Lo peor es la fatiga. Después de tantos años tumbado en un camastro, en una celda, sin hacer nada, ya debería haber descansado lo suficiente. En cambio, siente el cansancio del obrero, del atleta, del soldado. Recuerda: va a morir esta noche. Tal vez sea ese el momento.

Lo siento, niña, no pretendía ser tan melodramático. Es solo que hay tantas cosas que quería decir... Tantas cosas que nunca pude decir, cosas que soñé con decir, y ahora es demasiado tarde. Ojalá alguien, cuando tenía tu edad, me hubiera dicho que debemos decir lo que tenemos en el corazón, en este momento, porque una vez que el momento pasa..., bueno, niña, ha pasado.

Ella sonríe, insegura. Tiene los ojos azules, sí, pero esta maldita calle está tan oscura que es imposible ver si... Ojalá pudiera acercarse más, verla mejor, pero no quiere asustarla. Ella es la imagen de la juventud, de la inocencia, y él es un viejo atracador de bancos que recorre la ciudad el día de Navidad. Casi se da miedo a sí mismo.

¿Sabes una cosa, niña? No sé qué me digo. Soy un viejo loco. Gracias por ser tan amable.

Se levanta el cuello de pelo de la gabardina de Reportero, levanta la mano para despedirse de ella y hace el gesto de irse.

Ella lo llama.

Pero... Espere.

Él se detiene, se vuelve, ve que ella baja rápidamente los peldaños de la entrada.

Si hay algo que tenía ganas de decir, señor Sutton... Tal vez aún pueda hacerlo.

¿Qué? Ah, no, no creo.

Pero ¿por qué no?

No. No podría. No.

Ella se acerca a él, se detiene a diez metros.

Parece una pena haber venido desde tan lejos y después irse sin decir lo que quería decir. Como ha dicho usted mismo, cuando hay algo en el corazón... Y, además, siento curiosidad.

Bueno, pero no...

Yo quería mucho a mi abuela, señor Sutton. Y ella me lo contaba todo. Todo. No había secretos entre las dos. Ella siempre decía que yo era la que mejor sabía escuchar de toda la familia. Y me encantan las historias antiguas. Soy una especie de depositaria de la historia familiar.

Depositaria.

Ella se acerca más. Ya está a siete metros. Se detiene. La acera, entre los dos, resplandece, como cubierta por una capa de diamantes triturados.

Además, añade ella, es Navidad, y no sé, tengo una sensación rara... de que mi abuela había querido que..., no sé..., le prestara atención. Que ocupara su lugar...

Tienes su misma voz, niña.

¿En serio?

Me lleva al pasado.

¿Sí?

Sal al jardín, Maud.

¿Cómo?

Tu abuela tenía la voz más bonita que he oído en mi vida. Sobre todo cuando leía en voz alta uno de sus poemas preferidos.

Es verdad, señor Sutton. Yo la oigo en mi cabeza constantemente. Cuando estoy asustada, cuando tengo algún problema. Pruébalo, Kate, inténtalo. ¿Qué vas a perder? Ella era tan... valiente...

Valiente. Eso sí era. Aún me parece verla, un día de 1919, nevaba, medio Nueva York nos andaba buscando, y ella no estaba nada asustada. Tenía más agallas que Happy y yo juntos.

Ah, a ella le encantaba esa historia.

¿En serio?

Happy, supongo que era un demonio guapísimo.

Sutton se incorpora un poco. Suspira.

Lo que pasa es que..., dice. Yo solo quería...

¿Sí?

Decir...

Ajá...

Se le llenan los ojos de lágrimas.

Es solo que yo nunca... Quiero decir que yo... No puedo... Ah, Bess, Bess, Bess. *Te echo tanto de menos.*

Silencio. Espera. A lo lejos, aúlla una ambulancia. Después pasa, y el silencio se posa de nuevo. Las lágrimas no le dejan ver nada, pero sabe que ha calculado mal, ha interpretado mal la situación. Avergonzado, inclina la cabeza, se echa hacia delante.

Entonces: yo también te echo de menos, Willie.

Deja de respirar. Da medio paso, de lado, como si se tambaleara.

Bess, dice. Ah, Dios. Sé que he vivido una vida lamentable. Pero no por los motivos que la gente cree. Los delitos, las condenas de cárcel, no es eso lo que lamento. Lo que más lamento es que tú y yo nunca...

Le dije a mi nieta tantas veces que yo esperaba que tú hubieras... pasado página

Tú sí la pasaste. Te casaste.

Sí.

Yo me morí ese día.

Lo sé.

Cuando te vi avanzando hacia el altar.

Me... sorprendió tanto verte allí... Esa es otra de las historias que le he contado a mi nieta muchas veces.

Ojalá nos hubiéramos casado aquel día, Bess. Como habíamos planeado.

¿Cómo habíamos? ¿Ojalá nos? No sé si entiendo bien.

Estar contigo aquellos pocos días, a la fuga, ese fue el mejor momento de mi vida, Bess.

Pero, lo siento, no le sigo. Yo iba a... Mi abuela iba a..., iba a casarse con Happy. Ella se fugó con Happy.

Todo habría sido distinto si aquel sheriff no se hubiera metido.

Está bien, sí, algo de un sheriff sí me contó, pero sé que mi abuela dijo que se metió cuando Happy y ella...

Nadie se habría hecho daño.

¿Quién se hizo daño?

Ese guardia de la Penitenciaría Estatal del Este. Toda aquella sangre que le resbalaba por la cara.

Dios mío.

Y Eddie. Y Margaret.

Y Arnie Schuster.

Schuster, sí. Acaban de hablar de él en la...

Reconozco haber pensado que era un Judas. Pero ¿sabes quién es el verdadero Judas? El amante que te rechaza. Después de todo, Judas era un amante. Antes de delatar a Jesús, ¿qué hizo? Le dio un beso. Por eso tú eres la verdadera Judas, Bess. Y por eso tú tienes la culpa de todo.

Tal vez esto no ha sido una buena idea.

YO TE CULPO, BESS.

A Sutton se le quiebra la voz. Apoya las manos en las rodillas, se echa hacia delante, sollozando.

Mala idea, dice ella. Sin duda.

Lo siento, Bess. No quería hablarte así. Es que ha sido... un día muy largo. Te quiero, Bess. Y siempre te querré. Lo he dado todo, absolutamente todo. Pero tal vez no es amor si no lo damos todo. Te quiero, y siempre te querré, y eso..., eso es lo que he venido a decirte.

Se incorpora, se lleva una mano temblorosa a los ojos.

Eh... Está bien. Dios, señor Sutton...

Sutton baja la mano, la mira, suplicante.

Está bien, dice ella... Willie. Le conté a mi nieta, muchas veces, que tú eras muy especial para mí. Que te tenía mucho cariño. Esas eran mis palabras exactas. Mucho. Cariño. Siempre te estaré agradecida por haber venido a verme a Coney Island cuando tuve problemas con mi primer marido... ¿Te acuerdas?

Sutton asiente.

Le conté a mi nieta que siempre fuiste muy tierno, Willie. Muy entregado. Muy leal. Me mirabas de una manera, con los ojos como platos, era conmovedor. Pero yo estaba con Happy. Estaba enamorada de Happy, desesperadamente enamorada. Quería casarme con él. Mi padre no iba a consentirlo, claro, porque Happy era pobre y nosotros éramos tan jóvenes, y entonces una noche, en el Finn McCool, a Happy se le ocurrió que nos escapáramos juntos. Happy te pidió que nos ayudaras a entrar en la oficina de mi padre, porque Eddie y tú ya llevabais un tiempo haciendo esas cosas. ¿Te acuerdas? Yo sí sabía que aquello era duro para ti, ser la carabina. Sabía que habrías dado lo que fuera por estar en el sitio de Happy. Tú mismo me lo dijiste varias veces. Pero yo te dije que no podía ser. ¿O no te lo dije? Por muchas razones, Willie, lo nuestro no podía ser. Seguro que te acuerdas de que te lo dije, Willie.

Sutton mira hacia la calle. No responde.

¿Willie?

La gente nos dice todo tipo de cosas en esta vida, Bess.

Se lleva la mano al bolsillo de la pechera. No sabe para qué. ¿El sobre? ¿Un cigarrillo? ¿Un arma? ¿La costumbre? No tiene nada en ese bolsillo.

Si te oyera decirlo una vez más, solo una, podría seguir adelante.

¿Decirlo?

Qué no daría por oírtelo decir.

No entien...

Oh, Willie.

¿Cómo?

Eso es lo que siempre decías. Oh, Willie. Nadie lo decía como tú. Pensaba que si te lo oía decir una vez más, podría dejar de huir. Podría, tal vez..., no sé. Encontrar algo de felicidad propia. Antes del fin. Como tú has dicho, lo nuestro no podía ser.

Agita la mano, se vuelve, da unos pasos. La cabeza le da vueltas, siente que va a desmayarse. Tal vez caiga de cara sobre la acera. Seguro que no llega al Polara. Pero entonces oye algo. Se detiene. Se vuelve.

Oh, dice ella, como si se dispusiera a cantar el himno nacional. Oh, Willie.

Oh, Willie. Oh.

Él se tira del lóbulo de la oreja. Menea la cabeza. Esboza media sonrisa.

No lo has dicho exactamente igual que tu abuela, dice. Pero me sirve. Tendrá que servirme, Kate. Adiós, niña.

Feliz Navidad, señor Sutton.

24

El empleado que lo recibe en el mostrador le dedica una sonrisa bobalicona.

¿Qué le trae por Florida?

Soy periodista. Estoy escribiendo algo sobre Willie Sutton.

Ah, sí, algo he oído. Triste.

El recepcionista le entrega a Reportero la llave de la habitación y le comenta que el desayuno está incluido en el precio.

Reportero encuentra la habitación, delante mismo de la piscina, sube la maleta y el maletín a la cama. Pone en marcha el aire acondicionado, corre las cortinas, abre el maletín. Está lleno a rebosar de carpetas viejas. Nada le devuelve tanto a aquella Navidad de hace once años como estas carpetas viejas. Todavía huelen un poco a Chesterfield.

Del maletín también salen las memorias de Sutton, las dos. Subrayadas, marcadas, llenas de los pósits de Reportero. Las primeras, *Smooth and Deadly*,* se publicaron en 1953. Reportero no supo siquiera de su existencia hasta 1976, cuando aparecieron las segundas, *Where the money was.*** Sutton decidió escribirlas después de que los editores rechazaran la novela que escribió en la cárcel.

Reportero bromeaba a menudo sobre ese título con Sutton.

Señor Sutton, le decía, ahí sí que se ha vendido del todo.

* Suave y mortífero. (*N. del T.*)
** Dónde estaba el dinero. (*N. del T.*)

Sutton ahogaba una risita.

Chico, sobre este tema voy a decirte una cosa que no he dicho nunca en mi vida: me declaro culpable.

Reportero se ha sentado en la cama de la habitación. Piensa en el recepcionista. «Ah, sí, algo he oído. Triste.» Sí, triste, salvo por el detalle de que Sutton vivió once años más de lo que todos creían, once años más de lo que médicos, periodistas y la junta encargada de conceder la libertad condicional (y él mismo) creyeron que le quedaba de vida. La huida final de Sutton, el colofón de sus trampas: vivir, vivir y vivir. De hecho, su voluntad de vivir fue una de las razones principales de que, a pesar de todo, a pesar de su instinto profesional y de sus reticencias personales, Reportero, con los años, acabara tomándole cariño a Sutton.

Antes de que se hicieran amigos, Reportero tuvo que perdonarle que hubiera robado el Polara del periódico aquella primera Navidad. Después de terminar la crónica, que dictó desde una cafetería, cerca de la casa de los Schuster, Reportero le siguió la pista a Sutton y al Polara y los encontró en el Plaza. Sutton, sentado a la barra del bar del hotel, bebiendo despacio un Jameson, se disculpó profusamente, le contó a Reportero que no había podido soportar el sentimiento de culpa por Schuster. Reportero aceptó sus explicaciones, y se dieron la mano.

¿Cómo le va a Poli Malo?, le preguntó Sutton.

No voy a mentirle, señor Sutton: no espere de él una felicitación de Navidad el año que viene.

Los dos se echaron a reír.

En los once años siguientes, Reportero y Sutton hablaron de vez en cuando por teléfono, y siempre quedaban para cenar cuando Sutton pasaba por Manhattan. Después de la cena, se iban al P. J. Clarke's a tomar una última copa. Reportero disfrutaba colocando a Sutton, el atracador de bancos más notorio del país, entre banqueros y agentes de bolsa de Wall Street, en la barra del Clarke's. Fue allí, una noche de otoño de 1970, donde Sutton, cocido en Jameson, dijo en voz muy alta: creo que América es como es, chico, porque es el único país fundado sobre una disputa relacionada con el dinero. Ahora, a Reportero, mientras aumenta la potencia del aire acondicionado, se le ocurre que Sutton, al final de su vida, fue una encarnación parlante de América. Debajo de todo el engaño, todo el ruido, todas las fechorías, las admitidas y las negadas, había algo irrenunciablemente bueno. Eternamente redimido.

Y resueltamente optimista. Aunque lleno de remordimientos, Sutton siempre hacía hincapié en lo positivo, siempre expresaba una gratitud conmovedora por poder vivir sus últimos años en libertad y en paz. Aun así, Reportero recuerda una conversación telefónica muy negra. Septiembre de 1971, la noche de los disturbios sangrientos en Attica: Sutton conocía a muchas de las cuarenta y tres personas asesinadas, y dijo saber que aquel motín iba a producirse. Lo veía venir, chico, repetía sin parar. Sabía que iba a pasar. Y si el cabrón de Rockefeller no me hubiera soltado cuando lo hizo, yo habría muerto con esos hombres, boca abajo en la Galería D. Lo sé, estoy seguro.

¿Cómo lo sabe?

Yo las cosas siempre las sé porque las siento en el estómago.

Después de colgar, Reportero no podía dormir. Había algo raro en la voz de Sutton. No era solo que estuviera afectado por haber esquivado la muerte por los pelos, ni triste por los hombres que habían muerto en la Galería D. También le perturbaba enormemente sentirse en deuda con Rockefeller.

Dos años antes de la muerte de Sutton, Reportero se vio con él en un estudio de televisión del centro de Manhattan, donde grababa un fragmento del programa *The Dick Cavett Show*. Sutton llevaba un elegante traje gris, una corbata roja con nudo Windsor. A su lado, en el vestidor, observando cómo le maquillaban la nariz, a Reportero le llamó la atención lo relajado que parecía, como si hubiera hecho aquello toda su vida. Entonces, Reportero se quedó en el plató, detrás de las cámaras, y siguió la entrevista. Sutton se mostró ingenioso, elocuente, con un dominio considerable de la situación. Más de una vez, Reportero pensó: va vestido como un banquero, pero es un actor de los pies a la cabeza.

Cuando acabó el programa, Reportero y Sutton bajaron en el ascensor con Zsa Zsa Gabor, también invitada al programa. Llevaba un collar de diamantes del tamaño de castañas. Ella hizo el gesto de cubrirse el collar con las dos manos, nerviosa, y no dejaba de mirar a Sutton de soslayo. Cuando el ascensor llegó al vestíbulo, Sutton sujetó la puerta para que saliera Gabor. Todo un caballero, como siempre. Pero cuando pasó por su lado, le dijo: ya puedes quitarte las manos del collar, cielo, estoy jubilado.

A medida que la fama de Sutton crecía, también crecía su atrevimiento. Reportero recuerda la primera vez que vio el rostro de Sutton materializarse en la pantalla de la tele durante un partido de los Yankees. Era un anuncio, nada menos que del New Britain Bank and Trust Company of New Britain, Connecticut. Resultaba gracioso, cómo no, pero también algo decepcionante ver a Sutton anunciando una nueva tarjeta de compras con una fotografía del portador estampada en ella. Una nueva arma contra el robo de identidad.

Plano de Sutton, sonriendo a la cámara.

«¡Ahora, cuando digo que soy Willie Sutton la gente me cree!»

Una voz en *off* insta a la gente a llevar su dinero al banco.

«¡Digan que vienen de parte de Willie Sutton!»

Este anuncio indignó bastante a Reportero. No es que Reportero quisiera ver a Sutton robando bancos de nuevo. Pero no podía soportar que les hiciera propaganda.

Sutton insistió a Reportero en que no sentía el menor remordimiento por haber grabado este anuncio.

Willie tiene gastos, niño... ¿Sabes cuánto cuesta hoy en día un paquete de Chesterfield?

No admitía siquiera haber sentido la más mínima culpa en 1979, cuando el mercado inmobiliario se hundió, y la bolsa también, y el gobierno federal advirtió de posibles quiebras de bancos. Miles de personas barridas por un afán incontrolado de acaparar. Una vez más. «Porque ahí es donde está el dinero», ese «suttonismo» apócrifo, es una frase que invocan todos los días periodistas, economistas, profesores universitarios, políticos, no para explicar las causas que llevaron a la aparición de un atracador de bancos de la época de la Depresión, sino para explicar la avaricia humana en general. La gente hace cosas, toda clase de cosas, porque ahí es donde está el dinero.

La crisis financiera es la única razón por la que el editor jefe de Reportero ha aceptado enviarlo a Florida ahora, a finales de diciembre de 1980, siete semanas después de que Sutton haya muerto a causa de un enfisema. El editor jefe es varios años más joven que Reportero y no recuerda a Willie Sutton. Pero la economía está en la mente de todos, y le ha gustado cómo le ha vendido el tema Reportero. ¿Un viejo atracador de bancos que una vez pasó una Navidad con nuestro periódico?

Tiene un punto *kitsch*. Dos mil palabras.

Reportero cena en un asador del pueblo en el que Sutton pasó sus últimos días, Spring Hill, un lugar agradable y anodino enclavado en un saliente de la costa oeste de Florida. La camarera es rubia, está bronceada por el sol y embutida en unos pantalones de pata de elefante. Reportero ya no está con la mujer con la que estaba cuando conoció a Sutton. Ni con la mujer que llegó después de ella, ni con la que llegó luego. Cuando la camarera le trae el salmón, Reportero le pregunta si Willie Sutton frecuentaba el local.

¿Willie? Sí, claro. Era un habitual. Un viejecito muy tierno. Siempre pedía un chuletón. Con un vaso de leche. Siempre.

Reportero está a punto de preguntarle si dejaba buenas propinas, o si alguna vez notaron que les faltaban propinas. Pero antes de formular la pregunta, llaman a la camarera y tiene que irse.

Telefonea a la hermana de Sutton con la esperanza de ver alguna copia de las cartas o los diarios de Sutton. O algún ejemplar de la novela. Se titulaba *La estatua del parque*, según le comentó Sutton alguna vez. El héroe era un banquero que vive en una mentira. Reportero le pidió un ejemplar, muchas veces, pero Sutton siempre le daba largas. Ahora, su hermana no le devuelve las llamadas. Y no consigue localizar a la hija de Sutton. Se escurren... Debe de ser cosa de familia.

Tras cuarenta y ocho horas en Florida, dos días visitando bibliotecas, bancos y bares, Reportero debe regresar a casa al día siguiente. Pero no está listo. No consigue quitarse de encima la sensación de que se está dejando algo, de que no ha conseguido encontrar lo que ha venido a buscar, aunque no podría decir exactamente qué es. Alguna pista, alguna señal. Sin duda, un hombre que se fugó de tres cárceles de máxima seguridad sería incapaz de resistir el desafío de enviar un recado desde el Otro Lado. Algo así como un saludo. Un guiño póstumo.

Reportero admite, mientras se desplaza en coche del restaurante al hotel, que se trata de una esperanza ridícula. Pero no es menos ridículo sentir aprecio por un malhechor duro, impenitente. Se corrige a sí mismo: no siente aprecio por él en el sentido habitual del término. No querría vivir en un mundo lleno de Willie Suttons. Simplemente, no está seguro de querer vivir en un mundo sin Willie Suttons.

Reportero está echado en la cama del hotel, relee unas páginas de las segundas memorias de Sutton. Se ríe. Sutton debe de ser la única persona en toda la historia de la literatura que ha escrito dos libros de memorias que se contradicen entre sí, incluso en los datos biográficos más elementales. En una, por ejemplo, Sutton dice que antes de huir de Sing Sing con Egan había dispuesto que un coche sin conductor estuviera esperándolos a la salida. En la otra, Sutton dice que fue la madre de su hija la que condujo el coche que los sacó de allí. Sin embargo, Reportero aún cree oír a Sutton, que, más de una vez, le describió el aspecto de Bess al volante mientras Egan y él se acercaban corriendo, colina arriba.

En una de las memorias, Sutton describe con todo lujo de detalles el robo al Manufacterers Trust de Queens. En la otra, jura que no lo hizo. Y así sucesivamente.

¿Cuántas de las contradicciones en las memorias de Sutton, o en su mente, eran intencionadas, y cuántas producto de la demencia senil? Reportero no lo sabe. Su teoría, por el momento, es que Sutton vivió tres vidas separadas. La que recordaba, la que le contaba a la gente y la que ocurrió en realidad. Dónde se solapaban aquellas tres vidas, nadie lo sabe, y que Dios coja confesado a quien intente averiguarlo. Lo más probable es que ni el propio Sutton lo supiera.

Reportero ha buscado a Bess Endner en todas partes, pero se ha esfumado. Ha removido cielo y tierra para encontrar a Margaret, pero tampoco hay rastro de ella. Ha obtenido centenares de documentos del FBI, ha revisado montañas de periódicos y revistas, transcripciones de vistas judiciales, ha buceado en archivos policiales olvidados sobre Arnold Schuster, archivos que encontró muertos de asco en el desván de un comisario de policía jubilado. Y nada lo ha conducido a nada. Los archivos del FBI contradicen los recortes de prensa, los recortes de prensa contradicen los archivos policiales, y los dos libros de memorias contradictorios lo refutan todo. Cuanto más escarba Reportero, menos sabe, hasta el punto de llegar a creer que hace once años pasó la Navidad con la sombra de un espectro.

Entre los centenares de documentos del FBI hay uno con el siguiente encabezamiento: «Descripción interesante». Resumen de la psique de Sutton, escrito por un agente en 1950, cuando Sutton era el fugitivo más buscado del país:

RELIGIÓN: Sutton era católico, pero las lecturas han destruido su fe.

HÁBITOS DE OCIO: Pasaba casi todo el tiempo leyendo, iba al cine unas dos veces al mes, al teatro dos veces al año, asistía a partidos de fútbol, salía a dar largos paseos en coche, y fumaba. Leía a los clásicos.

PERSONALIDAD Y TEMPERAMENTO: De temperamento introvertido, crónico pero benigno; depresión con pensamientos suicidas ocasionales; inestabilidad emocional con posibles episodios de crisis de ausencia; tendencia a la preocupación y a la ansiedad; incapacidad neurótica general para alcanzar la felicidad.

Salvo por la cuestión de la lectura, y su hábito de fumador, Reportero no reconoce, en esa «descripción interesante», al Sutton que él conoció. Lo que no quiere decir que no sea fidedigna. Todo lo que puede haber de Sutton, de todos nosotros, son «descripciones interesantes».

La semana anterior, Reportero visitó la Farm Colony, Attica y la Penitenciaría Estatal del Este, donde sufrió un ataque de claustrofobia en una celda exactamente igual a la de Sutton. Actualmente, esta prisión forma parte del patrimonio histórico del país, y aunque el director no sabía cuál había sido exactamente la celda de Willie, todas eran parecidas, todas igualmente mínimas e inhumanas. Reportero salió de allí con una nueva percepción de la fuerza de voluntad de Sutton, y con más preguntas que nunca sobre por qué este no pudo poner sus cualidades al servicio de mejores causas.

Reportero no tiene intención de convertirse en un ferviente «suttonólogo». No sabe por qué se siente impulsado a recabar toda esa información, que le daría para redactar más de cincuenta artículos. Ayer por la tarde, hablando por teléfono, su redactor jefe, perdiendo la paciencia, definió lo suyo como «masturbacionismo». Reportero le respondió sin inmutarse, en un tono que Sutton habría elogiado, que al menos no era «mierdismo».

Reportero se dice a sí mismo que quiere saber todo lo que pueda sobre Sutton porque es periodista, porque le mueve la curiosidad, y porque es estadounidense y, como tal, el crimen le fascina. Pero sobre todo quiere saberlo todo por Bess. Ella es solo una parte de la historia de Sutton, pero para Reportero es la parte central. No importa que los recortes de prensa antiguos parezcan sugerir que el amor de Sutton por ella era ilusorio. Todo amor lo es. Lo que importa es que el amor duró. Cerca del final de la vida de Sutton, él todavía hablaba de Bess, se la describía al negro que escribía para él. Hubo otras mujeres en el pasado de Sutton: se casó al menos dos veces. Pero escribía de ellas con un distanciamiento que contrastaba con la delicadeza y la melancolía con la que recordaba a Bess. Lo correspondiera ella o no, en la medida que fuera, el hecho es que ella es la clave de la identidad de Sutton. Y, tal vez, de la de Reportero. Como escritor, como hombre, Reportero ha pasado gran parte de su vida dedicado a dos búsquedas vagamente relacionadas: la narración de historias y el amor. Sutton nunca se rindió con ninguna de ellas. A pesar de todos sus encierros, fue un contador de historias y un amante hasta el final. Eso es algo que a Reportero le inspira. Y le entristece. Tal vez Reportero solo esté proyectando su psique en un atracador de bancos muerto, pero si es así, ¿qué? La narración de historias, como el amor, exigen cierto grado de proyección. Y si alguien, algún día, quiere proyectar su psique en Reportero, que lo haga.

Reportero cierra el libro de memorias de Sutton y enciende la tele. Noticias. Una sobre el asesinato de John Lennon, hace dos semanas en Nueva York. Otra sobre el presidente Ronald Reagan prometiendo desregular los bancos. Otra sobre el incremento del desempleo. Otra sobre el aumento de la población de la Tierra, que se acerca a los cinco mil millones de habitantes. El tumulto del mundo. Finalmente, una noticia sobre las celebraciones de Navidad en un área de descanso de carretera, el área de descanso más antigua de Florida, una especie de parque de atracciones llamado Weeki Wachee. Se trata de un lugar curioso, cuenta con una cúpula de cristal construida en un manantial subterráneo, donde unas chicas muy guapas vestidas de sirenas ejecutan acrobacias submarinas.

Está a apenas ocho kilómetros del lugar en el que murió Sutton.

Reportero se levanta de la cama de un salto.

A la mañana siguiente, se dirige al sur por Dade Avenue, dobla a la derecha al llegar a Cortez, a la izquierda para tomar la U.S. 19, sigue los carteles hasta que ve unas banderas de plástico que se suceden en una pared. Después, la estatua alta, azul turquesa, de una sirena. Se parece a la Estatua de la Libertad.

Reportero compra la entrada, y un programa en el que pone que más de trescientos cincuenta millones de litros de agua ascienden diariamente, burbujeantes, desde unas inmensas cavernas subterráneas situadas bajo el parque. A apenas veinte metros de la superficie, el agua surge con tal violencia que es capaz de arrancarle la máscara a un buzo, razón por la que nadie sabe hasta dónde descienden esas cavernas. Según el folleto, nadie ha llegado nunca al fondo.

Reportero entra en un pequeño teatro. En lugar de escenario hay una inmensa pared de cristal. Empieza a sonar una música, se alza un telón vaporoso y revela un inmenso cañón de agua azul morada. De pronto, al otro lado del cristal, aparecen dos sirenas. Saludan a Reportero, y él olvida que fingen ser sirenas. Son demasiado hermosas para estar fingiendo. Nadan hacia atrás, de lado, boca abajo, el cabello rubio como una estela que sigue sus pasos. Se retuercen, dan volteretas, mueven las colas, están exultantes en su ausencia de gravedad. Cada poco tiempo se acercan nadando al borde del depósito de agua y toman una gran bocanada de aire de una manguera. Esa es la única interrupción de un sueño muy vívido.

Después del espectáculo, Reportero se acerca corriendo a la parte trasera del escenario, encuentra los camerinos. Hay un cartel en la puerta en el que se lee: SOLO SIRENAS. Se acerca a la primera que sale. Se presenta, le dice que es un periodista que está escribiendo un reportaje sobre Willie Sutton. La sirena, que ahora lleva su cola de andar, hecha de una tela brillante, de color aguamarina, muy pegada a la piel, como una falda de tubo que baja más allá de los pies, lo mira con cara de no entender.

Sí, ya sabe, dice Reportero. Willie Sutton. El atracador de bancos. Murió el mes pasado.

Nada.

Bueno, da igual, dice Reportero. He tenido la corazonada de que tal vez Sutton pasó ratos aquí..., al final. Que tal vez se acercó a este camerino. Que quizá habló con usted o con alguna otra sirena.

Ella se pasa los dedos por el pelo largo, mojado, intentando desenredarlo.

Hay hombres que se acercan hasta aquí constantemente, dice.

Sí, dice Reportero, pero ese tipo habría hablado de sí mismo en tercera persona. Willie cree que eres guapa. Willie cree que te pareces a una chica que conoció en Poughkeepsie. Y cosas así.

La sirena se coloca bien la cintura de la cola.

No sé qué decirle, señor. El nombre no me suena.

Tal vez podría preguntárselo a sus compañeras sirenas...

Ella aspira hondo, como si tomara aire de la manguera.

Espere.

Da media vuelta (operación nada sencilla con la cola de tela) y entra en el camerino.

Reportero se apoya en la pared. Pasa un minuto. Dos. No ha fumado en toda su vida, pero de pronto siente unas ganas rarísimas de fumarse un Chesterfield.

Se abre la puerta del camerino. Sale una sirena distinta. No es tan guapa como la otra. Pero su belleza (pelo rubio, ojos azules) parece más sana. Más anticuada. Más del tipo de Willie, piensa Reportero.

Ella también lleva puesta la cola de tela. Muy ajustada. Moteada de oro. Se acerca a Reportero despacio, sonriendo.

Reportero sabe, lo ve en sus ojos azules, que tiene un sobre con una carta de Willie. O un manuscrito de *La estatua del parque*. Pronunciará el nombre de Reportero, y Reportero le preguntará por qué sabe su nombre, y ella dirá: Willie..., tenía la corazonada de que se pasaría por aquí. Entonces ella y Reportero se irán a tomar un café, y descubrirán que tienen miles de cosas en común, y acabarán enamorándose, se casarán, tendrán niños, y una vida juntos será el regalo duradero que Willie le hace a Reportero. Reportero ve todo eso. Alarga la mano, empieza a decir algo, pero la sirena lo esquiva, pasa de largo, se funde en los brazos de un joven que está justo detrás de él.

Estás muy guapa, le dice el joven.

Bah, susurra ella. Tengo unas ganas de llegar a casa y quitarme este estúpido vestido...

Reportero regresa despacio hasta el coche. Conduce hasta el aeropuerto. De camino, pone la radio. Una noticia sobre el primer transbordador espacial de la historia, que se lanzará dentro de seis meses, justo al este de Spring Hill. Reportero contempla la llanura pantanosa, negra, los bosques densos, e imagina el despegue. Sabe que Sutton daría cualquier cosa por verlo. De pronto se acuerda de algo que Sutton dijo una vez. Aunque han pasado casi once años exactos, le parece oír la voz ronca, con ese acento de Brooklyn macerado en humo, que inundaba el coche, más clara que la radio. Y Reportero sonríe.

Eh, chico, ¿sabías que cuando los astronautas volvieron a la Tierra, Collins estaba hecho una mierda? No comía, no dormía. Se quedaba en silencio en medio de una frase. Aquel hombre no funcionaba. Finalmente le dijo a los médicos de la NASA que después de ver la Luna constantemente, después de orbitar a su alrededor una y otra vez sin llegar nunca a posarse sobre ella, se había enamorado irremediablemente. No lo digo yo, lo dijo él. Enamorado de la Luna, ¿te lo puedes creer, chico? Imagínate lo solo que tienes que sentirte para enamorarte de la Luna.

Agradecimientos

Doy las gracias de todo corazón a Andre Agassi, Hildy Linn Angius, Ellen Archer, Spencer Barnett, Violet Barnett, Lyle Barnett, Aimee Bell, Ben Cohen y Wendy Netkin Cohen, Elizabeth Dyssegaard, Fred Favero, Gary Fisketjon, Rich Gold, Paul Hurley, Bill Husted, Mort Janklow, Ginger Martin, Eric Mercado, McGraw Millhaven, Dorothy Moehringer, Sam O'Brien, J. P. Parenti, Joni Parenti, Kit Rachlis, Derk Richardson, Jaimee Rose, Jack La Torre y Peternelle van Arsdale.

Esta primera edición de *A plena luz,* de J. R. Moehringer,
se terminó de imprimir en *Grafica Veneta S.p.A. di Trebaseleghe* (PD)
de Italia en octubre de 2019. Para la composición del texto
se ha utilizado la tipografía Celeste diseñada por Chris Burke
en 1994 para la fundición FontFont.

Duomo ediciones es una empresa comprometida con el medio
ambiente. El papel utilizado para la impresión de este libro
procede de bosques gestionados sosteniblemente.

Este libro está impreso con el sol. La energía que ha hecho posible
su impresión procede exclusivamente de paneles solares.
Grafica Veneta es la primera imprenta en
el mundo que no utiliza carbón.